현대시와
헤테로토피아

엄경희 지음

보고사
BOGOSA

헤테로토피아로 들어가기

　나는 중학교에 다닐 무렵부터 식물들이 가득한 작은 유리 온실에 나무로 만든 책상과 의자가 있는 이미지를 거듭 그려보곤 했다. 단 한 권의 책을 들고 그곳에 들어가 책을 읽고 가끔 식물들을 돌보는 유리 온실에 대한 몽상은 지금도 여전하다. 몽상의 지속은 나의 유리 온실이 아직도 이 세계에 존재하지 않음을 뜻한다. 그것은 유토피아인가 아니면 현실에서 실현될 수 있는 헤테로토피아인가? 내 거주지의 위치와 현재의 실현 불가능성을 따져보면 유토피아이고 보다 과감한 결단으로 실천하면 별도의 공간으로서 헤테로토피아가 될 것이다. 이러한 장소성의 문제가 때로 애매한 채로 한 인간의 내부에서 생성되었다가 잦아들기를 반복할 수 있음을 상기시켜 준 것은 이 저서를 꾸리면서이다. 사람들은 어떤 장소를 꿈꾸는가. 우리는 언제나 어딘가에 있다. 장소는 그것이 거주 공간과 같이 지속성을 지니든 여행자의 숙소처럼 비지속성을 지니든 상관없이, 움직임과 멈춤이라는 존재의 운동성과 늘 함께한다. 즉 장소는 인간과 함께하며 그의 존재 상황을 극명하게 드러내주는 연장체라 할 수 있다. 우리는 늘 어딘가에 머물고 이동한다.

　장소란 실존 전반의 '움직임'과 관련된다는 점에서 정치, 경제, 문화의 분화에 따른 계층적 위계(位階)와 실존의 근저를 보여주는 구체적 지표다. 삶의 목표는 간명하다. 현실에서 안전과 행복을 체감하고 실현하는 것이다. 그렇다면 실존에 주어진 현실이란 무엇일까? 철학자들은 객관적이고 구체적인 사유의 조건이라 설명한다. 경제학자는 생산 활동의 시스템으로, 사회학자는 관계의 총체로 이해한다. 우리는 이러한 설명들을 취합해 자신에게 주어진 현재 상태를 가늠하는 척도로서 '현실'이라는 개념을 심리적으로 구축한다. 즉 자신이 속한 '이곳'의 상태를 '좋음'과 '나쁨'으로 분별하는데 이를 대개는 '현실 인식'이라는 말로 축약한다. '이곳'이란 개인의 활동이 펼쳐지는 경험 가능한 범위를 지시한다. 이는 사회적 위치와 영역으로서의 '장소'가 긴밀하게 연결됨을 시사한다. 따라서 현실 인식은 '장소의 상태'라는 심리적 측면과 연동된다. 상태란 곧 기분이다. 그러므로 "장소란 무엇인가?"라는 물음의 궁극적 답은 실존의 상태와 기분을 파악하는 가운데 얻어질 수 있다.

존재 목표가 안전과 행복의 지속에 있다는 것은 이 세계가 개인의 안전과 행복을 보장하지 못함을 뜻한다. 인간이 추구하는 제반의 목표는 결핍의 소산이다. 안전하지 못하기에 안전을 강박적으로 욕망한다. 유토피아(Utopia)는 그러한 결핍이 추동해낸 신념체계로서 이 세계에 존재하지 않는 장소를 통해 현실의 장소에 생긴 균열을 메우려는 공상의 산물이라 할 수 있다. 이상향에 대한 열망은 '좋은 장소'에 대한 동경과 맞물려 있는 게 일반적 경향이지만 보다 근원적으로는 '나쁜 장소'에 대한 반발 내지는 혐오에 뿌리를 둔 도피 정념이라 해도 무리가 없을 듯하다.

없는 장소로 현실의 장소를 위무하는 유토피아적 열망을 미셸 푸코(Michel Foucault, 1926~1984)는 '감미로운 유토피아'라고 말한다. 현실에 없는 아름다운 장소는 달콤하다. 경계도 없고 소유도 없으며 차등도 없기에 소망하는 모든 활동이 가능하다. 그러한 유토피아의 매끄러운 특징은 현실의 불만을 대체하고 소거함으로써 역사를 초월한 채 결여된 현실에 지속적으로 개입한다. 푸코는 「헤테로토피아」의 첫 문장을 다음과 같이 시작한다. "그러니까 장소 없는 지역들, 연대기 없는 역사들이 있다." 어떤 설명과 논거도 없이 불쑥 장소 없는 지역의 공허와 연대기 없는 역사의 무책임을 지적하는 푸코의 첫 문장은 인상적이다. 그러한 공허와 무책임이 유토피아라는 이름으로 이 세계 곳곳을 유령처럼 배회할 때 실존의 수만큼 편재하는 장소들의 다양한 빛깔은 권력의 장소에 복속되어 본래의 생동성을 잃게 된다.

근대의 장소들은 대부분 물화(物化, Versachlichung)된 장소이다. 집은 거주의 공간이 아닌 투자의 장소가 되었으며 도시는 상품 진열의 거대한 쇼윈도가 되었다. 이렇듯 모든 장소를 시장화하는 근대 자본의 치밀한 기획은 장소와 실존이 맺는 상생관계를 침해함으로써 현재와 미래의 전망을 디스토피아(Dystopia)의 절벽으로 몰고 간다. 디스토피아는 근대의 이면에 깊게 드리워진 그늘이다. 정확히 말하자면, 근대의 자본과 권력이 유포한 유토피아의 '감미로운' 그늘이라 할 수 있다. 인공지능과 첨단기술이 선전하고 전시하는 미래의 유토피아에 과연 인간의 자리가 있을까? 누구든 이 물음에 쉽게 긍정적 답을 하기 어려울 것이다. 이미 근대의 장소에 깃든 디스토피아의 암울한 징조를 경험해왔기 때문이다. 18세기 이전의 유토피아가 선량한 풍자였다면 그 이후의 유토피아는 역설적이게도 임박한 몰락의 징후로 감지된다. 유토피아는 연대기 없는 역사처럼 무책임하고 무력하게 현실 곳곳에 출몰한다. 푸코는 이러한 유토피아에 맞서는 대항담론으로 '헤테로토피아(Heterotopia)'를 말한다.

헤테로토피아는 현실에서 체감할 수 있는 유토피아다. 과연 그게

가능할까? 예를 들어 우리는 러시아 혁명으로 건설된 사회주의가 자체 붕괴하면서 현실의 유토피아라는 이념이 얼마나 허약한가를 확인한 바 있다. 그런 의미에서 푸코의 헤테로토피아에 대해 의문을 제기하는 건 일견 당연해 보인다. 또한 푸코가 제시한 헤테로토피아가 하나의 완결된 이론이 아니기에 더더욱 그러하다. 그럼에도 우리가 헤테로토피아에 주목해야 할 이유는 이 장소론이 곧 실존의 상태를 극명하게 드러내 줄 수 있는 가능성을 갖기 때문이다. 실존의 소외란 장소의 상실이다. 장소는 사건이 일어나는 바탕이며 제반 관계가 형성되는 시스템이자 망(網)이다. 장소상실이란 그런 시스템의 붕괴를 의미한다. 장소가 오염되고 병들면 인간도 병든다.

헤테로토피아는 자본권력에 의해 오염·훼손된 근대의 장소들을 중화하고 정화하기 위한 이의제기와 대항의 장소라는 점에서 각별하다. 근대의 장소는 자본을 위한, 자본에 의한, 자본의 장소로 명명할 수 있다. 자본의 장소는 차갑고 난폭하다. 장소와 인간이 맺는 신성하고 따뜻한 유대관계는 자본의 논리에 따라 이윤관계로 대체됨으로써 근대의 장소들은 인간을 배제한 소외의 장소로 기능한다. 도시의 대규모 주택단지, 공장지대, 위락시설, 쇼핑센터 등은 '장소 아닌 장소들'로서 삶의 터전으로서의 인간적 유대와 온기를 탈각시키고 '장소상실'이라는 정념을 배태시킨다. 장소상실은 실존의 불안을 야기하고 나아가 삶 전반의 상태를 불평등의 굴레로 결박한다. 근대 이후 한국문학의 상당 부분을 차지한 '고향상실'의 테마는 자연과 인간, 장소와 실존이 맺는 유대관계가 훼손되었다는 사실을 드러낸 예라 할 수 있다. 고향상실이란 단순히 원적지가 사라졌다는 사실을 뜻하는 게 아니다. 그것은 존재 기반이 붕괴되었음을 의미한다.

다시 강조하자면, 헤테로토피아는 자본 권력에 의해 조장된 장소의 위기를 극복하기 위한 대항담론이다. 감시와 처벌과 훈육의 장소에 깃든 억압의 논리에 맞서 해방과 자유의 장소를 현실에 구현하려는 헤테로토피아적 사유는 인간의 존엄과 숭고를 드러내는 것을 자기 목표로 삼는 문학의 본령과 맞닿아 있다. 장소상실과 인간소외라는 속악한 현실에서 근대 이후의 문학이 추구해야 할 당위의 가치는 상처받은 대지와 인간을 치유하는 일이다. 헤테로토피아와 문학의 접점은 부조리한 권력의 중심을 전복하고 해체하려는 공통의 지향성에 의해 생성된다. 기존의 유토피아 문학이 '현실에 없는 장소'를 몽상했다면 헤테로토피아 문학은 '현실의 장소'를 사유하려 한다. 장소를 사유하는 것은 실존을 사유하는 것과 동궤이다. 즉 실존의 개진은 장소와 결합된 몸의 역사로 표현된다. 따라서 헤테로토피아 문학은 장소의 문학이자 몸의 문학이기도 하다.

이 저서에 실린 8편의 글은 헤테로토피아와 현대시의 접점을 모색함으로써 '헤테로토피아 문학'이라는 주제를 현대시 연구의 한 흐름으로 쟁점화하려는 의도를 담고 있다. 지금까지 이런 주제를 본격적으로 다룬 논의들이 많지 않다는 상황을 고려해 푸코가 제시한 헤테로토피아의 요점과 한계를 살피면서 어떻게 그것을 장소 연구의 기반으로 삼을 것인가에 집중하였다. 푸코는 『말과 사물』 서문에 처음으로 헤테로토피아에 대해 언급했으며, 이후 라디오 방송으로 두 차례 강의한 내용을 정리해 엮은 『유토피아적인 몸/헤테로토피아』(1966)에 헤테로토피아에 대한 이론을 본격화했으나 여러 연구자에 의해 완결된 이론으로 보기 어렵다는 비판을 받기도 했다. 헤테로토피아에 대한 비판은 완결성의 문제를 지적한 것이지 헤테로토피아가 갖는 의의를 부정한 것은 아니다. 필자는 그러한 사정을 고려해 헤테로토피아가 지닌 이론적 공백을 어떻게 메울 것인가를 지속적으로 고민하면서

조르조 아감벤의 '세속화(世俗化)'와 '게니우스', 스베틀라나 보임의
'회복적 노스탤지어'와 '성찰적 노스탤지어', 앙리 르페브르의 공간론,
발터 벤야민의 알레고리론, 마르틴 하이데거의 장소론, 다나카 준의
'징후적 인식' 등의 이론과 개념을 함께 활용하였다.

 I 부의 '헤테로토피아와 헤테로토폴로지'에 실린 「헤테로토피아의
장소성에 대한 시학적 탐구」는 이 저서의 총론에 해당한다. 푸코가
언급한 '헤테로토피아'와 '헤테로토폴로지'의 여섯 가지 원리에 대한
이론적 검토를 바탕으로 한국 현대시에 함의된 헤테로토피아의 장소
유형과 특징을 '신성과 치유의 장소', '이질과 분할의 장소', '환상과
보정(補正)의 장소'로 구분해 살펴본 논의다.

 II 부의 '시에 구축된 헤테로토피아의 다층성'에 실린 내용은 시로
형상화된 헤테로토피아의 구체적 양상이 매우 다양한 양태로 드러나
고 있음을 제시한 논의들이다. 「헤테로토피아로서 몸과 농경문화의
유기성—서정주 시의 경우」는 헤테로토피아로서 몸에 대한 두 가지
항목, 즉 '거대한 몸에 대한 염원'과 '에로스의 몸과 미로의 장소성'에
대해 분석함으로써 인간이 꿈꾸는 가장 기초적이고 보편적인 욕망이
무엇인가를 탐구한 논의다. 농경문화에 내재된 성애의 공간은 노동의
공간과는 차이를 갖는 '별도의 공간'으로서 헤테로토피아의 몸과 그
몸의 욕구를 고스란히 받아내는 현실의 유토피아라 할 수 있다.

 「노스탤지어의 양상과 '고향'의 헤테로토피아—백석·이용악 시의
경우」는 헤테로토피아적 장소들이 근원으로서의 고향에 대한 노스탤
지어의 정서와 일정한 연관을 갖는다는 점을 스베틀라나 보임의 '회
복적(restorative) 노스탤지어'와 '성찰적(reflective) 노스탤지어'라는
개념에 근거해 분석하였다. 이를 바탕으로 고향과 관련된 노스탤지어
의 서사 형태가 유토피아의 이상을 현실화하려는 '헤테로토피아'의 서

사와 밀접한 연관성을 보인다는 점을 드러내고자 했다.

「게니우스와 헤테로토피아의 장소경험-박용래 시의 경우」는 박용래의 시에 일관되게 표출되는 자연 서정의 양상과 실존인식의 전개가 장소경험과 밀접한 관련이 있다는 점을 '게니우스(Genius)'와 '헤테로토피아'의 관계를 통해 밝힌 논의다. 비인격적 힘으로서의 게니우스는 장소와 결합하면서 장소의 수호신 또는 장소의 분위기를 뜻하는 '지령(地靈)'의 형태로 구체화된다. 자기 은신처의 수호신과 실존이 맺는 관계는 유년의 헤테로토피아적 장소경험과 밀접한 관련을 맺는다.

「장소점유와 헤테로토피아-신경림 시의 경우」는 농촌 붕괴 현상이 어떻게 고향의 장소를 무장소화(無場所化)하는지 분석한 후 고향의 장소성에 내재한 헤테로토피아적 전망을 아이들의 장소점유 방식을 통해 살펴본 논의다. 어른들의 장소점유가 현실에 대한 분노와 울분으로 이뤄진다면 아이들의 장소점유는 어른들의 장소를 놀이와 유희의 장소로 변용하여 헤테로토피아적인 질서를 만들어낸다는 것이 그 특징이다.

「헤테로토피아와 알레고리적 장소의 시학적 연관성-김명인 시의 경우」는 대항담론으로서의 헤테로토피아가 역사에 대한 알레고리적 사유를 동반할 수밖에 없다는 논거를 푸코와 르페브르가 언급한 헤테로토피아의 특징과 벤야민의 알레고리론을 통해 제시하고, 그러한 논거를 바탕으로 김명인의 시집 『東豆川』에 함축된 헤테로토피아적 전망을 '장소박탈'과 '장소회복'이라는 측면을 통해 규명한 논의다. '동두천'은 유년의 장소적 체험과 역사적 상흔이 알레고리화된 장소이면서 동시에 일상의 장소가 아닌 '다른(heteros)' 장소, 즉 실존 회복의 염원이 내포된 헤테로토피아적 장소라는 점에서 각별한 의미를 지닌다.

「실존적 병소(病巢)로서 헤테로토피아-김신용 시의 경우」는 김신용의 초기 시편에 집중적으로 반복되는 '집', '자궁', '신체', '도구'의 이미지를 하이데거의 장소론과 다나카 준의 '징후적 인식'이라는 개념을 토대로 분석함으로써 실존과 장소회복의 역설적 전망으로서 '불결함의 헤테로토피아'가 갖는 의미를 살펴본 논의다.

「건축위상학적 상상력과 헤테로토피아-함성호 시의 경우」는 헤테로토피아와 헤테로토폴로지의 배치원리가 지닌 내적 한계를 먼저 살펴보고 그에 대한 보완으로 아감벤의 '세속화' 개념을 유기적으로 연계하여 헤테로토피아의 실천 전략이 공간-장소의 '재구성'을 목적으로 하는 세속화 방식과 밀접한 관련이 있음을 밝힌 논의다.

필자는 한국 현대시에 나타난 장소상실과 인간소외의 문제를 헤테로토피와 더불어 사유함으로써 장소란 실존적 삶 전반을 관장하는 근원적 토대라는 사실을 부각시키고자 하였다. 1970년대 이후 한국 사회가 안고 있는 불평등의 문제는 고향상실, 농촌붕괴, 노동착취, 도시개발이라는 일련의 현상으로 집약된다. 이러한 사회적 문제를 쟁점화한 문학적 노력이 바로 민중문학이라 할 수 있다. 노동자, 농민, 도시 빈민의 불평등을 해소하려는 민중문학의 진정성이 자본권력과 통치권력에 대한 정치적 대항에 있음은 부인할 수 없다. 그러나 문제의 초점이 이념에 치중됨으로써 장소에 거주하는 현실적이고 즉자적인 삶의 고통이 구체적 형상화에 이르지 못한 채 피상화된 것 또한 사실이다. 현실에 유토피아적 장소를 구획하려는 헤테로토피아의 대항담론은 자본권력에 의해 파생된 정치·경제적 불평등과 그것을 조장하는 지배 이데올로기의 재생산이 공간의 문제, 즉 장소와 직결된 것임을 드러내는 '이의제기'적 성격을 갖는다는 점에서 주목을 요한다.

최근 헤테로토피아에 관한 관심이 건축, 미술, 연극, 영화, 패션 등 다양한 분야에서 활발히 고조되고 있다. 이러한 경향은 헤테로토피아가 갖는 '이질적'이고, '대항적' 속성을 적극적으로 수용해 삶의 영역에 대한 새로운 인식을 만들려는 노력의 일환으로 여겨진다. 인터넷과 소셜네트워크의 진화로 인간관계의 형태가 무한 확장하고 있는 요즘의 현실은 장소란 물리적(지역적)인 토대에 근거한 사회·심리적 효과라는 기존의 관념에 큰 변화를 예고하고 있어 헤테로토피아에 대한 관심이 더더욱 높아질 것으로 예상된다. '장소 없는 장소'로서의 유토피아라는 기존의 개념은 이제 추상적 사유나 도피적 몽상이 아니라 현실의 문제로 확장되는 추세를 보이고 있는 것이다. 따라서 '현실에서의 유토피아'를 의미하는 헤테로토피아는 문학의 새로운 경향을 담아낼 토대가 될 것으로 기대된다. 사이버 문학, SNS를 기반으로 한 제반의 예술적 활동은 '장소'와 '비(非)장소'라는 구분에 국한되지 않을 것이며 이는 새로운 장소론의 맹아가 되리라 여겨진다. 나는 이 저서에 그러한 변화에 대응해 장소와 실존의 관계를 어떻게 설정할 것인가에 대한 고민을 담으려 했다. 이를 바탕으로 헤테로토피아에 대한 보다 더 심도 있는 논의가 진행되기를 기대해 본다. 이 지면을 통해 올해 정년을 맞이하시는 백규 조규익 선생님께 무한한 감사를 드린다. 위편삼절(韋編三絶), 과골삼천(踝骨三穿)으로 쌓아 올린 선생님의 학문의 깊이를 다 헤아릴 수 없을 듯하다. 내내 강건하시길 기원합니다.

2022. 여름
엄경희

차례

노스탤지어와 '고향'의 헤테로토피아
— 백석·이용악 시의 경우

게니우스와 헤테로토피아의 장소경험
— 박용래 시의 경우

장소점유와 헤테로토피아
— 신경림 시의 경우

헤테로토피아와 알레고리적 장소의 시학적 연관성
— 김명인 시의 경우

I

헤테로토피아와 헤테로토폴로지

헤테로토피아의 장소성에 대한 시학적 탐구

1. 서론

자신이 이 세계에 존재한다는 실제 감각과 인식은 '장소에의 거주'를 통해 확인된다. 인간은 세계 내에 거주함으로써 자신의 위치와 역할을 인지하고, 장소점유를 통해 실존의 사회적 의미를 확장해나간다. 장소에의 '거주'와 '점유'는 존재 활동의 근본적 토대로서 보편공간과 개별공간이 맺는 상호 관련성을 드러내는 '장소적 의미소(意味素)'라 할 수 있다. '거주'가 출생과 함께 부여된 '공통 경험', 즉 개인의 합목적(合目的) 활동이 개진되지 않은 '원초적 공간'과 관련된 의미라면, '점유'는 사회적 활동을 통해 원초적으로 주어진 공간을 '특별한 장소'로 맥락화하는 행위와 관련된다. 인류 공통의 거주지이자 본래적 공간으로서의 '대지(大地)'는 위계화되지 않고 분할되지 않은 '최초의 방대한 장소'라 할 수 있으며 그 자체가 유토피아적 의미를 함의한다. 공간의 위계와 장소의 분할은 자연과 인간, 인간과 인간의 분리라는 사회 현상과 밀접한 관련을 갖는다. 모든 생명이 거주하는 원초적 공간으로서의 '대지'의 장소성은 '안식과 보호'라는 의미를 지닌다. 세계에 거주하고 있음에도 불구하고 생존의 장소를 점유하지 못할 때 개인들은 불안과 소외를 경험한다. 근대 이후 본격화된 실존의 불안

과 소외의 정념은 근본적으로 장소의 상실과 왜곡에서 비롯된 주체의
심리적 반응이라 할 수 있다. 따라서 근대 이후의 문학에 나타난 '불
안'의 다양한 양상들은 장소의 기능과 밀접한 관련을 갖는다.

이 논의는 미셸 푸코(Michel Foucault)가 언급한 '헤테로토피아'(hete-
rotopia)'와 '헤테로토폴로지(heterotopology)'의 여섯 가지 원리에 대한
이론적 검토를 통해 한국 현대시에 나타난 헤테로토피아의 장소 유형을
분류해보고자 한다. 거시적 관점에 의거한다면 시란 현실의 결핍을
메워 세계와 자아를 통합하려는 유토피아적 의지로 정의할 수 있다.
그러한 의지를 이미지, 비유, 상징 등의 시적 수사로 표현해 내려는
의식의 고유한 활동이 바로 시적 상상력의 근간이라 할 수 있다. '현실에
없는 장소'를 뜻하는 유토피아(utopia)는 현실과 무관한 추상적 관념의
산물이 아니라 삶의 장소에 기반을 둔 비판적 의식의 구조물이자 이상
적 거주 공간에 대한 장소적 상상력이라 할 수 있다. 유토피아에 대한
열망은 이상적 장소가 현실에 구현될 수 있다는 가능성의 의지를 반영
한다.[1] 푸코는 '현실에 존재하는 유토피아'를 뜻하는 '헤테로토피아'의
개념을 통해 현실에 속한 '이질(異質)의 장소들'이 갖는 다양한 기능과
의미를 고찰[2]했는데, 이는 유토피아적 상상력과 현실의 장소가 맺는

---

1) 정익순은 「문학적 유토피아와 철학적 상상력」에 유토피아란 과거와 미래에 인간이
   탐색하고 도달할 장소이기 때문에 인간의 상상력과 과학의 발전을 추동해왔으며,
   그러한 가공의 장소들은 문학적 상상력과 철학적 사유로 재구성되어 어딘가에서 다
   시 '만들어진다'고 설명하면서 유토피아적 장소와 문학적 상상력의 관계를 비교하는
   것은 의미 있는 작업이라고 강조한다. 정익순, 「문학적 유토피아와 철학적 상상력」,
   『비교문학』 제55집, 비교문학회, 2011, 167쪽 참조.
2) 헤테로토피아는 '다른'을 뜻하는 'hétéro'와 '장소'를 뜻하는 'topos'를 합친 신조어
   로 '다른(異質) 장소'를 의미한다. 다른 장소는 현실에 존재하는 '유토피아적 장소'라
   할 수 있다. 헤테로토피아는 현실의 장소들이 지니고 있는 부정적 의미를 "지우고
   중화시키고 혹은 정화시키기 위해 마련된 장소들"이다. 미셸 푸코, 『헤테로토피아』,
   이상길 옮김, 문학과지성사, 2014, 13~15쪽 참조.

상호 침투의 관계를 이론적으로 체계화한 것이라 할 수 있다. 그러한 일련의 작업을 푸코는 '헤테로토폴로지'로 명명한다. 헤테로토피아는 현실의 장소에 대한 이질화를 통해 의도적으로 '구성되는 장소'[3]라 할 수 있다. 이질화의 경향과 특성은 국가의 통치와 개인의 삶이 어떤 관계를 맺는가에 따라 다양한 형태로 드러난다. 그런 문제 때문에 푸코는 헤테로토피아라는 개념보다 헤테로토피아가 현실에서 어떤 원리로 구축되는지를 과학적으로 기술하는 '헤테로토폴로지'의 여섯 가지 원리를 유독 강조한다. 이는 헤테로토피아의 핵심이 헤테로토폴로지에 있다는 것으로 해석할 수 있다. 따라서 헤테로토폴로지에 대한 고찰은 시적 상상력으로서 헤테로토피아의 장소성을 규명하는 이론적 전제라 할 수 있다.

헤테로토피아에 대한 지금까지의 연구[4]는 건축학, 문화사회학에 집중되고 있으며 문학 분야에서의 연구[5]는 드문 상황이다. 특히 시와

---

3) 박기순, 「푸코의 헤테로토피아 개념-문학적 기원에 기초한 미학적 해석」, 『美學』 제83권 1호, 한국미학회, 2017, 135쪽.

4) 헤테로토피아에 대한 국내 연구의 동향은 한의정과 장은미의 「커뮤니케이션 연구의 헤테로토피아 적용에 대한 동향과 가능성-여성주의적 적용을 중심으로」에 자세히 정리되어 있다. 이 논문은 1993년부터 2016년까지 헤테로토피아와 관련된 논문 총 132편을 건축학, 인문사회학, 문학, 미술, 영화, 연극, 패션, 문화 등의 토픽으로 분류해 각 분야에서 헤테로토피아의 개념이 어떻게 적용되고 있는지를 구체적으로 분석하고 있어 주목된다. 저자들이 밝힌 헤테로토피아에 대한 국내 연구의 특성과 동향은 '이질성, 이의제기(저항), 개폐체계를 통한 배제의 배치 전략, 경계넘기를 통한 변형성'이라는 주제로 집중된다. 한의정·장은미, 「커뮤니케이션 연구의 헤테로토피아 적용에 대한 동향과 가능성-여성주의적 적용을 중심으로」, 『미디어, 젠더 & 문화』 32권 2호, 한국여성커뮤니케이션학회, 2017.6, 267~304쪽.

5) 김수진, 『보르헤스 문학의 헤테로토피아: 고갈되지 않는 문학의 가능성』, 한국학술 정보, 2008; 남진우, 『폐허에서 꿈꾸다: 유토피아 디스토피아 헤테로토피아』, 문학 동네, 2013; 유진월, 「나혜석의 탈주 욕망과 헤테로토피아」, 『인문과학연구』 제35 집, 강원대학교 인문과학연구소, 2012.12.; 이종대, 「근대의 헤테로토피아, 극장」, 『상허학보』 제16권, 상허학회 2006.2.

관련한 연구는 거의 전무한 상태라 할 수 있다. 이러한 사정은 문학
작품에 나타난 공간의 의미를 현실의 공간과 구분하려는 내재적 비평
의 경향과 일정한 관련이 있는 것으로 판단된다. 또한 푸코가 주장한
헤테로토피아의 개념을 건축학 혹은 사회학의 영역으로만 취급해 문
학비평의 이론으로 전격화하지 못한 상황과도 연관이 있다. 이러한
문제의식을 토대로 본 논의는 유토피아와 헤테로토피아의 비교를 통
해 장소적 상상력의 근원적 토대를 살펴본 후 한국 현대시에 나타난
헤테로토피아의 장소 유형을 1) 신성과 치유의 장소, 2) 이질(異質)과
분할의 장소, 3) 환상과 보정(補正)의 장소로 분류하고 각각의 유형에
맞는 대표적 시들을 분석함으로써 헤테로토피아의 시학적 가능성의
적용과 확장을 꾀하고자 한다.

2. 장소적 상상력과 헤테로토피아

푸코가 '헤테로토피아'의 개념을 처음 언급한 것은 『말과 사물』(1966)
서문에서였으며 보다 구체화된 내용은 라디오 강의 원고를 책으로 묶
은 『유토피아적인 몸/헤테로토피아』(1966)[6]에 개진된다. 푸코는 『말과
사물』에서 아르헨티나의 소설가 보르헤스(J. L. Borges)의 텍스트에 인
용된 중국 백과사전의 분류 항목[7]이 분명한 의미를 드러내는 것만

---

6) 『유토피아적인 몸/헤테로토피아』는 1966년 미셸 푸코가 두 차례에 걸쳐 진행한
   라디오 강의 원고를 묶은 책이며, 우리나라에서 『헤테로토피아』(이상길 옮김, 민음
   사, 2014)라는 제목으로 번역·출간되었다. 『헤테로토피아』에는 두 편의 강의 원고와
   함께 미셸 푸코가 1982년에 인류학자 폴 래비나우와 인터뷰한 「공간, 지식, 권력」이
   함께 실려 있다. 또한 「헤테로토피아」라는 제목으로 강의한 내용을 다듬어 완결한
   「다른 공간」(1967)도 함께 수록되어 두 논문의 차이를 살펴볼 수 있다.
7) 미셸 푸코가 예로 든 중국 백과사전의 분류 항목은 "a)황제에게 속하는 것, b)향기로
   운 것, c)길들여진 것, d)식용 젖먹이 돼지, e)인어(人魚), f)신화에 나오는 것, g)풀려

아니라 환상적인 존재물이나 신화적인 동물 등 기괴하고 엉뚱한 내용
도 있다는 점을 언급하면서, 이러한 양립(명확성/불명확성, 현실/환상)이
가능한 이유는 기괴하고 환상적인 존재들에게 언어가 '별도의 자리'를
마련해주었기 때문이라고 설명한다. 그가 언급한 '별도의 자리'는 배치
불가능한 것들을 인접시키는 '언어의 비(非)-장소'[8]라는 개념과 관련
한다. '언어의 비(非)-장소'는 언어가 지시하는 장소가 현실의 장소와
직접적으로 일치하지 않는다는 것을 뜻하기에 '장소 아닌 장소'[9]로
이해할 수 있다. 시에 표현된 장소들은 이미지와 비유를 통해 원래의
장소가 지닌 정체성이 강화되거나 축소되어 나타난다. 이러한 효과는
'장소의 장소화'를 통해 일상의 장소에 별도의 의미를 부여하는 시적
문맥화의 과정이라 할 수 있다. 그렇기 때문에 보르헤스의 텍스트에
나타난 엉뚱함, 기괴함, 환상성, 유머 등은 일상의 장소들이 언어에
의해 '별도의 자리(장소)'로 전환되면서 나타난 '장소의 효과(effect)'로
이해할 수 있다.

　　마르틴 하이데거(Martin Heidegger)는 시란 "존재의 '거주지(Ortschaft)'
와 이것의 장소성이 '장소화(Verortung)'"[10]된 것이라고 정의한다. 이
는 존재와 장소의 본질적 관련을 '장소화'라는 언어적 효과를 통해 설

　　나 싸대는 것, h)지금의 분류에 포함된 것, i)미친 듯이 나부대는 것, j)수없이 많은
　　것, k)아주 가느다란 낙타털 붓으로 그린 것, l)기타, m)방금 항아리를 깨뜨린 것,
　　n)멀리 파리처럼 보이는 것"이다.

8) 미셸 푸코, 『말과 사물』, 이규현 옮김, 민음사, 2012, 10쪽.

9) 『말과 사물』을 번역한 이규현은 'non-lieu'(언어의 비(非)-장소)는 원래 '기소 면
　　제'를 뜻하는 법률용어이지만, 여기에서는 현실의 공간과 직접 연루되지 않는다는
　　의미를 함축한 것이라는 설명과 함께 '언어의 비(非)-장소'란 '장소 아닌 장소'를
　　지시한다고 밝힌다. 미셸 푸코, 위의 책, 10쪽 각주8 참조.

10) 송석랑, 「토포스의 해석학; 현상학과 예술-하이데거의 '장소'론을 중심으로」, 『인
　　문과학연구논총』 제38권 4호, 명지대학교 인문과학연구소, 2017.11, 124쪽.

명한 것으로서 푸코가 말한 '언어의 비(非)-장소'의 이해를 뒷받침해
준다. '장소 아닌 장소'의 '장소화'는 언어의 배치에 의해 생성된 문학
적 효과라 할 수 있다. 장소화는 세계 안의 존재가 어떻게 '거주'하는
가의 문제를 제기하는 실존적 개념이다. 거주는 존재의 '안전'과 '보
호'를 목적으로 하는 능동적 활동이다. 따라서 장소화는 거주의 '위협'
과 '불안'에 대한 반작용에서 촉발된 것이라 할 수 있다. 문학적 장소
들이 드러내는 장소적 효과는 '유토피아'에 대한 인류의 공통적 염원
을 본질로 삼는다 할 수 있다. 그런 점을 고려한다면『말과 사물』에
언급된 '헤테로토피아'는 문학의 공간에 그 기원을 두고 있으며, '언어
가 공간(장소)과 교차'[11]하면서 파생시킨 장소적 상상력의 효과로 정
의해 볼 수 있다.

> 유토피아는 위안을 준다. 왜냐하면 유토피아는 실재하는 장소를 갖지
> 못한다 해도, 고르고 경이로운 공간에서 펼쳐지며, 비록 공상을 통해 접
> 근할 수 있을 뿐이지만, 넓은 도로가 뚫려 있는 도시, 잘 가꾼 정원, 살기
> 좋은 나라를 보여주기 때문이다.……헤테로토피아는 불안을 야기하는
> 데, 이는 아마 헤테로토피아가 언어를 은밀히 전복하고, 이것과 저것에
> 이름 붙이기를 방해하고, 보통 명사들을 무효가 되게 하거나 뒤얽히게
> 하고, '통사법'을, 그것도 문장을 구성하는 통사법뿐만 아니라 말과 사물
> 을 (서로 나란히 마주보는 상태로) '함께 붙어 있게' 하는 덜 명백한 통사
> 법까지 사전에 무너뜨리기 때문일 것이다. 그래서 유토피아는 이야기와
> 담론을 가능하게 하는 반면에, 즉 유토피아는 언어와 직결되고 기본적으
> 로 파불라fabula의 차원에 속하는 반면에, 헤테로토피아는 (보르헤스에
> 게서 그토록 빈번하게 발견되듯이) 화제(話題)를 메마르게 하고 말문을
> 막고 문법의 가능성을 그 뿌리에서부터 와해하고 신화를 해체 하고 문장
> 의 서정성을 아예 없애 버린다."[12]

---

11) 미셸 푸코, 앞의 책, 11쪽.

인용문에서 푸코는 '유토피아'와 '헤테로토피아'의 경계 혹은 차이
를 '위안과 불안'으로 설명한다. 유토피아는 '경이', '좋음', '정리', '질
서' 등 위안의 가치와 결부된 공상의 장소이고, 헤테로토피아는 '전
복', '방해', '무효', '혼란' 등 불안의 가치와 결부된 현실의 장소라는
그의 언급은 문학적 문맥에 따른 분류라 할 수 있다.[13] '이야기'와 '담
론'을 가능하게 하는 유토피아는 '공통의 장소'에 대한 통사적 질서,
즉 '파불라(fabula)의 차원'과 관계된 것이라면 헤테로토피아는 그 질
서에 전복과 균열과 해체를 가하는 실천적 차원과 관계된다. 그러한
기능을 수행하는 것이 어떤 장르인지 명백히 밝히지 않았지만 일상의
언어를 낯설게 하여 인식을 확장하는 시어의 기능과 유사하다는 점에
서 푸코의 헤테로토피아는 시적 상상력의 체계와 밀접한 관련이 있는
것으로 판단된다.[14] 현실에 존재하지 않지만 '좋은 장소'로 인식된 유
토피아는 문학적 텍스트 속에 존재하는 '言表의 장소', 즉 이야기와
담론에만 존재하는 평평하고 고른 장소라 할 수 있다. 헤테로토피아
는 평평하고 고른 장소에 균열을 가하는 전복적 상상력을 통해 유토

---

12) 위의 책, 11쪽.

13) 박기순은 미셸 푸코가 1962~64년 사이에 집중적으로 문학비평을 발표한 사실에
주목하면서 이는 문학이 제공하는 '경계경험'을 통해서 한 문화 내부에 존재하는 '경
계들의 역사'를 그려내려는 의도를 드러내는 것이라고 설명한다. 박기순은 문학이
제공하는 '경계경험'이 미셸 푸코의 철학적 작업 전체를 이해할 수 있는 토대라는
점을 강조하면서 '헤테로토피아'를 문학비평의 차원에서 조명한다. 박기순, 앞의 글,
113쪽 참조.

14) 미셸 푸코는 유토피아와 헤테로토피아의 특징을 시라는 장르와 연관해 구체적인
설명을 하지는 않았지만 그의 저작 전반에 언어와 세계(공간, 장소)가 깊은 '귀속관계'
를 맺고 있다는 것을 전제하고 있으며 '순수한 언어의 존재'가 친숙함으로 세계 안에
생동하고 있다는 사실을 분명하게 인정하고 있다. 그러한 생동의 언어가 오직 횔더린
과 아르토의 문학에만 존재한다는 확신은 공간(장소)의 사유가 시적 사유와 근원적인
관련을 갖는다는 것을 보여준다. 미셸 푸코, 앞의 책, 535쪽, 역자 이규현의 해설
참조.

피아의 신화를 해체한다. 푸코가 말하는 신화(이데올로기)의 해체는 장소의 배치, 즉 이질적 장소를 현실에 배치하여 유토피아적 우화에 내포된 위안의 질서를 와해하는 '장소-언어적' 전략이라 할 수 있다. 그러므로 헤테로토피아의 수사는 전복, 와해, 혼란, 무효 등의 의미를 내포한 부정적 또는 비판적 상상력의 체계에 포함될 수밖에 없으며 그것이 문학 텍스트에 장소화된 이미지로 배치되면서 '문장의 서정성'을 없애버리는 효과를 발휘한다.

최근 한국 현대시에 드러난 서정의 위축, 포스트모더니즘의 유행과 난해시, 생태주의와 환상시 등의 경향은 헤테로토피아적 장소의 배치와 관련된 '장소-언어적' 상상력과 긴밀한 연관을 지니는 것으로 볼 수 있다. '장소-언어적' 전략은 장소가 곧 언어(의식)이고, 언어는 장소의 '감응(感應)'이라는 상호 귀속관계를 표현한 것으로 그 구체적인 논거는 푸코가 『말과 사물』 2장 '세계의 산문'에 유사성의 원리를 설명하는 내용에서 찾아볼 수 있다. 푸코는 공간이란 주체에 의해 구성된 '실체'가 아니라 복합적인 힘들의 배치와 구성에 따른 '효과'라는 것을 강조한다.[15] 장소가 배치와 구성의 효과라는 견해에 대해서는 푸코 연구자들 사이에 이견이 없어 보인다. 그러나 보다 중요한 것은 배치와 구성을 이끌어내는 인식의 원리가 무엇인지를 파악하는 것이다. 푸코는 '닮음'과 '지식'의 맞물림을 결정하는 유사성의 원리들을 1) 장소들의 인접을

---

[15] 허경은 서구의 도시 형성이 서구 역사에서 일어난 가장 중요한 사건이라는 전제와 함께 미셸 푸코의 '도시관'을 계보학에 근거해 고찰하였다. 허경은 미셸 푸코의 도시관이 도시를 독립적 '실체'(substance)로 간주하면서 그 형성 과정을 역사적으로 추적하는 것이 아니라 주어진 시대 내에 공시적으로 존재하는 복합적 '힘관계들'(relations de forces)이 형성하는 다양한 배치와 구성의 효과(effet)로 파악하는 것이라고 설명한다. 허경, 「서구 근대도시 형성의 계보학-미셸 푸코의 도시관」, 『도시인문학연구』 제5권 2호, 도시인문학연구소, 2013, 10쪽 참조.

뜻하는 '콘베니엔티아(convenientia)', 2) 장소의 법칙에서 벗어나 부동의 상태로 거리를 두고 작용하는 '아이물라티오(aemulatio)', 3) 콘베니엔티아와 아이물라티오가 겹친 '유비(類比)', 4) 어떤 경로나 거리도 사전에 전제되지 않은 '감응' 등 네 가지로 제시한다.[16] 이 중에 '감응'은 앞의 세 가지를 포함하는 원리로서 그가 가장 강조하는 개념이라 할 수 있다. '감응'은 사물들을 동일하게 만들어 개체성을 사라지게 하는 '위험한 동화'[17]의 힘이다. 감응에 내재된 위험성은 사물을 고립된 상태로 유지하고 동화를 방해하는 '반감'에 의해 보완된다. 감응과 반감이 짝패가 되어 기능함으로써 사물들은 "증대하고 성장하고 서로 뒤섞이고 사라지면서도 끝없이 재발견"[18]된다. 사물은 물론 사물들이 위치한 장소들도 감응과 반감의 작용에 의해 끊임없이 성장·소멸하게 된다. 따라서 장소적 상상력의 근간은 장소에 대한 '감응'과 '반감'의 상호작용에 토대를 둔다 할 수 있다. 유사성의 상호작용은 '안전과 불안'의 장소를 구획하는 인식적 토대가 되며, 시에 표현된 장소적 비유와 이미지를 안전과 불안의 의미로 수렴시키는 통로 역할을 한다. 장소적 이미지가 시에 직접적으로 명시되지 않더라도 이미지와 비유들의 감응과 반감만으로도 보이지 않는 장소의 의미를 충분히 유추해 낼 수 있다. 이는 시 그 자체가 하나의 '장소'이자 '존재의 거주지'라는 하이데거의 정의와 상통하는 것이라 할 수 있다.

푸코가 설명한 '네 가지 유사성'의 상호작용은 "세계의 부피 전체,

---

16) 미셸 푸코, 앞의 책, 45~57쪽 참조.
17) 권력과 지식이 어떻게 결합해 감시와 처벌의 공간을 만들어내는가에 대한 탐구가 미셸 푸코 철학의 주요 관심사라는 것을 고려한다면 '위험한'이라는 수식은 '동화' 자체가 위험하다는 것이 아니라 이데올로기적 강제로 개체성을 '동일화'하는 '권력의 작동방식'에 대한 우려를 드러내는 것이라 할 수 있다.
18) 미셸 푸코, 앞의 책, 56쪽.

부합의 모든 인접, 경합의 모든 반향, 유비의 모든 연쇄는, 사물들을
접근시키고 사물들 사이의 거리를 유지하는 감응과 반감의 공간에 의
해 지탱되고 유지되며 두 겹이 된다."[19]는 말로 요약된다. 감응과 반
감의 원리에 의해 공간(장소)이 '두 겹'이 된다는 것은 유토피아적 장소
와 헤테로토피아적 장소가 대립, 겹침, 성장, 소멸의 과정을 통해 현
실의 장소들을 끊임없이 분산시키고 재구성한다는 것을 의미한다. 그
러하기에 현실의 장소들이 지닌 내·외적 의미는 유토피아와 헤테로
토피아의 중층 결정에 의해 규정된다고 할 수 있다.[20] 장소들이 지닌
내·외적 의미는 현상학적 의미와 사회학적 의미로 풀어 해석할 수
있다. 푸코가 『말과 사물』에 '네 가지 유사성'의 원리를 설명하는 근거
로 '식물의 생장(生長)', '거울', '대지와 풀', '초목과 별', '불과 물', '공
기와 대지' 등과 관련된 비유와 이미지를 제시한 것은 "몽상의 공간,
우리의 정념의 공간은 그 자체에 고유한 것으로 보이는 성질들"[21]을
지닌다는 현상학적 인식과 관련이 있다. 이는 '4원소론'에 입각한 가
스통 바슐라르(Gaston Bachelard)의 상상력 이론과 일정한 영향관계가
있음을 시사하는 것으로 볼 수 있다.[22] 푸코는 몽상과 정념의 공간에

---

19) 위의 책, 57쪽.
20) 감응과 반감에 의한 장소의 중층성은 문학 텍스트, 특히 시에 드러난 장소의 의미를
    현상학적 측면과 사회학적 측면에서 동시적으로 규명하는 데 주요한 연결고리가 된
    다. 시에 드러난 장소는 현실의 장소이면서 동시에 비현실의 장소로 나타난다. 장소
    의 현실성만 강조하거나 또는 장소의 비현실성만을 강조할 경우 시에 드러난 장소의
    의미는 평면화될 수밖에 없다.
21) 미셸 푸코, 『헤테로토피아』, 이상길 옮김, 문학과지성사, 2014, 45쪽.
22) 현상학적 영향관계의 단초는 이질적 장소로서의 헤테로토피아의 특징을 설명한
    「다른 공간」에 바슐라르의 업적을 "우리가 살고 있는 공간이 균질적이고 텅 비어
    있는 것이 아니라, 반대로 온갖 다양한 성질로 가득 차 있다는 것을, 어쩌면 그 공간은
    환상에 사로잡혀 있기까지 하다는 것을 가르쳐주었다."라고 평가한 대목에서 찾을
    수 있다. 위의 책, 45쪽.

대한 현상학적 고찰이 "동시대의 성찰을 위해 근본적"[23]인 것임을 인
정한다. 따라서 그가 주장하는 헤테로토피아는 현상학적 공간과 사회
학적 공간이 겹치는 경계의 공간이자 교섭의 공간이라 할 수 있다.
이 점에 대해 푸코는 바슐라르의 공간 탐구가 '안의 공간(espace du
dedans)'과 관련된 것이라면, 자신은 그를 토대로 '바깥의 공간(espace
du dehors)'에 관해 말하고자 한다는 진술을 통해 명백히 밝힌다.[24]
헤테로토피아에 대한 국내 연구가 '이질성, 이의제기(저항), 개폐체계
를 통한 배제의 배치 전략, 경계넘기를 통한 변형성'[25]이라는 사회학
적 주제에 집중되는 현상은 '두 겹'의 공간, 즉 유토피아와 헤테로토피
아가 '감응'과 '반감'의 균형에 의해 끊임없이 재구성되는 '짝패'의 장
소라는 점을 고려치 않고 헤테로토피아를 '반감'의 대립적 장소로만
위치시키는 것에 기인한 결과라 할 수 있다. 헤테로토피아가 경계와
교섭의 공간이라는 것을 증명하기 위해서는 유토피아가 어디에 근원
을 두고 있는지 살펴볼 필요가 있다.

① 유토피아, 그것은 장소 바깥에 있는 장소이다. 한데 그것은 내가 몸
없는 몸을 갖게 될 장소인 것이다.……언제나 아름답게 되는 몸. 원초적
인 유토피아, 인간의 마음 속 가장 깊숙이 자리 잡고 있는 유토피아, 그
것은 바로 형체 없는 몸의 유토피아일 것이다.[26]

② 그런데 서로 구별되는 이 온갖 장소들 가운데 절대적으로 다른 것이
있다. 자기 이외의 모든 장소들에 맞서서, 어떤 의미로는 그것들을 지우

23) 위의 책, 45쪽.
24) 위의 책, 45쪽.
25) 한의정·장은미, 앞의 글, 286쪽.
26) 미셸 푸코, 앞의 책, 29쪽.

고 중화시키고 혹은 정화시키기 위해 마련된 장소들. 그것은 일종의 반
(反)공간(contre-espaces)이다. 이 반공간, 위치를 가지는 유토피아들
utopies localisées.[27]

인용문 ①의 '장소 바깥에 있는 장소'로서의 유토피아와 인용문 ②
의 모든 장소들과 절대적으로 다른 '반(反)공간(contre-espaces)'으로서
의 유토피아라는 규정은 두 장소의 대립적 의미를 강조하려는 것이
아니라 유토피아적 장소의 두 '위상'을 설명하기 위한 것이다. 위치가
'없는' 유토피아와 위치가 '있는' 유토피아의 장소들이 현실 공간에서
서로의 위치를 "지우고 중화시키고 혹은 정화"하는 양상을 살피는 것,
즉 감응과 반감의 상호작용에 의해 촉발되는 장소들의 움직임과 분산
이 주체(몸)의 정서와 어떤 관련을 갖는지를 고찰하는 것이 푸코가 밝
히고자 하는 바의 핵심이라 할 수 있다. 그가 말하는 유토피아의 근원
은 "언제나 아름답게 되는 몸"에 있다. 유토피아는 현실 도피를 뜻한
다기보다는 인간 의식에 "깊숙이 자리 잡고 있는" 원초적 동경과 관련
한다. 그것은 시간에 의해 침식당하지 않는 '젊은 몸'으로 표상된다.
'몸'의 유토피아는 형체가 없는, "침투할 수 있지만 불투명하고, 열려
있으면서도 닫혀 있는, 이해 불가능한 몸"[28]이라는 의미에서 몸은 유
토피아와 헤테로토피아의 경계에 위치한 근원적 장소라 할 수 있다.
몸과 관련된 이미지들, 예를 들어 '거인', '가면', '화장', '문신', '옷',
'춤', '중독', '낙인' 등의 이미지들은 인류의 문학적 상상력에 지대한
영향을 끼친 것들로서 현실의 몸을 '다른 공간'에 위치시키는 유토피
아적 표상들이다. 그러한 표상에 균열을 가하여 몸의 실체성을 부여

---

27) 위의 책, 13쪽.
28) 위의 책, 32쪽.

하는 것이 '거울'과 '시체'의 이미지다. 거울과 시체는 유토피아적인 몸을 지우고 중화시키는 몸의 헤테로토피아로 기능한다. 시에 드러난 거울과 시체 이미지는 형체 없는 몸의 유토피아와 헤테로토피아적인 몸의 장소가 '감응'과 '반감'의 상호작용으로 빚어낸 장소들의 '효과'로 이해할 수 있다.

몸의 장소성은 현실의 공간을 위안과 불안의 두 장소로 범주화한다. "나는 구체적이고 실제적인 장소, 우리가 지도에 위치지을 수 있는 장소를 가지는 유토피아들, 그리고 명확한 시간, 우리가 매일매일의 달력에 따라 고정시키고 측정할 수 있는 시간을 가지고 있는 유토피아들이–모든 사회에–있다고 생각한다."[29]는 푸코의 확신은 모든 사회에 존재하는 헤테로토피아의 장소들이 주체들의 의식적 활동을 통해 그 사회에 합당한 유토피아적 질서를 재현·생성해낸다는 것을 강조한 것이다. 위안을 통해 불안을 직시하고, 불안을 통해 위안을 구축하는 것이 유토피아와 헤테로토피아의 상호 관련성이며, 그러한 관계는 주체의 의식과 행동에 의해 매개될 수밖에 없다. 그렇기 때문에 헤테로토피아는 유토피아에 대한 '반감'의 장소이자 다시 유토피아로 돌아가려는 의지를 내포한 '재귀(再歸)'의 장소라 할 수 있다. 푸코가 "거울은 헤테로토피아처럼 작동한다."[30]고 말한 것은 거울에 비친 '나'의 존재가 현실적이면서 비현실적인, 존재하면서도 부재하는 존재의 미묘한 상태를 설명한 것이다. 이러한 관계를 그는 '재귀 효과'로 규정하면서 재귀 효과를 드러내는 제반의 장소와 이미지들을 헤테로토피아로 명명한다. 재귀적 관계는 결국 주체로의 새로운 복귀를 의미한다. 따라서 주체로 회귀되고 수렴되는 헤테로토피아의 장소들은

29) 위의 책, 12쪽.
30) 위의 책, 48쪽.

'자기치유의 장소'[31]로 설명할 수 있다.

지금까지의 논의를 정리하면 1) 헤테로토피아는 문학의 공간에 그 기원을 두고 있으며, '언어가 공간(장소)과 교차'하면서 파생시킨 장소적 상상력의 효과이며, 2) 유토피아와 헤테로토피아는 '감응'과 '반감'의 상상력에 의해 끊임없이 재구성되는 '짝패'의 장소이며, 3) 헤테로토피아적 장소의 배치와 관련된 '장소-언어적' 상상력은 고른 장소(유토피아)에 균열을 가하는 전복적 수사와 관련되며, 4) 헤테로토피아의 장소는 '몸'과 연결된 재귀적 장소 이미지라 할 수 있다. 따라서 헤테로토피아의 장소적 상상력에 대한 고찰은 주체(몸)와 관련된 장소와 이미지들이 어떤 방식으로 유토피아적 질서를 만들어내는지를 살피는 것이 될 수밖에 없다. 그러한 고찰의 방법론을 푸코는 '헤테로토폴로지'로 명명한다.

3. 헤테로토폴로지와 한국 현대시의 장소 유형

푸코는 헤테로토피아와 주체가 맺는 관계를 '헤테로토폴로지'[32]라

31) 김분선은 푸코의 '헤테로토피아'가 주체의 실천을 통해 의미를 부여받은 공간임을 강조하면서 헤테로토피아의 궁극적 기능과 의미를 "정신적 갈증을 느끼는 현대의 삶의 주체에게 '자기치유'와 '정신적 자유'의 유토피아적 판타지를 제공"하는 것으로 설명한다. 또한 "헤테로토피아를 '일탈'과 '변이'에 대한 갈망을 해갈하기 위한 진보적 논의로 확장시켜 활용하기 이전에 푸코가 전달하려했던 헤테로토피아의 본래적인 의미를 해명"하는 것이 선결되어야 한다는 것을 강조한다. 김분선, 「자기 배려 주체의 공간, 헤테로토피아」, 『근대철학』 제10집, 서양근대철학회, 2017. 10, 129쪽, 130쪽.

32) 헤테로토폴로지는 '다른'을 뜻하는 'hetero'와 '위상학'을 뜻하는 'topologie'의 합성어로 축자적(逐字的)으로 해석하면 '다른 위상학'이 된다. '토폴로지'(topologie)는 "공간 내지 공간성의 가능성을 탐구하기 위해 공간의 연장(延長)보다 그 구조나 위치 관계를 더 중시하는 방법"으로 통상 수학에서 쓰이는 개념이다. 서도식, 「존재의 토폴로지-M. 하이데거의 공간 이론」, 『시대와 철학』 제21권 4호, 한국철학사상연구회, 2010, 223쪽 참조 및 인용.

는 위상학적(位相學的) 개념으로 설명한다. '토폴로지'(topologie)의 어원은 '장소'를 뜻하는 'topos'[33]와 '말하다'를 뜻하는 '-logia'[34]의 합성어로 직역하자면 '장소를 말하다.'라는 뜻이다. 푸코가 차용한 토폴로지는 구조와 위치를 파악하는 수학적 방식과 장소와 주체의 관계를 규정하는 존재론적 개념[35]을 동시에 내포한 개념이다. 헤테로토폴로지는 "우리가 살고 있는 공간에 대해 신화적인 동시에 현실적으로 일종의 이의제기를 하는 상이한 공간들"[36]로서의 헤테로토피아를 어떻게 기술할 수 있으며, 그것이 어떤 의미를 지니는지 체계적으로 기술하는 방식이다. 다시 말해 주체와 헤테로토피아적 장소가 맺는 위상학적 관계 및 원리를 밝히는 방법론이라 할 수 있다. 푸코는 헤테로토폴로지의 원리를 여섯 가지로 설명하는데 그 핵심 명제를 요약[37]하면 다음과 같다.

---

33) "literary theme," 1948, from Greek topos, literally "place, region, space," also "subject of a speech," a word of uncertain origin. "The broad semantic range renders etymologizing difficult" [Beekes].
(https://www.etymonline.com/word/topos#etymonline_v_39265)

34) word-forming element meaning "a speaking, discourse, treatise, doctrine, theory, science," from Greek -logia (often via French -logie or Medieval Latin -logia), from root of legein "to speak;" thus, "the character or deportment of one who speaks or treats of (a certain subject);" from PIE root *leg- (1) "to collect, gather," with derivatives meaning "to speak (to 'pick out words')." Often via Medieval Latin -logia, French -logie.
(https://www.etymonline.com/word/-logy#etymonline_v_12399)

35) 미셸 푸코의 토폴로지는 "인간이 어떻게 '장소에 머무르는가(verortet)' 혹은 좀 더 정확히 말하면 어떻게 존재사적으로 장소에 머무르는가를 규정하는 것"이라는 하이데거의 토폴로지와 상당한 연관을 보인다. 서도식, 앞의 글, 232쪽.

36) 미셸 푸코, 앞의 책, 48쪽.

37) 위의 책, 47~56 참조.

첫 번째 원리: 세계의 모든 문화들 가운데 헤테로토피아를 구축하지 않는 문화는 없다.

두 번째 원리: 동일한 헤테로토피아라도 그것이 위치하는 문화적 공시태 synchronie에 따라 달라질 수 있다.

세 번째 원리: 헤테로토피아는 서로 양립 불가능한 복수의 공간, 복수의 배치를 하나의 실제 장소에 나란히 구현할 수 있다.

네 번째 원리: 헤테로토피아는 대개 시간의 분할과 연결된다. 이는 전통적인 시간을 완전히 단절하는 헤테로크로니아(hétérochroniques), 즉 시간의 이질화와 관련된다.

다섯 번째 원리: 헤테로토피아는 언제나 그것을 고립시키는 동시에 침투할 수 있게 만드는 열림과 닫힘의 체계를 전제한다.

여섯 번째 원리: 헤테로토피아는 나머지 공간에 대해 어떤 기능을 가진다.

푸코가 자신의 논문 「다른 공간」에 설명한 헤테로토폴로지의 여섯 가지 원리는 완결된 방법론이라기보다는 '구성 원리'와 '특징'이 혼재된 단상(斷想)에 가깝다 할 수 있다.[38] 헤테로토피아의 구성 원리와 특징을 구분하지 않을 경우 푸코가 언급한 '위기의 헤테로토피아', '일탈의 헤테로토피아', '축제의 헤테로토피아', '환상의 헤테로토피아', '보정의 헤테로토피아'라는 개념의 수식적 표현에만 매달려 장소성의 의미를 단순화하는 경향을 보일 수 있다. 예를 들어 모든 일탈의 장소가 일탈의 헤테로토피아로 수렴되는 것은 아니다. 그렇기 때문에 푸코가 제시한 여섯 가지 원리는 '원리'와 '특징'이라는 두 요소로 구분해 정리해야 한다.

헤테로토피아의 원리는 헤테로토피아가 모든 문화에 존재한다는 '상수성(常數性)'(첫 번째 원리), 양립 불가능한 공간을 현실에 구현하는

---

38) 이는 미셸 푸코가 헤테로토피아에 대한 개념을 명확하게 정리하지 못하고 1984년 타계함으로써 발생한 것이라 할 수 있다.

'배치'(세 번째 원리), 열림과 닫힘의 체계를 전제로 한 '상호침투'(다섯 번째 원리)'의 세 가지로 구성된다. 이러한 원리에 기반을 둔 헤테로토피아의 장소적 특징은 '문화적 공시태'(두 번째 원리)에 따라 상이할 수 있으며, 시간을 '이질화'(네 번째 원리)하고, 장소들에 '환상과 보정'(여섯 번째 원리)의 특별한 기능을 부여한다는 세 가지로 정리할 수 있다. 따라서 모든 문화에 존재하는 헤테로토피아들은 '배치'와 '상호침투'의 원리를 바탕으로 현실의 장소들을 '이질화'하여 '특정한 기능'을 부여하는 '특별한 장소들'로 정의할 수 있다. 그러한 원리와 특징에 근거해 「다른 공간」에 서술된 헤테로토피아의 유형을 기능의 유사성에 입각해 분류해보면, 1) 모든 문화에 존재하는 신성한 장소로서 '원시의 헤테로토피아'와 '일탈의 헤테로토피아', 2) 시간을 이질화하는 장소로서 '영원성의 헤테로토피아'와 '축제의 헤테로토피아', 3) 장소에 특정 기능을 부여하는 '환상의 헤테로토피아'와 '보정의 헤테로토피아'로 구분된다. 세 가지로 분류된 장소에 나타난 각각의 헤테로토피아는 양립불가의 장소들이 배치된 것이며, 열림과 닫힘의 체계를 지니며, 각 나라의 문화에 따라 그 양상이 다를 수 있다는 원리를 전제로 한다.

본 논의는 한국 현대시에 나타난 헤테로토피아의 장소 유형을 1) 신성과 치유의 장소, 2) 이질과 분할의 장소, 3) 환상과 보정의 장소로 구분하고, 그러한 장소들의 특징을 헤테로토피아적 이미지[39]에 근거해 밝힘으로써 헤테로토피아와 시의 비평적 연계 가능성을 원론적

---

39) 미셸 푸코는 헤테로토피아의 특징을 '거울', '정원', '묘지', '시체', '배' 등의 이미지를 통해 설명하는데, 이는 장소와 장소 특성을 이미지를 통해 설명하는 것으로 볼 수 있다. 따라서 본 논문도 미셸 푸코의 그러한 방법을 적극 수용하면서 한국 현대시에 나타난 장소적 이미지의 특징을 헤테로토피아적인 이미지와 관련하여 살펴보고자 한다.

수준에서 분석·검토하고자 한다. 이러한 작업은 헤테로토피아의 장
소가 한국 현대시에 어떻게 수용될 수 있는지를 검토하는 입론(立論)
의 일환이며, 또한 헤테로토피아의 한국적 특수성이 어떤 것인지를
조명하는 전초 작업이라 할 수 있다.

3.1. 신성과 치유의 장소

어느 문화든 그 사회가 마련한 신성한 장소들이 존재한다. 신성의
장소는 특권화되고 금지된 속성을 갖는다. 푸코는 원시시대의 신성한
장소들을 '위기(원시)의 헤테로토피아'로 명명한다. 청소년, 달거리 중
인 여성, 임신 중인 여성, 노인 등을 격리시키는 원시시대의 장소가
위기의 헤테로토피아에 해당되며, 이러한 장소들은 문명이 발전하는
과정에서 점차 소멸되고 그 흔적이 19세기에는 기숙학교와 군대, 20
세기에는 신혼여행지로 남아있다는 것이 푸코의 설명이다. '위기의
헤테로토피아'가 탈신성화의 과정을 통해 사라지게 되면서 그 자리를
'일탈의 헤테로토피아'가 대체하게 되는데, 그 예로는 사회적 규범을
어기거나 평균을 벗어나는 행동을 하는 사람들이 수용된 요양소, 정
신병원, 감옥 등이 있다.[40] 위기와 일탈의 헤테로토피아는 '격리', '금
지', '치유', '통제'의 기능을 수행한다. 위기의 헤테로토피아가 격리
와 치유의 기능이 강조된 신성의 장소라면 일탈의 헤테로토피아는 금
지와 통제의 기능이 강조된 억압의 장소라 할 수 있다. 두 장소는 특
정의 사람들을 사회로부터 격리시킨 후 다시 사회에 복귀시키는 교정
(教正)의 기능을 한다는 특징을 지닌다. 헤테로토피아로서의 신성의
장소는 세속과 대치되는 장소라는 의미보다는 치유와 교정을 수행하

---

40) 미셸 푸코, 앞의 책, 49~50쪽 참조.

는 장소로 이해해야 한다. 따라서 종교적 장소나 감옥, 정신병원, 요양소처럼 그 기능이 명백하게 드러나는 장소에 대한 분석도 중요하지만 일상의 장소들이 어떻게 신성의 헤테로토피아로 변용되는지를 파악하는 것이 더 중요하다.

> 외할머니네 집 뒤안에는 장판지 두 장만큼한 먹오딧빛 툇마루가 깔려 있읍니다. 이 툇마루는 외할머니의 손때와 그네 딸들의 손때로 날이날마다 칠해져 온 것이라 하니 내 어머니의 처녀 때의 손때도 꽤나 많이는 묻어 있을 것입니다마는, 그러나 그것은 하도나 많이 문질러서 인제는 이미 때가 아니라, 한 개의 거울로 번질번질 닦이어져 어린 내 얼굴을 들이비칩니다.
>
> 그래, 나는 어머니한테 꾸지람을 되게 들어 따로 어디 갈 곳이 없이 된 날은, 이 외할머니네 때거울 툇마루를 찾아와, 외할머니가 장독대 옆 뽕나무에서 따다 주는 오디 열매를 약으로 먹어 숨을 바로 합니다. 외할머니의 얼굴과 내 얼굴이 나란히 비치어 있는 이 툇마루에까지는 어머니도 그네 꾸지람을 가지고 올 수 없기 때문입니다.
>
> 서정주, 「외할머니의 뒤안 툇마루」 전문

서정주의 「외할머니의 뒤안 툇마루」는 '거울'이 헤테로토피아처럼 작동한다고 말한 푸코의 의도가 무엇인지를 명확히 보여주는 작품이다. 푸코에 의하면 거울에 비친 모습을 바라보는 순간 주체의 '자리'는 "절대적으로 현실적인 동시에 절대적으로 비현실적인 것"[41]이 된다. 즉 거울의 이미지를 통해 주체가 자리한 현실의 장소가 '위치를 가지는 유토피아'로 중첩됨으로써 장소의 변용이 일어난다는 것이다. 이러한 장소 변용이 「외할머니의 뒤안 툇마루」에 '툇마루'와 '거울'이

---

41) 위의 책, 48쪽.

라는 이미지를 통해 일어남을 볼 수 있다. '툇마루'는 '외할머니'와 '그네 딸들'과 '내 어머니'의 고된 삶이 연대기적으로 누적된 특별한 장소다. '손때'는 오랜 시간에 걸쳐 반복된 가사노동의 힘겨움을 의미한다. '손때'가 켜켜이 쌓인 '툇마루'는 집의 '뒤안'에 위치한 후미진 곳으로서 외할머니를 위시한 집안의 여자들이 가부장적 질서에 의해 겪어야만 했던 고난의 흔적이 고스란히 남은 격리와 고립의 장소라 할 수 있다. 집의 중심에서 벗어난 '툇마루'가 문지르는 행위로 인해 '한 개의 거울'처럼 닦여짐으로써 그 공간은 여자들만의 연대가 형성되는 치유의 장소로 변모된다. 닦고 문지르는 행위를 통해 '툇마루'는 여성들만의 장소로 특권화되면서 남자들의 개입이 제한된 '신성의 장소'가 된다. 그러나 화자인 '나'는 어른들의 세계에 편입되지 않은 경계인의 위치에 있기 때문에 그 장소에 자유롭게 드나드는 특권을 갖게 된다. 어린 화자가 '꾸지람'을 듣고 '때거울 툇마루'에 찾아와 오디 열매를 약으로 먹고 숨을 바로 하는 툇마루는 삼한시대의 소도(蘇塗)처럼 어머니라 할지라도 '꾸지람'을 가지고 올 수 없는 신성의 장소이자, 외할머니와 자신의 얼굴을 '나란히' 비추어볼 수 있는 따뜻한 치유의 공간이 된다.

서정주의 「외할머니의 뒤안 툇마루」에 나타난 '때거울 툇마루'의 장소는 '집'으로 표상된 가부장적 공간에 속해있는 격리와 소외의 장소이지만 주체들의 특정 행동에 의해 가부장적 질서들을 "지우고 중화시키고 혹은 정화시키기 위해 마련된 장소"로 변용됨으로써 푸코가 말한 '반(反)공간(contre-espaces)'[42], 즉 현실 속에 '위치를 가지는 유토피아'로서의 의미를 획득하여 치유의 기능을 수행한다. '때거울 툇

---

42) 위의 책, 13쪽.

마루'의 이미지는 한국 현대시에 나타난 신성의 장소들을 분석하는 데 유의미한 근거를 제공한다. 한국 현대시에 나타난 위기와 일탈의 헤테로토피아적 장소를 거울의 이미지를 동반한 일상의 장소들, 비추거나 들여다보는 주체들의 행위들이 일어나는 장소들, 모성의 공간과 성적 공간에 나타난 치유와 사랑의 장소들로 분류해 고찰한다면 한국 현대시에 나타난 신성의 장소적 특징을 심도 있게 조망할 수 있으리라 여겨진다.

3.2. 이질과 분할의 장소

헤테로토피아가 십중팔구 시간의 분할과 연결된다는 푸코의 주장은 장소와 시간이 필연적으로 결합될 수밖에 없음을 강조한 것이다. 유토피아가 현실에 없는 장소라면 그곳에 작용하는 시간 개념으로서의 '유크로니아(uchronia)'는 '현실에 없는 시간'을 뜻한다. 마찬가지로 헤테로토피아가 '현실에 존재하는 유토피아'의 장소라면 그곳에 작용하는 시간은 '현실에 존재하는 유크로니아', 즉 '헤테로크로니아(heterochronia)'가 된다.[43] 헤테로크로니아는 전통적인 시간을 완전히 단절시킨 '이질화의 순간'이며, 현실에 존재할 수 없는 시간이 존재하게 되는 역설의 순간이라 할 수 있다. 이러한 역설의 순간은 일상의 장소를 현실로부터 분할하고 이질화하여 헤테로토피아의 장소를 구축해낸다. 푸코는 헤테로크로니아에 의해 현실에 구획된 장소 유형을 '영원성의 헤테로토피아'와 '한시적(축제) 헤테로토피아'로 구분한다. 전자의 대표적 장소로는 '무덤', '박물관', '도서관'을, 후자의 대표적 장소로는 '장터', '휴양촌'을 꼽을 수 있는데 이는 영원성과 유한성, 삶과 죽음이라는 시간의 대척에서

---

43) 위의 책, 12쪽 각주 참조.

발생된 불안의 심리를 극복하려는 주체의 의지를 반영한 것이라 할
수 있다. 즉 시간을 가두려는 영원성의 의지와 원초적이고 본능적인
욕망을 현실에 일시적으로 구현하려는 아카이브(archive)[44]적인 의도가
현실에 구현된 것이 영원성과 축제의 헤테로토피아라 할 수 있다.

영원성의 헤테로토피아는 "고정된 어떤 장소에 시간을 영원하고 무한
하게 집적하려는" 근대적 기획이다. 그러한 기획의 고유한 형태가 도서
관과 박물관으로 나타나는 바, 이는 19세기 서양문화의 고유한 헤테로토
피아라는 것이 푸코의 견해다.[45] 시민혁명의 과정을 통해 자주적인
근대화를 진행한 서구와 달리 식민지를 경험한 우리나라의 경우는 자립
적인 근대 기획의 부재로 인해 도서관이나 박물관 같은 영원성의 헤테로
토피가 빈곤한 반면 '무덤'과 관련된 '의사-영원성(quasi-éternité)'의
헤테로토피아들이 주를 이룬다는 것이 그 특징이다.

> 日曜日 아츰마다 陽地바닥에는
> 무덤들이 버슷처럼 일제히 돋아난다.
>
> 喪輿는 늘 거리를 도라다보면서
> 언덕으로 끌려올라가군 하였다.
>
> 아모무덤도 입을 버리지않도록 봉해버렸건만
> 默示錄의 나팔소리를 기다리는가보아서
> 바람소리에조차 모다들 귀를 쫑그린다.
>
> 潮水가우는 달밤에는

---

44) 'archive'는 '기록 보관소'라는 의미이며, 미셸 푸코는 이를 한 장소 안에 모든 시간
   을 집적시키는 영원성의 헤테로토피아가 지닌 특징으로 설명한다.
45) 미셸 푸코, 앞의 책, 54쪽 인용 및 참조.

등을 이르키고 넋없이 바다를 구버본다.

김기림, 「共同墓地」 전문

푸코는 '묘지'를 "개인에게는 생명의 상실, 그리고 그 스스로 와해되고 지워져버리기를 멈추지 않는 의사—영원성의 기이한 헤테로크로니아"[46]로 설명한다. 묘지는 죽음의 공포를 극복하려는 의지의 발현체이며, 죽어 썩어가는 '몸'의 시간을 되살려내려는 헤테로크로니아적 장소라 할 수 있다. 김기림의 「공동묘지」는 활유법과 의인화를 통해 묘지를 살아있는 공간으로 배치함으로써 헤테로크로니아의 '기이한' 장소를 형성해낸다. '일요일 아침'마다 '버섯'처럼 돋아나 움직이는 묘지의 이미지는 현실에 존재할 수 없는 상황을 존재케 만듦으로써 이질화된 그로테스크의 시·공간을 창출해낸다. '상여'는 삶의 장소로부터 제외된 '죽은 몸'을 담고 있는 움직이는 공간으로서 죽은 자에 대한 마지막 애도를 표하는 의례의 상징이면서 이승과 결별하는 배제의 상징이라 할 수 있다. 삶으로부터 배제된 '죽은 몸'은 매장되어 '입'을 벌리지 않도록 '봉'해져야 한다. 그런데 위 시에 나타난 죽은 존재들은 '바람소리'에 '귀'를 쫑그리고, '조수가 우는 달밤'에 '등'을 일으켜 '바다'를 굽어보는 행위를 통해 다시 삶의 공간으로 틈입하려는 모습을 보인다. 이는 "默示錄의 나팔소리"를 기다리는 것과 관련한다. 묵시록의 나팔소리는 혼의 구원을 염원하는 기독교적 신념의 상징이자 영원성에 대한 갈구를 드러낸 것이라 할 수 있다. '넋' 없이 '바다'를 바라보는 '무덤'은 죽었으되 아직 완전하게 죽지 않은 '혼'이 거하는 의사—영원성의 장소를 의미하며, 동양적 의미로는 이승과 저승 사이에 존재하는 '중유(中有)의 장소'[47], 즉 죽은 자들의 '넋'들이 머무는 장소와 관련된다.

---

46) 위의 책, 53쪽.

김기림의 「공동묘지」에 나타난 묘지는 몸과 넋이 중첩되어 지상과 천상의 경계를 '배회'하는 이질적 시·공간의 헤테로크로니아라는 점에서 '넋'의 부활을 통해 지상과 '단절'하려는 서양의 경우와 다른 면모를 보인다. '상여'의 이미지와 '묵시록의 나팔소리'라는 동·서양의 이미지가 중첩되는 것도 이와 같은 맥락의 소산이라 볼 수 있다. 따라서 묘지 주위를 맴도는 '바람소리'와 '나팔소리'는 이승의 한(恨)을 지우지 못한 망자의 혼이 내는 소리, 즉 '공창(空唱)'으로 이해할 수 있다. 죽은 자의 넋이 저승에 들지 못하고 이승의 경계를 떠돌며 내는 공창은 이승의 한과 관련된 회한의 소리라 할 수 있다.[48] 죽었음에도 죽지 못한 '넋'들이 내는 배회의 소리는 한국 현대시에 나타난 '묘지'의 헤테로토피아가 지닌 독특한 특징이며, 그러한 예는 김소월의 "돌무덕이도 옴즉이며, 달빗헤,/소리만남은 노래 서러워엉겨라./옛조상(祖上)들의 기록(記錄)을 무더둔그곳!"(「무덤」)이라는 표현에서도 확인해 볼 수 있다. 김소월의 시에 주목되는 것은 "옛조상(祖上)들의 기록(記錄)을 무더둔그곳!"이라는 구절이다. 이는 무덤을 기록, 즉 아카이브의 장소로 인식한 것이며, 과거의 '시간'을 현재에 집적한 서양의 아카이브적 장소와 기능상 유사하지만 아카이브한 내용의 중심이 '한(恨)'이라는 정서에 있다는 점[49]에서 서양의 아카이브적 장소와 구분된다.

---

47) 중유(中有)는 사람이 나서 죽고 다시 태어날 때까지의 기간을 넷으로 나눈 불교의 '사유(四有)' 가운데 하나로서 사람이 죽은 뒤 다음 생을 받을 때까지의 49일 동안을 이른다. 예를 들어 우리의 풍습으로 남아있는 사십구재도 이와 무관한지 않다. 그런 의미에서 중유는 삶과 죽음의 시간이 혼재하는 경계의 장소로서 헤테로크로니아의 특징을 잘 보여주는 동양적 장소라 할 수 있다.

48) 공창(空唱)은 죽은 자의 혼백이 이승에서 내는 소리다. 공수가 무당의 입을 빌린 사령의 소리라면, 공창은 사령이 내는 소리라는 점에서 죽은 자의 한이 직접적 표출된 것이라 할 수 있다. 오태환, 「혼과의 소통, 또는 무속적 요소의 문학적 층위–김소월·이상·백석 시의 무속적 상상력」, 『국제어문』 42권 0호, 국제어문학회, 2008, 211~212쪽 인용 및 참조.

서양의 아카이브가 도서관과 박물관으로 대표되는 지식의 보관 장소로 드러난다면 동양의 아카이브는 묘지와 추모관으로 대표되는 정서적 장소로 드러난다는 점이 특징이다.

　서양의 경우 '장터'나 '휴양촌' 등과 같은 축제의 헤테로토피아는 "짧은 시간 동안 원초적이고도 영원한 벌거숭이로 지낼 수 있는 기회"[50]를 제공하는 장소이지만 유교 영향권에 위치한 우리나라의 경우는 원초적 자유의 분출이 배제되거나 억압되는 경향이 지배적이다. 예를 들어 한국 현대시에 나타난 '장터'는 위계의 해체를 통해 일시적 해방감을 맛보게 하는 축제적 기능보다는 고된 삶과 연계된 장소라는 측면이 강조됨을 자주 볼 수 있다. 또한 장터가 고향이라는 장소와 맞물려 나타나는 경우가 많다는 것도 한 특징이다.

　문학 텍스트에 표현된 '고향'의 의미는 유토피아의 장소이자 회귀의 장소로 드러난다. 고향이 회귀의 장소가 된다는 것은 거주지로서의 도시가 그 기능을 상실했다는 것을 반증한다. 한국 현대시에 나타난 '고향상실'은 일제 식민통치, 한국전쟁, 산업화와 도시화를 거치며 일관되게 존속하는 문학적 모티브로 작용하고 있으며, 그러한 상실의 정념은 '집'이라는 장소를 통해 구체화된다. 한국적 고향상실의 특징은 '집'과 '가족'을 생존과 생명의 유일한 가치로 내세우는 혈연적 경향성에서 비롯된 것이라 할 수 있는데,[51] 이영광의 「버들집」은 '고향', '장

---

49) 오태환은 "시신을 '기록(記錄)'으로 인식하는 것은 그것이 살아생전의 모든 내력이 응집된 결집체라는 생각이 작용했기 때문인 듯하다."라고 분석한다. 타당한 분석이라 여겨지지만 '내력이 응집된 결정체'라는 것보다 서러움의 정서가 응집된 '한의 기록'으로 보는 것이 더 구체적이라고 생각한다. 위의 글, 211쪽.

50) 미셸 푸코, 앞의 책, 55쪽.

51) 조창오, 「한국적 생존사회에 대한 하나의 철학적 반성-고향상실의 철학」, 『동서철학연구』 89권 0호, 한국동서철학회, 2018, 456쪽.

터', '버들집'이라는 장소의 연계를 통해 그러한 특징을 잘 보여준다.

> 어쩌다 혈육이 모이면 반드시 혈압이 오르던 고향
> 원적지의 장터,
> 젓가락 장단 시들해진 버들집
> 아자씨 고향이 나한텐 타향이지라
> 술 따르는 여자들은 다 전원주 같거나 어머니 같다 황이다
> 나는 걷고 걸어 지구가 저물어서야 돌아왔는데,
> 이미 취한 여자의 정신없는 몸에 어깨나 대어준다 황이다
> 더운 살이 흑흑 새어들어와도
> 나는 안지 못하리라, 고향에서 연애하면 그건 다
> 근친상간이리라
> 파경이리라
> 옛날 어른이 돌아온 거 같네 얄궂어라
> 수양버들 두 그루가 파랗게 시드는 꿈결의 버들집
> 버들집은 니나놋집
> 나는야 삼대,
> 어느 길고 주린 봄날의 아버지처럼 그 아버지처럼
> 질기고 어리석은 고독으로서
> 시간이, 떠돌이 개처럼 주둥이를 대다 가도록 놔둔다 황이다
> 고향을 미워한 자는 길 위에 거꾸러지지 않고
> 돌아와 어느새 그들이 되어 있는데
> 수양버들 두 그루는 아득한 옛날에 베어지고 없고
> 그 자리, 탯줄 같은 순대를 삶고 있는 국밥집
> 삼거리엔 폐업한 삼거리슈퍼
> 보행기를 밀고 가는 석양의 늙은 여자는 어머니, 어머니,
> 하고 불러도, 귀먹어
> 돌아볼 줄 모른다
>
> 이영광, 「버들집」 전문

시 「버들집」은 '고향'이 '원적지의 장터' 같은 곳, 다시 말해 유토피아적인 축제의 장소와 같은 곳이어야 하는데 그렇지 못한 곳이 되었음을 드러낸다. 여기서 주목할 점은 시인이 고향을 원적지의 장터로 인식했다는 점이다. 이는 한국인들이 고향을 "시간이 축적되는 영원성의 헤테로토피아와 축제의 헤테로토피아라는 두 가지 형식이 서로 합쳐지는[52]" 장소로 인식하고 있다는 것을 반영한 것이다. 고향이 안식의 장소가 되지 못하고 '혈압'이 오르고, '황'이 되고, '근친상간'의 장소가 되어 '파경'을 맞이한다는 것은 축제의 의미가 상실되었음을 뜻한다. 이러한 사정은 할아버지와 아버지와 나 즉 삼대의 시간과 관련이 있음을 짐작케 한다. "길고 주린 봄날의 아버지"는 "질기고 어리석은 고독"으로 "떠돌이 개"처럼 고향을 떠나 방랑을 하다 돌아온 존재로 표현되고 있으며, 시의 화자인 '나'도 "옛날의 어른"처럼 돌아와 "젓가락 장단 시들해진 버들집"에서 삭막해진 고향의 풍경을 목도하는 존재로 제시된다. 고향을 버리고 도시로 떠났다가 상처를 받고 다시 고향으로 되돌아오는 '삼대'에 걸친 회귀의 서사는 한국 근대화의 과정과 맞물린 생존과 고통의 서사라 할 수 있다. 이는 일제 식민지 이후부터 지속된 한국적 '노스탤지어(nostalgia)'[53]의 공통적 특징이며, 그 특징은 '어머니'의 시간에 대한 애상으로 집중된다. '꿈결의 버들집'은 없어지고 그 자리에 '국밥집'과 '폐업한 삼거리슈퍼'가 자리한 고향은 유토피아적 의미가 상실된 이질적 장소, 즉 고향이지만 더 이상 고향이라 여길 수 없는 어머니의 '아픈 천국'인 것이다. "보행기

---

52) 미셸 푸코, 앞의 책, 54쪽.
53) 노스탤지어(nostalgia)는 귀환을 뜻하는 '노스토스'(nostos)와 고통을 뜻하는 '알고스'(algos)의 합성어로 호르페라는 뮐루즈의 의사가 스위스 출신의 용병들이 전장에서 고향을 그리워하며 앓던 심리적 병증을 설명하기 위해 만들어낸 용어다. 파스칼 키냐르, 『심연들』, 류재화 옮김, 문학과지성사, 2010, 49쪽 참조.

를 밀고 가는 석양의 늙은 여자"로 묘사된 '어머니'는 귀가 먹어 아들
의 소리를 들을 수 없는 애달픈 존재로 묘사되고 있지만 그 이면에는
고향을 지켜온 장소적 근원으로서의 모성의 위대함이라는 인식이 내
재되어 있다. 즉 어머니는 고향이며, 어머니의 시간은 그 모든 고통을
회귀시키는 헤테로크로니아라는 것이 시 「버들집」에 나타난 고향의
서사라 할 수 있다.

한국 현대시에 나타난 영원성과 축제의 헤테로토피아는 무덤과 고
향이라는 두 축을 근원으로 해서 계보화된다고 할 수 있다. 무덤과
관련된 장소들은 삶과 죽음에 대한 실존적 성찰보다는 '이승'의 '한'과
관련된 아카이브적 장소라는 특징이 부각되고 있으며, 고향과 관련된
장소는 집과 어머니로의 회귀와 관련된 노스탤지어적 장소로 드러난
다는 것이 그 특징이다. 이러한 구도와 특징은 한국 근·현대사의 굴
절과 연계되면서 '장소성의 상실'이라는 형태로 소외의 장소들을 만들
어낸다. 공장지대, 도시빈민가, 철거촌 등 도시화와 산업화로 인해
생성된 소외의 장소들이 그 예라 할 수 있다. 산업화 시대를 배경으로
한 시들의 공통적 특징은 장소상실로 인한 소외와 노동 과정에서 발
생한 소외라는 이중의 상실감을 드러낸다. 이러한 소외는 존재론적
층위와 사회적 층위에서 동시적 발생하는 '실존감정'이라 할 수 있다.
존재론적이고 사회적인 이중의 소외는 장소에 거주하고 있지만 본질
적으로는 장소에서 배제된 삶을 살고 있는 장소상실과 관련된 복합적
인 정념이라 할 수 있다. 헤테로토피아가 '열림과 닫힘의 체계'를 전제
로 한다는 푸코의 주장은 장소의 거주가 장소의 상실이 되는 근대적
상황에 대한 진단과 상통한다. 영원성과 축제의 헤테로토피아에 연계
된 무덤과 고향의 이미지들이 어떻게 이질화되고 분할되는지를 살피
는 것은 현실에 대한 고발이라는 외재적 분석을 넘어 실존 의미가 왜

곡되는 징후까지도 포착할 수 있다는 점에서 장소성 연구에 중요한
기반이 된다.

3.3. 환상과 보정(補正)의 장소

헤테로토피아는 그와 인접한 다른 장소들에 '환상'과 '보정(compen-
sation)'의 기능을 발휘한다. 그러한 기능에 의해 재구성된 환상의 공간
들은 "모든 현실공간을, 그리고 인간 생활을 구획하는 모든 배치를
더욱 환상적인 것"으로 만든다. 푸코는 그 대표적인 장소로 '매음굴'을
꼽는다.[54] 그는 매음굴의 환상을 "나머지 현실이 환상이라고 고발하는
환상"[55]이라고 설명한다. 이는 질서와 조화를 강조하는 현실에 혼돈(환
상)을 불어넣음으로써 현실의 질서를 해체하는, 즉 질서라는 것 자체가
억압이라는 것을 질서의 해체(환상)를 통해 보여주는 일종의 '이의제기'
라 할 수 있다. 반대로 완벽하게 정돈된 공간을 만들어냄으로써 마치
그것이 환상처럼 보이게 하는 헤테로토피아도 있는데, 그 대표적인
예가 바로 정복자의 의도로 철저하게 구획된 식민지다. 푸코는 이를
환상이라기보다 보정의 헤테로토피아에 속한다고 설명한다. 환상과
보정은 두 가지 극단적인 축 사이, 즉 무질서의 환상과 질서의 환상을
통해 발휘되며 궁극적으로 현실의 나머지 장소들에 대해 이의제기와
비판의 기능을 수행한다. 푸코는 매음굴과 식민지를 극단적인 두 유형
의 헤테로토피아로 설명하면서, 그에 걸맞은 상상력의 형태로 '배(ship)'
의 이미지를 꼽는다. 푸코는 배를 전형적인 헤테로토피아로 상정한다.
배는 "장소 없는 장소이자 떠다니는 공간"으로서 경제적 확장과 식민지
수탈의 수단이면서 모험을 자극하는 상상력의 보고(寶庫)라는 양가적

---

54) 미셸 푸코, 앞의 책, 56~57쪽 인용 및 참조.
55) 위의 책, 24쪽.

의미를 지닌다.[56] 따라서 환상과 보정의 헤테로토피아는 현실과 환상, 질서와 무질서, 자유와 억압 등과 같은 대립적 의미를 지니는 장소들 사이를 오가면서 비판과 이의제기를 하는 '움직이는 장소'들에 의해 그 기능이 발휘된다고 볼 수 있다.

한국 현대시에 나타난 환상과 보정의 헤테로토피아는 푸코가 예로 든 매음굴[57]과 식민지의 형태보다는 주로 자본의 의도에 의해 만들어 진 위락시설과 권력자의 이데올로기가 투영된 공공장소의 모습으로 드러난다. 환상과 보정의 헤테로토피아가 극명하게 드러나는 장소는 놀이공원, 백화점, 쇼핑센터, 술집, 극장 등과 같은 위락시설과 학교, 군대, 기숙시설 등과 같은 공공장소다.

저것은 거대한 욕망의 성채다

이성을 살해한 음울한 중세의 성벽과
빛나는 P.C. 자기질 타일 외장의 롯데 월드
그것은 무엇을 방어하고 있나요
당신을, 우리를, 무산 대중을?
꿈과 희망의 동산이요, 사랑과 행복의
당신의 휴식 공간 롯데는
우리를 모두 젊은 베르테르의 사랑에 빠지게 한다
욕구의 끓는 기름과 조갈의 불화살을 쏴
끊임없이 당신을 상품화하고
끊임없이 당신을 당신이 소비하도록

---

56) 위의 책, 58쪽 인용 및 참조.
57) 한국 현대시에 나타난 매음굴은 무질서의 환상을 통해 현실의 질서에 이의제기를 하는 헤테로토피아의 장소라는 측면보다 가부장적 질서에 의해 희생당하는 여성들의 힘겨운 삶이 투영된 알레고리의 장소라는 측면이 두드러진다. 따라서 이에 대한 연구 는 페미니즘과 젠더의 측면에서 보다 심도 있게 다뤄질 필요가 있다고 본다.

구애한다
"여러분은 지금 롯데 월드로 가시는 전철을……"
/욕/망/을/드/립/니/다/
        /쾌/락/을/드/립/니/다/
"내리시면 바로 당신을 진열해드립니다"

이 지하철은 저 성채의 비밀 통로인 모양이다

함성호, 「잠실 롯데 월드-건축사회학」 전문

　함성호의 시 「잠실 롯데 월드-건축사회학」은 '잠실 롯데 월드'라는 위락시설이 지닌 '환상성'을 '거대한 욕망의 성채'로 환유한다. 롯데 월드에 투영된 환상성은 자본의 의도에 의해 고안된 상품화와 소비 이데올로기로 주체들의 욕망을 타자화해 가짜 유토피아를 복제·유포하는 기능을 한다. 롯데 월드는 "미리 보장된 흥분·오락·흥미를 제공하는 유토피아를 어느 정도까지는 진짜"처럼 보여주는 '타자 지향의 장소'[58]로서 복제된 이상을 제공한다. 에드워드 렐프는 이러한 특성을 '디즈니화'로 설명한다. 렐프는 디즈니화된 장소의 프로세스는 복원된 성(城)과 재건된 요새에 잘 드러나며 반드시 적당하게 정돈되어 '변하지 않는 꿈속의 이미지'에 부합하도록 보정된다고 설명한다.[59] 렐프의 설명은 푸코가 말한 환상의 헤테로토피아가 현대에 어떻게 형성되는지를 이해하는 데 적절한 근거를 제시한다. "음울한 중세의 성벽"과 "자기질 타일 외장"으로 건축된 잠실 롯데 월드는 '디즈니화'된 장소의 대표적 사례라 할 수 있다. 꿈과 희망, 사랑과 행복, 젊은 베르

---

58) 에드워드 렐프, 『장소와 장소상실』, 김덕현, 김현주, 심승희 역, 논형, 2005, 215쪽 인용 및 참조.
59) 위의 책, 216쪽 인용 및 참조.

테르의 사랑이라는 유토피아적 환상으로 주체들을 상품화하여 소비
하도록 유도하는 잠실 롯데 월드는 환상의 헤테로토피아로 기능하면
서 유토피아적 이상을 끊임없이 복제해낸다. 그 속에서 주체는 역설
적이게도 가짜 '욕망'과 '쾌락'으로 자신을 진열하는 상품이 된다. 이
러한 기능이 인용시에 '지하철'이라는 '비밀 통로'를 매개로 수행된다.
환상의 헤테로토피아와 연계된 지하철은 교통수단이라는 의미를 떠
나 현실과 환상을 연결시켜주는 '움직이는 장소'로 의미화된다. 이는
푸코가 '전형적인 헤테로토피아'로 상정한 '배'와 유사한 기능을 하는
것으로 볼 수 있다. 배가 식민지 경제 수탈의 수단인 것처럼 함성호
시에 등장하는 지하철은 주체를 환상의 장소로 연결하여 상품화하는
수단이 된다. 이로써 잠실 롯데 월드라는 '성채'는 주체를 방어하는
보호의 장소가 아닌 가짜 쾌락으로 주체를 상품화해 전시하는 환상의
헤테로토피아로 작동하게 된다.

환상의 헤테로토피아는 장소를 주도면밀하게 정돈·배치한다는 면
에서 환상의 기능은 물론 보정의 기능도 수행한다. 푸코가 보정의 헤
테로토피아의 예로 제시한 식민지는 제국주의의 수탈에 적합하도록
식민지의 장소들을 체계화하고 질서화한 것이다. 이러한 보정의 헤테
로토피아는 지배계급의 권력 행사를 공고히 하는 테크놀로지가 된다.
1980년대 이후 전두환 정권에 의해 활성화된 스크린(screen), 스포츠
(sport), 섹스(sex)의 '3S 정책'은 보정의 헤테로토피아를 구현한 대표
적 사례라 할 수 있다.

映畵가 시작하기 전에 우리는
일제히 일어나 애국가를 경청한다
삼천리 화려 강산의

을숙도에서 일정한 群을 이루며
갈대 숲을 이룩하는 흰 새떼들이
자기들끼리 끼룩거리면서
자기들끼리 낄낄대면서
일렬 이렬 삼렬 횡대로 자기들의 세상을
이 세상에서 떼어 메고
이 세상 밖 어디론가 날아간다
우리도 우리들끼리
낄낄대면서
깔쭉대면서
우리의 대열을 이루며
한 세상 떼어 메고
이 세상 밖 어디론가 날아갔으면
하는데 대한 사람 대한으로
길이 보전하세로
각각 자기 자리에 앉는다
주저앉는다

황지우, 「새들도 세상을 뜨는구나」 전문

현대에 작동하는 보정의 장소는 주체의 의식과 행동을 일정한 방향
으로 흘러가게 하는 '홈 패인 공간'의 한 형태라 할 수 있다. 홈 패인
장소들은 "고정된 것과 가변적인 것을 교차시켜 서로 구별되는 형식
들에 질서를 부여하고 연속적으로 이어지게 하는 것"[60]들로서 환상의
질서를 만들어낸다. 이러한 장소들은 양립 불가능한 가치와 장소에
환상의 질서를 부여해 일탈과 전복의 계기들을 말소하는 '훈육적(訓育
的) 장소'로 현실화된다. 극장, 매음굴, 학교, 감옥, 군대가 그러한 예
라 할 수 있다. 황지우의 「새들도 세상을 뜨는구나」에 드러난 '극장'은

---

60) 질 들뢰즈, 펠릭스 가타리 저, 『천개의 고원』, 김재인 역, 새물결, 2001, 913쪽.

권력에 의해 훈육화된 장소의 특징을 잘 보여준다. 극장에 들어간 사람들은 훈육된 질서에 따라 일어나서 애국가를 제창하고 자리에 앉는다. 이러한 행동은 무의식화된 행동으로 '애국'이라는 '홈'을 따라 자연스럽게 의례화된다. 애국의 홈은 개인들의 개별성을 '우리'라는 집단으로 끌어들이는 이데올로기의 '파이프'라 할 수 있다. 그러한 통로를 통해 '대열'을 이루며 질서 있게 일어섰다 앉는 '우리'의 모습은 자기들의 세상을 향해 자유로이 날아가는 '새떼'들과 대조를 이루면서 자유롭지 못한 개인들의 처지를 드러낸다. '자기들의 세상'을 향해 날아가는 새떼들의 행렬은 '홈'에 의해 유도된 것이 아니라 '매끄러운 공간'의 흐름에 따른 것이라 할 수 있다. 이는 들뢰즈(Gilles Deleuze)가 말한 "연속적 변주, 형식의 연속적 전개, 리듬에 본래적인 독자적 가치를 이끌어내기 위한 화음과 선율의 융합, 수직선과 수평선을 가로지르는 사선의 순수한 줄"[61]의 의미와 매우 흡사함을 볼 수 있다. '홈패인 장소'와 '매끄러운 장소'의 관계는 이상과 현실, 환상과 실제, 지배와 피지배, 자유와 억압이라는 대립적 가치들이 어떻게 현실 속에서 환상과 보정의 헤테로토피아를 만들어내는지를 파악할 수 있게 한다는 점에서 중요한 의미를 내포한 개념이라 할 수 있다.

한국 현대시에 나타난 환상과 보정의 헤테로토피아는 현실의 장소에 대한 이의제기의 장소로 드러나는 바, 이에 대한 고찰은 양립불가의 장소들이 권력의 공간에서 어떤 형태로 조정되고 배치되고 대립하는가를 살펴보는 것으로 수렴된다. 이러한 작업은 "한 과정의 극한들, 한 곡선의 변곡점, 한 조절운동의 전복, 한 진동의 경계들, 한 기능 작용의 문턱, 한 순환적인 인과의 變調의 순간"[62]이 중첩되는 장소들

---

61) 위의 책, 913쪽.
62) 미셸 푸코, 『지식의 고고학』, 이정우 옮김, 민음사, 2000, 29쪽.

의 사회적 의미를 살펴보는 것과 관련된다. 근대적 장소들의 기능은 '홈 패인 장소'와 '매끈한 장소'의 대립을 조정하고 통제하는 환상과 보정의 헤테로토피아에 의해 규정된다. 1970년대 이후 산업화의 과정에서 형성된 공장지대, 위락시설, 훈육장소 등 자본과 권력에 의해 '만들어진 장소들'에 대한 이의제기로서의 환상과 보정의 헤테로토피아는 민중문학의 성과와 한계를 폭넓게 조망할 수 있는 중요한 논거가 될 수 있을 것으로 판단된다.

4. 맺음말

본 논의는 '헤테로토피아'에 대한 이론적 검토를 바탕으로 한국 현대시에 나타난 헤테로토피아의 장소 유형을 1) 신성과 치유의 장소, 2) 이질과 분할의 장소, 3) 환상과 보정의 장소로 분류하고 각각의 유형에 맞는 대표적 시들을 분석함으로써 헤테로토피아의 시학적 적용과 확장 가능성을 타진해 보았다. 이러한 작업을 위한 선결로 과제로 푸코가 『말과 사물』에 처음으로 언급한 헤테로토피아의 개념을 살펴보았다. 헤테로토피아는 유토피아적 신화를 해체하는 '장소-언어적' 전략으로 전복, 와해, 혼란, 무효 등의 수사에 근거한 부정적 또는 비판적 상상력의 소산이며, 그 근원이 문학적인 것에 있음을 본 글의 2장 '장소적 상상력과 헤테로토피아'에 자세히 밝혔다.

시에 표현된 장소들은 이미지와 비유를 통해 원래의 장소가 지닌 정체성이 강화되거나 축소되어 드러난다. 이는 시의 장소가 '장소의 장소화'라는 언어의 기능을 통해 텍스트 내에서 별도의 자리를 갖게 되는 상징적 문맥화의 과정으로 설명할 수 있으며, 시에 나타난 장소는 일상의 장소들이 언어에 의해 '별도의 자리(장소)'로 전환되면서 나타나는 '장소효과(effect)'로 이해할 수 있다. 장소화는 세계 안에 존재가 어떻게 '거주'하는가의 문제를 제기하는 개념이며, 거주는 존재의 '안전'과 '보호'를 목적으로 하는 능동적 활동이라 할 수 있다. 그러한 활동은 거주의 '위협'과 '불안'에 대한 반작용에 의해 촉발된다. 따라서 문학적 장소들이 드러내는 장소적 효과는 유토피아에 대한 염원을 본질로 한다.

푸코는 헤테로토피아의 개념을 '헤테로토폴로지'라는 방법론을 통해 구체적으로 기술한다. 그의 주장에 의하면 유토피아는 '장소 바깥에 있는 장소'이며, 헤테로토피아는 모든 장소들과 절대적으로 다른 '반(反)공간'이자 '이의제기'의 장소다. 두 장소의 설정은 대립적 의미를 강조하기 위한 것이 아니라 유토피아적 장소의 두 위상, 즉 위치가 '없는' 유토피아와 위치가 '있는' 유토피아의 위상을 설명하기 위한 것이다. 위치가 '없는' 유토피아와 위치가 '있는' 유토피아의 장소들이 현실 공간에서 서로의 위치를 "지우고 중화시키고 혹은 정화"하는 관계의 양상을 살피는 것, 즉 감응과 반감의 상호작용에 의해 촉발되는 장소들의 움직임과 분산이 주체(몸)의 정서와 어떤 관련을 갖는지를 고찰하는 것이 헤테로토피아의 핵심이라 할 수 있다.

유토피아와 헤테로토피아는 감응과 반감의 상상력에 의해 끊임없이 재구성되는 '짝패'의 장소이며, 이러한 관계 속에서 헤테로토피아의 장소가 어떤 방식으로 현실에 형성되는지를 밝히는 방법론이 바로 '헤테로토폴로지'다. 푸코는 헤테로토폴로지를 여섯 가지 원리로 설명한다. 그가 말한 여섯 가지 원리는 세 가지 장소 유형과 세 가지 특징으로 구분되는데, 그 내용을 정리하면 헤테로토피아는 1) 모든 문화에 존재하는 신성과 치유의 장소로서 '원시의 헤테로토피아'와 '일탈의 헤테로토피아', 2) 시간을 이질화하고 분할하는 장소로서 '영원성의 헤테로토피아'와 '축제의 헤테로토피아', 3) 장소에 특정 기능을 부여하는 '환상의 헤테로토피아'와 '보정(補正)의 헤테로토피아'라는 세 유형으로 구분되며, 각각의 헤테로토피아들은 1) 양립불가의 장소들이 배치된 것이며, 2) 열림과 닫힘의 체계를 지니며, 3) 각 나라의 문화에 따라 그 양상이 다를 수 있다는 특징이 중첩되어 나타난 것이라 할 수 있다. 이를 바탕으로 한국 현대시에 나타난 헤테로토피아의 장소 유형을 1) 신성과 치유의 장소, 2) 분할과 이질의 장소, 3) 환상과 보정의 장소로 구분하고, 그러한 장소들의 특징을 서정주의 「외할머니의 뒤안 툇마루」, 김기림의 「共同墓地」, 이영광의 「버들집」, 함성호의 「잠실 롯데 월드-건축사회학」, 황지우의 「새들도 세상을 뜨는구나」의 분석을 통해 밝힘으로써 헤테로토피아와 시학적 장소의 연계 가능성과 타당성을 원론적 수준에서 검토하였다.

서정주의 「외할머니의 뒤안 툇마루」는 '거울'이 헤테로토피아처럼 작동한다고 말한 푸코의 의도가 무엇인지를 명확히 보여주는 작품으로서 신성과 치유의 헤테로토피아가 지닌 특징을 잘 보여주는 예이다. 시에 나타난 '때거울 툇마루'의 장소는 '집'으로 표상된 가부장적 공간에 속해있는 격리와 소외의 장소이지만 주체들의 특정 행동에 의해 가부장적 질서들을 "지우고 중화시키고 혹은 정화시키기 위해 마련된 장소"로 변용됨으로써 '반(反)공간(contre-espaces)', 즉 현실 속에 '위치를 가지는 유토피아'로서의 의미를 획득하면서 치유의 기능을 수행함을 밝혔다.

김기림의 「공동묘지」는 영원성의 헤테로토피아를 드러내는 작품으로 활유법과 의인화를 통해 '묘지'를 살아있는 공간으로 배치함으로써 헤테로크로니아의 '기이한' 장소를 형성해낸다. 김기림의 시에 나타난 '묘지'는 '몸'과 '넋'이 중첩된 이질적 시공간의 헤테로크로니아라는 점에서 '넋'의 부활을 통해 지상과 단절하려는 서양의 경우와 다른 면모를 보인다. 이영광의 「버들집」은 축제의 헤테로토피아를 드러내는 작품으로 '고향'이 '원적지의 장터' 같은 곳, 즉 유토피아적인 축제의 장소와도 같은 곳인데 현실에서는 그렇지 못한 곳이 되었음을 '삼대'에 걸친 회귀의 서사를 통해 보여준다. 김기림과 이영광의 작품은 현대시에 나타난 영원성과 축제의 헤테로토피아의 유형들이 '무덤'과 '고향'이라는 두 축을 근원으로 해서 계보화됨을 보여준다. 김기림 시에 나타난 '무덤'은 삶과 죽음에 대한 근원적 성찰과 연관된다기보다는 '이승'의 '한'과 관련된 아카이브적 장소로 부각되고 있으며, 이영광 시에 나타난 '고향'은 '집'과 '어머니'로의 회귀와 관련된 노스탤지어적 장소로 드러난다.

함성호의 「잠실 롯데 월드-건축사회학」은 환상의 헤테로토피아와 관련된 작품으로, '롯데 월드'에 투영된 욕망의 실체가 자본의 의도에 의해 고안된 상품화와 소비 조장의 이데올로기라는 것을 폭로한다. 잠실 롯데 월드는 '디즈니화'된 장소의 대표적 사례로 유토피아적 환상으로 주체들을 상품화하여 가짜 욕망을 끊임없이 복제해내는 환상의 장소로 기능한다. 그 속에서 주체는 오히려 욕망과 쾌락으로 자신을 진열하는 상품이 된다. 잠실 롯데 월드와 연계된 '지하철'은 현실과 환상을 연결시켜주는 '움직이는 장소'로 의미화된다는 특징을 지니는데, 이는 푸코가 '전형적인 헤테로토피아'로 설명한 '배'와 유사한 기능을 하는 것으로 볼 수 있다. 황지우의 「새들도 세상을 뜨는구나」는 보정의 헤테로토피아와 관련된 작품이다. 보정의 장소는 주체의 의식과 행동을 일정한 방향으로 흘러가게 하는 '홈 패인 공간'의 한 형태라 할 수 있는데, 이는 양립 불가능한 가치와 장소들에 환상의 질서를 부여해 일탈과 전복의 계기들을 말소하는 '훈육적(訓育的) 장소'로 현실화된다. 황지우의 작품에 드러난 '극장'은 권력에 의해 훈육화된 장소의 특징을 잘 보여준다. 극장에 들어간 사람들이 동시에 일어서서 애국가를 제창하고 자리에 앉는 행동은 무의식화된 행동으로 '애국'이라는 '홈'을 따라 자연스럽게 의례화된 행동이다. 애국의 홈은 개인들의 개별성을 '우리'라는 집단으로 끌어들이는 이데올로기의 '파이프'라 할 수 있으며 이는 보정의 헤테로토피아가 작동하는 방식을 잘 보여주는 예라 할 수 있다.

모든 장소가 헤테로토피아적 성격을 갖는 것은 아니다. 그간에 논의되었던 문학의 '장소성'에 관한 논의들은 주로 그 장소가 지닌 물리적 특성이나 시인이 지닌 상상력의 특성을 밝히는 데 초점이 맞추어져 있는 것으로 판단된다. 헤테로토피아의 장소에 관한 연구는 이와는 다른 차원의 의미를 지닌다. 헤테로토피아는 '특별한 장소', 즉 거주자들의 기억 속에 남아있는 이상적 공간이 현실화되어 나타난 재현의 장소다. 유토피아적 이상을 간직한 특별한 장소들에 대한 관심이 헤테로토피아적 장소를 만들어낸다. 헤테로토피아는 특별한 '장소'이자 특별한 '순간(시간)'의 결합에 의해 구성된다. 이 글은 한국 현대시에 나타난 장소 유형을 신성과 치유의 장소, 분할과 이질의 장소, 환상과 보정의 장소로 나눠 살펴보았다. 이론적 활용 가능성에 중심을 둠으로써 헤테로토피아의 변용 사례를 다양한 작품을 통해 폭넓게 검토하지 못한 한계를 노정할 수밖에 없었으나 이와 같은 논리의 틀은 차후 한국 현대시에 나타난 헤테로토피아의 장소성을 체계적으로 살피는 연구의 이론적 토대로 활용될 수 있으리라 본다.

Ⅱ
시에 구축된 헤테로토피아의 다층성

헤테로토피아로서 몸과 농경문화의 유기성

― 서정주 시의 경우

1. 서론

농경사회는 크게 두 가지 속성을 지닌다. 그 속성은 지역의 내부와 지역 밖의 경계에 의해 생성되는 것이라 할 수 있다. 농경사회를 이루는 특정 집단의 구성원은 내부적으로는 서로에게 개방적이며 집단 밖의 세계에 대해서는 폐쇄적·배타적 성향을 갖는 이중적 속성을 지니고 있으며 그들의 생활 양식은 이와 같은 속성과 긴밀하게 연계되어 있다.[1] 내부적 개방성이나 외부에 대한 폐쇄성은 21세기에 이른 오늘

---

1) 이 글에 표방된 시골의 '개방성'이나 '폐쇄성'의 문제를 이푸 투안(Yi-Fu Tuan)은 '혼잡함'과 '고독함 혹은 한적함(solitude)'에 대한 감각으로 보다 심층적으로 접근하고 있다. 본 논의와 직접적으로 연관되지 않지만 결코 무관한 내용은 아니라 생각한다. 농경사회와 도시의 대비적 관계를 살필 경우 이푸 투안이 아래의 글에 강조한 '정신적 분주함'은 장소성 연구를 위해 깊게 생각할 대목이라 여겨져 여기에 인용하고자 한다. "혼잡한 느낌은 매우 다양한 상황에서, 다양한 규모로 나타날 수 있다. (중략) 우리는 이촌향도형(離村向都型) 이주가 대서양을 건너 신세계로 갔던 인구이동처럼, 과밀함을 피하려는 동기에서 비롯될 수 있다는 점을 잊어버리는 경향이 있다. 왜 농촌사람들(특히 젊은이들)은 조그만한 고향마을을 떠나 대도시로 갔는가? 한 가지 이유는 고향마을에 여지(room)가 부족했다는 것이다. 경제적으로 충분한 일자리가 제공되지 않았기 때문에, 그리고 심리적으로 행동에 대한 사회적 제약이 너무 많았기 때문에, 젊은이들은 고향마을이 혼잡하다고 생각했다. 경제적 영역에서의 기회의 결핍과 사회적 영역에서의 자유의 결핍으로 고립된 촌락 세계는 좁고 한정된 것처럼 보였다. 젊은이들은 일자리, 자유, 그리고 (비유적으로 말하자면) 도시의 개방 공간을 위해 고향을 버렸다. (중략) 자연이 고독한 분위기를 지니고 있느냐 그렇지 않느냐 하는

날 약화된 면이 없지 않으나 그것은 여전히 농경사회의 중요한 성향이라 할 수 있다. 도시 생활양식이 개인성의 침해를 극도로 제한하는 '선긋기' 방식으로 이루어진다면 농경지 경작을 주요 노동으로 삼는 농경사회의 집단 내부의 커뮤니케이션 방식은 개인성을 고집할 수 없는 자연을 삶의 장소로 삼기 때문에 개방적일 수밖에 없다. 논과 밭, 들판, 산, 개울가 등에는 물리적으로 구획을 표시하는 벽체나 출입을 막는 구조물들이 거의 없다. 따라서 농경민들은 이와 같은 개방된 일터에서 그것이 다른 사람의 소유지일지라도 별다른 의식 없이 자유롭게 보행하며 많은 시간을 보내게 되는데 그들 사이에는 이런 행위가 침해로 인식되지 않는다. 때문에 이웃과의 소통이나 유대감, 결집력 또한 공과 사 구분 없는 형태로 이루어지는 경우가 많으며 이로 인해 그들 간의 친밀도는 도시인들에 비해 상대적으로 높을 수밖에 없다. 한편 이웃에 대한 친밀도가 높은 만큼 외부인에 대한 경계심이나 배타적 심리 또한 높아지게 된다. 농경민들이 외부인에 대해 지나친 호기심을 갖거나 나아가서는 거부감을 갖는 것은 이 때문이다.[2]

것은 그 안에서 살아가고 일하는 사람들의 수와 거의 관련이 없을지도 모른다. 고독은 자연 속에 존재하는 유기체(인간과 비인간)의 수보다는 분주하다(정신적 분주함을 포함한다)는 느낌과 상반된 목적(실제든 상상이든)이라는 느낌에 의해 파괴된다." 이푸 투안이 말한 기회의 결핍이나 사회적 자유의 결여는 필자가 말한 농경사회 내부가 안고 있는 폐쇄성과 맞물린 속성이라 할 수 있다. 이런 것들이 문제적으로 인식될 때 그 공간의 혼잡도가 높아진다는 것이다. 우리가 자연을 토대로 한 농경사회의 공간적 개방성 내부에 다른 곳(도시)에 대한 욕망이 팽창하게 되면 자연의 물리적 개방성은 혼잡도가 높은 폐쇄성으로 치닫게 된다. 이푸 투안, 『공간과 장소』, 구동회·심승희 역, 대윤, 2011, 103~106쪽 인용 및 참조.

2) 임석회가 2005년에 발표한 「농촌지역의 유형화와 특성 분석」에 따르면 농촌과 도시를 이분법적으로 이해하는 데서 벗어나 농촌을 도시와의 관계망과 연관해서 규정해야 한다. 임석회는 농촌을 규정하는 세 가지 입장을 ① 농촌을 자연생태적, 사회문화적, 경제적으로 도시와 대비되는 공간 내지 지역사회로 이해하는 이분법적 접근(rural-urban dichotomy), ② 농촌과 도시를 하나의 연속체로 보고 접근하는 방식

자연으로 이루어진 농경의 장소가 도시인의 여행지가 되거나 휴양
지가 될 때 그것은 일종의 현존하는 유토피아, 즉 헤테로토피아[3]로
기능하게 된다. "자기 이외의 모든 장소들에 맞서서, 어떤 의미로는
그것들을 지우고 중화시키고 혹은 정화시키기 위해 마련된 장소들,
그것은 일종의 반(反)공간(contre-espaces)이다."[4]라는 미셸 푸코의 말
에는 헤테로토피아의 기능이 명시되어 있다. 도시 일반인에게 헤테로
토피아는 반복적 일상에 고착된 도식적 시간표와 권태의 심리, 과중
한 스트레스를 지우고 중화시키고 정화하기 위해 마련된 장소들이다.
그런 의미에서 농촌의 경관과 자연으로 이루어진 개방적 장소성은 도
시인에게 이질적 장소라 할 수 있는 헤테로토피아로 기능할 가능성이
크다. 그렇다면 반대로 이와 같은 자연으로 이루어진 공간이 노동과
맞물려 있는 농경인에게 도시 관광은 축제의 시간을 선사하는 헤테로
크로니아(heterochronia)로 기능할 수 있을 것이다.[5] "헤테로크로니아

(rural-urban continuum), ③ 농촌을 도시와 공생적 관계 속에서 이해하려는 접근
(symbiotic approach), 즉 농촌과 도시를 하나의 시스템 내에서 상호의존적이며
유기적 관계로 이해하려는 입장으로 소개하고 최근 농촌에 대한 개념 규정은 농촌=농
업이라는 기준보다는 보다 단순하게 인구밀도를 기준으로 삼으면서 그 공간적 범위
를 상당히 포괄적으로 설정하는 추세라고 밝히고 있다. 이와 같은 견해는 농경 정책의
변화와 맞물리면서 농촌의 다양한 변화의 바람이 불고 있음을 말해준다. 필자가 본문
에 서술한 농경문화의 특성은 ①과 밀접한 관련이 있는 것으로 판단될 수 있는데
한편으로는 ②와 ③의 경우에도 해당될 수 있는 보편적 속성이라는 점을 강조해두고
자 한다. 임석회, 「농촌지역의 유형화와 특성 분석」, 『한국지역지리학회지』11(2),
2005, 한국지역지리학회지, 213~214쪽 발췌 및 참고.

3) 헤테로토피아는 미셸 푸코의 장소성, 혹은 공간 개념으로 '현실에 존재하는 유토피
   아', '다른 공간', '장소 바깥의 공간(espace du dehors)', '이의제기의 공간', '보정(補
   正)의 공간', '이질의 공간', '반(反)공간(contre-espaces)' 등 다양하게 명명될 수
   있으며 이러한 명명의 다양성은 그만큼 그 의미가 다층적이고 중층적임을 뜻한다.
   이와 관련하여 필자는 미셸 푸코의 장소 개념이 어떻게 시학적 가능성을 지니는지
   이미 밝힌 바 있다. 엄경희, 「헤테로토피아(heterotopia)의 장소성에 대한 시학적(詩
   學的) 탐구」, 『국어국문학』 186, 국어국문학회, 2019, 399~440쪽.

4) 미셸 푸코, 『헤테로토피아』, 이상길 역, 문학과지성사, 2014, 13쪽.

는 전통적인 시간을 완전히 단절시킨 '이질화의 순간'이며, 현실에 존재할 수 없는 시간이 존재하게 되는 역설의 순간이라 할 수 있다. 이러한 역설의 순간은 일상의 장소를 현실로부터 분할하고 이질화하여 헤테로토피아의 장소를 구축해낸다."[6]

그런데 이 글이 논의하고자 하는 바는 농민과 도시인의 장소 바꾸기 식에 의한 헤테로토피아의 창출이라는 단순한 논리를 전개시키고자 함이 아니다. 이 글이 지닌 문제의식은 자연을 토대로 구성원들 간의 개방성이 강화되어 있는 농경문화의 내부에서 어떤 형태의 헤테로토피아가 창출되는가에 그 초점이 있다. 농경사회는 기계에 의한 농경방식을 많이 도입했음에도 불구하고 상당량의 육체 에너지와 근육의 움직임을 필요로 한다. 호미와 낫, 갈퀴, 삽, 도리깨와 같이 노동하는 신체와 직접 접촉하며 그 기능을 증폭시키는 기구들이 여전히 유용하게 쓰인다는 사실이 이를 말해준다. 그런 의미에서 농경문화는 도시문화와는 상대적으로 이와 같은 몸 중심의 사회임을 부정하기 어렵다. 필자가 특히 주목하고자 하는 바는 바로 헤테로토피아로서의 몸이며 실제하는 몸의 유토피아가 시를 통해 어떻게 실현되는가에 있다. 헤테로토피아로서의 몸은 인간이 꿈꾸는 가장 기초적이고 보편적인 욕망 가운데 하나이다. 그것은 생생한 육체성이 요구되는 서식지가 바탕이 될 때 더 극명하게 드러날 수 있으리라 여겨진다. 시로 형상화된 헤테로토피아로서의 몸을 농경문화와 연관하여 살펴보는 까

---

5) "푸코는 지금의 구성된 현실에 조화롭지 않은, 달리 말해, '정상성'을 벗어나는 공간 배치(있을 수 없는 장소로서의 유토피아)가 실제 존재하는 경우를 헤테로토피아로, 그와 동일한 성격의 시간 흐름(있을 수 없는 시간으로서의 유크로니아)이 실제 존재하는 경우를 헤테로크로니아로 각각 이름 붙이고 있다." 위의 책, 12쪽 옮긴이 이상길의 각주 참조.

6) 엄경희, 앞의 글, 419쪽.

닭은 바로 이 때문이다.

이와 같은 논의를 위해 농경문화적 상상력에 그 뿌리를 둔 서정주의 시편에 초점을 맞추어 1) '거대한 몸에 대한 염원'과 2) '에로스의 몸과 미로의 장소성'에 대해 집중적으로 밝히고자 한다. 헤테로토피아로서의 몸은 이 글이 제시하고자 하는 것 이외에도 다양한 방식으로 표출될 수 있다. 특히 몸의 감각이 '황홀경'[7]을 느끼는 순간에 그 몸은 '이질의 장소성'을 지닐 가능성이 크다. 그럼에도 연구 범주를 우선 '거대한 몸에 대한 염원'과 '에로스의 몸과 미로의 장소성'에 국한한 까닭은 서정주의 시에 이와 같은 요인이 강하게 드러난다는 점과 그것이 헤테로토피아로서의 몸이 지닌 가장 근본적 혹은 본성적 국면을 함의한다고 판단했기 때문이다. 한 가지 더 부연하자면 이 두 가지 내용은 헤테로토피아로서의 몸이라는 공분모를 갖지만 각각의 내용이 별도의 항목으로 읽힐 것으로 여겨진다. 한 가지 첨언자면, 서정주 시에 나타난 '헤테로토피아로서의 몸'에 관한 기존 연구는 아직 부진하기 때문에 본문의 각 장과 연관될 수 있는 기존 논의는 본문에 수렴하며 기술하고자 한다.

---

7) 영국의 저널리스이며 작가인 마르가리타 래스키(Marghanita Laski)는 황홀경 속에 있는 사람에 대해 다음과 같이 설명한다. "그들은 그들이 통일성 즉 '모든 것', 무시간성, 천국과 같은 이상적인 장소, 이완, 새로운 삶이나 다른 세계, 만족, 즐거움, 해방과 완성, 영광, 접촉, 신비한 지식, 새로운 지식, 동일시에 의한 지식, 그리고 설명할 수 없음을 얻었다고 느낀다."고 설명한다. 아울러 마르가리타 래스키는 황홀의 단계를 아담적 황홀(adamic ecstasy), 지식 황홀(knowledge ecstasy), 일체감(a sense of union)으로 세분화한다. 이와 같은 황홀경에 빠진 몸의 상태는 일상의 상태에서 벗어난 일탈된 몸이라 할 수 있다. 엘렌 디사나야케, 『예술은 무엇을 위해 존재하는가』, 김성동 역, 연암서가, 2016, 266~267쪽 발췌 및 참조.

2. "몸은 '장소(topos)'다"라는 정의의 낯섦과 진의

서정주 시에 나타난 '헤테로토피아로서의 몸과 농경문화의 유기성'을 살펴보기에 앞서 몸을 일종의 장소로 간주하는 낯선 발상에 대한 검토가 우선될 필요가 있을 듯하다. 몸을 하나의 '장소'로 인식하고 규정하는 사유 행위는 우리에게 결코 자연스러운 것이 아니기 때문이다. 우리는 몸을 생로병사의 변화를 의식하며 그것을 사유하는 존재, 그리고 움직이고 외부를 감각하고 인지하며 사물과 접촉하는 한 생명체로 인식하는 것이 일반적이며 그러한 몸의 활동과 결부된 특정 공간을 장소라고 생각한다. 극단적으로 말해 어느 누구도 타인과의 접촉을 장소와 장소의 만남이라고 생각하지 않는다. 그런 의미에서 몸을 장소로 규정하는 것은 몸에 대한 또 하나의 낯선 사유를 드러내는 것이라 할 수 있다. 때문에 몸을 장소로 인식하는 것이 어떻게 설득력을 갖는 것인지에 대한 검토가 우선되어야 할 것이다. 아래 제시한 예문들은 그 사유의 기저가 서로 상이함에도 불구하고 몸을 일종의 장소로 인식한다는 공통점을 지닌다.

① 안락함은 우리들을 은신처의 原初性에 되돌려 준다. 육체적으로, 은신처의 느낌을 가지는 존재는 스스로의 내부로 수축하고, 은둔하고, 웅크리고, 스스로를 숨기고 감춘다. 모든 은둔의 역동성을 나타낼 동사들 전부를 사전 속의 풍부한 어휘에서 찾아낸다면, 그것들은 동물적인 움직임의 이미지들, 근육 속에 새겨져 있는 웅크리는 움직임의 이미지들을 보여줄 것이다. 만약 근육 하나하나에 대한 심리학을 창안할 수 있다면, 얼마나 깊은 심리학의 穿鑿이 되랴! 인간 존재 내부에는 얼마나 많은 동물적 존재들이 있는가![8]

---

8) 가스통 바슐라르, 『空間의 詩學』, 곽광수 역, 민음사, 1990, 224쪽.

② 신체가 장소를 파악하는 데 결정적인 것은 바로 신체의 '~을 가지고 (withness)'이다. '~을 가지고'는 그 밖에 어떤 요인보다도 일반적 세계와 개별적 장소를 경험하는 데 신체가 특유의 기여를 할 수 있는 원천이다. "우리는 동시적인 의자를 보지만 그것을 우리의 눈을 가지고 본다. 또한 우리는 동시적인 의자를 만지지만 그것을 우리의 손을 가지고 만진다." "우리는 우리의 신체를 가지고 느낀다"는 게 옳다면, 우리가 "동시적인 의자"(이 의자와의 관계에서 우리 자신의 눈과 손은 "거의 직접적인 과거"에 속한다)뿐 아니라, 우리 자신의 장소 및 그 의자의 장소-그리고 양자 모두 동일하게 방향 지어진 영역적 결합체에 속하는 것으로서-를 경험하는 것은 바로 그 동일한 신체적인 '~을 가지고-구조(with-structure)'에 의해서다. 그렇다면 장소는 신체의 원시적 파악 및 그 주변 세계의 반복에 있어 필수불가결한 "~을 가지고"의 내부에서 생기는 것이다. 우리가 늘 신체를 가지고 존재하듯 신체적으로 존재하는 우리 역시 늘 하나의 장소 내부에 존재한다. 우리의 신체 덕분에 우리는 그 장소에 존재하고, 또 그 장소의 일부다.[9]

③ 내 몸, 그것은 나에게 강요된, 어찌할 수 없는 장소다. 결국 나는 우리가 이 장소에 맞서고, 이 장소를 잊게 만들기 위해 그 모든 유토피아들을 탄생시켰다고 생각한다. 유토피아의 매력, 아름다움, 경이로움은 어디에서 비롯하는가? 유토피아, 그것은 모든 장소 바깥에 있는 장소이다. 한데 그것은 내가 몸 없는 몸을 갖게 될 장소인 것이다. 아름답고, 맑고, 투명하고, 빛나고, 민첩하고, 엄청난 힘을 지니고, 무한히 지속되고, 섬세하고, 눈에 띄지 않고, 보호되고, 언제나 아름답게 되는 몸. 원초적인 유토피아, 인간의 마음 속 가장 깊숙이 자리 잡고 있는 유토피아, 그것은 바로 형체 없는 몸의 유토피아일 것이다.[10]

---

9) 에드워드 S. 케이시, 『장소의 운명』, 박성관 역, 에코리브르, 2016, 425쪽.
10) 미셸 푸코, 앞의 책, 28~29쪽.

'몸이 장소다'라는 정의를 가장 잘 이해하게 하는 것은 생명의 탄생과 결부된다. 태아는 모체의 자궁에서부터 양육되고 보호된다. 자궁은 태어나기 이전의 생명을 감싸는 장소이다. 따라서 자궁을 닮아있는 형태, 즉 주머니, 그릇, 자루, 서랍, 장롱 등 싸개 역할을 하는 모두는 '~을 담는다'라는 장소성을 갖는 사물이라 할 수 있다. 여기서 우리는 장소성을 건축물에 국한시키는 도식적 인식을 더 섬세한 방향으로 확장할 필요가 있다. 위에 인용한 ①은 현상학적 맥락을 통해 몸의 장소성을 밝힌 가스통 바슐라르(Gaston Bachelard)의 설명이다. 그의 공간론은 공간의 근원적 기능이라 할 수 있는 보호와 안락의 문제를 인식의 차원을 넘어서 몽상의 차원으로까지 이끌어간다. ①에 따르면 안락함이란 '은신처' 구실을 하는 공간이라 할 수 있는데 그 원초성은 다름 아닌 인간의 '육체'에서 비롯된다고 강조한다. '은신처의 느낌'을 외부에서 받기 이전에 인간의 몸은 스스로를 위해 "내부로 수축하고, 은둔하고, 웅크리고, 스스로를 숨기고 감춘다.". 이 근원적 보호 본능의 예로 바슐라르는 동물적 근육의 움직임을 들고 있다. 그러면서 "인간 존재 내부에는 얼마나 많은 동물적 존재들이 있는가!"라고 말한다. 인간 신체 내부에는 생명을 유지시켜 주는 기관 혹은 장기(臟器)와 뼈대와 체액이 가득 담겨있다. 피부는 이 모든 것을 감싸는 또 하나의 장소이다. 인간의 몸은 자신의 생명성을 보호함과 동시에 움직이며 외부의 랜드마크를 인지하거나 목표점의 중심을 점유하는 장소인 것이다. "달팽이는 어느 곳을 돌아다니더라도 언제나 제 집에 있는 것이다."[11]라고 바슐라르는 말한다. 달팽이의 단단한 껍질은 달팽이를 보호해 주는 피부이며 집이다. 꽃의 꽃받침, 조개껍질, 누에의 고치,

---

11) 가스통 바슐라르, 앞의 책, 263쪽.

씨앗들의 껍질 또한 마찬가지다. 그런 의미에서 '집'은 육체를 감싸는 피부의 연장이다.

②는 에드워드 S. 케이시(Edward S. Casey)가 화이트헤드의 말을 인용하면서 신체의 장소성을 설명한 대목이다. 그는 우리의 신체가 '~을 가지고(withness)'있다는 사실에 입각하여 신체의 기능이 어떻게 사물 혹은 장소와 하나의 '결합체'가 되는가를 설명한다. 외부 장소의 파악은 신체 특유의 원시적 기여, 즉 눈과 손 등의 감각에 의해 내부에서 생기는 것이며 이러한 외부와 내부의 인과성은 "우리 역시 늘 하나의 장소 내부에 존재"하는 존재이기 때문에 가능한 것이다. 따라서 "우리의 신체 덕분에 우리는 그 장소에 존재하고 또 그 장소의 일부"가 된다. 이와 같은 케이시의 논리는 우리의 신체가 '~을 가지고' 있지 않다면 외부 장소를 파악할 수 없다는 의미 이상의 것을 뜻한다. 모든 장소는 '~을 가지고' 있다. 엄밀하게 말하면 이러한 장소(가지고 있는 것들)를 배치 가능하게 하는 것이 공간이다. 인간의 신체는 '~을 가지고' 있기 때문에 외부 장소와 '결합체'가 될 수 있는 것이다. 중요한 것은 '결합체'라는 낱말이 함의하는 바이다. 외부 장소와 결합을 이루는 근원적 장소가 바로 신체라 할 수 있다.

③은 미셸 푸코(Michel Foucault)가 유토피아의 발생학적 기저를 몸을 통해 설명한 부분이다. 그는 "내 몸, 그것은 나에게 강요된, 어찌할 수 없는 장소다."라고 단호하게 말한다. 이 문장에는 몸이란 나의 의지나 의향에 의해 생겨난 장소가 아니라는 비극적 인식이 내포되어 있다. 그것은 강요된 것이기 때문에 그러하다. 우리의 몸은 태어나고 병들고 쇠락하며 죽음에 이른다. 인간은 이 같은 생명의 불가항력적 숙명에 맞서고 치유하며 죽음을 지연시키고 더 나아가서는 젊고 아름답고 건강한 신체를 꿈꾸게 되는 것이다. 이것이 유토피아의 기원이

다. 유토피아가 실제하는 장소 바깥에 있는 비현실적 장소라면 이것
을 상상으로 꿈꾸게 한 것이 바로 인간의 '몸'이라 할 수 있다. 유토피
아를 꿈꾼다는 것은 우리의 몸이 불로장생할 수 있는 세계를 꿈꾸는
것과 동일한 의미를 지닌다. 그런데 푸코가 구체적으로 열거한 '몸
없는 몸'이란 인간이 욕망하는 몸의 유토피아일 뿐이다. '형체 없는
몸'이란 바로 인간의 실존성을 벗어난 초월적 몸, 몸의 비극성을 넘어
선 몸, 완전무결한 몸, '형체'로 나타낼 수 없는 몸을 의미한다. 죽음
을 인식할 수 있는 인간 존재의 특수한 능력은 이러한 몸이 불가능함
을 알면서도 그것이 현실에서 실현되는 순간을 맛보고자 한다. 헤테
로토피아의 몸이 그것이다.

3. 거대한 몸에 대한 염원

인간이 염원하는 몸은 건강하고 힘이 센 신체라 할 수 있다. 그런
염원을 가장 잘 반영해주는 것이 바로 거인 신화나 설화의 변형이다.
거인과 관련한 신화나 설화는 전 세계적으로 널리 퍼져 있는 매우 보
편적 이야기라 할 수 있다. 국가나 지형의 특징에 따라 그 내용이 다
소 차이를 보이지만 거인 이야기는 끊임없이 재창조되어 온 문학의
원형 가운데 하나라는 사실을 새삼 재론할 필요는 없을 듯하다. 거인
의 신체가 부분으로 나뉘어 해와 달과 거대한 지형을 만들어냈다는
우주 창조신화나 거인의 배설물이 산과 강 등의 지형을 형성했다는
이야기는 거인의 신체가 지닌 신성함이나 그것을 좀더 희화화하여 재
미를 더했다는 의미 이상을 지닌다. 신화와 설화에 의해 구현된 거대
한 신체는 인간 존재가 지닌 근원적 허약성과 한계를 초월한 몸의 유
토피아를 제시하기 때문이다. 그것은 어느 누구도 대적할 수 없는 막

강한 크기와 불가능을 가능케 하는 힘의 작용력을 현현한다. 중요한 것은 거인이 드러내는 몸의 크기는 에너지의 크기를 가시화한 것이라 할 수 있다. 따라서 가시적 몸이 작더라도 폭발적 힘을 지니고 있다면 그것은 거인의 몸과 동일하다고 보아야 마땅하다.

거인의 사체(死體)가 나뉘어 우주와 지형의 생성을 이루어낸다는 경이로운 사실만이 아니라 몸 속을 빠져나온 더러운 배설물이 산과 강을 만들어낸다는 것 자체는 불가능하고 비현실적인 이야기처럼 여겨질 수밖에 없지만 인간은 자신의 연약함 때문에 이러한 '힘'의 작용력을 동경할 수밖에 없다. 사실 배설물 또한 몸의 생명유지를 위해 외부로 내보내진 신체의 일부라는 것을 감안한다면 그것은 사체의 일종이라 할 수 있다. 여기서 우리는 "내 몸, 그것은 나에게 강요된, 어찌할 수 없는 장소다. 결국 나는 우리가 이 장소에 맞서고, 이 장소를 잊게 만들기 위해 그 모든 유토피아들을 탄생시켰다고 생각한다."[12]라는 푸코의 말을 떠올릴 필요가 있다. 푸코는 "유토피아는 몸 자체에서 태어났고 아마도 그러고 나서 몸을 배반한 것이다. 어쨌든 확실한 것은 인간의 몸이 모든 유토피아의 주연 배우라는 것이다. 결국 인간이 스스로에게 이야기하는 가장 오래된 유토피아 중의 하나는 공간을 집어삼키고 세계를 정복하는 어마마하고 거대한 몸에 대한 꿈이 아닌가?"[13]라고 유토피아의 근원으로서 몸을 강조한다.

모든 기계문명과 기술의 발달은 다소 비약적으로 말해 바로 '거대한 몸'이 지닌 힘의 작용력에 대한 염원의 현실적 발현이라 할 수 있다. 그럼에도 신화나 설화에 등장하는 거대한 몸과 근대의 세계를 이어놓는 유기적 사유의 끈은 매우 미비해졌으며 이와 연동해서 우리의

---

12) 미셸 푸코, 앞의 책, 28~29쪽.
13) 위의 책, 33~34쪽.

현대시를 추동하는 상상력 가운데 거대한 몸의 형상화는 매우 희귀한 것이 되었다는 사실을 미리 밝힐 필요가 있을 듯하다. 그런 의미에서 서정주의 시편에 등장하는 현실적이지만 막강한 힘을 내장한 헤테로토피아로서의 몸에 주목할 필요가 있다.

> 小者 李 생원네 무우밭은요. 질마재 마을에서도 제일로 무성하고 밑둥거리가 굵다고 소문이 났었는데요. 그건 이 小者 李 생원네 집 식구들 가운데서도 이 집 마누라님의 오줌 기운이 아주 센 때문이라고 모두들 말했읍니다.
>
> 옛날에 新羅 적에 智度路大王은 연장이 너무 커서 짝이 없다가 겨울 늙은 나무 밑에 長鼓만한 똥을 눈 색시를 만나서 같이 살았는데, 여기 이 마누라님의 오줌 속에도 長鼓만큼 무우밭까지 鼓舞시키는 무슨 그런 신바람도 있었는지 모르지. 마을의 아이들이 길을 빨리 가려고 이 댁 무우밭을 밟아 질러가다가 이 댁 마누라님한테 들키는 때는 그 오줌의 힘이 얼마나 센가를 아이들도 할수없이 알게 되었읍니다. ―「네 이놈 게 있거라. 저놈을 사타구니에 집어 넣고 더운 오줌을 대가리에다 몽땅 깔기어 놀라!」 그러면 아이들은 꿩 새끼들같이 풍기어 달아나면서 그 오줌의 힘이 얼마나 더울까를 똑똑히 잘 알 밖에 없었읍니다.
>
> 「小者 李 생원네 마누라님의 오줌 기운」 전문

권태효는 거인 설화를 1) 우주를 창생시키는 거인, 2) 산과 강 등 지형을 형성시키는 거인, 3) 많은 양의 배설물이 강조되는 거인, 4) 거근을 지닌 거인 등으로 분류하여 설명[14]하는데 위에 인용한 시는 3)과 4)를 세속적·현실적인 농경문화의 차원으로 변이시킨 형태라 할 수 있다. 이 시는 무밭을 경작하는 李 생원네 마누라의 '오줌 기운'

---

14) 권태효, 『한국 거인설화의 지속과 변용』, 역락, 2015, 16~28쪽 참조.

이 지닌 힘 센 '신바람'과 신라 적 智度路大王 색시[15]의 '장고'만한
똥의 크기가 비유적 관계를 형성하면서 거대한 몸의 상징성을 만들어
낸다. 이 둘의 비유 관계를 심층적으로 살펴보면 매우 흥미로운 뜻
겹침을 발견할 수 있다. 智度路大王 색시의 똥은 『삼국유사』 원문에
는 장고가 아니라 북(鼓)으로 비유되어 있는데 서정주는 이를 장고로
바꾸어놓음으로써 커다란 북의 묵직한 음상을 보다 가볍고 흥겨운 것
으로 전환시킨다. 이것이 바로 李 생원네 마누라의 신체가 내장한 '신
바람'인 것이다. 이와 같은 비유의 결합에 의해 오줌 기운과 장고만한
똥은 배설물이라는 공통점을 지니면서 동시에 그 물질을 기피하는 일
반적 반응을 벗어나게 이끈다. 여기서의 배설은 신명나는 놀이와 동
일한 의미를 지니는 것이다. 李 생원네 마누라의 몸은 "질마재 마을에
서도 제일로 무성하고 밑둥거리가 굵다고 소문이" 난 무를 키워내는
'오줌 기운'이 담긴 장소이며 그것은 또한 무밭을 '고무'시키는 '신바
람'이 들어차 있는 장소이기도 하다.[16] 생생력(生生力)으로 가득한 이
같은 몸은 힘세고 건강한 헤테로토피아로서의 몸이라 할 수 있다. 그
러한 몸으로부터 배설된 오줌은 비옥한 농경지를 만들어내는 자양분
이 된다.[17] 李 생원네 마누라는 힘으로 가득한 신체 덕분에 비옥한

---

15) 일연, 『삼국유사』, 김원중 역, 민음사, 2007, 105~106쪽.
16) 이와 같은 해석을 미하일 바흐찐의 설명을 빌려 말해보면 다음과 같다. "똥은 유쾌한
물질이다. 이미 말했듯이, 가장 오래된 糞便文學的(scato-logical) 이미지들 속에서
똥은 생식력, 肥沃과 연결되어 있다. 다른 측면에서 똥은 대지와 육체 사이의 어떤
중간 위치에 있는, 이 둘을 친근한 관계로 만드는 그 무엇으로 간주되고 있다. 똥은
또한 살아 있는 육체와 죽은 육체 사이의 어떤 중간에 위치하고 있는 것으로, 분해되
어 대지로 되돌아가 비료가 되는 것이다." 미하일 바흐찐, 『프랑수아 라블레의 작품과
중세 및 르네상스의 민중문화』, 이덕형·최건영 역, 아카넷, 2001, 274쪽.
17) 동아시아 신화 연구자 정재서는 "원시 인류에게 우주는 한 사람의 거인으로 상상되
었고 이 거인의 신체가 분화되면서 삼라만상 곧 지구의 모든 자연현상이 비롯하였다
는, 인간과 우주자연을 일체로 간주하는 천인합일天人合一의 관념이다."라고 말한

농경지라는 "그 장소에 존재하고 그 장소의 일부"[18]가 되는 것이다.
이 둘의 관계는 그런 의미에서 내재적으로 연결된 생명공동체의 상호
성을 드러내는 제유적 사유라 할 수 있다.[19] 황현산은 서정주 시에
드러난 정서의 뿌리가 농경사회에 있음을 강조하면서 이 원초적 세계
의 특질을 "흙과 햇빛과 바람과 비, 그리고 해일로 표현되는 가장 단
순하면서도 광포한 자연으로 이룩된 이 세계는, 지극히 미미한 사건
도 미증유의 추문이 되지만 습관적으로 잊혀지고 용서되는, 그래서
결국 아무 사건도 없는 한 사회의 권태와 고독에서 신성을 얻는다.
(중략) 인간들은 그 원초적 자연과 동일한 모습으로 퇴화하고 화석화
함으로써 영원의 형식을 취한다. 이 형식이야말로 평자들이 『질마재
神話』에서 자주 지적하고 싶어 하는 그 농경적 생명력의 실상일 것이
다."[20]라고 설명한다.

한편 이 시의 내용 가운데 또 하나 주목할 대목은 "「네 이놈 게 있거
라. 저놈을 사타구니에 집어 넣고 더운 오줌을 대가리에다 몽땅 깔기
어 놀라!」"라는 李 생원네 마누라의 상스러운 목소리이다. '사타구

___

다. 헤테로토피아로서의 李 생원네 마누라의 몸과 비옥한 무밭, 그리고 꿩으로 비유
된 아이들이 이루어내는 유기적 맥락은 거인 신화에 담긴 천인합일의 관념이 그대로
드러난 경우라 할 수 있다. 정재서, 『사라진 신들과의 교신을 위하여』, 문학동네,
2007, 238~239쪽.

18) 에드워드 S. 케이시, 앞의 책, 425쪽.

19) 구모룡은 제유를 대상과 전체의 '내적 연관성'을 인식하는 사유의 형태로 규정하고
이를 동아시아의 유기론적 관점에서 다음과 같이 설명한다. "전통적 사유가 자연
유비로 인간의 삶을 해석하였다는 것은 주지의 사실이다. 전통적 사유는 인간적인
것과 자연적인 것 사이의 일치관계에 대한 믿음에 의존하고 있는 것으로 인간 사회의
법규와 자연의 법칙에 어떠한 분리도 없는 것으로 받아들인다. 천문과 인문의 유비관
계는 전통적 사유의 바탕이라 할 수 있다. 전통적 사유에서 자연은 끊임없이 창조하는
전진의 과정이며, 인간은 이 과정 중에 참여하여 화육하는 동등의 창조자로 인식된
다." 구모룡, 『제유』, 모악, 2016, 33~34쪽.

20) 황현산, 「서정주, 농경 사회의 모더니즘」, 『미당 연구』, 민음사, 1994, 476~477쪽.

니', '대가리' 등의 어휘가 그녀의 거칠고 질박한 성격을 드러낸다는
점이 농경문화의 원초성을 더욱 배가시키는 효과를 자아내는 것이다.
여기서 무엇보다 중요한 것은 "저놈을 사타구니에 집어 넣고"라는 발
언이다. "실제로 거인 이야기 중에는 거대한 성기로 사냥을 하여 많은
물고기나 짐승을 잡는 이야기가 있다. 제주도에 전승되는 「설문대할
망과 설문대하르방」과 같은 설화가 대표적인 것으로, 설문대할망과
하르방이 배가 고파서 바다의 물고기를 할망의 성기 있는 곳으로 몰
아서 잡고는 그것으로 요기를 했다고 한다."21) 이와 같은 설화에는
할망의 성기가 '다산(多産)'의 장소임을 환기한다. 서정주가 이와 같은
설화를 의식했든 그렇지 않든 상관없이 李 생원네 마누라의 거대한
'사타구니'는 아이들의 '대가리'를 몰아넣는 생명의 주머니(자궁)로 의
미화된다. 이를 통해 그녀의 더운 오줌 기운이 무만이 아니라 아이들
을 다산(多産)하고 고무시키는, 즉 보육하는 힘이기도 하다는 것을 유
추해 볼 수 있다. 그런 의미에서 밑둥거리가 굵은 무와 아이들은 동일
한 의미를 지닌다. 이와 같은 거인 모티브를 변이시킨 또 다른 시를
살펴보면 다음과 같다.

　高句麗 山上王이 하늘에다 祭祀할 때 쓰려고 가두어 둔 돼지 한 마리
가 도망쳐서, 술을 잘 만드는 술통村이란 마을로 들어갔사온데요. 山에
철쭉꽃 나뭇가지 구부러져 오고가듯, 그놈의 돼지가 어찌나 되게는 왔가
갔다 하는지 잡히지 않아 걱정이었는데, 나이 스무 살쯤 되었을까 后女
라는 이름의 토실토실한 過年한 處女가 나와 아주 썩 든든히 이쁘게는
웃으면서 보기 좋게 이것의 뒷다리를 잡아 냉큼 붙들어매 놓았읍지요.
　山上王이 뒤에 이 이야기에 반해서 밤에 그네 집에 스며들어가 붙어

---

21) 권태효, 앞의 책, 25쪽.

애기를 만들었다 하는데, 이것은, 참, 한번 찬성해 볼 일이옵지요. 더더구나 요로코롬해 만든 애기가 뒤에 커서 제법 王까지도 됐다니, 이거야말로 술통村 마을 뒷山의 철쭉꽃 나무가 그 구불구불한 가지 우에다 피우고 있는 꽃만큼이나 재미나긴 꽤나 재미난 이야깁지요.

「술통村 마을의 慶事」 전문

산상왕에 관한 이야기는 『三國史記』 고구려본기 제4권에 기록되어 있다. 기록에 따르면 산상왕의 이름은 연우이고 고국천왕의 동생이며, 고국천왕이 죽자 형사취수(兄死娶嫂)에 의해 왕이 된 인물이다. 그러나 왕후인 우씨와의 사이에서 아들을 얻지 못해 산상왕이 산천에 아들을 낳게 해달라고 기도하였는데 하늘이 왕에게 "내가 너의 젊은 아내로 하여금 아들을 낳게 할 것이니 걱정하지 말라"는 응답을 받는다. 위의 시는 '젊은 아내'와의 만남과 그 아내가 낳은 동천왕에 관한 이야기를 차용하여 형상화한 것이다. 이에 대한 사기의 기록을 소개하면 다음과 같다.

산상왕 12년, 겨울 11월, 교제郊祭에 잡을 돼지가 달아났다. 관리하는 자가 쫓아가 주통촌에 이르렀는데, 돼지가 이리저리 날뛰어 잡지 못했다. 이때 나이가 20세 정도이며 얼굴이 아름다운 한 여자가 웃으면서 앞으로 걸어와 돼지를 잡아주어 쫓던 자가 돼지를 얻을 수 있었다. (중략) 가을 9월, 주통촌 여자가 아들을 낳았다. 왕이 기뻐하며 "이는 하느님이 나에게 주신 후계자다"라고 말했다. 교제에 잡을 돼지로 말미암아 그 어머니를 사랑할 수 있었다 하여, 그 아이의 이름을 교체郊彘라 하고, 아이의 어머니를 소후(小后)로 삼았다.[22]

---

22) 김부식, 『三國史記』, 허성도 역, 사단법인 올재, 2018, 257~258쪽.

'교제'는 천자인 왕이 풍요를 기원하는 제사를 뜻한다. 고구려에서
는 교제에 쓸 신성한 제물로 돼지를 특별히 관리하였는데 이처럼 교
제의 제물을 관리하는 공간은 "서로 구별되는 이 온갖 장소들 가운데
절대적으로 다른"[23] 장소의 의미를 지닌다. 그것은 일상적인 공간성
을 초과한 "일종의 반(反)공간"[24]이라 할 수 있다. 이와 같은 마을에서
이미 신성성이 부여된 돼지가 달아났다는 것은 막중한 사건이 아닐
수 없다. 이때 이리저리 날뛰어 잡지 못한 돼지를 잡아 준 여인이 바
로 산상왕의 후사를 잇게 한 '젊은 아내', 즉 후녀(后女)이다. 여기서
원텍스트의 "나이가 20세 정도이며 얼굴이 아름다운 한 여자가 웃으
면서 앞으로 걸어와 돼지를 잡아주어 쫓던 자가 돼지를 얻을 수 있었
다."라는 기록을 눈여겨 볼 필요가 있다. 서정주는 "이리저리 날뛰는
돼지를 "山에 철쭉꽃 나뭇가지 구부러져 오고가듯"이라고 비유함으로
써 한바탕 소동을 피우며 종잡을 수 없이 돌아다니는 돼지의 동작을
구불구불한 선(線)의 이미지로 그려낸다. 아울러 후녀의 얼굴을 강조
한 사료와 달리 토실토실한 몸과 든든한 웃음을 강조함으로써 그녀의
강한 신체적 에너지에 초점을 맞춘다. 한 술 더 보태서 "보기 좋게
이것의 뒷다리를 잡아 냉큼 붙들어매 놓았읍지요."라고 돼지 붙드는
장면을 실감나게 처리함으로써 후녀의 육체적 힘을 부각시킨다."[25]

여기서 한 가지 더 주목할 것은 술통촌 돼지 사건이 일어난 날짜가
산상왕 12년, 겨울 11월로 사료에 명시되어 있는데 이와 달리 시인은
마을 뒷산의 '철쭉꽃'을 두 번이나 비유적으로 환기한다는 점이다. 따

---

23) 미셸 푸코, 앞의 책, 13쪽.
24) 위의 책, 같은 쪽.
25) 엄경희, 「서정주 시에 나타난 성애(性愛)의 희극적 형상화 방식과 시적 의도」, 『현
  대시와 정념』, 까만양, 2016, 104쪽.

라서 이 시를 읽는 독자는 겨울이 아니라 철쭉이 마을 뒷산에 만개한 봄날을 연상하게 된다. 시인은 겨울을 봄의 경관으로 바꿈으로써 술 통촌을 생기가 가득한 헤테로토피아의 장소로 부각시킨다. 즉 철쭉 이미지를 거듭 첨가함으로써 겨울의 냉기를 "지우고, 중화시키고 혹은 정화"[26]하여 술통촌을 왕성한 생명 발흥의 공간으로 변이시켰다고 할 수 있다. 이와 같은 봄기운과 "보기 좋게 이것의 뒷다리를 잡아 냉큼 붙들어매" 놓은 후녀의 괴력에 가까운 육체적 에너지는 상동적 이라 할 수 있다. 비록 그녀의 몸의 크기가 거인으로 가시화되어 있지 않지만 그 힘의 표출은 거인의 상징성을 그대로 보여주는 것과 다를 바 없다.

한국 현대시에 거인의 몸을 가진 인물이 등장하는 경우는 매우 희 박한 것으로 판단된다. 이러한 현상의 이면에는 근대성과 관련한 많 은 요인이 작용한 것으로 볼 수 있다. 근대의 세계는 합리적으로 혹은 논리적으로 설명 가능한 것을 추종하면서 고대의 신화적 세계를 세계 밖으로 추방하여 그것의 근본적 효력을 약화시킨 것이 사실이다. 근 대의 시적 상상력이 왜소화된 것도 이와 무관하지 않다. 서정주의 시 에 등장하는 거인의 힘을 가진 인물의 등장은 농경문화가 요구하는 건강한 육체성의 옹호와 관련한다. 시인은 신화와 설화를 현실적·희 극적으로 변이시킴으로써 인간이 근본적으로 염원하는 헤테로토피아 로서의 몸을 재현해 내는 것이다. 그의 시에 등장하는 거인의 몸은 우리 모두가 여전히 염원하는 몸의 근원적 유토피아를 강조한다는 점 에서 희소성을 지닌다.

---

26) 미셸 푸코, 앞의 책, 13쪽.

4. 에로스의 몸과 미로의 장소성

거대한 몸, 즉 건강하고 힘 센 육체성과 더불어 인간이 본능적으로 추구하는 것은 쾌락의 감각을 느끼는 몸이라 할 수 있다. 인간이 누리는 쾌락은 대부분 동물적 본능의 직접적인 실현이거나 아니면 그것의 대체물을 우회해서 실현되거나 한다. 에로스의 몸은 촉각의 직접적 경험을 욕망하는 인간의 비밀스러운 자연성이라 할 수 있다. 그것이 억압되거나 통제될 때 에로스의 몸은 그것이 지닌 리비도를 음식 먹기와 같은 것으로 전이·방출하거나 역으로 극단적 금욕주의로 대체하기도 한다. 뿐만 아니라 디지털 테크놀로지에 의해 촉각의 영역은 무수히 많은 시각 이미지로 대체되기도 한다. 이재복은 특히 디지털 생태계를 거론하면서 "과연 테크놀로지를 기반으로 한 인간에 의해 생산되는 필링이 자연에 의해 만들어지는 필링을 대체할 수 있느냐"[27)]에 의문을 제기한다. 대체물에 의한 욕망의 실현은 언제나 완전한 쾌락의 충족을 가져오지 못한다. 대체물은 대체물일 뿐이기 때문이다.

농경문화가 여전히 육체적 힘을 상징하는 '거대한 몸'을 염원하는 것은 농민들의 서식지가 지닌 특성 때문이다. 농경지를 경작하는 일에 투여되는 에너지의 튼실함이 그들의 생존과 직결될 때 육체성은 그 무엇보다 중요한 삶의 기반이 된다. 이러한 세계 속에서 에로스의 몸은 어떠한가? 서정주의 초기 시에 드러난 성애와 관련한 논의는 주로 시인의 초기시에 집중되는 현상을 보이는데 이에 대해서는 상반된 평가가 병행하는 현상을 보인다. 예를 들어 정신적 승화의 단계에 이르지 못했다는 평을 비롯하여 죄의식과 비극성을 동반, 외부세계와의 적대

---

27) 이재복, 『몸과 그늘의 미학』, 도서출판 b, 2016, 234~253쪽 참조.

감이나 불화를 노정하고 있다는 평가[28]와 이와 달리 미당의 초기시를 "남녀 성행위의 자연스러움과 야성적 본능의 건강한 생명력"[29]으로 읽어내고 미당의 의도를 유교적 성 윤리에 대한 대항으로 설명한 이승하의 논의를 비롯하여 양소영은 '동물'과 동일시를 통한 원시 자연의 생명성[30]을, 이찬은 스피노자(Benedict de Spinoza)의 코나투스(Conatus) 개념을 기반으로 에로스의 영원성[31]으로 서정주의 에로티즘을 설명한다. 그 외에 초기시를 벗어나 전미정은 시집『질마재 神話』를 원초적 세계와의 동화, 육체의 긍정적 회귀 등으로 설명[32]한다. 정창영은 서정주의 시 전체를 관통하는 성 욕망의 다양성을 정신분석학에 근거해 밀도 있게 분석함으로써 시인의 욕망이 어떻게 극복되었는가를 흥미롭게 밝히고 있으며[33] 필자는 서정주의 초기시 이후의 시편들에 나타난 성애의 희극성에 초점을 맞추어 웃음이 주는 해방의 긍정적 가치를 논의한 바 있다.[34] 이와 같은 기존 논의의 양극성 가운데 어느 한쪽을 지지하기는 매우 어려운 문제이다. 에로티즘 자체에 동물적 측면과 생명성, 욕망의 분출과 좌절 등 다양한 국면이 한 덩어리로 엉켜있기

---

28) 김은자, 「한국현대시의 공간의식에 관한 연구─김소월·이상·서정주를 중심으로」, 서울대학교 박사학위논문, 1986, 165~166쪽. 오영협, 「서정주 초기시의 의식구조 연구─이원성과 그 융합의 의지를 중심으로」, 고려대학교 석사학위논문, 1989, 57쪽. 유지현, 「서정주 시의 공간 상상력 연구」, 고려대학교 박사학위논문, 1997, 23쪽.
29) 이승하, 『한국 현대시 비판』, 월인, 2000, 142쪽.
30) 양소정, 「서정주의『화사집』에 나타난 원시성 연구」, 한국시학회 학술대회 논문집, 2016, 45~56쪽 참조.
31) 이찬, 「서정주『화사집』에 나타난 생명의 이미지 계열들─탈주, 에로스, 샤머니즘의 이미지를 중심으로」, 『한국근대문학연구』 17, 한국근대문학회, 2016, 265~307쪽 참조.
32) 전미정, 『한국 현대시와 에로티시즘』, 새미, 2002, 171~174쪽 참조.
33) 정창영, 「서정주 시에 나타난 성 욕망과 정화 양상」, 『국어국문학』 133, 2003, 375~408쪽.
34) 엄경희, 앞의 글, 99~121쪽 참조.

때문이다. 이 글은 헤테로토피아로서의 몸, 보다 구체적으로 말하면 농경문화를 체화한 에로스의 몸과 그것에 연동된 자연의 공간이 어떻게 어우러져 있는가에 주목하고자 한다.

> 麝香 薄荷의 뒤안길이다.
> 아름다운 베암…
> 을마나 크다란 슬픔으로 태여났기에, 저리도 징그라운 몸둥아리냐
>
> 꽃다님 같다.
> 너의할아버지가 이브를 꼬여내든 達辯의 혓바닥이
> 소리잃은채 낼룽그리는 붉은 아가리로
> 푸른 하눌이다. …물어 뜯어라. 원통히무러뜨어,
>
> 다라나거라. 저놈의 대가리!
>
> 돌 팔매를 쏘면서, 쏘면서, 麝香 芳草ㅅ길
> 저놈의 뒤를 따르는 것은
> 우리 할아버지의안해가 이브라서 그러는게 아니라
> 石油 먹은듯…石油 먹은듯…가쁜 숨결이야
>
> 바눌에 꼬여 두를까부다. 꽃다님보단도 아름다운 빛…
>
> 크레오파투라의 피먹은양 붉게 타오르는 고흔 입설…슴여라! 베암.
>
> 우리순네는 스믈난 색시, 고양이같이 고흔 입설…슴여라! 베암.
>
> 「花蛇」 전문

서정주의 대표작 가운데 하나인 시 「花蛇」는 에로스적 몸이 내포한 헤테로토피아적 속성을 뚜렷이 드러낸 작품이라 할 수 있다. 이 시에

등장하는 화자에 대해 설명하기 전에 우선 주목해야 할 공간은 '麝香
薄荷의 뒤안길' 혹은 '麝香 芳草ㅅ길'이 지닌 장소성이다. 사향은 성적
페로몬으로 알려진 물질이다. 따라서 '麝香 薄荷의 뒤안길'은 자연의
공간이면서 동시에 페로몬과 박하의 향기가 가득한 성적 쾌락을 암시
하는 공간으로 의미화할 수 있다. 아울러 '뒤안길'이라는 비밀스러운
공간성을 함축한다.[35] 그것은 도시의 성적 공간을 대표하는 '침실' 혹
은 연인들이 찾아드는 '모텔'의 폐쇄성과는 다른 느낌을 전달한다. 사
향 박하의 향이 가득한 '뒤안길'은 자연의 개방성 안에 놓여있는 폐쇄적
공간이라는 모순된 의미가 겹쳐 있다는 점에서 일종의 농경문화 일상
안에 배치된 반(反)공간 즉 '바깥의 공간'이라 할 수 있다. 향기와 꽃이
무질서하게 우거진 '뒤안길'은 '반투명'의 음영을 지닌 가림막의 기능을
하는 것이다. '뒤안길'의 우거짐과 반투명성의 어렴풋함은 화사의 구불
구불한 운동성이 지닌 길의 형태, 즉 불명확한 '미로'[36]를 연상시키는

---

35) 이병철은 서정주의 초기시에 나타나는 에로스의 중요한 수행감각으로 미각과 후각
   을 부각시킨다. 그는 "보통 성행위에서 가장 중요한 감각은 촉각이지만, 서정주 시에
   등장하는 시적 주체들은 혀를 이용해 몸을 맛보고, 코로 냄새 맡는 행위에 집착하는
   양상을 보인다. 더 나아가 성행위의 대상인 타자에게도 특정한 맛과 냄새를 주입시켜
   성적 반응을 유도, 에로스를 극대화시키려는 태도를 보인다."(217쪽)라고 말한다.
   이와 같은 분석은 성애가 촉각 중심이라는 일반적 편견을 벗어나 시의 내재적 분석에
   입각해 얻어진 결론이라는 점에 그 의의가 있다. 이병철, 「서정주 초기 시에 나타난
   미각과 후각 이미지 연구-『花蛇集』을 중심으로」, 『비평문학』 67, 한국비평문학회,
   2018, 203~222쪽 참조.
36) 미셸 푸코의 연인이었던 다니엘 드페르(Daniel Defert)는 미셸 푸코가 헤테로토피
   아를 "가능한 질서의 수많은 조각들을 반짝거리게 만드는 무질서"라고 정의했던 것을
   언급하면서 다음과 같은 각주를 첨언하고 있다. "그것은 많은 수의 가능한 질서를
   법칙도 기하학도 없는 기묘한 것들의 차원에서 단편적으로 반짝거리게 할 무질서일
   것이고, 따라서 이 낱말을 어원에 가장 가까운 의미로 이해할 필요가 있다. 즉 거기에
   는 사물들이 몹시 상이한 자리에 '머물러' 있고 '놓여' 있고 '배치되어' 있어서, 사물들
   을 위한 수용 공간을 찾아내거나 이러저런 자리들 아래에서 공통의 장소를 규명하는
   것이 불가능하다.". 이와 같은 다니엘 드페르의 발언은 말과 사물, 즉 통사법의 문제
   와 관련하여 심층화되는데 본 글이 주목한 것은 "단편적으로 반짝거리게 할 무질서"

효과 또한 갖는다. 그 안에서 화자의 에로스적 몸은 "石油 먹은듯…石油 먹은듯…가쁜 숨결"로 벅차게 뜨거워진다. '石油'가 함축하는 불의 숨결은 '꽃다님' 같은 순네에게 유혹당한 쾌락의 팽창을 극대화한 것이라 할 수 있다. 방종과 넘침, 인격의 죽음으로 에로티즘을 설명하는 죠르주 바타유(Georges Albert Maurice Victor Bataille)는 이와 같은 존재의 상태를 다음과 같이 설명한다.

> 육체적 발작이 심하면 심할수록 그것은 죽음에 가까운데, 만약 그것이 시간을 끌면 그것은 관능을 돕는다는 것이다. 다만 다른 점이 있다면, 죽음의 고뇌가 반드시 관능을 부르지 않는 반면, 관능은 죽음의 고뇌에 빠질수록 심화된다는 점이다. (중략) 사실 깊은 곳을 은밀히 들여다 보면 그 찢김은 관능의 근본이며, 쾌락의 원천임을 알 수 있을 것이다. (중략) 에로티즘은 우선 생식기의 팽창으로 시작된다. 그것은 우리의 내부에 있는 동물적인 면이 발작하는 데에 기인한다. 따라서 생식기의 흥분은 의지와는 무관한 것이어서(?) 그것은 의지의 동의 없이도 발동한다. 일단 성기가 발동을 걸면, 정신력이 지배하던 질서와 유효성의 체계가 무너진다. 성적 발작은 존재를 분할시키고, 통일성을 무너뜨린다. (중략) 그 충동에 자신을 맡기는 사람은 이제 인간성을 벗어난다. 그 충동에 몸을 맡긴 사람은 맹목과 망각을 최대로 누리면서 폭력을 짐승처럼 휘두른다. (중략) 오직 성행위를 체험한 사람만이 그것이 사회적으로 용인되지 않는 행위임을 깨닫게 되며, 거기에서 비인간적인 면을 보게 되는 것이다. 성기의 팽창은 인간적인 일상적 질서에 낯선 격앙을 초래한다.[37]

의 장소성이다. 헤테로토피아의 세계는 사물들이 어떤 자리에 머물고 배치되는가에 따라 다른 속성의 장소성을 무한히 생성시킬 가능성을 지닌다. 그것은 유연하게 상이한 장소의 의미를 생성시킨다. 그런 의미에서 모든 헤테로토피아는 규정 밖에 놓인 '미로'와도 같은 상징의 장소라 할 수 있다. 다니엘 드페르, 「「헤테로토피아」-베니스, 베를린, 로스앤젤레스 사이, 어떤 개념의 행로」, 『헤테로토피아』, 이상길 역, 문학과지성사, 2014, 99쪽 참조.

37) 죠르주 바타유, 『에로티즘』, 조한경 역, 1996, 민음사, 114~115쪽.

　　정신력이 지배하던 질서와 유효성의 체계를 무너뜨리고 맹목과 망각을 최대로 누리면서 인간적인 일상적 질서에 낯선 격앙을 초래하는 상태, 그것이 바로 에로티즘이 일으키는 육체적 발작의 무질서이다. 「花蛇」의 석유 먹은 듯 화기(火氣)로 가득한 화자의 육체성은 극도로 팽창된 몸의 리비도로 격앙되어 있다. 그것은 순간적일지라도 도취의 미몽(迷夢) 상태를 드러낸다는 점에서 '麝香 薄荷의 뒤안길'이 환기하는 미로와 일체화된다. 다시 말해 석유 먹은 불의 몸과 사향 박하로 가득한 뒤안길은 서로 분리되지 않는 '도취'의 장소인 것이다. 이와 같이 자연의 개방성과 그 개방성 안에 자리 잡은 미로의 폐쇄적 공간이 성적 쾌락의 몸과 상호 침투적 관계를 이루는 것이 바로 서정주 시에 등장하는 에로스적 헤테로토피아의 세계라 할 수 있다. 이처럼 "일상적 질서에 격앙을 초래"하는 '넘침'의 몸은 『花蛇集』(남만서고, 1941)에 실린 「대낮」과 「입마춤」에도 동일하게 드러난다.

　　　　따서 먹으면 자는듯이 죽는다는
　　　　붉은 꽃밭새이 길이 있어

　　　　핫슈 먹은듯 취해 나자빠진
　　　　능구렝이같은 등어리길로,
　　　　님은 다라나며 나를 부르고…

　　　　强한 향기로 흐르는 코피
　　　　두손에 받으며 나는 쫓느니

　　　　밤처럼 고요한 끌른 대낮에
　　　　우리 둘이는 웬몸이 달어…

　　　　　　　　　　　　　　　　　　「대낮」 전문

가시내두 가시내두 가시내두 가시내두
콩밭 속으로만 작구 다라나고
울타리는 막우 자빠트려 노코
오라고 오라고 오라고만 그러면

사랑 사랑의 石榴꽃 낭기 낭기
하누바람 이랑 별이 모다 웃습네요
풋풋한 山노루떼 언덕마다 한마릿식
개고리는 개고리와 머구리는 머구리와

구비 江물은 西天으로 흘러 나려…

땅에 긴 긴 입마춤은 오오 몸서리친
쑥니풀 지근지근 니빨이 히허여케
즘생스런 우슴은 달드라 달드라 우름가치
달드라.

「입맞춤」 전문

　「대낮」은 「花蛇」와 짝을 이루는 변용적 형상물이라 할 수 있다. 이 시에 드러난 길의 묘사를 살펴보면 "따서 먹으면 자는듯이 죽는다는/붉은 꽃밭새이 길", "핫슈 먹은듯 취해 나자빠진/능구렝이같은 등어리길"로 표현되어 있는데 여기에는 「花蛇」에 등장하는 다양한 요소 즉 방초, 석유를 대체하는 핫슈, 뱀(능구렝이) 등이 재편성되어 나타난다. 이 모두는 '麝香 薄荷의 뒤안길'이 함축하는 구불구불하고도 도취적인 미로를 그대로 드러내는 것이다. "따서 먹으면 자는듯이 죽는다는/붉은 꽃밭새이 길"과 "자는듯이 죽는다는"은 도취의 극단을 연상시키며 '붉은 꽃'은 강렬한 유혹의 효과를 이끌어낸다. 그것은 '핫슈', 즉 아편에 취한 몽롱한 '능구렝이' 형태의 길이다. 이 "취해 나자빠진"

길에서 '님'은 '나'를 유혹하며 달아난다.[38] 이때 「花蛇」의 "石油 먹은 듯…가쁜 숨결"로 달리는 화자가 이 시의 "强한 향기로 흐르는 코피"를 쏟아내는 화자로 변용된다. 석유가 불의 의미를 함축하듯이 비리고 강한 향기를 풍기며 쏟아지는 붉은 코피 또한 화자의 신체로부터 쏟아지는 불의 이미지로 볼 수 있다. 이 또한 몽환적 미로와 쾌락의 몸이 일체화되는 헤테로토피아의 세계를 창출한다. 그것은 '끌른 대낮'을 '밤'으로 바꿔 놓는 헤테로크로니아의 순간이라 할 수 있다. 이 순간에 '님'과 '나'는 "웬몸이 달어…" 대자연을 황홀하고 내밀한 그들만의 밀실로 만든다.[39]

「입맞춤」 또한 「花蛇」와 「대낮」에 드러난 에로티즘적 상상력을 변용시킨 예이다. 화자는 첫 행의 '가시내두'를 네 번 반복함으로써 그녀

---

38) 정창영은 서정주 초기시에 성애를 주도하는 것은 여성이며 화자가 이러한 여성에 의해 성애를 대리 체험하는 방식으로 욕망을 과도하고도 노골적으로 발산하는 까닭을 유년에 경험했던 수음과 남색체험 등의 콤플렉스로부터 비롯되었다고 설명한다. 이 같은 그의 논의는 시인의 전기적 사실에 근거를 두었다는 점에 흥미를 자아낸다. 그러나 성애는 본질적으로 죠르주 바타유의 견해처럼 '발작'이며 '넘침'이라는 사실을 부정하긴 어렵다. 그런 의미에서 몸의 본성과 맞물린 대부분의 성애는 과도함과 노골적인 것을 포함할 가능성이 짙다. 정창영, 앞의 글, 375~387쪽 참조.

39) 이광호는 서정주 시의 미적 근대성이 지닌 의미를 자연에 대한 시적 주체의 위치 분석을 통해 설명한다. 그 가운데 시 「대낮」에 드러난 공간을 '육체화'된 공간, '육체의 길'이라 명명하며 "이 지점에서 서정주의 초기 시는 근대적 시선 주체의 일반적 경험을 역행하여, 육체의 투신이라는 방식으로 '들린 주체'를 만들어 낸다."고 말한다. 그러면서 "주체의 시각장 안에 그의 시선을 규율하는 또 다른 시선이 있다는 문제의식을 제기할 수 있다."고 설명하는데 이는 심미적 가치와 윤리적 가치의 분리 가운데 겪게 되는 분열과 관련한다. 그것을 그는 "이 시에서 시선의 주체는 대상을 쫓는 주체이면서, 또한 누군가의 관음증의 대상이 되는 주체이며, 동시에 그 '자기 관음증'의 주체이기도 하다."라고 밝힌다. 그가 말하는 '들린 주체'는 본 글의 맥락과도 긴밀하게 연관된다. 그러나 '그의 시선을 규율하는 또 다른 시선'과 관련한 내용은 비약적 혹은 억지스러운 논리로 읽힌다. 특히 이 시의 화자가 '자기 관음증'의 주체라는 대목이 그러하다. 왜냐하면 시에 즉해 자세히 살펴보면 그러한 자의식이 동반되었다는 논리에 동의하기 어렵기 때문이다. 이광호, 「서정주 시에 나타난 자연에 대한 시선의 문제」, 『문학과 환경』 10(2), 문학과환경학회, 2011, 80쪽 발췌 및 참조.

의 '달아나고' '자빠트려 놓고'와 같은 어지러운 동선(動線)과 그녀의 뒤를 좇아가는 자신을 동시에 그려낸다. 그들의 에로스적 행위가 이루어지는 공간은 '콩밭'이라 할 수 있다. 이 무질서하고 난폭한 가시내의 동선을 통해 도달한 '미로'의 공간은 '麝香 薄荷의 뒤안길'이나 "핫슈 먹은듯 취해 나자빠진/능구렝이같은 등어리길"과 닮아 있다. 콩밭으로 향한 미로에는 石榴꽃과 하니바람, 별, 풋풋한 山노루떼 등이 동시에 배치되어 그 도취성을 신비화하는 역할을 한다. 이와 같은 시인의 상상력은 '콩밭'이라는 밭의 공간을 이질의 장소로 바꾸어 놓는다. 그것은 경작이나 수확[40]과는 거리가 먼 성적 판타지의 공간이며 농경문화 안에 있는 '별도의 공간'이라 할 수 있다.

이 시의 마지막 연은 이와 같은 에로스의 몸이 지닌 헤테로토피아적 속성을 극대화한다. 화자는 이제 자신의 몸을 '짐승'의 차원으로 전이시킨다. "땅에 긴 긴 입마춤은 오오 몸서리친/쑥니풀 지근지근 니빨이 히허여케/즘생스런 우슴은 달드라 달드라 우름가치/달드라."에 보이는 '몸서리'나 '지근지근' 씹어대는 동작은 격렬한 근육 운동을 연상시킨다. 아울러 시인은 성애의 절정을 '짐승'의 괴기한 웃음과 울부짖음으로 표현한다. 이 웃음과 울음의 동시성은 한 가지로 표현될 수 없는 화자의 황홀한 정동(affectus)의 상태를 드러냄으로써 에로스의 짐승스런 절정을 더욱 확연하게 전달한다. 그것은 '달다'라는 미각으로 감각화된다. 이찬은 "『화사집』에 깃든 생명에 대한 감각과 사유역시 성애 장면들의 노골적인 전경화나, 또는 에로스의 질감을 환기

---

40) 죠르조 바타유에 따르면 '노동'은 금기를 기반으로 한 인간적 행위, 즉 금기를 준수하며 이성적 판단에 의해 합목적적으로 실천되는 행위라는 점에서 에로티즘과 상반된다. 그것은 '인간의 짐승적 조건에 대한 거부감'을 말해준다. 죠르조 바타유, 앞의 책, 32~58쪽, 288쪽 참조.

시키는 사물들의 얽힘과 꿈틀거림, 곧 애니미즘의 암시적 뉘앙스를 통해 구체화된다. 이는 또한 서정주가 저 성애와 에로티시즘의 문제를 기반으로 삼아 근대 세계의 좁다란 과학적 인과성을 벗어날 수 있는 영원성의 시간성, 곧 초시간적 보편주의로서의 에로티시즘을 구상했다는 암시하는 것이기도 하다."[41]라고 말한다. 헤테로토피아로서의 몸은 육체의 현실적 유토피아의 상태를 뜻한다는 점에서 초시간적 염원이 담긴 보편주의로 볼 수 있을 것이다.

　서정주의 시편에 담긴 에로스적 욕망은 정창영이 분석한 것처럼 서정주의 초기시만이 아니라 그의 시세계 전체에 드러나는 경향성을 지닌다. 본 논의는 농경문화 속에서의 헤테로토피아의 몸에 초점을 맞추면서 에로스의 몸과 자연 혹은 농경과 관련한 공간이 어떻게 상호 침투적 장소성을 이루는가를 중점적으로 분석하였는데 여기서 초기시와는 다소 차이를 보이는 한 편의 시를 더 살펴보고자 한다. 그것은 시집 『冬天』(민중서관, 1968)에 수록된 「내 永遠은」이라는 시편이다. 이 시에 주목하는 까닭은 1941년에 출간된 『花蛇集』에 실린 시편들과 달리 서정주가 오십대의 완숙한 나이에 쓴 작품이라는 점에서 상상력의 지속과 변화를 함께 감지할 수 있는 상징적 작품이라 여겨지기 때문이다. 보다 구체적으로 말해, 「내 永遠은」은 초기시에 보이는 격정적 모습과는 다르지만 한편으로는 앞서 살펴본 시편의 중요한 모티브들이 고스란히 변형된 형태로 유지되는 것을 볼 수 있으며 아울러 에로스의 몸이 추구하는 더 내밀한 충족감이 깃든 대표적 예 가운데 하나이다.

---

41) 이찬, 앞의 글, 285쪽.

내 永遠은
물 빛
라일락의
빛과 香의 길이로라.

가다 가단
후미진 굴헝이 있어,
소학교 때 내 女先生님의
키만큼한 굴헝이 있어,
이뿐 女先生님의 키만큼한 굴헝이 있어,

내려 가선 혼자 호젓이 앉아
이마에 솟은 땀도 들이는
물 빛
라일락의
빛과 香의 길이로라
내 永遠은.

「내 永遠은」 전문

이 시의 화자는 '영원'이라는 시간성과 소학교 때의 추억을 동일성의 세계로 묶는다. 이때 기억에 각인된 '내 女先生님'은 단순히 선생님이라는 의미로 귀결될 수 없는 다의성을 갖는다. 우선 '麝香 薄荷의 뒤안길'이 이 시에 어떻게 변형되고 있는지 살펴볼 필요가 있을 듯하다. 사향과 박하의 향기는 이 시의 "물 빛/라일락의/빛과 香"으로 대체된다. 초기시에 등장한 향기의 세계가 '물 빛'의 맑음과 라일락이라는 보다 가볍고 투명한 형태로 변형되고 있는 것이다. 한편 '뒤안길'은 '후미진 굴헝'으로 바뀐다. 이는 '뒤안길'로 상징되는 '미로' 속의 또 다른 공간이라 할 수 있다. 다시 말해 '후미진 굴헝'은 미로 속에 놓인 수직적 형태의 우묵한 깊이의 공간이다. 화자는 '가다 가단' 후미진 굴형 속으로 들어간다. 그 굴형 속에는 '소학교 때 내 女先生님'에 대한 영원한 기억이 담겨있다. 즉 순네와 님과 가시내를 좇던 행위가 '가다 가단'이라는 동사로 대체되고 순네나 님, 가시내가 '소학교 때 내 女先生님'으로 대체되고 있는 것이다. '소학교 때 내 女先生님'을 단순히 선생님으로 해석할 수 없는 이유가 여기에 있다.

이러한 상상력의 변형을 추적해 볼 때 '후미진 굴형'은 대지에 감추어진 자궁, 혹은 질(膣)로 해석할 수 있으며 그것은 "이뿐 女先生님의 키만큼한 굴형"과 유비관계를 이루는 것을 알 수 있다. 화자는 이뿐 여선생님의 자궁 속으로 몸 전체를 집어넣고 "혼자 호젓이 앉아/이마에 솟은 땀도 들이"며 몸의 평안을 만끽한다. 여기에는 성적 쾌락과 모성의 품이 주는 안락감이 혼재되어 있다. "우리 몸의 공간적 위치, 우리가 점유하는 공간의 양, 우리와 다른 사물간의 공간적 거리. 이것들은 모두 우리가 암암리에 무언의 자각으로 그 존재를 느끼는 실존적 소여물이다."[42] 이때 후미진 굴형에 앉아 있는 화자의 몸은 그 전체가 남성의 생식기이면서 동시에 태아인 것이다. 이는 일종의 일체감의 황홀이라 할 수 있다. 바슐라르는 "일체의 내밀성의 공간들은 끌어들이는 힘으로 지칭될 수 있다. 그 공간들의 존재는 안락이라는 것을 다시 한번 되풀이해 말해두기로 하자. 사정이 이러하므로 장소 분석은 場所愛好의 징후를 나타내는 것이다."[43]라고 말한다. 화자의 기억 속에 '영원'으로 각인된 소년 시절의 '후미진 굴형'은 그가 반복적으로 드나들었던 애착의 장소며 그 장소는 또한 이뿐 여선생의 몸이기도 하다. 소년은 이 후미진 '금기'의 몸속으로 들어가 자기만의 비밀을 '혼자' 즐기고 있는 것이다. 그런 의미에서 여선생의 몸은 서정

---

42) 엘렌 디사나야케, 『미학적 인간』, 김한영 역, 연암서가, 2016, 295쪽.
43) 가스통 바슐라르, 앞의 책, 126쪽.

주의 시에 등장하는 어머니나 외할머니와는 분명 다른 성적 쾌락과
모성성을 동시에 지닌 몸이라는 점에서 변별된다.

인용한 「내 永遠은」을 통해서 우리는 '麝香 薄荷의 뒤안길'로 상징
되었던 젊은 날의 불 같은 숨결과 코피, 짐승 같은 웃음과 울음이 이
제 비로소 '호젓한 몸'으로 바뀌면서 그 쾌락과 안락의 밀도가 깊어지
고 있음을 볼 수 있다. "물 빛/라일락의/ 빛과 香"으로 가득한 '후미진
굴형'의 몸 속으로 들어간 '호젓한 몸'은 시인이 영원이라는 시간성
속에 담아놓은 최상의 헤테로토피아로서의 몸이다. 그것은 몸 속의
몸 즉 완전한 합일에 이른 황홀한 기억의 유토피아인 것이다.

5. 맺음말

지금까지 시로 형상화된 헤테로토피아로서 몸의 실체를 구체적으
로 살펴보기 위해 우선 '몸은 장소(topos)다'라는 낯선 정의를 가스통
바슐라르를 비롯하여 에드워드 S. 케이시, 미셸 푸코 등의 논리를 그
입론(立論)의 출발로 삼아 서정주 시에 나타난 헤테로토피아로서의 몸
에 대한 두 가지 항목 즉 '거대한 몸에 대한 염원'과 '에로스의 몸과
미로의 장소성'에 대해 분석하였다. 헤테로토피아로서의 몸에 대한
탐구는 인간이 꿈꾸는 가장 기초적이고 보편적인 욕망이 무엇인가를
밝히는 것과 연관된다. 그것은 생생한 육체성이 요구되는 서식지(자
연)가 바탕이 될 때 더 극명하게 드러날 수 있다는 추론을 가능케 했으
며 농경문화적 상상력을 기반으로 한 서정주의 시편에 주목한 이유는
이 때문이었다.

본 글이 일차적으로 주목했던 것은 '거대한 몸에 대한 염원'이라 할
수 있다. 신화와 설화에 의해 구현된 거인의 신체는 인간 존재가 지닌

근원적 허약성과 한계를 초월한 몸의 유토피아를 가장 잘 보여주는 예이다. 그것은 어느 누구도 대적할 수 없는 막강한 크기와 불가능을 가능케 하는 힘의 작용력을 현현한다. 서정주가 차용한 설화들은 대부분 현실적·세속적 변이를 보이는데 이는 비현실적인 옛날이야기의 '현존성'을 강화하기 위함으로 볼 수 있다. 본론에 살펴본 「小者 李 생원네 마누라님의 오줌 기운」과 「술통村 마을의 慶事」도 이를 대표하는 예이다. 「小者 李 생원네 마누라님의 오줌 기운」에 등장하는 李 생원네 마누라의 몸은 "질마재 마을에서도 제일로 무성하고 밑둥거리가 굵다고 소문이" 난 무를 키워내는 '오줌 기운'이 담긴 장소이며 그것은 또한 무밭을 '고무'시키는 '신바람'이 들어차 있는 장소이다. 생생한 기운이 가득한 이 헤테로토피아의 몸은 '무밭'이라는 농경의 장소를 점유함으로써 신체 내부와 신체 밖의 공간을 하나의 연속적 생명 공간으로 만든다. 이 둘의 합치는 생명을 낳는 엄청난 힘을 구현해 낸다. 「술통村 마을의 慶事」에 등장하는 후녀도 동일한 상상력으로 볼 수 있다. 그녀의 거대함은 가시적 크기가 아니라 "山에 철쭉꽃 나뭇가지 구부러져 오고가듯" 날뛰는 돼지를 "보기 좋게 이것의 뒷다리를 잡아 냉큼 붙들어매"는 강력한 힘의 크기로 발현된다. 이 또한 푸코가 말한 "강요된 몸"을 초과해버리는 헤테로토피아로서의 몸이라 할 수 있다. 그 몸은 교제의 제물을 관리하는 "서로 구별되는 이 온갖 장소들 가운데 절대적으로 다른" 장소와 철쭉이 만개한 헤테로크로니아의 계절성 속에서 활동함으로써 그것들과 하나가 된다. 서정주의 시에 등장하는 이 같은 거인의 힘을 가진 인물의 등장은 농경문화가 요구하는 건강한 육체성의 옹호와 관련한다. 이는 우리 모두가 여전히 염원하는 몸의 근원적 유토피아를 강조한다는 점에서 희소성을 지닌다.

서정주의 시에 두드러지게 등장하는 또 하나의 헤테로토피아로서의 몸은 에로스적 황홀과 관련된다. 에로스적 황홀에 빠진 몸은 그 자체로 헤테로토피아의 몸이라 할 수 있다. 중요한 것은 시인이 형상화한 에로스의 몸과 그 몸을 담아내는 장소와의 관계이다. 서정주는 에로스의 황홀에 도취된 몸을 "石油 먹은듯…石油 먹은듯…가쁜 숨결", "强한 향기로 흐르는 코피", "즘생스런 우슴은 달드라 달드라 우름가치/달드라.", "혼자 호젓이 앉아/이마에 솟은 땀도 들이는" 등으로 표현한다. 이 몸은 불과 피와 짐승과 호젓함을 쏟아내거나 담아내는 비밀스러운 장소이다. 이러한 몸이 만나는 외부의 장소는 '사향박하의 뒤안길'로 상징되는 "핫슈 먹은듯 취해 나자빠진" 길, 울타리가 마구 자빠뜨려진 어지러운 길, 그리고 그런 길들에 놓인 콩밭이나 후미진 굴헝이다. 이 공간들은 농경의 장소에 놓여 있는 은밀한 성애의 공간이라 할 수 있다. 그런 의미에서 이들 장소는 경작을 위주로 하는 노동의 공간과는 차이를 갖는 별도의 공간으로 의미화된다. 서정주의 시에 등장하는 헤테로토피아로서의 몸은 이와 같은 농경사회 내부에 존재하는 이질의 장소와 분리되지 않는다. 그 전체가 하나의 헤테로토피아의 세계인 것이다.

이와 같은 헤테로토피아의 몸과 그 몸의 욕구를 고스란히 받아내는 외부 장소와의 완전한 결합은 인간 일반이 보편적으로 꿈꾸는 현실의 유토피아라 할 수 있다. 합리성과 이성적 판단이 우선시되는 근대성의 세계에서 우리의 몸은 완강한 질서와 체계에 길들여지고 있으며 그런 길들여짐은 '강요된 몸'을 더욱 깊게 인식하게 만드는 계기가 된다. 원초성을 꿈꾸고 그것이 지닌 힘에 강하게 매료되는 이유는 우리의 몸이 그만큼 억압되었기 때문일 것이다. 서정주가 보여준 헤테로토피아로서의 몸은 특히 우리가 점차 상실해가는 자연과 자연성이라는 근원적 요인과 결합되어 있다는 점에서 우리로 하여금 성찰의 의미를 갖게 한다. 여기서 우리는 한 가지 물음을 시도할 필요가 있을 것이다. 자연성을 축소시키는 도시의 생활 공간에서 헤테로토피아로서의 몸은 어떻게 생성될 수 있는가 하는 문제가 바로 그것이다. 이 문제는 필자에게도 하나의 연구 과제라 할 수 있다.

노스탤지어와 '고향'의 헤테로토피아

— 백석·이용악 시의 경우

1. 서론

한 장소의 지리적 조건과 환경은 주체의 사회·심리적 위치에 의해 내면화됨으로써 고유의 '장소감(sense of place)'을 형성한다. 장소감은 '쾌(快)'와 '불쾌(不快)'의 감정으로 드러난다. 이는 장소와 거주의 관계를 규정하는 근본 정념이며, 실존의 근원에서 파생한 '기분(氣分)'의 두 양상이다. 삶의 과정은 쾌의 장소, 즉 거주지의 안전과 안락을 유지·확보하려는 생존투쟁으로 정의할 수 있다. 장소의 안락은 장소와 거주의 일체감[1]에서 형성된다. 장소와 거주의 일체감은 대지와 인간의 미분리, 즉 세계와 실존이 균열 없는 총체성의 관계를 맺을 때 가능하다. 장소를 마련하기 위한 인간의 제반 활동은 거주의 터전인 자연을 가공(加工)의 대상으로 분리·인식함으로써 가능하다. 그렇기 때문에 '총체성의 세계'는 인간의 거주가 개시되는 최초의 순간부터 균열될 수밖에 없다는 역설을 내포한다. 따라서 총체성의 실현은 현실

---

1) 장소의 안락은 에드워드 렐프(Edward Relph)가 "진정한 장소감이란 무엇보다도 내부에 있다는 느낌이며, 개인으로서 그리고 공동체의 일원으로서 나의 장소에 속해 있다는 느낌(소속감)"이라고 설명한 바처럼 장소에 대한 소속감이 주는 실존의 기분이라 할 수 있다. 에드워드 렐프, 김덕현·김현주·심승희 역, 『장소와 장소상실』, 논형, 2005, 150쪽.

의 영역이라기보다는 유토피아의 영역으로 관념화될 수밖에 없다.

유토피아는 최초의 훼손이 일어나지 않은, 즉 가공되기 이전의 대지와 관련된 '근원적 장소'에 대한 동경이라 할 수 있다. 미셸 푸코(Michel Foucault)는 유토피아의 속성을 "장소 없는 지역들, 연대기 없는 역사들"로 정의하면서 그곳은 사람들의 '말의 틈'에서, '꿈의 장소 없는 장소'에서, '가슴의 빈 곳'에서 태어난 '감미로운' 장소로 설명한다.[2] 그가 말하는 '감미로움'은 역사 이전의 장소들이 지닌 이상적이고 순수한 상태를 의미한다. 푸코는 유토피아의 속성을 관념의 산물로 인식하는 추상적 경향과 달리 현실에 배치된 구체적이고 실제적인 장소로 사유하고자 했다.[3] 현실에 존재하는 유토피아로서의 '헤테로토피아'에 대한 그의 사유는 근대의 공간에 배치된 권력의 장소들을 차단하려는 대항 의식의 발현이라 할 수 있다. 근대의 장소들과 대치되는 헤테로토피아의 장소들, 특히 유토피아적 이상이 투영된 장소들은 '근원'으로서의 고향에 대한 '노스탤지어(Nostalgia)'의 정서와 긴밀한 연관을 갖는 경우가 많다.

근원에 대한 노스탤지어의 정념은 대지와 고향에 대한 '회복'과 '성찰'의 의지로 드러나는 경우가 대부분이다. 대지와 고향의 관계는 장소감 형성의 중요한 기준이다. 두 요소가 조화를 이루지 못할 때 거주의 장소는 불쾌와 불안의 감정을 유발한다. 대지와 고향의 조화란 두

---

2) 미셸 푸코, 이상길 옮김, 『헤테로토피아』, 민음사, 2014, 11~12쪽 인용 및 참조.
3) 필자는 헤테로토피아라는 개념이 어떻게 시비평의 이론적 근거가 될 수 있는 지를 「헤테로토피아(heterotopia)의 장소성에 대한 시학적(詩學的) 탐구」(『국어국문학』 제186호, 국어국문학회, 2019.3.31.)에서 '감응'과 '반감'의 장소적 상상력에 의해 '짝패'처럼 끊임없이 재구성되는 유토피아와 헤테로토피아의 관계를 통해 밝혔으며, 그 내용을 서정주, 김기림, 이영광, 함성호, 황지우의 시에 나타난 헤테로토피아적 장소성의 분석을 통해 서술했다. 그러한 분석의 결과로 한국 현대시의 장소 유형을 '신성과 치유의 장소', '이질과 분할의 장소', '환상과 보정의 장소'로 구분·제시했다.

요소가 균열되지 않고 삶의 '터전'으로 온전히 기능함을 뜻한다. 이때
의 터전은 '모성'의 근원성, 즉 "터전에서 불안을 느끼는 것이 아니라
밝은 기쁨과 아늑함(Geborgenheit)을 경험"하게 하는 '환히 열린 세계
(das Freie)'[4]와 관련된 심리적 장소를 의미한다. '환히 열린 세계'는
총체성의 장소이자 유토피아의 장소라 할 수 있다. 대지와 고향으로
표상된 근원의 장소는 모성의 풍요로움과 안락이라는 정서와 결합해
쾌의 장소들을 만들어낸다. 그런데 이러한 근원의 장소에 거주한다는
것이 자연을 가공하는, 즉 대지를 훼손하는 것일 수밖에 없다는 역설
로 인해 필연적으로 부조화의 과정을 밟을 수밖에 없다. 따라서 유토
피아의 동경은 부조화로 상실된 장소에 대한 노스탤지어의 성격을 띨
수밖에 없다.

장소상실의 역사적 과정은 장소감의 둔화, 즉 '쾌'의 감소와 '불쾌'
의 증대로 진행된다. 장소상실은 대지와 인간의 거주 관계에 내포된
역설과 인간과 인간의 사회적 관계가 초래한 소외의 두 측면을 통해
불쾌의 정서로 심화된다. 근대 이후의 장소들은 거주의 역설과 사회
적 소외의 두 측면이 가속화됨으로써 장소상실이 극대화된다. '고향
상실'로 대표되는 근대의 장소상실은 근원에 대한 노스탤지어로 드러
나는데, 이러한 경향은 1930년대 이후 한국문학의 특징으로 발현된
'고향담론'의 주요한 흐름이기도 하다. 고향담론에 대한 기존의 연구
들은 '주권상실=고향상실'이라는 민족주의적 관점을 취함으로써 고
향이라는 장소에 내재된 근원적이고 실존적인 의미를 상대적으로 간
과하는 경향을 보인다. 이러한 점에 대해 "좌우를 막론하고 민족주의
는 근대문학을 식민지라는 특수성에 입각해서 설명하는 과정에서 고

---

4) 박찬국, 『들길의 사상가 하이데거』, 동녘, 2004, 266쪽.

향이나 향수라는 기호를 모두 민족주의 담론으로 전유하는 딜레마를 낳았다."[5]는 고봉준의 지적은 고향담론의 지평을 확장하는 데 중요한 시사점을 제공한다.

이 글은 1930년대 시에 나타난 '고향'의 의미를 백석과 이용악의 시에 나타난 노스탤지어의 양상과 헤테로토피아적 장소의 특질을 통해 밝히고자 한다. 1930년대 시인 가운데 특히 이 두 시인에 주목한 까닭은 연배나 활동 시기가 비슷하다는 점만이 아니라 이들의 시편이 노스탤지어와 헤테로토피아적 장소의 상관성을 잘 드러내고 있기 때문이다. 노스탤지어는 막연한 동경이나 멜랑콜리의 수동적 정서로 정의될 개념이 아니라 실존의 근원적 감정, 즉 '회귀'와 '고통'에 내재된 상실의 정념을 극복하려는 능동적 의지이자 유토피아의 염원으로 해석되어야 한다. 노스탤지어에 함의된 유토피아적 성격은 주체의 의식 지향에 의해 과거에 대한 '회고'와 미래에 대한 '성찰'이라는 두 유형으로 분기된다. 전자가 회귀의 근원인 고향을 회고함으로써 실존의 뿌리를 복원하려는 낭만적 경향을 보인다면, 후자는 고향상실의 현실을 성찰함으로써 거주의 장소를 재건하려는 실천적 사유를 드러낸다. 이 두 유형은 상실된 고향에 대한 막연한 동경보다는 부정적 현실과 응전하면서 고향의 근원성을 회복하려는 의식적 지향과 실천을 드러낸다는 점에서 현실의 공간에 유토피아적 장소를 배치하려는 헤테로토피아적 사유와 상통하는 면을 지닌다. 이 글은 이러한 논거를 바탕으로 백석과 이용악의 시에 나타난 고향의 장소적 특질을 규명함으로써 '주권상실=고향상실'이라는 기존의 평면적 관점을 보다 복합적인 의미망으로 입체화하고자 한다.

---

5) 고봉준, 「고향의 발견-1930년대 후반시와 '고향'」, 『어문론집』 제43집, 중앙어문학회, 2010, 316쪽.

백석과 이용악에 대한 비교연구는 식민지 현실을 바탕으로 두 시인
의 작품에 드러난 '고향', '로컬리티', '북방정서', '디아스포라' 등의
다양한 모티브[6]를 선별해 비교·고찰하는 것에 집중되어 있다. 이러한
연구들의 공통적 경향은 1930년대 시에 드러난 고향의 시·공간적 의
미를 '주권상실'이라는 민족적 측면으로 환원한다는 점이다. 상실된
고향과 조국에 대한 향수와 동경이 유랑과 귀향의식으로 표출된다는
외재적 분석은 고향이라는 장소가 지닌 실존적 의미와 토속적이고 향
토적인 서정의 근원을 시대적 상황의 '부속감정(附屬感情)', 즉 고향에
대한 노스탤지어의 서정을 퇴행적 의식의 산물로 간주하는 성급함을
보일 수 있다. 1930년대 시에 표출된 고향의 시·공간적 의미는 주권
상실의 민족적 현실을 반영하는 상징적 비유임에 분명하지만 그러한
규정만으로 일괄해 재단할 수 없는 다양성을 내포하고 있다.[7] 1930년

---

6) 이근화, 「현대시에 나타난 "북방"과 조선적 서정성의 확립─백석과 이용악 시를 중
   심으로」, 『어문논집』 62권 0호, 민족어문학회, 2010; 김경화, 「디아스포라의 삶의
   공간과 정서─백석, 이용악, 윤동주의 경우」, 『비교한국학』 17권 3호, 국제비교한국
   학회, 2009; 방연정, 「1930년대 시적 공간의 현실적 의미─백석, 이용악, 이찬의
   시를 중심으로」, 『현대문학이론연구』 7권 0호, 현대문학이론학회, 1997; 이경수,
   「문학과 "돈"의 사회학: 1930년대 후반기 시에 나타난 "가난"의 의미─백석과 이용악
   의 시를 중심으로」, 『현대문학의 연구』 32권 0호, 2007; 서덕민, 「백석·이용악 시에
   나타난 마술적 상상력」, 『열린정신 인문학연구』 11호, 원광대학교 인문학연구소,
   2010; 강연호, 「백석·이용악 시의 귀향 모티프 연구─「北方에서」와 「고향아 꽃은
   피지 못했다」를 중심으로」, 『한국문학이론과 비평』 31호, 한국문학이론과 비평학회,
   2006; 이경희, 「상실과 회복, 그 도정에서의 시적 언술─백석, 이용악의 작품을 중심
   으로」, 『한국학연구』 14호, 인하대학교 한국학연구소, 2005; 김도희·이수정, 「식민
   지 자본과 시의 디아스포라적 양상 연구─백석, 오장환, 이용악의 시를 중심으로」,
   『한국시학회 학술대회 논문집』, 한국시학회, 2007.

7) 고봉준은 1930년대 시에 나타난 고향담론의 양상을 "①출생지나 가족에 대한 그리
   움(생물학적 향수), ②고향이라는 기호를 조선의 비유적인 표현으로 사용한 경우(민
   족주의적 향수), ③고향에 대한 향수라는 표현을 통해서 환기되는 무한에 대한 동경
   (낭만주의적 향수), ④고향상실을 방향성을 상실한 세대의 상징적 기호로 사용하는
   경우(세대론적 향수)"로 분류한다.(고봉준, 앞의 논문, 318쪽.)

대 시에 드러난 고향의 의미는 토속과 전통의 신화에 대한 뿌리를 재
확인하는 의지의 공간, 즉 "우리가 사는 공간에 신화적이고 실제적인
이의제기(contestations)를 수행하는 다른 공간들"[8]로 작용한다는 점에
서 헤테로토피아적 의미를 지닌다고 볼 수 있다.

　고향의 헤테로토피아적 의미는 "과거의 기억으로부터 미래를 구출
하고, 미래의 기대로부터 과거를 구출하는"[9] 두 방향으로 전개되면서
현재를 극복하려는 실존적 의지로 드러나는데, 이러한 방향이 백석과
이용악의 시에 '회복적 노스탤지어'와 '성찰적 노스탤지어'의 형태로
드러난다는 것을 밝히고자 하는 것이 이 글의 핵심 논지다. 이를 규명
하기 위해 우선적으로 노스탤지어와 헤테로토피아의 공분모를 밝힌
후 그것을 바탕으로 백석과 이용악의 시[10]에 나타난 고향의 장소적
의미를 '회고적 노스탤지어'와 '성찰적 노스탤지어'에 입각해 분석[11]

---

8) 미셸 푸코, 앞의 책, 14쪽.
9) 송석랑, 「'귀향'의 시간, '유랑'의 시간—하이데거와 메를로 뽕띠의 존재론적 주체論
　　의 토대」, 『동서철학연구』 제46호, 동서철학회, 2007, 185쪽.
10) 백석과 이용악의 시는 『정본 백석 시집』(고형진 엮음, 문학동네, 2007)와 『이용악
　　전집』(곽효환·이경수·이현승 편, 소명출판, 2015)의 현대어 정본을 분석 텍스트로
　　삼았다.
11) 차성환은 「한국 현대시에 나타난 유토피아 충동과 노스탤지어 연구—1930년대 후반
　　기의 백석과 이용악 시를 중심으로」(『민족문화연구』 제84호, 고려대 민족문화연구
　　원, 2019.08.31)라는 최근 논문에 스베틀라나 보임의 '복원적 노스탤지어'와 '성찰적
　　노스탤지어'라는 개념을 바탕으로 백석과 이용악의 시에 나타난 고향의 의미를 분석
　　한 후 두 시인의 시에는 식민지로 인해 상실된 고향을 지양해 '진정한 고향'을 실현하
　　려는 유토피아의 해방적 잠재성이 내재되었음을 밝혔다. 차성환의 논문에 적용된
　　스베틀라나 보임의 노스탤지어의 두 유형은 본고의 분석에도 적용되고 있는데, 이는
　　스베틀라나 보임의 노스탤지어론이 갖는 중요성에 대한 공통된 인식에 연원한 결과
　　라 할 수 있다. 차성환의 논문이 '유토피아의 충동'에 근거해 고향의 노스탤지어를
　　설명한다면 본고는 '헤테로토피아의 장소성'을 중심에 두었다는 점에 차이를 갖는다
　　할 수 있다. 이러한 차이는 '유토피아'와 '헤테로토피아'라는 각각의 이론에서 발원한
　　것이며, 향후 현대시에 나타난 '고향'의 의미 내지는 '장소성'을 연구하는 데 유의미한
　　두 관점으로 제시될 수 있을 것으로 본다.

하고자 한다. 이러한 연구는 고향의 헤테로토피아적 의미에 대한 새
로운 고찰의 기준이 될 것이며 아울러 1930년대 이후 한국 현대시에
나타난 고향의 '장소성'과 '장소감'이 어떻게 노스탤지어와 연계되는
지 그리고 장소의 상실을 극복하기 위한 '대항적 사유'로서의 헤테로
토피아가 한국 근·현대시에 어떻게 개진되는지를 조망할 수 있는 유
의미한 입론이 될 것으로 기대한다.

2. 노스탤지어와 헤테로토피아

노스탤지어(Nostalgia)는 '귀환'을 뜻하는 그리스어 '노스토스(nostos)'
와 '고통'을 뜻하는 '알고스(algos)'의 합성어로 뮐루즈의 의사 호페르
(Hofer)가 스위스 용병들이 타지에서 고향을 그리워하며 앓던 심적 질환
을 정의하기 위해 만든 의학용어다.[12] 어원에 입각하자면, 노스탤지어
는 고향에 돌아가지 못함으로 인해 겪게 되는 심리적 고통을 총칭한다.
노스탤지어는 '원적지'(고향)에 대한 동경이자 더 깊게는 출생의 근원지
인 '모성의 공간', 즉 '자궁'으로 회귀하려는 무의식적 본능과 연관된
복합적 감정[13]이라 할 수 있다. 이는 문학 작품에 드러난 고향의 의미가
모성과 관련된 이미지나 상징으로 등가(等價)되는 다양한 사례를 통해

---

12) 파스칼 키냐르, 류재화 옮김, 『심연들』, 문학과지성사, 2010, 49쪽 참조.

13) '고향'의 장소성에 대한 분석은 시대적 상황과 실존적 상황을 동시적으로 고려할
때 그 의미가 분명해진다. 노스탤지어를 태생지로서의 '고향'에 연관시키는 경향과
달리 파스칼 키냐르는 "엄마 배 속, 그것에 대한 아쉬움이다. 지상 위가 아니라."(위의
책, 51쪽)는 강조를 통해 노스탤지어의 실존적 근원성에 천착한다. 파스칼 키냐르가
말하는 노스탤지어의 고통은 '엄마 배 속이라는 은신처'(위의 책, 55쪽)에서 지상의
장소(최초의 장소이자 고향)로 나오게 되면서 겪게 되는 인류 보편의 실존적 감정을
의미한다. 이러한 파스칼 키냐르의 입장은 '고향'에 내재된 '신성성', '신화성', '전통
성', '토속성'의 의미를 고찰하는데 유의미한 관점을 제공한다.

확인할 수 있으며 그러한 등가는 '안락과 평온'의 의미로 발현된다. 노스탤지어에 내재된 고통의 정념은 '고향'이라는 현실의 장소와 '자궁'이라는 근원의 장소로 돌아갈 수 없다는 데서 오는 이중의 결핍감이자 불안의 감정이라 할 수 있다.

근대의 노스탤지어는 고향과 모성이라는 두 근원으로 돌아갈 수 없다는 '회귀불가능'의 심적 반응에 근거한 '결핍'의 서사로 드러난다. 회귀불가능에 대한 심적 결핍은 집단적(민족적) 정체성의 혼란과 개인의 실존적 소외라는 두 측면으로 나타난다. 이러한 노스탤지어의 서사는 "이상화된 과거에 대한 노스탤지어"[14]를 회고하는 유토피아의 서사로 나타난다. 이상화된 과거로서의 노스탤지어는 과거의 실제적 모습에 대한 것이라기보다는 "현재의 결핍을 치유하는 것을 목적"[15]으로 한다는 점에서 "체계적이지 않고 종합화할 수 없으며 납득시킨다기보다는 유혹"[16]하는 기능을 지닌다고 할 수 있다. 이러한 노스탤지어의 서사는 유토피아의 이상을 현실화하려는 헤테로토피아의 서사와 밀접한 연관성을 보인다. 노스탤지어의 서사에 함의된 '유혹'의 의미는 "자기 이외의 모든 장소들에 맞서서, 어떤 의미로는 그것들을 지우고 중화시키고 혹은 정화시키기 위해 마련된 장소들. 그것은 일종의 반(反)공간(contre-espaces)이다."[17]라는 푸코의 진술에 표현된 '지우기', '중화', '정화'의 의미와 상응하는 것으로 볼 수 있다. 즉 고향에의 '유혹'(동경)은 고향을 '현실화된 유토피아'[18]의 장소로 삼아 현

---

14) 양재혁, 「'기억의 장소' 또는 노스탤지어 서사」, 『사림』 제64호, 성균관대학교 인문학연구원, 2018, 447쪽.
15) 위의 논문, 447쪽.
16) 위의 논문, 447쪽.
17) 미셸 푸코, 앞의 책, 13쪽.
18) 위의 책, 47쪽 참조.

실의 장소에 내재된 불쾌의 요소들을 중화하고 정화하려는 헤테로토
피아적 사유로 확장해서 이해할 수 있다.

　문학비평과 사회·문화비평의 논거로 적용된 노스탤지어의 의미는
노스토스와 알고스의 두 측면 중 어디에 초점을 두고 세계 현상을 분
석하는가에 따라 상이한 양상을 보인다. 이는 노스탤지어의 주체가
'과거-현재-미래'라는 세 겹의 시간을 어떻게 주관화하는 가에 따른
의식적 지향의 결과라 할 수 있다. 송석랑은 하이데거의 철학에 담긴
'세계 시간'의 '통속적' 갈래를 미래로부터 나와 현재를 거쳐 과거를
향하는 '과거 ← 현재 ← 미래'의 흐름과 과거에서 유출해 현재를 채운
후 미래로 흘러가는 '과거 → 현재 → 미래'의 흐름으로 정리하면서[19]
이러한 '통속적 시간'은 "떨쳐내야 할 것이지만, 또한 반드시 딛고 나
가야할 절대의 전제조건"이자 "어떤 불가피한 합법성"을 가질 수밖에
없다고 강조한다.[20] 노스탤지어의 맥락적 의미는 "과거의 기억으로부
터 미래를 구출하고, 미래의 기대로부터 과거를 구출하는"[21] 주체의
의식에 의해 절대성과 합법성을 부여받게 된다. 따라서 노스탤지어에
대한 분석은 '과거의 기억'과 '미래의 기대'라는 두 지평에 대한 주체
의 태도를 분석하는 것이 될 수밖에 없다.

　노스탤지어의 양상은 '회복'과 '성찰'의 두 방향으로 전개되는데, 이
러한 두 유형의 특징은 김홍중의 논문「성찰적 노스탤지어: 생존주의
적 근대성과 중민의 꿈」에 명료하게 정리되어 있다. 김홍중은 스베틀
라나 보임(Svetlana Boym)의『The Future of Nostalgia』에 기술된 노
스탤지어의 두 유형과 특징을 다음과 같이 요약·정리한다.

---

19) 송석랑, 앞의 논문, 161~162쪽 참조 및 인용.
20) 위의 논문, 164쪽 참조 및 인용.
21) 위의 논문, 185쪽.

스베틀라나 보임에 의하면 향수에는 두 유형이 존재한다. 하나는 '회복적(restorative)' 향수이며 다른 하나는 '성찰적(reflective)' 향수이다. 전자는 노스탤지어를 이루는 어원 중에서 귀환을 의미하는 '노스토스(nostos)'에 초점이 맞추어진 것으로서, 상실된 집을 다시 건설하고 복구하려는 욕망이 그 기저를 이룬다. 그것은 과거를 하나의 총체적 완성체로서 다시 살려낼 수 있다는 믿음과 성스러운 기원의 회복에 대한 꿈과 친화적이다. 하여 기원적 과거는 향수의 감정 속에서 신화적 구성체로 등장한다(Boym, 2001: 41~48). 반면에 성찰적 노스탤지어는 고통을 의미하는 '알지아(algia)'에 초점이 맞추어진 것으로서, 과거를 회상하는 불완전한 과정 자체에 깃들이는 감정이다. 첫 번째 유형의 노스탤지어는 저돌적이고 건설적이고 확신에 가득 찬 감정으로서 과거의 기념비들을 총체적으로 재구성하려는 시도를 동반하지만, 두 번째 유형의 노스탤지어는 "시간과 역사의 녹, 폐허에 머물며" 다른 시간과 공간에서 다른 방식으로 과거의 불발된 꿈을 새롭게 회복하려는 감정에 가깝다(Boym, 2001: 41).[22]

'회복적(restorative)' 노스탤지어와 '성찰적(reflective)' 노스탤지어는 현재의 부정적 상태를 개선하려는 목적으로 과거의 시간을 사유한다. 그러나 과거에 대한 인식적 지향에는 차이를 보인다. 전자는 과거가 '하나의 총체적 완성체'로 복원될 수 있다는 지속적 신념에, 후자는 과거에 대한 회상 자체가 '불완전'할 수밖에 없다는 단속적 감정에 근거한다. 이러한 차이는 대립적이라기보다 상호보완적 의미를 지니는 변증법적 계기들로 이해하는 것이 타당하다고 본다. 노스탤지어의 어원에 내포된 귀환과 고통의 두 의미는 분리된 별개의 요소가 아니라 동전의 양면과 같은 관계를 맺는다. '귀환과 회복', '고통과 성찰'의

---

22) 김홍중, 「성찰적 노스탤지어: 생존주의적 근대성과 중민의 꿈」, 『사회와 이론』 제 27권, 한국이론사회학회, 2015, 69~70쪽.

의미망은 과거와 미래의 가치를 현재에 비춰보는 주체의 인식 행위라 할 수 있으며, 이는 과거를 통해 미래를 구축하는 '과거→현재→미래'의 순차적 의식과 미래의 전망을 통해 과거를 구축하는 '과거←현재←미래'의 가역적(可逆的) 의식으로 계열화할 수 있다. 이러한 의식의 두 계열은 상실과 회복이라는 사회적 감정으로 표출되는데, 그 감정들의 근원은 사회비판에 근거한 집단적 의식보다는 "자신의 존재에 대해서 우려(sorge)의 방식"[23]으로 현실에 응전하는 실존적 의식과 맞물려 있다. 그런 면에서 "과거의 기념비들을 총체적으로 재구성하려는 시도"로서의 회복적 노스탤지어와 "다른 시간과 다른 공간에서 다른 방식으로 불발된 꿈을 새롭게 회복"하려는 성찰적 노스탤지어는 실존의 '우려'라는 공통의 뿌리에서 분기한 것이라 할 수 있다.

인용문에 제시된 "성스러운 기원의 회복"과 "과거를 회상하는 불완전한 과정 자체에 깃들이는 감정"이라는 설명은 노스탤지어의 근원이 불안을 극복하려는 실존적 인식과 연관된다는 것을 드러낸다. '폐허'에 머물며 '신화적 구성체'를 회복하려는 노스탤지어의 서사는 총체성으로서의 '과거', 즉 유토피아적 이상을 '현실화'하려는 의지를 포함한다고 할 수 있다. 그러한 의지는 헤테로토피아적 사유와 동일한 맥락으로 이해할 수 있다.

그렇다면 유토피아는 어떻게 현실화되는가? 푸코는 "내가 유토피아이기 위해서는 내가 몸이기만 하면 된다. 나로 하여금 내 몸으로부터 벗어나게 해주었던 모든 유토피아의 모델, 그 적용의 원점, 그 기원의 장소는 바로 내 몸 자체였다."[24]는 발언을 통해 유토피아의 근원이 관념이 아닌 '몸'이라는 현실성에 있음을 강조한다. 또한 "유토피

---

23) 박찬국, 앞의 책, 81쪽.
24) 미셸 푸코, 앞의 책, 33쪽.

아는 몸 자체에서 태어났고 아마도 그러고 나서 몸을 배반한 것"25)이
라 설명한다. 그가 말하는 헤테로토피아는 '몸 자체'에서 발원한 유토
피아를 배반하는 것, 즉 추상적 유토피아로부터 현실적 유토피아로의
이행을 의미한다. 배반이란 근원과의 단절을 의미하는 것이 아니라
그 근원을 현실에서 지속적으로 사유하고 실천하는 것을 뜻한다.

1930년대 시에 나타난 고향의 의미를 분석한 연구들이 '고향상실=
주권상실'이라는 의미로 수렴되는 경향은 고향의 노스탤지어가 함의
한 헤테로토피아적 의지, 즉 '몸'으로서의 고향에 내포된 실존적 의미
를 충분히 조명하지 못한 것과 일정한 관련이 있다. 고향을 재건 내지
복구하려는 회복과 성찰의 노스탤지어는 현실의 장소에서 유토피아
를 구축하려는 헤테로토피아적 사유와 무관하지 않다고 할 수 있다.
이러한 연관성의 단초는 푸코가 헤테로토피아를 "우리가 살고 있는
공간에 대해 신화적인 동시에 현실적으로 일종의 이의제기를 하는 상
이한 공간들, 다른 장소들"26)로 정의한 데서 찾아볼 수 있다. 헤테로
토피아가 신화적인 동시에 현실적인 이의제기의 장소라는 푸코의 언
급은 '성스러운 기원의 회복'을 '신화적 구성체'로 실현시키려는 회복
적 노스탤지어와 '다른 시간과 공간에서 다른 방식'으로 '불발된 꿈'을
재건하려는 성찰적 노스탤지어의 특징을 모두 함축한다. 과거라는 시
간과 고향이라는 공간에 연계된 회복과 성찰의 노스탤지어는 상실된
고향의 가치를 시·공간적으로 확대·재생산하여 현실의 결핍을 극복
하려는 능동적 의지이자 장소를 매개로 실존성을 담보하려는 매개적
사유라 할 수 있다.

1930년대 시에 나타난 고향상실의 정서가 주권상실이라는 의미와

25) 위의 책, 33쪽.
26) 위의 책, 48쪽.

일정한 관련이 있음은 부인할 수 없지만 그러한 관련성이 1930년대 시의 전반적 경향을 대표하는 것으로 일반화될 수는 없다. 고봉준은 1930년대 시에 나타난 고향의 의미가 민족적 현실로 환원 될 수 없다는 것을 강조하는데, 그 이유를 고향이라는 장소에 내포된 '다층적인 의미' 때문이라고 설명한다.[27] 고향은 근원으로 회귀하려는 실존의 보편성과 주권상실이라는 역사의 특수성이 상호 교섭하는 변증법적인 장소라 할 수 있다. 고향의 다층성(多層性)은 신화적이고 토속적인 세계에 대한 동경을 통해 삶의 총체성을 담보하려는 회복적 노스탤지어와 과거를 통해 현실의 모순을 극복하려는 성찰적 노스탤지어의 두 경향을 토대로 발현되는 유토피아적 의미와 관련을 갖는다. 노스탤지어의 대상으로 제시된 고향의 의미는 고립적이고 추상적인 '분리 공간'으로서의 유토피아라기보다는 개방적이고 구체적인 장소들의 결합에 의한 '결합 공간'으로 고찰되어야 한다고 본다. 그러한 인식이 시에 투영될 경우 대체로 '거울', 즉 비추는 것의 이미지나 이곳과 저곳을 매개하고 연결하는 '통로' 이미지를 통해 드러난다.

　노스탤지어가 유토피아적 동경 또는 헤테로토피아적 실현을 촉발하는 사유의 매개가 될 수 있는 것은 고향과 관련된 장소들이 주체로 하여금 특정한 감정과 의식(경험)을 떠올리게 하는 혼합의 장소로 작용하기 때문이다. 고향이 매개하는 보편과 특수의 경험은 개인과 집단, 현실과 이상, 상실과 회복 등의 이원적 대립을 용해시켜 포함과

---

27) 고봉준은 "일제는 1937년 이후 사회주의와 민족주의를 노골적으로 탄압했지만 실제로 이 시기에 출간된 시집들의 주조는 향토적인 세계에 뿌리내린 자연 서정이었고, 그 속에서 고향은 항상 상실의 대상이었거나 회복되어야 할 원초적 세계로 자리 잡고 있었다. 이것은 근대시의 고향상실이 민족적 현실로 환원될 수 없음을 보여주는 사례이다."는 주장과 논거를 통해 고향의 의미가 민족적 현실로 환원될 수 없음을 강조한다. 고봉준, 앞의 논문, 333쪽.

결합의 다층적 관계를 형성한다. 고향의 다층성은 대립되는 것들의
의미를 비춤으로써 서로가 서로를 재현하고 융합하는 관계를 만들어
낸다. 푸코가 "헤테로토피아들 사이에는 아마도 거울이라는, 어떤 혼
합된, 중간의 경험이 있다.", "거울은 헤테로토피아처럼 작동한다."[28]
라고 말한 것은 헤테로토피아 자체가 현실과 비현실, 현재와 과거의
경계에 위치한 이질적인 장소이자 혼합의 장소라는 것을 강조한 것이
다. 그러한 점을 적극 고려할 때, 고향과 관련된 노스탤지어의 정서는
현실적인 동시에 비현실적이고 보편적인 동시에 특수한 이중의 감정
으로 정의될 수 있을 것이다. 이러한 관점은 1930년대 시에 나타난
고향의 의미를 향토서정의 고향과 민족표상의 고향이라는 대립적 관
계로 분리해 바라보는 관점을 지양(止揚)할 수 있으리라 본다.

　노스탤지어는 유토피아에의 염원이고, 고향은 그러한 염원을 대표
하는 하나의 현실태다. 노스탤지어는 고향의 유토피아가 지닌 추상적
감정의 산물이 아니다. 회복과 성찰의 사유를 통해 유토피아적 이상
을 현실에 구현하려는 것이 노스탤지어가 지닌 헤테로토피아적 특징
이라 할 수 있으며 1930년대 시에 나타난 고향의 헤테로토피아적 성
격이라 할 수 있다. 이러한 논거를 바탕으로 고향의 헤테로토피아적
특징을 백석과 이용악의 작품을 통해 밝히려는 것이 이 글의 목적이
다. 백석은 실존의 근원적 장소로서 고향의 신화성을 강조하였으며,
이용악은 불발된 민족적 이상을 실현하려는 의지적 장소로서 고향을
강조하였다.

---

28) 미셸 푸코, 앞의 책, 47쪽, 48쪽.

3. 축제와 영원성의 헤테로토피아

고향이라는 물리적 공간에 투영된 심리 상태로서의 노스탤지어의 특징은 구체적인 '장소들'의 결합을 통해서 드러나는데, 이는 '집'을 중심으로 주변의 장소들이 구축한 경험의 상태에 의해 표현된다. 경험의 상태란 일종의 감정이입이며 고향이라는 공간에 배치된 '집', '부엌', '길', '우물' 등의 장소에 깃든 실존의 정념을 투사한 것이라 할 수 있다. 이러한 경험의 부여로 고향의 장소들은 심리적 통합체가 된다. 즉 "특별하고도 현실적인 장소와의 경험을 통해서 구체적으로 위치한 장소가 어떤 '지각적 통합성'(perceptual unity)"[29]을 지니게 됨으로써 고향은 노스탤지어의 장소가 된다. 고향이라는 공간이 회복과 성찰의 의미를 갖게 되는 것은 장소의 의미를 심리적인 것으로 받아들이는 주체의 지각적 통합성 때문이다. 장소의 지각적 통합성은 추상적인 것을 구체화하고 보편적인 것을 특별하게 만드는 의식 활동이며 고향을 세계의 중심으로 파악하는 태도에 의해 형성된다. 이때 '중심'의 의미는 "고유한 사건 및 장소와 관련하여 우리가 절실하게 느끼는 가치라기보다는 신화적 사상에 나타나는 개념"[30], 즉 고향이라는 전체 공간을 관통하는 공동체적 연대와 관련된 심리적 기준을 나타낸 것이다.

백석 시에 나타난 고향의 지각적 통합성은 '집'을 중심으로 전개되는 혈연적 유대와 공동체적 가치에 기반을 둔 조상숭배를 통해 드러난다는 것이 특징이다. 대체로 고향의 근원성을 모성에서 찾는 경우가 많은데 백석의 경우는 모성적 동경보다는 '가계'와 '혈연'에 대한 애착을 통해 고향의 근원을 신화적으로 사유한다. 이러한 특징은 정

---

29) 에드워드 렐프, 앞의 책, 30쪽.
30) 이-푸 투안, 구동회·심승희 옮김, 『공간과 장소』, 대윤, 1995, 240쪽.

착민이 갖는 '장소고착(場所固着)'과 '뿌리내림'[31]의 정서와 관련한 것
이라 할 수 있다. 백석의 장소애착과 혈연에 대한 강조는 가부장을
중심으로 행해지는 제사와 명절 풍습과 관련한 조상숭배의 의례를 통
해 구체화된다.

> 오대(五代)나 나린다는 크나큰 집 다 찌그러진 들지고방 어득시근한
> 구석에서 쌀독과 말쿠지와 숫돌과 신뚝과 그리고 넷적과 또 열두 데석님
> 과 친하니 살으면서//(중략)//구신과 사람과 넋과 목숨과 있는 것과 없
> 는 것과 한 줌 흙과 한 점 살과 먼 넷조상과 먼 훗자손의 거룩한 아득한
> 슬픔을 담는 것//(중략)//수원백씨(水原白氏) 정주백촌(定州白村)의 힘
> 세고 꿋꿋하나 어질고 정 많은 호랑이 같은 곰 같은 소 같은 피의 비
> 같은 밤 같은 달 같은 슬픔을 담는 것 아 슬픔을 담는 것
>
> - 「목구木具」 부분

시 「목구(木具)」의 화자는 "오대(五代)나 나린다는 크나큰 집"의 쇠락
을 '들지고방', '쌀독', '말쿠지', '숫돌과 신뚝' 등 집 안팎의 장소에
자리한 사물들의 관계를 통해 회고한다. 「목구」에 드러난 장소와 사물
의 관계는 적소성(適所性)에 의한 배치라기보다는 '목구'를 향해 수렴되
는 신성성(神聖性)의 관계로 맺어지고 있다. 목구는 나무로 만든 제기
(祭器)라는 사전적 의미를 넘어서서 "구신과 사람과 넋과 목숨과 있는
것과 없는 것과 한 줌 흙과 한 점 살과 먼 넷조상과 먼 훗자손의 거룩한
아득한 슬픔"을 담고 있는 '신성한 그릇'의 의미로 확장된다. 신성한
그릇으로서의 목구는 거주의 아늑함과 안전을 담보하는 집의 근본적
가치를 상징한다. 또한 '오대'에 걸친 "수원백씨(水原白氏) 정주백촌(定
州白村)"의 기질과 내력을 담은 가계의 상징이기도 하다. '들지고방'의

---

31) 위의 책, 244쪽, 245쪽.

'구석'에서 "쌀독과 말쿠지와 숫돌과 신뚝과 그리고 넷적과 또 열두 데석님"과 조화를 이루고 있는 목구는 집안에 배치된 작은 사물이지만 의미론적으로 생활의 모든 것을 주관하는 가계의 중심이 되고 있다. 즉 목구가 집안의 수호신의 역할을 하는 것이라 할 수 있다. 「목구」에 표현된 '슬픔'의 정서는 중심의 훼손, 즉 목구에 부여된 안전과 보호의 의미가 쇠락함에 따른 것이다.

'五代'란 혈통의 시간이며, 조상들의 행적이 누적된 특별한 시간을 의미한다. 그러한 시간이 쇠락의 기미를 보임에도 불구하고 화자가 집안의 내력을 '목구'와 '五代'의 시간을 통해 다시 회상해보는 것은 조상과 자신을 '신성과 유대(紐帶)'의 영속적 관계로 재결속하려는 태도를 반영한 것이다. 이는 과거의 시간을 현재에 지속시키려는 '회복적' 의지를 드러낸다. 회복의 의지는 현실에 없는 과거의 시간을 현실에 다시 배치하여 영속화하려는 의도를 반영한 것으로서, 푸코가 "고정된 어떤 장소에 시간을 영원하고 무한하게 직접"하려는 것으로 설명한 '영원성의 헤테로토피아'[32]와 밀접한 관련을 갖는다. 과거를 영속화해 현재에 누적하는 영원성의 헤테로토피아는 한 장소에 정착하면서 고향을 형성하고 그를 바탕으로 조상과 후손들의 화목과 결속을 기원하는 정착민들의 조상숭배와 관련한 의례들에 뚜렷하게 나타난다. 조상과 토속신에 대한 정기적이고 지속적인 숭배를 통해 그들의 행적을 현재화하는 '제사의례'는 과거의 시간을 현재의 삶에 축적하는 것이다. 그러한 축적은 혈통과 가계의 기질로 드러난다. "힘세고 꿋꿋하나 어질고 정 많은 호랑이 같은 곰 같은 소 같은" 수원백씨 집안의 긍지가 "피의 비 같은 밤 같은 달 같은 슬픔"의 부정성과 혼융되면서

---

32) 미셸 푸코, 앞의 책, 54쪽.

슬픔의 정서로 외화된 것은 목구로 연결된 조상과 후손의 신성한 관계가 흔들리고 있음을 암시하는 것이라 할 수 있다. 이는 근대화로 인한 가족 질서의 붕괴와 일제에 의한 주권침탈로 고향이 상실되면서 겪게 되는 공동체의 '불안'을 드러낸 것이라 할 수 있다.

거주 장소로서의 집은 가족 구성원들을 품는 하나의 '그릇'에 비유될 수 있다. 백석 시에 나타난 집의 근원적 의미는 시 「목구」에 드러난 것처럼 조상의 혼이 깃든 신성한 '그릇'으로 맥락화된다. 현상학적 견지로 보면 움푹 팬 공간과 사물의 의미는 안락함과 포근함을 주는 장소성의 원형으로 작용한다. 집과 그릇의 이미지가 모성의 따뜻함과 연계될 수 있는 근거는 감싸고 담고 보호하는 기능에 있다. 가스통 바슐라르(Gaston Bachelard)가 집의 몽상적 의미를 "물질적 낙원의 그 원초적 따뜻함"과 "존재의 원초적인 충족성"[33]으로 설명한 것은 모성성과 집의 장소성이 갖는 공통점이 '감쌈'에 있다는 것에 근거한 것이다. 감싸는 것은 내부의 화목과 결속을 촉발하고 유지시키는 기능을 한다. 백석 시에 드러난 노스탤지어는 화목에 대한 동경을 근간으로 하고 있으며, 그러한 동경의 실체는 음식과 냄새를 통해 구체화된다는 특징을 지닌다. 또한 노스탤지어의 장소가 고향이라는 포괄적이고 개방적인 장소보다는 음식이 만들어지는 '부엌'과 냄새가 감지되고 퍼져가는 '방'과 '문' 등의 내밀하고 폐쇄적인 장소에 집중된다는 특징을 보인다.

이 그득히들 할머니 할아버지가 있는 안간에들 모여서 방안에서는 새 옷의 내음새가 나고/또 인절미 송구떡 콩가루차떡의 내음새도 나고 끼때의 두부와 콩나물과 뿜은 잔디와 고사리와 도야지비계는 모두 선득선득

---

33) 가스통 바슐라르, 곽광수 옮김, 『空間의 詩學』, 민음사, 1990, 119쪽 참조.

하니 찬 것들이다//저녁술을 놓은 아이들은 외양간섶 밭마당에 달린 배
나무동산에서 쥐잡이를 하고 숨굴막질을 하고 꼬리잡이를 하고 가마타
고 시집가는 놀음 말 타고 장가가는 놀음을 하고 이렇게 밤이 어둡도록
북적하니 논다//(중략)//그래서는 문창에 텅납새의 그림자가 치는 아츰
시누이 동세들이 욱적하니 홍성거리는 부엌으론 샛문틈으로 장지문틈으
로 무이징게국을 끓이는 맛있는 내음새가 올라오도록 잔다

- 「여우난골족(族)」 부분

시 「여우난골족(族)」은 대가족이 모인 명절의 풍경을 묘사하고 있
다. 묘사의 구역은 '방', '밭마당', '배나무동산', '부엌'으로 나뉘어져
있는데, 이러한 구획은 냄새의 범위 안에 포진되어 있다. 냄새는 명절
전날의 밤과 명절 당일의 아침의 시간을 '북적'이게 하고 '홍성'거리게
하는 것은 물론 방, 마당, 동산, 부엌 등의 장소들을 하나로 연결하는
통로의 역할을 한다. 이로써 명절날의 집은 전체가 후각화된 장소로
특화된다. 후각을 통해 '흥(興)'의 시간이 축적되고, 축적된 흥의 시간
이 집안의 장소들을 축제의 공간으로 만드는 명절의 풍경은 제사와
축제가 공존하는 특별한 시간성을 드러낸다. 시간을 축적하는 영원성
의 헤테로토피아로서의 '조상숭배'와 일상의 시간 속에 한시적으로 배
치되는 축제의 헤테로토피아로서의 '명절'이 하나로 합쳐짐으로써 집
의 공간은 생활의 장소라는 일상적 의미에서 "원초적이고도 영원한
벌거숭이로 지낼 수 있는 기회"[34]의 장소로 변모된다. 푸코가 언급한
'원초적이고도 영원한 벌거숭이'란 신성함(제사)과 자유(축제)를 통해
삶의 의미가 재발견되는 순간을 의미한다. 제사와 축제로서의 명절에
내포된 헤테로토피아적 의미는 '음식'과 '냄새'라는 매개를 통해 확장
되면서 집의 안과 밖, 어른과 아이의 위계를 해체해 집의 공간을 신성

---

34) 미셸 푸코, 앞의 책, 55쪽.

과 축제의 분위기로 통합해낸다. 이는 소래섭이 백석 시에 나타난 음식이 "신성한 것들과 연결"되어 있으며 "모순을 통합하는 매개"이자 "양립할 수 없는 것들의 공존"[35]을 가능하게 만든다고 밝힌 것과 상통한다.

일상의 공간에 대해 "신화적인 동시에 현실적으로 일종의 이의제기를 하는 상이한 공간들"[36]인 헤테로토피아는 "서로 양립 불가능한 복수의 공간, 복수의 배치를 하나의 실제 장소에 나란히 구현"[37]함으로써 현실화된다는 것이 푸코의 주장인데, 그러한 것이 「여우난골족族」에는 '부엌'이라는 장소를 통해 실현되고 있다. 부엌은 음식을 만드는 곳이자 냄새의 진원지다. 아울러 음식은 생명의 근원이며 유대의 중요한 매개물이다. 따라서 부엌은 생명의 근원을 유지시켜주는 핵심의 장소이자 집의 중심이 된다. 아울러 냄새는 음식의 공기적 확산이며 생명의 신성한 파동이다. 부엌에서 만들어진 '음식'과 '냄새'는 집을 살아있게 만드는 근본 동력이다. 아이들이 '쥐잡이', '숨굴막질', '꼬리잡이', '시집가는 놀음', '장가가는 놀음'을 하며 어두울 때까지 '북적하니' 놀 수 있는 것은 음식이 내뿜는 냄새, 즉 생명의 약동 때문이다. 또한 제사 음식은 조상과 후손, 어른과 아이, 친척과 친척 간의 화목과 결속을 매개함으로써 과거와 현재, 삶과 죽음의 양립 불가능성을 용해시킨다. 이러한 공존은 음식과 냄새를 통해 현실화되고 있으며, 그 중심에 '부엌'이라는 특별한 장소가 위치해 있는 것이다.

부엌이 없는 집은 죽은 장소가 된다. 집의 생명성은 부엌을 통해

---

35) 소래섭, 「백석 시와 음식의 아우라」, 『한국근대문학연구』 제16호, 한국근대문학회, 2007, 295쪽.
36) 미셸 푸코, 앞의 책, 48쪽.
37) 위의 책, 52쪽.

부여된다. 바슐라르가 "만약 집이 하나의 살아있는 가치라면, 그것은 비현실성을 통합해야 한다. 모든 가치는 진동해야 하는 것이다. 진동하지 않는 가치는 죽은 가치다."[38]라고 언급한 것처럼 집은 부엌이라는 특별한 장소를 통해 생명의 가치를 부여받는 것은 물론 일상에 내재된 죽음의 계기들을 음식이라는 매개를 통해 삶의 영역으로 통합해낸다. 부엌은 음식과 냄새를 통해 집안의 장소들은 물론 그 안에 거주하는 사람들의 관계를 진동시킴으로써 헤테로토피아의 장소가 된다. 백석 시에 나타난 부엌이 헤테로토피아의 장소성을 지니게 되는 근본 동인은 여성들의 '살림살이'에 있다. 바슐라르는 집의 원초성이 살림살이의 정성에 의해 깨어난다는 것을 강조하는데, 그 깨어남의 의미를 "아주 오래된 과거를 새로운 날에 이어주는 유대를 짜는 것"[39]으로 설명한다. 가구를 닦고 음식을 만드는 것은 과거를 새로운 날에 이어주는 것이며, 집의 내부를 세밀히 만들어가는 것이라 할 수 있다. 내부의 집을 만들어가는 살림살이는 여자들의 고유한 특권이다. 바슐라르는 그러한 특권의 고유성을 "남자들은 집을 외부로부터 지을 줄만 아는 것이다. 그들은 밀랍의 문명은 거의 알지 못한다."[40]는 표현을 통해 설명한다. '밀랍의 문명'이란 집의 내부를 만들어가는 여성들의 살림살이를 비유한 것으로 「여우난골족族」에 등장하는 "시누이 동세들이 욱적하니 흥성거리는 부엌"에서 행해지는 음식 만들기와 같은 것이다. 이는 음식과 관련된 백석 시 전반의 특징이자 고향에 대한 노스탤지어의 정서를 드러내는 시편들이 지향하는 이상적 세계의 본령을 이룬다.

  시 「목구」와 「여우난골족」의 분석을 통해 밝혀진 집의 장소적 특징

---

38) 가스통 바슐라르, 앞의 책, 182쪽.
39) 위의 책, 193쪽.
40) 위의 책, 193쪽.

은 명절과 제사라는 의례를 통해 과거와 현재, 삶과 죽음, 조상과 후
손, 일상과 축제 등 양립 불가능한 세계를 통합해내는 '영원성의 헤테
로토피아'로 드러난다는 것이다. 그러한 결론은 '목구'라는 제기와 '부
엌'이라는 장소가 지닌 텍스트 내적 의미를 분석하여 얻어진 것으로
서 이는 분석 대상이 된 두 시만의 특징이라기보다는 음식과 장소를
소재로 한 백석 시 전반의 특징이라 할 수 있다. 그러한 특징은 예를
들어 "내일같이 명절날인 밤은 부엌에 쩨듯하니 불이 밝고 솥뚜껑이
놀으며 구수한 내음새 곰국이 무르끓고 방안에서는 일가집 할머니가
와서 마을의 소문을 펴며"(「고야(古夜)」), "호박닢에 싸오는 붕어곰은 언
제나 맛있었다//부엌에는 빨갛게 질들은 팔(八)모알상"(「주막(酒幕)」),
"제삿날이면 귀머거리 할아버지 가에서 왕밤을 밝고 싸리꼬치에 두부
산적을 꿰었다"(「고방」), "컴컴한 부엌에서는 늙은 홀아비의 시아부지
가 미역국을 끓인다"(「적경(寂境)」), "술국을 끓이는 듯한 추탕(鰍湯)집
의 부엌은 뜨수할 것같이 불이 뿌연히 밝다"(「미명계(未明界)」), "수육을
삶는 육수국 내음새 자욱한 더북한 샷방"(「국수」) 등등 그의 시편 전반
에 포진되어 나타난다. 이는 음식과 냄새, 장소와 사물이 시적 주체의
경험과 감각을 통해 재구성되는 창작방법론의 특징으로서 '지각적 통
합성'(perceptual unity)이 발현된 토속적이고 감각적인 아우라(Aura)[41]
의 소산이라 할 수 있다.

여성들의 살림살이에 의해 운영되는 부엌이라는 '내부의 집'이 헤

---

41) 다이앤 애커먼은 "냄새는 수수께끼이고, 이름 없는 권력이며, 성스러움이다."라는
말로 냄새의 고유성을 설명한다.(다이앤 애커먼, 백영미 옮김, 『감각의 박물학』, 작
가정신, 2004, 23쪽.) 백석의 시에 나타난 냄새는 말로 형언할 수 없지만 감각적으로
느껴지는 가족들 간의 유대, 조상과 후손의 신성한 관계, 부엌에서 만들어지는 음식
의 힘을 표현한다는 점에서 다이앤 애커먼이 말한 수수께끼와 성스러움과 권력(힘)의
특성을 지닌다.

테로토피아의 신성한 장소가 될 수 있는 근거는 음식을 통해 생명을 부여하는 '치유'의 기능에 있다. 치유의 기능은 "나의 넷 한울로 땅으로-나의 태반(胎盤)으로 돌아 왔으나"(「북방(北方)에서-정현웅(鄭玄雄)에게」)라는 표현에 나타난 것처럼 고향과 집을 '태반'으로 인식함으로써 얻어진다. 태반은 태아와 모체의 자궁을 연결하는 내부 기관으로 태아에게 영양분을 공급하는 기능을 한다. 따라서 태반은 모체로서의 고향과 '나'를 연결하는 통로의 의미를 갖는 장소로써 가족에게 영양분을 제공해 생명을 유지시키는 기능을 하는 부엌과 동일한 의미를 지닌다. 자궁과 연결된 태반과 집과 연결된 부엌은 신성한 곳으로부터 신성한 기운을 받아 치유의 기능을 수행하는 특별한 장소다. 신성한 기운은 토속적 신과 자연으로부터 얻어지는데, 그 형태는 주로 '藥물'의 이미지로 드러난다는 것이 백석 시의 특별함이다.

> 승냥이가 새끼를 치는 전에는 쇠메 든 도적이 났다는 가즈랑고개/가즈랑집은 고개 밑의/산(山) 너머 마을서 도야지를 잃는 밤 즘생을 쫓는 깽제미 소리가 무서웁게 들려오는 집/(중략)/언제나 병을 앓을 때면/신장님 달련이라고 하는 가즈랑집 할머니/구신의 딸이라고 생각하면 슬퍼졌다//토끼도 살이 오른다는 때 아르대 즘퍼리에서 제비꼬리 마타리 쇠조지 가지취 고비 고사리 두릅순 회순 산(山)나물을 하는 가즈랑집 할머니를 따르며/나는 벌써 달디단 물구지우림 둥굴레우림을 생각하고/아직 멀은 도토리묵 도토리범벅까지도 그리워한다
>
> - 「가즈랑집」 부분

시 「가즈랑집」에 묘사된 '가즈랑집'은 '가즈랑고개' 밑에 위치한 집으로 마을과는 동떨어진 곳이다. 어린 화자의 시선에 비친 '가즈랑집'은 짐승들이 쫓고 쫓기며 내는 무서운 소리가 들려오는 집이다. 가즈

랑집은 자연(산)과 마을의 중간에 위치한 신성의 장소로 특별한 경우
가 아니면 일반인들의 출입이 제한되어 있는 금기의 장소라 할 수 있
다. '구신의 딸'로 불리는 가즈랑집 할머니는 '무당'이다. 시적 화자는
각종 '山 나물'을 캐는 가즈랑집 할머니를 따라다니면서 '구신의 딸'이
라는 무서움보다 "달디단 물구지우림 둥굴레우림"의 '藥物'과 '도토리
묵 도토리범벅'을 해주는 행위에서 따뜻한 정감을 느끼게 된다. 그러
한 경험 때문에 구신의 딸이라는 어른들의 표현에 슬픔을 느낀다. 시
적 화자에게 가즈랑집 할머니는 병을 앓을 때 약을 주는 치유자이며
맛있는 음식을 만들어주는 어머니의 어머니 같은 포근한 존재로 인식
된다. 시 「가즈랑집」에 표현된 '물구지우림 둥굴레우림'이라는 약물
은 치유의 주요한 모티브로서 백석의 시에 음식과 병합해서 자주 드
러난다. "고산정토(高山淨土)에 산약(山藥) 캐다 오다"(「자류(柘榴)」), "이
눈세기물을 냅일물이라고 제주병에 진상항아리에 채워두고"(「고야(古
夜)」), "곱돌탕관에 약이 끓는다"(「탕약(湯藥)」), "소는 인간(人間)보다 영
(靈)해서 열 걸음 안에 제 병을 낫게 할 약(藥)이 있는 줄을 안다"(「절간
의 소 이야기」)는 일련의 표현에서처럼 '藥物'은 치유공간으로서의 고향
을 회고하는 주요 모티브가 된다. 약물의 효능은 주로 무속적 세계와
결부되어 드러나는데, 대표적으로 "산(山)비에 촉촉이 젖어서 약(藥)물
을 받으러 오는 산(山)아이도 있다//아비가 앓는가부다/다래 먹고 앓
는가부다/아랫마을에서는 애기무당이 작두를 타며 굿을 하는 때가 많
다"(「산지(山地)」)에 드러난 것처럼 '藥物'과 '굿'은 밀접한 관계를 갖는
다. 백석 시에 등장하는 '산'은 주로 신성한 공간으로 드러난다. 그곳
에서 자란 산나물과 약수는 '가즈랑집 할머니'와 '애기무당'과 같은 대
리자에 의해 신성한 재료의 형태로 부엌에 공급되어 음식으로 만들어
진다.

장소와 관련된 특별한 경험(감각)이 특정의 장소의 의미를 확장하여 통합적 세계를 지향할 때 그 장소만의 고유한 노스탤지어가 형성된다. 백석 시에 나타난 노스탤지어는 "과거를 하나의 總體的 完成體로서 다시 살려낼 수 있다는 믿음과 성스러운 기원의 회복에 대한 꿈"[42]을 드러내는 '회복적 노스탤지어'로 설명할 수 있으며, 그 바탕에는 양립 불가능한 세계를 통합하여 쇠락한 '집'과 '고향'의 생명성을 회복하려는 의지가 작동하는 것으로 볼 수 있다. 고향과 집을 '총체적 완성체'로 구현하려는 회복적 노스탤지어는 고향의 기원을 '신화적 구성체'[43]로 상정함으로써 신성과 치유의 기능을 부여한다. 백석 시에 나타난 신성과 치유의 기능은 '산(신성의 장소) ↦ 무당집(매개의 장소) ↦ 마을(공동체의 장소) ↦ 집(생활의 장소) ↦ 부엌(신성의 장소)'으로 오가는 장소성의 교류를 통해 발휘된다. 그러한 신성과 치유의 교류는 '산'에서 '부엌'으로 흘러가는 세속화의 과정과 '부엌'에서 '산'으로 봉헌되는 신성화의 과정이 맞물리면서 드러나는데, 이는 백석 시의 주요 테마인 '음식'과 '냄새', '제사'와 '명절'의 의미를 규정하는 중요한 토대가 된다. 산(자연)의 신성함이 흘러내려 응축된 부엌의 장소성은 "배꼽처럼 세계의 한가운데 있는 중심적인 공간"[44]으로서 인류 보편의 삶에 내재한 '신성과 영원성의 헤테로토피아'이자 실존의 삶에 자양을 공급하여 삶을 충일하게 만드는 '축제의 헤테로토피아'로서 백석 시의 장소성을 특징짓는 주요한 시적 모티브라 할 수 있다. 그의 시에 나타난 '회복적 노스탤지어'의 장소는 실존의 경험이 통합된 세계, 즉 후각화된 헤테로토피아로서의 '부엌'이 중심이 된다. 백석 시에 대한 대중

---

42) 김홍중, 앞의 논문, 69쪽.
43) 위의 글, 69쪽.
44) 미셸 푸코, 앞의 책, 53쪽.

적 공감은 바로 부엌과 관련된 공통의 정서와 감각이 불러일으키는
실존의 향수라 할 수 있다.

4. 환상과 보정의 헤테로토피아

장소는 거주자의 정체성을 표현한다. 장소의 정체성은 출생과 가
족, 개인과 공동체의 유대에 의해 형성되는 실존의 상태를 의미한다.
고향이 정체성의 보편적 원형이 될 수 있는 이유는 실존을 중심으로
맺어지는 유대관계가 집약적으로 드러나는 최초의 장소이기 때문이
다. 따라서 장소 정체성의 붕괴는 유대관계의 변화, 즉 "뿌리 내린
삶으로부터 뿌리 뽑힌 삶으로의 변화"[45]를 의미한다. 노스탤지어는
이러한 변화에 직면해 '뿌리 내린 삶'에 대한 동경을 드러내는 능동적
정념으로 표출되기도 한다. 차성환은 1930년대 시에 드러난 노스탤
지어의 양상을 "식민지 조선의 특수한 상황에서 국권침탈과 급격한
근대화의 과정을 통해 삶의 근본적 토대를 상실한 식민지인들이 보편
적으로 체험할 수밖에 없는 정념"[46]으로 설명한다.

백석의 시가 '회복적 노스탤지어'에 근거해 고향의 근원을 동경한
다면, 이용악은 '성찰적 노스탤지어'를 바탕으로 고향의 현실을 직시
한다. 회복적 노스탤지어가 고향의 총체성이 복원될 수 있다는 지속
적 신념을 반영한 것이라면, 성찰적 노스탤지어는 고향의 총체성이
지속될 수 없다는 단절적 인식을 전제로 "다른 시간과 공간에서 다른
방식으로 과거의 불발된 꿈을 새롭게 회복"[47]하려는 의지를 드러낸

---

45) 이-푸 투안, 앞의 책, 35쪽.
46) 차성환, 「박용철 시에 나타난 노스탤지어 연구」, 『한국언어문화』 제64집, 한국언어
    문화학회, 2017, 190쪽.

것이라 할 수 있다. 성찰적 노스탤지어는 단절과 새로운 회복이라는 의지의 충돌로 인해 "아이러닉하고, 확정적이지 않고, 파편적"[48]인 의식으로 드러난다. 그러한 과정에서 "과거는 기념비적으로 분식되는 것이 아니라, 현재의 핵심으로 불현 듯 되살아나 향수에 빠진 자를 괴롭게 심문하면서 과거의 파편들(깨진 거울들)"[49]을 비춘다. 따라서 성찰적 노스탤지어에 나타난 고향의 이미지들은 "지난 시절이 남긴 잔해들의 몽타주"[50]로 표현되는 경향이 농후하다는 것이 특징이다.

　이용악의 시편들에 나타난 고향의 맥락은 상실된 고향에 대해 갖는 '서정적 환상'과 새로운 고향에 대한 '건설적 의지'로 발현된다. 서정적으로 묘사된 과거의 고향과 서사적으로 진술된 미래의 고향이 텍스트 곳곳에 혼재 내지 병치되어 나타나는 양상은 과거의 잔해들을 몽타주로 드러냄으로써 현실의 부정적 상황을 극복하려는 태도를 반영한 것이라 할 수 있다. 성찰적 노스탤지어는 과거와 현재, 현실과 이상의 대립을 통합하려는 '매개적 사유', 즉 변증법적 인식과 연관된다. 그러한 연관은 '폐쇄성'과 '개방성'의 체계를 바탕으로 하고 있으며 그의 시에 '닫힌 장소'로서의 고향과 '열린 장소'로서의 고향이라는 대립적 의미로 드러난다. 전자는 '포도원', '오솔길', '두메산골', '우물가' 등 내밀하고 감각적이고 환상적인 장소로 드러나며, 후자의 장소는 '벌판', '항구', '영(嶺)' 등 광활하고 의지적이고 현실적인 장소로 드러난다. 이러한 두 장소는 현실의 공간을 더욱 환상적인 것으로 만들어내려는 '환상의 헤테로토피아'와 현실의 공간을 완벽하고 주도면

---

47) 김홍중, 앞의 논문, 70쪽.
48) 위의 글, 70쪽.
49) 위의 글, 70쪽.
50) 위의 글, 70쪽.

밀하게 재배치해내려는 '보정의 헤테로토피아'의 기능과 밀접한 관련을 갖는다. 푸코는 환상과 보정의 헤테로토피아가 하나의 공간을 두 개의 극단적 형태로 분할한 헤테로토피아임을 지적하면서 그 대표적인 예로 '매음굴'과 '식민지'를 제시한다. 푸코는 매음굴이 사적(私的)이고 내밀한 환상의 장소라면 식민지는 식민지배자의 계획과 의도에 의해 만들어진 공적(公的)이고 완벽한 장소라고 설명한다.[51] 이러한 설명의 초점은 매음굴과 식민지라는 장소보다 '사적'·'공적'이라는 대립적 성격에 맞춰져 있는 것으로 볼 수 있다. 이용악 시에 나타난 고향은 개인적인 측면과 민족적 측면, 즉 사적 감정과 민족적 의지가 투영된 두 극단의 장소로 외화되는데 이는 푸코가 언급한 환상의 헤테로토피아와 보정의 헤테로토피아와 상응하는 것이라 할 수 있다.

季節鳥처럼 포로로오 날아 온/옛 생각을 보듬고/오솔길을 지나/포도園으로 살금살금 걸어와……//燭臺든 손에/올감기는/산뜻한 感觸-//대이기만 했으면 톡 터질 듯/익은 포도알에/물든 幻想이 너울너울 물결친다/공허로운 이 마음을 어쩌나//한줄 燭光을 마저/어둠에 받치고 야암전히 서서/시집가는 섬색시처럼/모오든 약속을 잠깐 잊어버리자//조롱조롱 밤을 지키는/별들의 言語는/오늘밤/한 조각의 秘密도 품지 않았다.

- 「葡萄園」 전문

몇 천 년 지난 뒤 깨어났음이뇨/나의 밑 다시 나의 밑 잠자는 혼을 밟고/새로이 어깨를 일으키는 것/나요/불길이요//쌓여 쌓여서 훈훈히 썩은 나뭇잎들을 헤치며/저리 환하게 열린 곳을 뜻함은/세월이 끝나던 날/오히려 높디높았을 나의 하늘이 남아 있기 때문에//내 거니는 자욱마다 새로운 풀폭 하도 푸르러/뒤돌아 누구의 이름을 부르료//이제 벌판을

가는 것/바람도 비도 눈보라도 지나가버린 벌판을/이렇게 많은 단 하나
에의 길을 가는 것/나요/끝나지 않은 세월이요

- 「벌판을 가는 것」 전문

시 「葡萄園」은 이용악의 시편들 중 가장 이질적인 요소를 포함한
작품으로 판단된다. 이용악은 현실의 상황을 "너의 터전에 비둘기의
團欒이 질식한지 오래"(「도망하는 밤」)인 상태로 인식하고 있으며, 자신
의 처지를 "고향은 더욱 아닌 곳"(「풀벌레소리 가득 차 있었다」)에서 "폐인
인양 시들어져 턱을 고이고 앉은 나"(「나를 만나거든」)로 표현한다. 그
러한 부정적 인식은 그의 시편 전반에 걸쳐 드러나는데 시 「葡萄園」
은 그와 사뭇 다른 면을 보인다. '포로로오', '살금살금', '너울너울',
'조롱조롱' 등의 부사와 '보듬다', '올감기다', '산뜻하다' 등의 동사들
이 환기하는 가벼움과 포근함의 감각적 정서는 "가슴에 가로누운 가
시덤불/돌아온 마음에 싸늘한 바람"(「고향아 꽃은 피지 못했다」)이나 "북
쪽을 향한 발자옥만 눈 우에 떨고 있었다"(「낡은 집」)라는 표현에 드러
난 차갑고 고통스러운 북방 정서들과는 대비된다. "대이기만 했으면
톡 터질 듯/익은 포도알에/물든 幻想"이 물결치는 '포도원'은 감각적
이고 이질적인 장소로서 이용악이 내면적으로 상정한 안식처로서의
고향에 상응하는 환상의 장소, 즉 푸코가 언급한 환상의 헤테로토피
아에 해당한다고 할 수 있다. 포도원은 화자로 하여금 '공허로운 마음'
과 '모오든 약속'을 잊게 하고, '한 조각의 秘密'도 품지 않게 하는 내
밀성의 장소다. 좁고 호젓한 '오솔길'을 통해서만 당도할 수 있는 포도
원은 은밀하고 사적인 장소로서 이용악 시에 잘 드러나지 않는 미적
감수성이 충일하게 드러난 예라 할 수 있다. 이러한 특징은 현실의
암울에 대한 심미적 응전의 방편으로 이해할 수 있다. 푸코는 헤테로

토피아의 장소가 현실의 장소들에 대해 '어떤 기능'을 가지는데, 그 기능은 '두 가지 극단적인 축 사이'에서 펼쳐진다고 강조한다.[52] 그러한 견해에 근거한다면 포도원은 부정적 현실에 대한 심미적 응전의 기능을 수행하는 환상의 헤테로토피아를 상징하는 것으로 보인다.

심미적 응전의 반대편에는 현실적 응전의 기능을 수행하는 보정의 헤테로토피아가 작용하는데, 시「벌판을 가는 것」에 나타난 '벌판'이 이에 해당한다. 벌판은 '깨어남'의 장소이자 '환하게 열린 곳'으로서 "나의 밑 다시 나의 밑"이라는 내면의 깊숙한 곳에 잠자고 있는 '혼'을 일으켜 세워 개방과 상승의 의지를 발동시키는 존재 각성의 계기를 제공한다. 일어나고 깨어나는 주체로서의 '나'와 그 주체의 의식적 각성을 '불길'에 비유한 것은 '잠자는 혼'과 '썩은 나뭇잎들'로 표현된 부정적 현실을 극복하고 '단 하나의 길'을 가겠다는 강한 의지를 드러낸 것이라 할 수 있다.[53] 바슐라르는 "벌판은 우리를 크게 하는 감정이다."라는 릴케의 표현을 인용하면서 벌판을 "세계 속에서의 우리의 상황을 평탄"[54]하게 이끄는 이미지로 설명한다. 사방이 탁 트인 벌판의 수평적 지형은 편안함과 고요함의 정서 그리고 일의 순조로움을 환기한다. '환하게 열린 곳'으로서의 벌판은 "높디높았을 나의 하늘"로 표상된 수직적 이상이 투영되면서 의지의 강고함이 더욱 강조된 장소이다. 벌판의 수평성이 하늘의 수직성과 통합되면서 '새로운 풀폭'이 만들어지고 푸르러지게 되는 현상은 현실을 대하는 화자의 인

---

52) 위의 책, 56쪽 참조.
53) 이용악은 시집 『낡은 집』의 '꼬리말'(後記)에 "아직 늙지 않았음을 믿는 생각만이 어느 눈 날리는 벌판에로 쏠린다."라고 표현했는데, 이는 그 뒤에 발간된 시집 『오랑캐꽃』의 시적 지향, 즉 공적이고 민족적인 이상을 위해 투신하겠다는 의지를 밝힌 것으로 이해할 수 있다.
54) 가스통 바슐라르, 앞의 책, 366쪽.

식에 변화가 있음을 시사한다. 이는 가난과 고통으로 점철된 고향, 식민지로 전락한 조국에서 받았던 좌절감을 '단 하나의 길'로 표상된 새로운 세계로 통합해 극복하려는 성찰적 의지를 드러낸 것이라 할 수 있다. "바람도 비도 눈보라도 지나가버린 벌판"은 화자의 의지에 의해 현실의 부정적 요인이 정정되고 보충된 이상적 장소, 즉 보정의 헤테로토피아에 해당된다. 벌판은 화자의 의지에 의해 식민지 현실의 부정성이 갱신된 보정의 장소라는 점에서 공동체적이고 민족적인 전망을 담은 공적 장소로 기능한다.

사적이고 내밀한 폐쇄적 장소로서의 '포도원'과 공적이고 의지적인 개방적 장소로서의 '벌판'은 이용악의 시에 나타난 심미적 지향과 현실적 실천의 두 극단을 대표하는 헤테로토피아적 장소라 할 수 있다. 이 두 장소는 대립과 단절의 관계를 형성하는 것이 아니라 '언덕길', '다리', '영(嶺)', '철교', '항구' 등의 매개 장소를 통해 소통과 보완의 관계로 드러난다는 것이 이용악 시의 전반적 특징이다. "헤테로토피아는 언제나 그것을 고립시키는 동시에 침투할 수 있게 만드는 열림과 닫힘의 체계를 전제한다."[55]는 푸코의 언급처럼 포도원과 벌판은 '열림과 닫힘'의 배치에 의해 상호침투의 관계를 형성하고 있으며 그러한 관계는 고향의 피폐와 조국의 상실이라는 이중의 부정성에 의해 갈등하고 있는 식민지 지식인의 전형적 딜레마를 반영한 것이라 할 수 있다. 포도원과 벌판으로 표현된 의식의 두 지향점은 '언덕길', '다리', '영', '철교', '항구' 등의 매개적 장소를 통해 '바다'에 합류하는데 이는 사적 감정과 공적 감정을 통합해 고향과 민족을 재건하려는 미래 전망과 의지를 드러낸 것이라 할 수 있다. 그러한 인식의 변화는

55) 미셸 푸코, 앞의 책, 55쪽.

변증법적 사유에 의해 형성된다.

나는 나의 祖國을 모른다/내게는 定界碑 세운 영토란 것이 없다/-그
것을 소원하지 않는다//나의 祖國은 내가 태어난 時間이고/나의 領土는
나의 雙頭馬車가 굴러갈/그 久遠한 時間이다//나의 雙頭馬車가 지나는
/우거진 풀 속에서/나는 푸르른 眞理의 놀라운 進化를 본다/山峽을 굽
어보면서 꼬불꼬불 넘는 嶺에서/줄줄이 뻗은 숨쉬는 思想을 만난다//
(중략)//明日의 새로운 地區가 나를 부르고/더욱 나는 그것을 믿길래/
나의 雙頭馬車는 쉴 새 없이 굴러간다/날마다 새로운 旅程을 探求한다
- 「雙頭馬車」 부분

꽃이랑 꺾어 가슴을 치레하고 우리 회파람이나 간간히 불어 보자요
훨훨 옷깃을 날리며 머리칼을 날리며 서로 헤어진 멀고먼 바닷가에서
우리 한번은 웃음지어 보자요//그러나 언덕길을 오르내리면서 항상 생
각하는 것은 친구의 얼굴들이 아니었습니다 갈바리의 산이요 우뢰 소리
와 함께 둘로 갈라지는 갈바리의 산//희망과 같은 그러한 것이 가슴에
싹트는 그러한 밤이면 무슨 짐승처럼 우는 뱃고동 들으며 바다로 보이지
않는 바다로 휘정휘정 내려가는 것이요
- 「항구에서」 부분

국제철교를 넘나드는 武裝列車가/너의 흐름을 타고 하늘을 깰듯 고동
이 높을 때/(중략)/네가 흘러온/흘러온 山峽에 무슨 자랑이 있었더냐/흘
러가는 바다에 무슨 榮光이 있으랴/이 은혜롭지 못한 꿈의 饗宴을/傳統
을 이어 남기려는가/江아/天痴의 江아
- 「天痴의 江아」 부분

시 「雙頭馬車」는 이용악의 시편 중에서 의지의 역동성이 가장 강하
게 드러난 작품이라 할 수 있다. '쌍두마차'는 '굴러감'이라는 운동성
을 통해 의지의 추동과 지속을 특별히 강조한 상징적 시어라 할 수

있다. 역동성의 의지는 "祖國을 모른다", "영토란 것이 없다"는 부정
적 단정을 통해 한층 강화된다. 조국과 영토를 부정하는 것은 물론
"그것을 소원하지 않는다"는 화자의 극단적 발언은 아나키즘적인 사
유의 발현처럼 보이지만 기실은 식민지 조국의 현실을 받아들일 수
없다는 자존적 인식의 소산이라 할 수 있다. 식민화된 조국의 비참을
받아들일 수 없다는 자존의 태도는 식민지라는 객관적 현실을 받아들
이지 않고 "내가 태어난 시간"을 새로운 조국으로, "나의 雙頭馬車가
굴러갈/그 久遠한 時間"을 실존의 새로운 '영토'로 재구성함으로써
"明日의 새로운 地區"라는 미래적 전망으로 나가겠다는 실존적 동력
을 보여주는 것이라 할 수 있다. 이러한 존재 전환의 계기가 "山峽을
굽어보면서 꼬불꼬불 넘는 嶺"에서 일어난다는 것은 상당히 중요한
의미를 지닌다. 산속 골짜기를 뜻하는 '산협'은 "뼉다구만 남은 마을"
(「도망하는 밤」)로 표상된 고향과 연계된다. 고향으로부터 '도망'가는
것은 도피를 의미하는 것이 아니라 "새로운 旅程을 탐구"하는 '사상(思
想)'의 모색이며, "眞理의 놀라운 進化"를 체험하려는 의지의 개진이
라 할 수 있다. 산협을 굽어보는 '영'은 피폐한 고향과 고향으로 표상
된 조국의 현실을 조망하고 성찰하는 장소로서 벌판으로 표상된 보정
의 헤테로토피아를 매개하는 통로의 역할을 한다. "환하게 열린 곳"(「
벌판을 가는 것」)으로서의 벌판이 고향의 과거를 새롭게 회복하려는 재
건의 의지를 투영한 보정의 헤테로토피아가 될 수 있는 것은 '통로'의
역할을 하는 장소들 때문이다.

이용악 시에 드러난 통로는 이곳과 저곳을 연결하는 지리적 의미도
함의하지만 사유의 전환을 매개하는 장소라는 점에 특별함을 지닌다.
이는 시인이 장소를 통해 변증법적 사유를 전개한다는 것을 의미한
다. 고향의 부정적 상황을 의식적으로 다시 부정함으로써 새로운 장

소를 모색하고자 하는 변증법적 사유는 이용악 시 전반을 관통하는 상상력의 틀로서 이는 통로를 매개로 발현된다. 따라서 그의 시에 드러난 통로의 이미지는 '흐름'과 '오르내림'과 '넘나듦'의 운동성을 띤다는 것이 특징이며 그러한 의식적 운동의 분기점이 한결같이 '영', '언덕길', '산' 등의 수직적 공간에서 시작된다는 것이 이용악 시 전반에 나타난 구조적 특징이다. 이러한 특징은 앞서 분석한「雙頭馬車」는 물론「항구에서」,「天痴의 江아」에도 그대로 드러난다. 시「항구에서」의 '언덕길'과 시「天痴의 江아」의 '산협'은 고향과 '바다'를 연결하는 통로의 장소로 기능한다. 장소적 연결의 양상은 "우뢰 소리와 함께 둘로 갈라지는 갈바리의 산"과 "흘러온 山峽에 무슨 자랑이 있었더냐"는 표현에서 보듯 고향에 대한 부정의식을 동반한다는 점에서 앞서 말한 변증법적 사유의 과정과 연계됨을 볼 수 있다. 고향에 대한 부정은 실존적 근원에 대한 부정이기에 당연히 심적 고통을 수반할 수밖에 없다. 그러한 심적 고통을 이용악은 예수가 십자가를 지고 오르던 골고다 언덕을 의미하는 '갈바리의 산'에 비유한다. 또한 고향에 함의된 '자랑'과 '향연'과 '전통'의 가치를 '천치'로 폄하해 비유한다. 고향의 현실에 대해 느끼는 심적 고통과 폄하의 감정은 새롭게 긍정될 미래의 고향을 위해 감내할 수밖에 없는 일종의 통과의례적 감정이라 할 수 있다.

통로와 관련된 장소들이 '부정'되어야할 고향과 '재건'되어야할 고향의 간극과 균열을 메우려는 변증법적 의지를 반영한 것이라면,「雙頭馬車」의 '쌍두마차',「항구에서」의 '뱃고동(배)',「天痴의 江아」의 '무장열차'라는 기계적 이미지들은 의지의 추동력을 구체화한 것들이다. '雙頭馬車', '뱃고동(배)', '武裝列車'는 현실의 고향과 미래의 고향을 연결하려는 의지적 힘의 표상이며 장소와 장소를 연결하는 '움직이는 장소'로서 기능한다. 움직이는 장소는 '움직이는 의지'를 의미한다. 그러한 의지가 도달할 장소는 '새로운 地區'(「雙頭馬車」), 항구와 인접한 '바닷가'(「항구에서」), 흘러가는 '바다'(「天痴의 江아」)로 표상된다. 열차가 도착할 '새로운 地區', 배가 정박할 '항구', 강물이 도달할 '바다'는 도착지라는 공통의 의미를 지닌다. 이러한 도착지는 고통과 좌절이 사라진 보정의 장소, 즉 화자의 의지에 의해 재건된 장소로서 "바람도 비도 눈보라도 지나가버린 벌판"(「벌판을 가는 것」)이 지닌 헤테로토피아적 의미와 상통한다. 푸코는 식민주의자가 식민지를 자신들의 통치 의도에 맞게 질서화하는 과정을 보정의 헤테로토피아의 예로 설명하면서 '배'라는 수단이 갖는 의미를 "상상력의 보고"이자 "전형적인 헤테로토피아"로 설명한다.[56] 푸코의 설명은 움직이는 장소로서의 '배'가 현실에 구획된 유토피아, 즉 보정의 헤테로토피아를 가능케 하는 의식(상상력)의 보고라는 점을 강조한 것이라 할 수 있다. 그러한 설명에 근거한다면, 이용악은 '雙頭馬車', '배', '武裝列車'라는 기계적 이미지를 의식의 추동력으로 삼아 상실된 고향의 장소성을 보정하고 복원하는 헤테로토이아적 의지를 자신의 시에 투영한 것으로 판단할 수 있다.

　이용악은 고향을 훼손되지 않는 과거의 고향, 훼손된 현실의 고향, 재건될 고향이라는 세 층위로 인식한다. 훼손되지 않은 과거의 고향은 시 「葡萄園」에 서정적이고 감각적인 환상의 헤테로토피아로 드러난다. 그러한 장소들은 "오래오래 옛말처럼 살고 싶었지"(「두메산골(1)」, "아이도 어른도/버섯을 만지며 히히 웃는다"(「두메산골(2)」)처럼 평화로운 안식처로 표현된다. 이와 달리 훼손된 현실의 고향은 그의 시 전반

---

56) 위의 책, 57~68쪽, 참조 및 인용.

에 부정적 시어로 묘사되는데 대표적으로 "비둘기의 團欒은 질식한지 오래"(「도망하는 밤」)라는 표현을 꼽을 수 있다. 이용악은 '질식'한 현실의 고향을 부정하면서 '다른 시간과 공간에서 다른 방식'으로 '불발된 꿈'을 재건하려는 성찰적 노스탤지어를 드러낸다. 이용악의 성찰적 노스탤지어는 현실의 고향을 부정하고 미래의 고향을 재건하려는 변증법적 사유를 통해 전개된다는 특징을 지닌다. '언덕길', '다리', '영', '철교', '항구' 등의 매개적 장소를 통해 '벌판'과 '바다'에 다다르려는 그의 의지는 '雙頭馬車', '배', '武裝列車'라는 기계적 이미지의 역동성으로 표현된다. 이러한 기계적 이미지는 '움직이는 장소'라는 특징을 갖는데, 이는 미래의 비전을 통해 현실의 부정적 상황을 극복함으로써 과거의 고향, 즉 훼손되지 않은 고향을 현실화하려는 헤테로토피아적 의지를 드러낸 것이라 할 수 있다. 따라서 그의 시적 지향은 '포도원'이라는 장소로 대표되는 환상의 헤테로토피아와 '벌판'이라는 장소로 대표되는 보정의 헤테로토피아를 과거와 미래의 두 축으로 삼아 둘 사이의 간극을 성찰하여 새로운 시대와 삶을 개진하려는 '성찰적 노스탤지어'로 요약·함축할 수 있다.

5. 맺음말

노스탤지어는 막연한 '동경'이나 멜랑콜리의 수동적 정서로 정의될 개념이 아니라 실존의 근원감정, 즉 '회귀'와 '고통'에 내재된 상실의 정념을 극복하려는 능동적 의지로 해석되어야 한다. 노스탤지어에 함의된 유토피아적 성격은 주체의 의식지향에 의해 과거에 대한 회고와 미래에 대한 성찰의 두 유형으로 분기된다. 전자는 회귀의 근원(대지, 고향)을 '회고'함으로써 실존의 뿌리를 강화하고, 후자는 장소상실의 현실을 '성찰'함으로써 '쾌'의 장소를 현재화하려는 실천적 사유로 드러난다. 이 두 유형의 노스탤지어는 유토피아에 대한 막연한 '동경'보다는 의식적 '실현'을 전제한다는 점에서 유토피아를 현실에 실현하려는 '헤테로토피아적 사유'와 상통한다는 것이 이 글의 핵심적 전제다. 이러한 전제를 바탕으로 백석과 이용악의 시에 나타난 '고향'의 장소적 의미를 회복적(restorative) 노스탤지어와 성찰적(reflective) 노스탤지어의 특성에 근거해 분석하면서 각각의 의미가 어떻게 헤테로토피아적 사유로 드러나는지 밝힌 것이 이 글의 내용이며, 그 결과를 요약하면 다음과 같다.

백석 시에 나타난 회복적 노스탤지어는 과거가 '하나의 총체적 완성체'로 복원될 수 있다는 지속적 신념에 근거한다. 그러한 신념이 '신성과 영원성의 헤테로토피아'와 '축제의 헤테로토피아'로 드러난다는 것을 시「목구」,「여우난골족」,「가즈랑집」의 분석을 통해 밝혔다. 「목구」는 과거를 영속화하여 현재에 누적하려는 영원성의 헤테로토피아를 조상과 후손들의 화목과 결속을 기원하는 '조상숭배'의 의례로 드러내고 있으며,「여우난골족」은 시간을 축적하는 영원성의 헤테로토피아와 일상의 시간 속에 한시적으로 배치되는 축제의 헤테로토피아를 제사와 명절을 통해 드러내고 있으며,「가즈랑집」은 신성의 헤테로토피아를 '藥物'과 '음식'의 치유의 모티브를 통해 드러낸 예이다.

백석 시에 나타난 '고향'과 '집'의 장소적 의미는 고향을 '총체적 완성체'로 구현하려는 회복적 노스탤지어를 반영한다. 백석 시에 나타난 고향은 '신화적 구성체'로 상정되고 있으며, 고향에 포진된 장소들은 신성과 치유의 기능을 수행하는 것으로 드러난다. 신성과 치유의 기능은 '산(신성의 장소) ⇆ 무당집(매개의 장소) ⇆ 마을(공동체의 장소) ⇆ 집(생활의 장소) ⇆ 부엌(신성의 장소)'으로 오가는 장소성의 교류를 통해 발휘된다. 그러한 신성과 치유의 교류는 '산'에서 '부엌'으로 흘러가는 세속화의 과정과 '부엌'에서 '산'으로 봉헌되는 신성화의 과정이 맞물리는 총체성의 상태로 드러나고 있으며, 백석 시의 주요 테마인 '음식'과 '냄새', '제사'와 '명절'의 의미와 긴밀한 관계를 형성한다. '산'(자연)의 신성함이 흘러내려 응축된 '부엌'의 장소성은 "배꼽처럼 세계의 한 가운데 있는 중심적인 공간"으로 인류 보편의 삶에 내재한 '신성과 영원성의 헤테로토피아'이자 실존의 삶에 자양을 공급하여 삶을 충일하게 만드는 '축제의 헤테로토피아'로서 백석 시의 주요한 시적 모티브라 할 수 있다. 백석 시에 나타난 회복적 노스탤지어의 장소는 실존의 경험과 감각이 통합된 세계, 즉 후각화된 헤테로토피아로서의 '부엌'을 중심으로 펼쳐진다.

이용악 시에 나타난 성찰적 노스탤지어는 고향의 총체성이 지속될 수 없다는 단절적 인식을 전제로 "다른 시간과 공간에서 다른 방식으로 과거의 불발된 꿈을 새롭게 회복"하려는 의지로 표현된다. 그러한 의지가 환상의 헤테로토피아와 보정의 헤테로토피아로 드러난다는 것을 시「葡萄園」,「벌판을 가는 것」,「雙頭馬車」,「항구에서」,「天痴의 江아」 등의 분석을 통해 밝혔다. 이용악의 시편에 나타난 '고향'의 시적 맥락은 상실된 고향에 대한 '서정적 환상'과 새로운 고향에 대한 '건설적 의지'라는 두 측면으로 발현된다. 전자는 '포도원', '오솔길', '두메산골', '우물가' 등 내밀하고 감각적이고 환상적인 장소로 드러나며 후자의 장소는 '벌판', '항구', '영' 등 광활하고 의지적이고 현실적인 장소로 드러난다. 이러한 두 장소의 맥락적 의미는 부정적인 현실의 공간을 환상적인 것으로 만들어내려는 환상의 헤테로토피아와 현실의 공간을 완벽하고 주도면밀한 장소로 새롭게 재배치하려는 보정의 헤테로토피아로 드러난다. 이 두 장소는 대립과 단절의 관계를 형성하는 것이 아니라 통로와 관계된 장소를 통해 상호보완의 변증법적 관계로 드러난다는 것이 이용악 시의 전반적 특징이다.

이용악 시에 드러난 통로의 이미지는 '흐름'과 '오르내림'과 '넘나듦'의 '운동성'을 띤 의지적 표상으로 드러난다. 통로를 통해 고향의 부정성이 제거된 새로운 장소로서의 '벌판'과 '바다'에 다다르려는 그의 의지는 '雙頭馬車', '배', '武裝列車'라는 기계적 이미지로 표현된다. 그러한 기계적 이미지는 '움직이는 장소'라는 특징을 갖는다. 이는 미래의 비전을 통해 현실의 부정적 상황을 극복함으로써 과거의 고향, 즉 훼손되지 않은 고향을 현실화하려는 능동적 의지를 드러낸 것이다. 따라서 그의 시적 지향은 '포도원'이라는 장소로 대표되는 환상의 헤테로토피아와 '벌판'이라는 장소로 대표되는 보정의 헤테로토피아를 각각 과거와 미래의 축으로 삼아 둘 사이의 간극을 성찰하여 새로운 시대와 삶을 개진하려는 성찰적 노스탤지어로 요약할 수 있다.

게니우스와 헤테로토피아의 장소경험

— 박용래 시의 경우

1. 서론

장소란 무엇인가? 이 물음은 지극히 간단해 보이면서도 복잡한 의미를 내포한다. 제프 말파스(Jeff Malpas)는 '장소'가 너무 친숙하고 일상적인 용어라서 "이론적인 콘텍스트"로 옮겨 개념화할 때 문제가 발생할 소지가 크다고 언급하면서 그러한 문제가 발생하는 원인이 '장소'라는 용어가 가지는 "의미의 폭과 복잡성"에 있다고 설명한다.[1] 그가 제시한 "의미의 폭과 복잡성"이라는 문제는 공간과 장소라는 두 개념이 맺는 상호관계의 모호성을 지적한 것이다. 공간과 장소는 사회적 상황과 심리적 맥락에 따라 동일시되기도 하고 차별화되기도 한다. 그래서 각각의 개념을 명확히 정의하기 어렵다.

19세기 이전 서구 철학의 주된 흐름은 공간보다는 시간을 사유하는 것이었다. 공간을 사유하더라도 장소가 갖는 '실존적 경험'의 강도(剛度)를 희석하거나 배제함으로써 공간 개념을 추상화·절대화해왔다. 그러한 사변적 경향이 장소의 개념을 정립하는데 혼란 내지는 모호성을 초래했다.[2] 이러한 양상은 공간과 장소의 개념 정립과 상호관계를

---

1) 제프 말파스, 김지혜 역, 『장소와 경험』, 에코리브르, 2014, 35쪽, 인용 및 참조.
2) 제프 말파스는 『장소와 경험』의 서두에 "바슐라르의 『공간의 시학』은 실제로 장소

확정하려는 노력에 일종의 난제(難題, aporia)로 작용한다. 말파스는
장소의 '개념'이 중요한 것이 아니라 "어떤 장소나 로컬리티 개념에도
근거할 필요가 없는 어떤 감응"으로서의 '감정적 반응'이 중요하다는
점을 강조함으로써 이 난제를 해결하고자 했다.[3] '감응'으로서의 장
소경험이 장소 개념을 구성하는 핵심 요인이라는 게 그의 주장인데,
이는 문학 텍스트에 반영된 장소의 미적 특질을 분석·규명하는 작업
에 중요한 단서를 제공한다.

　본 논의는 '어떤 감응'으로서의 장소경험이 어떻게 미학적 정서로
발현되어 인간 실존을 표상하는가에 관한 문제를 박용래 시에 나타난
장소경험을 토대로 살펴보고자 한다. 말파스가 장소경험의 정서적 양
태를 '어떤'이라는 관용어로 수식한 것은 장소가 유발하는 정념의 폭
이 합리적 판단의 기준을 넘어서는 복합적 정서라는 점을 강조한 것
으로 이해된다. 그의 주장을 확장해보면, 객관적 '지리'로서의 장소와
주관적 '정념'으로서의 장소경험이 결합한 '장소감'의 실체는 합리적
이면서도 비합리적인 인식의 누적으로 형성된 '중층(中層)의 감정'이
라고 해석할 수 있다.

　말파스는 "장소가 주관성 위에 확립되는 것이 아니라 주관성이 장
소 위에서 확립되는 것"[4]이라는 진술을 통해 경험이 장소를 확립하는
게 아니라 장소가 경험을 구축한다는 견해를 피력하는데 이는 객관이
주관을 규정한다는 유물론적인 결정론에 입각한 것으로 볼 수 있다.
이러한 결정론은 장소경험의 누적효과, 특히 비합리적 경험이 실존

　에 관한 책일까? 아니면 공간에 관한 책일까?"라는 물음은 제기한다. 이 물음은 '공간'
　과 '장소'의 개념적 중첩과 그로 인한 인식의 혼란 양상을 지적한 것이라 할 수 있다.
　위의 책, 33~34쪽.
3) 위의 책, 44쪽 인용 및 참조.
4) 위의 책, 49쪽.

에 부여하는 정서적 영향을 부차적인 산물로 간주함으로써 애초에 강조했던 '어떤 감정'의 실존적 폭을 지리적 효과로 협애화시키는 자가당착에 빠지게 한다. 이러한 문제를 보완하기 위해 필자는 장소(객관)와 실존(주관)이 상호교섭하면서 누적시킨 '중층의 감정'이 장소경험, 특히 유년의 유토피아적 장소경험의 주요 동인으로 작용한다는 점을 '게니우스(genius)'와 '헤테로토피아(heterotopia)'의 개념을 통해 설명하고자 한다.

라틴어에서 유래한 게니우스는 "어떤 사람이 태어난 순간 그의 수호자가 되는 신"[5]을 지칭한다. 게니우스와 장소가 결합하면서 장소의 수호신 또는 장소의 분위기를 뜻하는 '地靈(genius loci)'[6]이 파생되었으며 나아가 18세기에는 예술가에게 창조적 정신을 불어 넣은 '혼(Geist)'의 개념으로 확장되면서 '천재'라는 개념으로 자리 잡았다.[7] 게니우스가 인간 실존과 장소 그리고 예술의 영역에서 보호의 정령, 즉 합리적 이성으로 설명할 수 없는 '비합리적 힘'의 실체로 기능한다는 믿음은 동서양 문화에 보편적으로 나타난다.[8] 이러한 사례는 게니우스가 장소경험의 한 축을 형성하는 토대가 될 수 있음을 시사한다. 게니우스가 장소경험의 신비적 인식과 연동된 것이라면 헤테로토피아는 모든 사회의 구성원들이 지향하는 유토피아적 장소경험의 동경

---

5) 조르조 아감벤, 『세속화 예찬』, 김상운 옮김, 난장, 2010, 9쪽.

6) 다나카 준, 『도시의 시학』, 나승희·박수경 옮김, 심산, 2019, 117쪽.

7) 안성권, 「프리드리히 쉴러의 시에 묘사된 죽음의 형상과 관념」, 『독어교육』 30, 한국독어독문학교육학회, 2004.09, 342쪽 인용 및 참조.

8) 비인격적 힘으로서의 '지령'이 인간 삶에 끼치는 영향을 서술한 대표적 저서가 이중환의 『택리지』다. 『택리지』의 핵심 사상은 인재란 땅의 영기로 태어난다는 '인걸지령론(人傑地靈論)'이다. "땅에 생생한 빛과 길한 기운이 없으면 인재가 나지 않는다."라는 믿음은 지금까지도 우리의 일상과 문화에 영향을 끼치고 있다. 이중환, 『택리지』, 이익성 옮김, 을유문화사, 1993, 137쪽.

을 현실의 차원으로 전치(轉置)한 합리적 인식과 연동된 것이라 할 수 있다. 게니우스의 신비적 장소경험과 헤테로토피아의 합리적 장소경험이 상호 교섭하면서 장소애착과 장소혐오라는 정념을 산출한다는 것이 이 글의 주장이며, 이에 대한 구체적 논거는 본문에 자세히 설명하고자 한다.

박용래 시에 관한 연구는 대체로 시어와 이미지, 상징 등의 미적 특질과 구조를 통해 시인의 상상력과 정념을 밝힌 연구들[9]이 중심을 이루고 있으며 최근에는 공간과 장소에 관한 연구[10]가 활발히 진행되고 있다. 이러한 연구들의 귀결은 '자연 친화적 서정', '향토적 서정', '눈물의 시인'이라는 주제에서 크게 벗어나지 않는다. 이 글은 박용래 시의 장소성에 관한 최근의 연구 성과를 바탕으로 그의 시가 지향하는 실존의식과 서정성의 본령이 게니우스와 헤테로토피아의 장소경험과 밀접한 관련이 있다는 점을 밝히고자 한다. 장소가 존재를 결정한다는 명제는 대개의 장소론이 내세우는 공통의 입론이라 할 수 있으며 그 배경에는 "장소는 공간과는 달리 그 안에서 사람들의 활동이

---

9) 박용래 시의 최근 연구 동향은 다음과 같다. 고형진, 「박용래 시의 형식미학」, 『현대문학이론연구』 13권 0호, 현대문학이론학회, 2000.06; 박형준, 「박용래 시의 전원의 의미와 물의 상상력」, 『한국현대문학연구』 제40집, 2013.08; 송현지, 「시행 분절과 이미지의 상관관계 연구-박용래의 시를 중심으로」, 『현대문학이론연구』, 제80권 0호, 현대문학이론학회, 2020.03; 윤선영, 「박용래 시의 청각 이미지 연구-은유와 환유를 중심으로」, 『국제어문』 제79권 0호, 국제어문학회, 2018.12; 김낙현, 「박용래 시의 자연물과 시세계의 원천」, 『한국문학이론과 비평』 87권 0호, 한국문학이론과 비평학회, 2020.05; 신익선, 「박용래 시에 나타난 울음의 변용 양상 고찰」, 『현대문학이론연구』 제84호, 현대문학이론학회, 2021.

10) 박용래 시의 장소성에 관한 주목할 만한 최근 연구는 다음과 같다. 한상철, 「박용래 시의 장소 표상과 로컬리티-집, 고향, 마을 표상을 중심으로」, 『비평문학』 제58호, 한국비평문학회, 2015.12; 정유화, 「박용래 시의 공간적 이미지와 애호 공간」, 『문예운동』, 문예운동사, 2018.11; 간호배, 「박용래 시에 나타난 토포필리아」, 『한국근대문학연구』 제20권 제1호(통권 제39호), 한국근대문학회, 2019.04.

이루어지지 않으면 성립하지 않는다."라는 전제가 함의되어 있다.[11] 장소가 존재를 결정한다는 철학적 명제를 시의 영역에 확장해 적용하면, 다시 말해 시를 존재론적 장소로 가정할 때 시의 향방을 결정하는 요인은 시인의 장소경험과 연관될 수밖에 없을 것이다. 즉 장소경험의 두 축에서 발원한 '장소애착'과 '장소혐오'의 정념이 시어의 서정성을 분기하는 요인이며, 그 분기의 근원으로 작동하는 경험의 축이 '게니우스'와 '헤테로토피아'와 연관된다는 점을 박용래 시에 나타난 장소와 실존의 관련 양상을 통해 설명해 보고자 하는 시도가 본 논의의 내용이다.

2. 장소경험: 게니우스와 헤테로토피아

경관(景觀)과 외관(外觀)의 변화에도 불구하고 한 장소의 정체성이 지속·유지되는 근본적 이유를 "어떤 내적인 숨겨진 힘, 즉 '내재하는 신(神)'"의 영향 때문이라고 설명하는 신비주의적 관점은 설득력이 있든 없든 간에 장소 개념을 정의하는데 결코 부인할 수 없는 요인을 지니고 있다.[12] 장소에 보이지 않는 신비한 힘이 작용한다는 '믿음'은 동서양 문화에 보편적으로 나타나는 현상이며 각각의 문화마다 '지령(地靈)'의 형태로 발현되면서 공동체의 유대와 구성원의 삶에 영향을 미친다. 에드워드 렐프(Edward Relph)는 그러한 공통의 맥락에 기반해 세계란 "장소의 혼"으로 가득 찬 곳이며, 장소와 인간의 참된 유대는 "물리적"이라기보다는 "정신적"이라고 주장한다.[13] 그의 견해에 따르

---

11) 김성환 외, 『장소 철학Ⅰ: 장소의 발견』, 서광사, 2020, 5~6쪽 인용 및 참조.
12) 에드워드 렐프, 『장소와 장소상실』, 김덕현·김현주 옮김, 논형, 2005, 81쪽 인용 및 참조.

면 급격한 산업화로 고향의 외관이 변형·상실되어도 현대인의 의식에 고향에 대한 근원의 정서가 지속·유지되는 이유는 바로 장소에 '내재하는 힘' 때문이라고 이해할 수 있다. 이는 장소에 대한 최초의 경험이 장소에 내재한 어떤 힘의 작용과 관련이 있음을 시사한다.

장소는 실존의 '운명'이면서 공동체와 개인의 삶이 영위되는 '연대'의 터전이라 할 수 있다. 운명으로서의 장소는 개인의 선택과 무관하다. 이 경우의 장소경험은 탄생의 사건과 비인격적인 힘에 대한 공동체의 의례(儀禮)와 관련된다. 불완전하고 나약한 존재로 자연−세계에 던져진 생명체에게 필요한 제일의 조건은 안전과 생명을 유지하는 것이다. 신생아들의 안녕을 위해 부모와 공동체 성원들은 축복의 의식(儀式)을 치르는데, 그 대표적 예가 '생일'을 기념하는 것이다. 신생아를 보호하는 '정령(精靈)'을 상정하고 그 정령을 장소화해 부여하는 과정은 장소와 탄생, 개인과 공동체, 운명과 자유 등의 관계가 어떤 맥락에서 형성되었는지를 이해하는데 중요한 단서를 제공한다. '게니우스'의 개념은 그러한 단서의 최초 맥락을 잘 포착해 보여준다.

> 게니우스[라는 단어]에 내포된 인간의 개념을 이해한다는 것은 인간이 '자아'이자 개인적 의식일 뿐만 아니라 태어나서 죽을 때까지 비인격적·전개체적preindividuale 요소가 늘 함께한다는 것을 이해한다는 뜻이다. 그러므로 인간은 두 개의 국면으로 이뤄진 하나의 존재이다. 즉, 아직은 개체화되지 않아 활성화되지 않은 부분과 운명이나 개인적 경험을 흔적으로 간직한 또 다른 부분 사이의 복잡한 변증법이 낳은 결과가 바로 인간이라는 존재이다.…(중략)…그것은 여전히 우리 속에 현존하며, 여전히 우리와 함께 있고, 우리 근처에 있으며, 좋든 나쁘든 우리에게서 떼어낼 수 없다.…(중략)…우리와 아주 가까운 곳에 있을 때 우리는

---

13) 위의 책, 149쪽.

게니우스를 일종의 떨림으로서 느낀다는 것을 의미한다. …(중략)…이 때
문에 생일은 과거의 어느 날에 대한 기념일 수 없으며, 모든 참된 축일祝
日이 그렇듯이 시간의 폐지여야 한다. 즉, 게니우스의 현현(顯現)이자
현전이어야 한다.[14)]

위 인용문의 핵심은 '비인격적·전개체적 요소', 즉 게니우스가 인
간의 삶 전반에 끊임없이 영향을 미친다는 것이다. 인간 존재란 개체
화된 것과 개체화되지 않은 것, 의식된 것과 의식되지 않은 것, 경험
된 것과 경험되지 않은 것이 변증법적으로 결합한 결과라는 조르조
아감벤(Giorgio Agamben)의 주장은 일견 기계론적 조합 내지는 절충적
인식으로 보일 수 있다. 그러나 그가 강조하는 내용은 게니우스가 실
존에 끼치는 현실적 영향력을 설명하려는 데에 초점이 맞춰져 있기에
기계론적이라고 일축하기는 어렵다. 아감벤은 게니우스의 영향력을
'떨림'이라는 말로 표현한다. 우리에게 떨림으로 느껴지는 게니우스
는 태어남의 축복과 살아감의 불안이라는 실존 정념과 밀착된 것이라
할 수 있다. 죽음의 불안을 소거하는 '시간의 폐지'가 진정한 '축일'이
자 게니우스의 '현현'이라는 아감벤의 설명은 유토피아의 출현이 게니
우스와 밀접한 관련이 있음을 시사한다. 탄생은 게니우스와의 결합이
자 장소와의 결합을 의미한다. 이 결합은 실존의 선택이 아니라 운명
이다. 비인격적인 게니우스와의 마주침이란 "비의식(non-conoscenza)
의 지대"와 영구적인 관계를 맺으며 "낯선 존재와 내밀한 관계"[15)]를
형성한다는 뜻이다. 이러한 관계 맺음에서 강조되는 장소 개념이 "자
기 은신처의 수호신(地靈, genius loci)"[16)]이다. 지령의 존재와 영향력

---

14) 조르조 아감벤, 앞의 책, 12~13쪽.
15) 위의 책, 14쪽.

은 의식적으로 파악될 수 없지만 한 개인의 탄생부터 죽음의 순간까
지 내밀한 영향력을 미친다. '떨림'은 지령이 실존의 정념에 미치는
내밀한 영향력의 발현이다. 떨림은 자신을 보호해주는 존재에 대한
'고마움'의 표현이면서 자신을 초과하는 능력자에 대한 '두려움'의 표
현이다. 보호자라는 친숙함과 초과자라 두려움의 공존으로 인해 사람
들은 게니우스를 받아들이면서도 멀리하는 이중의 태도를 보인다. 아
감벤은 이를 "게니우스의 역설"17)이라고 설명한다.

  아감벤은 게니우스의 역설이 시작되는 지점을 '개체화'에서 찾는
다. 한 개인이 개체화된다는 것은 공동체의 시스템에 편입된다는 것
을 의미한다. 개체화의 과정은 게니우스의 영향력으로부터 멀어짐으
로써 자연, 경관, 장소 등과 맺었던 원초적 유대감이 희석화되는 단계
라 할 수 있다. 그 결과 경탄과 즐거움을 자아냈던 유년의 장소에 불
안과 구속(拘束)의 정념이 투영되고 이로써 '자기 은신처의 수호신'이
라는 유토피아적 장소에 균열이 나타난다는 것이 아감벤의 주장이
다.18) 여기에서 주목할 점은 '자기 은신처의 수호신'과 맺는 유년의

---

16) 위의 책, 19쪽.

17) 게니우스의 역설은 생태윤리의 근간이라 할 수 있다. 자연을 초과자로 인식하지
   않는 생태윤리는 자연을 사랑해야 한다는 단순 논리에 입각한 피상적 '자연보호'의
   수준을 넘어설 수 없다. 장소에 대한 태도도 마찬가지다. 인간이 장소를 규정한다는
   인식은 자연 파괴의 원인이 된다. 에드워드 렐프가 주장한 '장소상실'은 장소에 '혼'이
   존재한다는 사실을 망각한 결과라는 것을 의미한다. 박용래의 시에 나타난 생태윤리
   와 장소윤리는 자연과 장소에 실존을 초과하는 어떤 힘이 존재한다는 것을 인정하는
   태도로 드러난다. '우러러보다', '듣다' 등의 시어에 나타난 '겸손'의 자세가 그 대표적
   예라 할 수 있다.

18) 이 과정을 아감벤은 다음과 같이 적시한다. "시간이 흐름에 따라 게니우스는 둘로
   나뉘고 윤리적 색채를 띠게 된다. 모든 사람 안에는 두 개의 영(daimon/靈)이 존재한
   다는 그리스적 주제에 영향받은 듯한 사료들은 좋은 게니우스와 나쁜 게니우스, 하얀
   (albus) 게니우스와 검은(ater) 게니우스에 관해 말한다. 전자는 우리를 선으로 향하
   게끔 밀고 구슬리지만, 후자는 우리를 타락시키며 악으로 향하게끔 한다. …(중략)…

장소경험이 유토피아의 근원으로 작용한다는 점이다. 어린아이들은 모든 장소를 현실의 유토피아로 만들어낸다. 아감벤은 은신처에 숨어 몸을 웅크리는 어린아이들의 행위는 "그 무엇에도 비교할 수 없을 정도로 즐겁고 특별한 짜릿함"[19]을 준다고 설명한다. 이는 미셸 푸코(Michel Foucault)가 언급한 '반(反)공간'으로서의 헤테로토피아와 밀접한 연관성을 보인다.

푸코는 아이들이 현실의 장소를 자신들만의 유토피아로 만드는 방법을 "완벽히" 알고 있다고 강조한다. 아이들은 부모의 침대에서 대양을 발견하고 거기서 헤엄을 칠 수도 있으며, 다시 그 침대를 하늘로 만들어 날아오르기도 하다가, 이불을 뒤집어쓰고 숲의 유령이 되기도 한다. 이러한 놀이는 현실의 공간을 "반(反)공간", 즉 위치를 지니는 유토피아들로서의 헤테로토피아를 만들어내는 방법이다. 이러한 놀이가 '쾌락'이 되는 이유는 부모가 돌아오면 이내 "발견"되어 혼날 것이기 때문이라는 게 푸코의 주장이다.[20] 그의 설명은 아감벤의 자기 은신처의 수호신이라는 의미 구조와 상당 부분 일치하는 것이라 할 수 있다. 은신처로 '숨는' 행위의 '짜릿함'은 반공간을 만들어내는 놀이의 '쾌락'과 같은 맥락을 형성하는 것으로 이해할 수 있다.

은신처로 숨거나, 현실의 장소를 놀이 공간으로 재점유(再占有)[21]하

잘 살펴보면 바뀌는 것은 게니우스가 아니라 우리가 게니우스와 맺는 관계, 즉 밝고 명료한 관계에서 그늘지고 불명료하게 바뀌는 관계이다." 위의 책 20쪽.

19) 위의 책, 18쪽.

20) 미셸 푸코, 『헤테로토피아』, 이상길 역, 문학과지성사, 2014, 13~14쪽 인용 및 참조.

21) 필자는 「신경림의 시집 『農舞』에 나타난 헤테로토피아적 세계」에 놀이를 통해 어른들의 장소를 재점유(再占有)함으로써 현실의 장소를 헤테로토피아적 장소로 만들어내는 아이들이 장소점유 방식에 대해 언급했다. 자세한 내용은 해당 논문 참조 바람. 엄경희, 「신경림의 시집 『農舞』에 나타난 헤테로토피아적 세계」, 『한국시학연구』

는 어린아이들의 장소경험이 '짜릿함'과 '쾌락'의 감각을 준다는 두 사람의 입장은 장소에 내포된 유토피아적 경험의 정서가 무엇인지를 보여준다. 짜릿함과 쾌락은 장소에 숨어들고 안기는 행위로 인해 고조되는데, 이는 장소와 몸의 비밀스러운 관계로 가능해지는 원초적 경험(감각)[22]이라 할 수 있다. 아감벤과 푸코는 장소와 몸의 일체감이 주는 희열과 안락이 실존의 삶을 풍요롭게 해주고 나아가 삶에 내재한 고통(죽음)을 정화하는 유토피아의 근간이라는 점에 동일한 견해를 보인다. 그러나 접근 방법에 있어서는 차이를 보인다. 아감벤이 게니우스의 장소적 영향력, 즉 지령의 존재와 그것의 수용 여부로 장소경험의 윤리적 의미를 모색한다면, 푸코는 몸 그 자체의 고유성에 천착해 장소경험의 실존적 의미를 탐색한다.

영혼, 무덤, 정령과 요정이 내 몸을 약탈해서 순식간에 사라지게 했다. 그것들은 몸의 무거움과 추함을 날려버리고, 내게 눈부시고 영원히 지속되는 몸을 돌려주었다. 그런데 사실대로 말하자면, 내 몸은 그렇게 쉽게 돌려지지 않을 것이다. 내 몸은 자기만의 고유한 환상성의 원천을 가지고 있다. 내 몸 역시 장소 없는 장소들을, 영혼, 무덤, 마법사의 주문 呪文보다 더 심오하고 고집스런 장소들을 가지고 있다. 그것은 자기만의 지하실과 다락방, 어두운 거실과 빛나는 바닷가를 가지고 있다. 예를 들면, 내 머리. 내 머리는 얼마나 이상한 동굴인가. 그것은 두 개의 창, 두 개의 출구를 통해 바깥 세상으로 열려있다. 내가 이것을 확신하는 것은 거울 속에서 그것들을 보기 때문이다.[23]

제60호, 한국시학회, 2020.02.

22) 에드워드 렐프는 움직임과 감각을 통해 장소에 대한 원초적 경험을 쌓아가는 아이들의 "무의식적" 장소 경험을 "개별적인 경험으로만 볼 것이 아니라 모든 문화 집단들에 해당하는 기본적인 공간적 맥락의 일부"로 이해해야 한다고 주장한다. 에드워드 렐프, 『장소와 장소상실』, 김덕현·김현주·심승희 옮김, 논형, 2005, 40~41쪽 인용 및 참조.

푸코는 '영혼', '정령', '요정' 등과 같은 비인격적 힘들이 몸과 장소에 작용해 '장소 없는 장소'와 '몸 없는 몸'이라는 지속적이고 환상적인 유토피아를 만들어낸다는 사실을 인정한다. 그러나 몸은 비인격적 힘에 의지하지 않고 '자기만의 고유한 환상성의 원천'을 지닌다고 역설한다. 아감벤이 몸과 장소를 이원화한다면, 푸코는 몸과 장소를 일원화한다. 장소의 신성한 '힘'에 몸을 깃들이게 하고 스미게 하는 수동적 행동이 아감벤이 말한 자기 은신처의 유토피아라면, 몸 그 자체를 장소로 삼아 몸속으로 들어가는 능동적 행동이 푸코가 말하는 몸의 유토피아라 할 수 있다.[24] 전자의 주장이 신화적이고 환상적이라면, 후자는 실존적이고 현실적이다. 이는 본질적 차이라기보다 접근법의 차이, 즉 유토피아가 외부적 환상인가 아니면 내부적 현실인가의 문제와 연동된다.

두 사람은 장소경험으로서의 유토피아를 '자기 은신처의 수호신'과 '반(反)공간'으로 설명하고 그러한 경험의 주체와 방식으로 어린아이의 놀이에 주목한다. 이러한 유토피아적 장소경험은 개별적 차원을 넘어 보편적 문화 현상으로 자리매김한다는 점에서 장소 분석의 토대가 될 수 있다. 게니우스의 상실과 원초적 몸의 상실은 어린아이가 어른으로 성장하는 과정, 즉 개체화와 사회화를 거치며 장소의 분화(分化)를 낳는다. 아감벤이 말하는 장소분화는 '나쁜 게니우스'와 '좋

---

23) 미셸 푸코, 앞의 책, 31쪽.

24) 미셸 푸코는 몸 그 자체가 유토피아의 원초적 장소라는 점을 다음과 같이 언급한다. "내 몸, 그것은 나에게 강요된, 어찌할 수 없는 장소다. 결국 나는 우리가 이 장소에 맞서고, 이 장소를 잊게 만들기 위해 그 모든 유토피아들을 탄생시켰다고 생각한다. …(중략)… 원초적인 유토피아, 인간의 마음 속 가장 깊숙이 자리 잡고 있는 유토피아, 그것은 바로 형체 없는 몸의 유토피아일 것이다. …(중략)… 앞서 나는 유토피아가 몸을 거역하고 몸을 지우기 위해 마련된 것이라고 말했는데, 그것은 잘못이었다. 유토피아는 몸 자체에서 태어났고 아마도 그러고 나서 몸을 배반한 것이다. 어쨌든 확실한 것은 인간의 몸이 모든 유토피아의 주연 배우라는 것이다." 미셸 푸코, 위의 책, 28~33쪽.

은 게니우스'라는 윤리적 상태로 드러나고, 푸코의 경우에는 '권력공간'과 '대항공간'이라는 현실적 대립으로 나타난다. 장소분화에 대한 두 사람의 차이는 현실 인식의 차이를 반영한 것이지만[25] 그 근저에는 유토피아적 장소를 회복하려는 공통의 전제 담겨 있다.

'은신처'와 '반공간'의 장소경험에 대한 두 사람의 주장을 상세히 거론한 이유는 장소라는 용어가 지닌 복잡성과 모호성 때문이다. 장소의 개념은 경험에 의해 규정될 수밖에 없다. 장소라는 용어 안에는 이미 실존과 경험이라는 상수(常數)가 내포되어 있다. 그 사실을 간과하면 장소는 추상적 공간의 하위 변수(變數) 내지는 공간의 부분적 속성으로 취급되어 생동감을 상실한다. 아감벤의 은신처와 푸코의 반공간은 분리된 별개의 개념이 아니라 동전의 앞뒷면처럼 상호관계를 이루며 현실에서 작용하는 유토피아적 장소경험의 두 축이라 할 수 있다.

은신처와 반공간의 장소경험은 삶과 죽음, 자유와 억압, 불안과 안전 등의 대립을 중화(中和)하는 역할[26]을 하며 "영원히 미성숙하고 무한히 청춘인 어떤 부분, 개체화의 문턱에서마다 머뭇거리는 어떤 부분"[27]으로 우리 내부에 현전하고 "모든 인간 집단의 변하지 않는 상수"[28]로 기능한다. 따라서 주체의 내부에서 개체화에 대항하며 청춘

---

25) 아감벤이 "'지금'[현재]은 고갈되고 중지된 시간이며, 우리가 게니우스에 관해 잊기 시작한 갑작스러운 어슴푸레함 penumbra"(조르조 아감벤, 앞의 책, 25쪽.)이라는 불투명성으로 현실을 인식한다면, 푸코는 "우리는 희미하고 다채로운 빛들로 채색될 수 있는 어떤 공백의 내부에서 살고있는 것이 아니다. 우리는 서로 환원될 수 없으며 절대로 중첩될 수 없는 배치들을 규정하는 관계들의 총체"(미셸 푸코, 앞의 책, 46쪽.)라는 가시적 관계로 현실을 규정한다.

26) 아감벤이 말한 '시간의 폐지'나 푸코가 제시한 '헤테로토피아'는 실존의 불안과 사회적 불안을 정화한다는 측면에서 같은 기능을 하는 것으로 설명될 수 있다.

27) 조르조 아감벤, 앞의 책, 19쪽 인용 및 참조.

28) 미셸 푸코, 앞의 책, 15쪽.

으로 남고자 하는 게니우스적 장소의 '떨림'과 모든 문화의 상수로 작
용하는 헤테로토피아적 장소의 '신성함'[29]은 장소경험의 근원이자 장
소애착의 본령이라 할 수 있다. '장소애착'은 '장소혐오'의 이면이다.
즉 떨림과 신성함의 상실이 곧 장소혐오라 할 수 있다. 따라서 장소감
이란 지리적 환경이라는 객관적 조건과 주체의 장소경험이라는 주관
적 요소가 결합한 '중첩 심리', 즉 사회·문화적 조건과 개인의 기질에
의해 강도(剛度)를 달리하는 애착과 혐오의 동시적(同時的) 표출로 이
해하는 게 타당하다고 본다.

이 글은 앞의 논지를 바탕으로 박용래 시에 나타난 장소애착이 지령
과 헤테로토피아의 인식에 기반한 떨림과 신성함의 형태로 드러난다
는 점을 설명하고 박용래 시편에 일관되게 나타나는 서정성이 장소경
험과 관련된다는 것을 밝혀보고자 한다. 그의 시에 투영된 장소경험은
어른임에도 불구하고 어른의 세계에 편입되기를 거부하는 '미성숙한'
소년이 갖는 순수와 고향의 비의적(秘儀的) 경관(景觀)에 대한 떨림의
감정이 중첩되어 '장소애착'으로 드러난다는 점이 특징이다. 시집 『먼
바다』에 실린 시편에 드러난 장소경험의 구도(構圖)는 "오십 묵은 소

---

29) 푸코는 '다른 공간' 또는 '반공간'으로서의 헤테로토피아들이 현실에서 어떻게 구성
되는지를 밝히는 과학적 방법론으로 '헤테로토폴로지'를 주창하고, 헤테로토피아의
구성 원리를 일곱 가지로 제시한다. 일곱 가지 원리 중 첫 번째로 제시한 것이 "인간
집단의 변하지 않는 상수"로서의 헤테로토피아다. 이는 인간의 출현과 사회의 구성,
그리고 문화의 시작은 그 자체가 헤테로토피아의 구성과 분리될 수 없다는 것을 의미
한다. 모든 사회와 문화에 공통으로 존재하는 신성한 장소이자, 과도기적이고 특권화
된 장소로서의 헤테로토피아는 공동체에 편입된 모든 구성원이 경험하는 공통의 장
소 경험이라 할 수 있다. 이러한 공통의 장소 경험은 근대화로 인해 거의 사라졌지만,
그 흔적은 자연 숭배를 기저로 한 토속 신앙과 환경 보호를 내세우며 생명의 존엄을
회복하려는 생태주의로 지속되고 있다고 판단된다. 현재 쟁점화되고 있는 공동체
운동이나 생태주의의 근원에는 지령이나 특정 장소를 신성화한 헤테로토피아의 장소
경험과 밀접한 관련이 있다 할 수 있는데, 이는 좀 더 면밀한 고찰과 논증이 필요한
사안이기에 별도의 연구 과제로 남긴다.

년"(「먹감」), "紅顔의 小年"(「버드나무 길」)으로 표현된 미성숙한 화자가 "자욱이 버들꽃 날아드는 집", "한낮에 개구리 울어쌓는 집"(「두멧집」) 으로 표현된 고향의 신비스러운 경관과 "폐수가 흐르는 길"(「연지빛 반 달型」)로 묘사된 도시의 폐허적 경관을 동시에 목도하면서 "아슬히 비 낀 소년의 꿈"(「물기 머금은 풍경 2」)을 회상하고 나아가 "어긋남을 이어 오는 고요한 사랑"(「땅」)을 상념하는 것으로 집약된다. 고향과 도시의 대립이라는 외적 구도의 평면성은 '삶과 죽음'이라는 의미망에 의해 수평과 수직, 안과 밖이라는 실존적 방위(方位)로 확대되고 포획됨으 로써 고향의 경관과 장소에 실존적 깊이감을 부여한다. 본 논의는 이 과정을 "경관의 게니우스와 '둥긂'의 자기 은신처", "실존인식과 '접분' 의 헤테로토피아"라는 주제로 분석해 박용래의 시에 나타난 장소경험 의 특질을 규명하고자 한다.

3. 경관의 게니우스와 '둥긂'의 자기 은신처

실존한다는 것은 대지 '위'에 '서 있다'라는 상태로 표현될 수 있다. '서 있음'으로 수직과 수평, 위와 아래, 앞과 뒤, 오른쪽과 왼쪽의 좌 표가 설정되고 그에 따라 추상으로서의 공간이 행위와 심리의 구체 공간, 즉 실존의 장소로 분화한다. 공간-장소의 분화를 어떻게 이해 하는가에 따라 장소의 결은 다르게 느껴진다. 이-푸 투안(Yi-Fu Tuan)은 분화된 공간을 "인간의 판단에 따라 해석된 공간"[30], 즉 의도 적으로 질서화한 결과로 파악한다. 이와 달리 아감벤은 공간의 분화 를 비인격적인 '힘'의 잠재태인 게니우스의 작용으로 인식한다. 전자

---

30) 이-푸 투안, 『공간과 장소』, 구동회·심승희 옮김, 대윤, 1995, 64쪽.

는 주관적 의도를 강조함으로써 인간의 '위대함'이라는 가치를 부각하고, 후자는 이성의 작용보다 장소의 비의(祕儀)를 우선함으로써 인간의 '왜소'라는 가치를 부각한다.

박용래 시에 나타난 자연 공간과 장소는 실존의 '왜소'와 그에 따른 자연 친화적 '겸손'의 윤리와 관계된다는 점이 특징이다. 자연 공간의 장대함과 위력 앞에서 실존이 갖는 왜소 감정은 '위'와 '아래'라는 위치로 구획되고 그 사이에서 느끼는 떨림의 감정은 자연 공간과 인간이 맺는 원초적 관계, 즉 경관(景觀)에 대한 외경(畏敬)으로 표현된다. 경관에 대한 외경은 자연 공간을 '혼(魂)'이 깃든 장소로 인식할 때 가능하다. 렐프는 "장소의 혼"은 경관 속에 있으며, 장소경험이란 "시각적 특성"에 의거한 "경관경험"을 의미한다고 설명한다.[31] 렐프의 주장은 박용래의 시 전반에 나타난 경관과 실존의 관계 나아가 윤리적 태도를 이해하는데 중요한 논거를 제시하는데, 그러한 관계와 태도를 함축해 보여주는 대표적 작품이 시 「黃土길」이다.

落葉 진 오동나무 밑에서/우러러보는 비늘구름/한 卷 冊도 없이/저무는/黃土길//맨 처음 이 길로 누가 넘어갔을까/맨 처음 이 길로 누가 넘어왔을까//쓸쓸한 흥분이 묻혀 있는 길/부서진 烽火臺 보이는 길//그날사 미음들레꽃은 피었으리/해바라기만큼한//푸른 별은 또 미음들레 송이 위에서/꽃등처럼 주렁주렁 돋아났으리//푸르다 못해 검던 밤하늘/빗방울처럼 부서지며 꽃등처럼/밝아오던 그 하늘/그날의 그날 별을 본 사람은/얼마나 놀랐으며 부시었으리//사면에 들리는 威嚴도 없고/江언덕 갈대닢도 흔들리지 않았고/다만 먼 火山 터지는 소리/들리는 것 같아서//귀 대이고 있었으리/땅에 귀 대이고 있었으리.

「黃土길」 전문

---

31) 에드워드 렐프, 앞의 책, 80~81쪽 인용 및 참조.

시 「黃土길」의 화자는 '落葉 진 오동나무 밑'에서 '하늘'과 '黃土길'을 응시하면서 "맨 처음 이 길"을 넘어가고 넘어왔던 옛사람들을 생각한다. 화자는 자신이 바라보는 현재의 길을 '쓸쓸한 홍분'이 묻혀 있고 '부서진 烽火臺'가 보이는 퇴락의 경관으로 인지하지만 처음 그 길을 오갔던 이들에게는 눈부심과 밝음과 경탄의 경관이었으리라 회상한다. '대지(땅)'라는 무정형의 공간이 인간에 의해 '길'이라는 정형의 공간으로 구획될 때 경관이 출현한다. 즉 길의 탄생으로부터 집과 고향과 마을이라는 장소가 형성되고 그것들의 총화로 경관이 형성된다. 최초의 길이 만들어지면서 나무와 꽃과 별 등과 같은 자연물은 특별하고 미적인 경관으로 재인식된다. 그러한 미적 경험을 화자는 '홍분'과 '눈부심'의 상태로 진술한다. 홍분과 눈부심은 땅의 정령과 인간이 맺는 원초적 경험의 표현이라 할 수 있다.

"땅에 귀"를 대고 "먼 火山 터지는 소리"를 들으려는 옛사람들의 태도는 대지의 정령, 즉 비인격적 힘으로서의 게니우스와 실존이 맺는 비의적이고 내밀한 접촉을 표현한 것이라 할 수 있다. 땅에 귀를 대는 행위로서의 원초적 장소경험이 부재하거나 소멸될 때 경관의 정서는 '쓸쓸함'과 '부서짐'으로 나타난다.[32] 이러한 퇴락의 정서는 일견

---

32) 게니우스의 상실로 인한 경관의 퇴락은 산업화와 도시화의 가속으로 더욱 심화되면서 실존의 부식(腐蝕)이라는 정념을 낳게 된다. 박용래는 도시에 적응하지 못하고 귀촌하는 자신의 심정을 "다 두고 이슬 단지만 들고 간다. 땅 밑에서 옛 喪輿 소리 들리어라. 녹물이 든 오요요 강아지풀."(「강아지풀」)이라는 표현에 담아낸다. '녹물'이 든 '강아지풀'은 도시의 피로감으로 부식된 실존 정념을 비유한 것이다. '땅 밑'의 '옛 喪輿 소리'는 죽음의 상황을 환기하는 것이라기보다는 화자를 고향으로 이끄는 지령의 소리를 의미하는 것이라 할 수 있다. 박용래의 귀촌과 전원생활은 도시로부터의 도피라는 수동적 의미보다는 '땅'의 소리를 듣는 것, 즉 게니우스와 접촉하려는 능동적 의지가 작용한 것으로 이해하는 것이 합당하다고 본다. 그러한 능동적 의지가 자연 서정과 장소애착의 근원이며 나아가 대지의 모든 사물과 생명에 대해 "우러러 항시 나는 엎드려 우는 건가"(「땅」)라는 경외의 자세를 갖게 하는 생태윤리의 토대라

도시화로 인한 경관 훼손의 심리적 산물로 이해될 수 있지만 보다 근
원적으로는 게니우스와 인간이 맺는 내밀한 관계가 변질 내지는 단절
되었다는 점을 시사한다. 그러한 단절의 원인은 '한 卷 冊'과 '威嚴'이
라는 시어에 함의되어 있다. 시 「黃土길」에 표현된 가장 이질적인 시
어가 '한 卷 冊'과 '威嚴'인데, 이 시어들은 지적이고 인위적인 합리주
의적 태도를 표상한다. 근대적 사고를 대표하는 합리주의는 게니우스
나 지령과 같은 비인격적 존재를 부정하고 나아가 장소와 실존이 맺
는 신비적 관계와 대척함으로써 공간과 장소의 의미를 실용적 용도로
협애화한다.

근대의 실용적 장소는 자연과 고향의 경관을 파괴하고 장소와 인간
이 맺는 내밀한 관계를 변질시키는 원인이다. 박용래는 이러한 근대
적 장소에 대한 비판적 언급을 최소화한다는 특징을 보인다.[33] 그러
한 특징은 박용래의 기질과 연관된 것이라 할 수 있다. 그 점을 이문
구는 "누리의 온갖 생령(生靈)에서 천체의 흔적에 이르도록 사랑하지
않은 것이 없었으며, 사랑스러운 것들을 만날 적마다 눈시울을 붉히
지 않은 때가 없었다."[34]라는 말로 설명한다. 이는 박용래의 기질이
장소와 사물을 위시한 모든 자연에 '영(靈)'이 깃들어 있다는 범신론의
영향을 받고 있다는 것으로 이해할 수 있다. 그러한 영향이 땅에 '귀'

할 수 있다. 이러한 점은 몇몇 시에만 적용되는 부분적 특징이라기보다 시집 『먼
바다』에 실린 시편들의 의미를 직·간접적으로 직조하는 시적 사유의 근간이라 할
수 있다.

33) 박용래가 근대적 공간-장소의 폐해에 대해 직접적으로 자기감정을 드러낸 작품은
「제비꽃 2」, 「연지빛 반달型」, 「群山港」 정도이며 나머지 시편들은 고향의 경관과
장소를 소재로 '망향(望鄕)'의 정서와 삶과 죽음에서 비롯되는 실존의 고뇌를 다루고
있다. 그의 시에 주류를 이루는 망향과 실존의식은 근대적 장소에 대한 혐오와 반발을
함의한 것이라 할 수 있다.

34) 이문구, 「朴龍來 略傳」, 『먼 바다』, 창작과비평사, 1984, 235쪽.

를 대거나 하늘을 '우러러보는' 행위로 드러나고 있으며 나아가 생명
에 대한 사랑과 자연에 대한 겸손의 자세로 윤리화된다는 점이 박용
래 시의 특징이다. 그러한 특징으로 인해 박용래의 시편들은 장소혐
오의 시선보다 장소애착의 시선을 드러내는 작품이 대다수를 차지하
고 시의 소재나 시어의 선택도 향토적인 순수 서정에 기반한 것들이
주류를 이룬다.

　박용래는 자연과 고향의 경관을 "참으로 어쩔 수 없는 순도의 공간,
논리로 채울 수 없는 이 공간"으로 인식한다.[35] 이는 게니우스를 "비
의식(non-conoscenza)의 지대"[36]로 설명하는 아감벤의 주장과 상통하
는 것으로 이해할 수 있다. 순도의 공간은 의식 이전의 공간이자 의식
을 넘어서는 순수와 신비의 공간이라 할 수 있다. 그러한 공간의 속성
은 경관과 장소들에 생태적 윤리를 부여해 장소애착의 강도를 강화한
다. 순수와 신비는 경관의 게니우스를 서정적으로 체험하는 시적 모
멘텀으로서 유년 시절 원초적 유토피아로 존재했던 '자기 은신처'로서
의 고향을 회상하는 형태로 제시된다.

　① 양귀비/지우면 지울수록/할머니의 댓진 냄새/온통 취한 듯/꽃밭의
아우성/한 동네가 몰린다/버들꽃은/개울물에 지고/도둑떼처럼 몰린다.
「댓진」 전문

　② 하얗게 밑둥 드러내는 무밭머리에 서서/생각하노니/옛날에 옛날에는
무꼬리 발에 채였었나니 아작아작 먹었나니//달삭한 맛//산모롱 굽이도
는 汽笛 소리에 떠나간 사람 얼굴도 스쳐가나니 설핏 비껴가나니 풀무

35) 박용래, 「遮日의 봄」, 『우리 물빛 사랑이 풀꽃으로 피어나면』, 문학세계사, 1985,
　　123쪽.
36) 조르조 아감벤, 앞의 책, 14쪽.

불빛에 싸여 달덩이처럼//오늘은/이마 조아리며 빌고 싶은 고향.

「밭머리에 서서」 부분

위에 인용된 두 시에 나타난 '꽃밭', '동네', '무밭', '산모롱이', '고향'
등의 장소는 유년의 기억과 관련한 회상의 장소들로서 자연물과 어우러
지면서 망향(望鄕)의 정서를 드러낸다. 망향의 정서는 고향에 대한 단순
한 그리움을 넘어서는 '내밀함'의 감각[37]과 연계된다. 시 ①의 '양귀비'
와 '할머니의 댓진 냄새'는 고향의 경관 전체를 '온통' 취하게 하고 몰리
게 만드는 신비적 체험으로 묘사된다. 신비 체험은 환상적이고 비현실
적인 측면을 담고 있기도 하지만 보다 근본적으로는 할머니라는 존재가
풍기는 '포근함'과 연계된 내밀성의 체험이라 할 수 있다. 박용래 시에
나타난 할머니는 "보리바람에/고뿔 들릴세라/황새목 둘러주던/외할머
니 목수건"(「앵두, 살구꽃 피면」)이나, "번지르르 春信/올동 말동."(「영등할
매」)에서처럼 아이들의 보호자나 대지의 변화를 주관하는 직·간접적인
존재로 상정된다. 고향의 경관을 취하게 하는 '댓진 냄새'와 화자의
목에 둘린 '황새목'은 후각과 촉각으로 느껴진 포근함의 정서라 할 수
있다. 포근함으로 회상되는 할머니는 자연과 인간과 사물을 하나로
연결하는 존재이자 은신처의 보호 정령으로 이해할 수 있다.

시 ②의 '무꼬리'와 '달삭한 맛'은 "풀무 불빛에 싸여 달덩이"처럼
고향을 떠나간 사람들의 쓸쓸한 얼굴을 떠오르게 하기도 하지만 그
기억의 바탕은 '풀무 불빛'과 '달덩이'에서 감지되는 따스함과 연결되

---

37) 박용래는 자신의 "詩流의 밑바닥"에는 항시 "내밀한 遮日의 봄"이 흐르고 있으며,
이로 인해 유년의 기억이 서려 있는 장소나 사물을 대하면 자신도 모르는 사이에
시어들이 "망향의 덫"에 걸린다고 밝힌다. 이러한 흐름은 무의식적 경험이자, "참으로
어쩔 수 없는 순도의 공간"으로서의 고향과 맺는 신비 체험이라 할 수 있다. 박용래,
앞의 글 122~123쪽 인용 및 참조.

어 있어 쓸쓸함보다는 아늑함이 우선한다. 시 ②의 아늑함은 '싸이다' 라는 동사와 달덩이에서 연상되는 '둥긂'의 형태와 결합하면서 편안한 정취를 자아내는데 이는 시 ①의 '할머니'가 환기하는 포근함과 유사 함을 보인다. 대지의 모신(母神)이자 보호 정령으로서의 의미를 내포 한 할머니의 포근함은 '어머니'라는 존재와 맞물려 변주되기도 하는 데, 그 변주의 매개가 되는 이미지가 '달'과 '손거울'이다. "어머니 젊 었을 때/눈썹 그리며 아끼던/달/…(중략)…감 떨어지면/親庭집 달 보 러 갈꺼나/손거울."(「손거울」), "어머니 生時같이/오솔길에 낮달"(「낮 달」)에서처럼 달과 손거울은 어머니를 회상하는 주요 이미지로서 둘 의 공통점은 '둥긂'과 '환함'의 의미를 지닌다는 점이다. 둥긂과 환함 은 '親庭집'과 '오솔길' 등의 장소와 연계되면서 밝고 호젓한 장소감으 로 확장된다. 시 ②의 "이마 조아리며 빌고 싶은 고향"의 경외감은 할머니와 어머니로 표상된 은신처이자 보호 정령으로서의 대지와 맺 는 내밀함과 포근함의 표현이라 할 수 있다.

박용래 시에 나타난 둥긂의 형태는 달과 손거울이라는 이미지 외에 '과일'의 이미지로 변용되어 드러난다. 과일 이미지는 "아가가 베먹다/ 소르르 잠이 든/능금//…//애초는/부드러운 부드러운/神의 音聲이 들 었던 능금"(「靜物」)에서처럼 편안하고 안락하고 부드러운 속성으로 표 현된다. 이는 '애초'의 고향 또는 '옛날'의 고향에 내재한 "자기 은신처 의 수호신(genius loci)"과 맺는 유년의 유토피아적 장소경험을 감각적 으로 드러낸 것이라 할 수 있다. 이러한 둥긂의 장소경험은 "아, 산은/ 둘레마저 가득해 좋다"(「둘레」)라는 표현에서처럼 '둘레'라는 경관이 발 산하는 충만하고 아련한 감정으로 이어지면서 자기 은신처로서의 고 향을 "오래 오래 殘光이 부신 마을"(「울타리 밖」)로 회상하게 만든다.[38] 그러나 '애초'의 고향에 연결된 포근함과 안김의 장소감은 시간의 흐름에 의해 퇴색할 수밖에 없는데, 이는 게니우스와 맺는 관계의 변화에 따른 것이다. 게니우스로부터 보호를 받는 유년의 시간은 개체화의 문턱을 넘어서면서 게니우스로부터 멀어지는 역설의 순간을 경험하게 된다. 게니우스의 역설은 개체화의 필연적 산물로서 산업화로 인해 더욱 심화된다. 그 결과 대지와 고향에 깃든 '혼'이 상실되고 실존의 분열과 갈등이 전면화된다.

4. 실존인식과 '접분'의 헤테로토피아

게니우스적 존재에 의해 온전히 보호받던 유년의 유토피아적 장소 경험은 삶과 죽음, 영원성과 유한성이라는 문제와 맞닥뜨리면서 '불안'과 '회한'의 심리를 동반한 디스토피아적 장소경험으로 전이된다. 장소에 대한 디스토피아적 인식은 근대에 대한 비판과 연동됨으로써 시의 서정성을 약화시키는 요인으로 작용한다. 박용래는 디스토피아적 장소에 대한 비판보다 유토피아적 장소상실로 인한 실존의 불안과 외로움을 자연 서정에 의탁해 드러낸다. 자연 서정은 박용래의 기질적 특징이라 할 수 있다. 이문구가 박용래의 시를 "매흙 빛깔의 천연적인 정서"[39]로 단정한 것은 초벌과 재벌이 끝난 후 마지막으로 벽을 바르는 '매흙'의 부드러움이 박용래의 기질임을 강조한 것이라 할 수

---

38) 둘레의 충만과 마을의 눈부심은 '눈'의 이미지와 결부되면서 그 의미가 점층·극대화 된다. 이를테면 "송이눈 찬란히 퍼붓는 날은/정말 하늘과 언덕과 나무의/限界는 없다 /다만 가난한 마음도 없이 이루어지는/하얀 斷層"(「눈」)에서처럼 '한계'가 없는 평온 으로 표현된다. 한계가 없다는 것은 구별과 격차가 없는 개방의 평화를 의미한다. 그러한 적막의 평온은 「저녁눈」, 「겨울밤」 등 '눈'을 소재로 한 일련의 시에 점층과 반복의 수사를 통해 고조된다.

39) 이문구, 앞의 글, 248쪽.

있다. 천연의 부드러움으로 집약된 그의 기질은 개체화를 거부하고 영원한 청춘으로 남고자 하는 태도를 반영한 것이라 할 수 있다.

박용래가 도시화와 산업화로 고향의 경관과 장소들이 파괴되는 것을 보면서도 그에 대한 비판보다 자연 서정을 강화할 수 있었던 요인은 자신을 늘 "오십 묵은 소년"(「먹감」)으로 자부했기 때문이다. 소년으로 남고자 하는 의지는 유년의 장소에서 느꼈던 유토피아적 경험을 고수하려는 태도, 즉 시간의 폐지를 염원한 인식이라 할 수 있다. 그러나 "달아, 달아/어느덧/半白이 된 달아."(「濁盃器」)에서 감지되듯이 실존의 시간은 폐지되지 않는다는 사실로 인해 갈등하는 모습을 보이게 된다. 그로 인해 고향의 경관과 장소는 '둥긂'의 형태에서 각이 진 '네모'의 형태로 제시된다.

① 외로운 시간은/…(중략)…/창 모서리/개오동으로 풀리고/그림 없는 액자 속/풀리고, 풀리고/갇힌 방에서/외로운 시간은

「뻐꾸기 소리」 부분

② 감새/감꽃 속에 살아라//주렁주렁/감꽃 달고//곤두박질 살아라//동네 아이들/동네서 팽이 치듯//동네 아이들/동네서 구슬 치듯//감꽃/노을 속에 살아라/머뭇머뭇 살아라//감꽃 마슬의/외따른 번지 위해//감꽃 마슬의/조각보 하늘 위해//그림 없는/액자 속에 살아라//감꽃/주렁 주렁 달고//감새,

「감새」 전문

③ 능금이/떨어지는/당신의/地平/아리는/氣流/타고/수수이랑/까마귀떼/날며/울어라/물매미/돌 듯/두 개의/태양.

「액자 없는 그림」 전문

　　위에 인용된 시들의 공통적인 구도는 '액자'와 '그림'의 관계를 취한
다는 점이다. 액자와 그림의 비유는 박용래의 시에서 찾아보기 힘든
추상적 구도를 형성한다는 점에서 주목된다. 액자와 그림의 관계는
"실로 눈을 씻어도 천지간에 풀벌레소리 하나 없는 산천이야말로 그
림 없는 액자 같네요."[40]라는 언급에서 유추해 볼 수 있다. 문맥에
따르면 그림은 '풀벌레소리'를, 액자는 '산천'을 지시하며 나아가 '그
림 없는 액자'란 생명이 거주하지 않는 비정상적 상태를 비유한 것으
로 파악된다. 따라서 그림은 실존의 삶을, 액자는 실존의 삶을 규정하
는 장소적 형식을 의미하는 것이라 할 수 있으며, 이 둘의 정상적 관
계는 '있음'에 의해 규정되는 상호연결에 있다고 유추할 수 있다.

　　'있음'이 장소와 실존의 정상적 관계를 규정한다는 점을 상기한다
면 시 ①과 ②에 표현된 '그림 없는 액자 속'의 '없음'의 의미는 불모(不
毛)의 공간-장소를 지시하는 것이라 할 수 있다. 시 ①의 '갇힌 방'과
'외로운 시간'은 불모의 장소 '속'에 거주하는 실존의 처지와 심리를
보여준다. 이는 외로움과 갑갑함의 정서가 누적된 장소와 장소감을
표현한 것이라 할 수 있다. 시 ①의 경우와 마찬가지로 시 ②의 '감새'
는 그림을, '감꽃'은 액자를 지시하는 것으로 볼 수 있다. "감새/감꽃
속에 살아라"라는 표현은 일견 조화로운 관계로 보일 수도 있지만 "그
림 없는 액자 속에 살아라"라는 표현과 연계되면서 부조화의 의미를
드러낸다. 이는 "오십 묵은 소년"으로 살아가는 삶, 즉 생활에 편입되
지 못하고 현실에 적응하지 못하면서 "평생 철부지 아이(또는 아들)처
럼"[41] 사는 자신의 답답한 삶을 함축해 보여주는 것이라 할 수 있다.
동네에서 팽이를 치고 구슬을 치는 아이들처럼 '머뭇머뭇' 사는 '곤두

---

40) 박용래, 앞의 책, 57쪽.
41) 이문구, 앞의 글, 254쪽.

박질'의 삶은 무능력을 의미한다기보다는 근대적 삶에 대한 '부적응'을 뜻하는 것으로 이해할 수 있다.

시 ①과 ②가 '그림 없는 액자'의 삶을 '창 모서리', '갇힌 방', '조각보 하늘' 등의 각진 이미지를 통해 유폐(幽閉)와 부적응의 장소감으로 표현했다면 시 ③은 '액자 없는 그림'이라는 제목으로 삶과 죽음이라는 실존의 운명을 탐색한다. '그림 없는 액자'가 실존이 부재한 빈 공간을 표상한다면, '액자 없는 그림'은 공간에서 벗어난 시간적 존재로서의 실존 상태를 드러낸다. 시간의 섭리는 삶과 죽음의 연쇄로 작동한다. 삶이 곧 죽음이고, 죽음이 곧 삶이라는 연쇄적 인식은 실존의 운명 전체를 관통하는 보편의 섭리로 받아들여진다. 그러한 논리에 따르면 삶이란 공간–장소에 거주하는 것이고, 죽음이란 공간–장소를 떠나는 것이다. '地平'에 뿌리내린 모든 생명체의 운명은 '떨어짐'으로 의미화된 죽음에 직면할 수밖에 없다. 박용래는 '떨어짐'을 '날아오름'과 동일한 맥락으로 인식한다. '능금'이 떨어지고, '까마귀'가 날아오르는 것은 현상적으로 상반된 의미를 보이지만 실존의 거주 기반에서 벗어나는 상태를 지시한다는 점에서 동일한 의미를 지닌다 할 수 있다.

'떨어짐'과 '날아오름'을 동일선상에 배치하는 것은 죽음이 삶의 끝이 아니라는 인식, 즉 삶이 죽음이고 죽음이 삶이라는 순환론적 인식을 반영한 것이라 할 수 있다. 그러한 인식을 함축한 것이 "물매미/돌듯/두 개의/태양"이라는 표현이다. 삶과 죽음이라는 "두 개의 태양" 사이를 돌고 도는 생명체의 운명은 물매미만이 아니라 까마귀, 수수이랑, 능금 등에도 적용되는 시간의 섭리다. 수평의 구도(지평, 대지)를 중심으로 실존이 겪는 생사(生死)의 내력을 '오름'과 '내림'의 연쇄와 반복으로 표현하고 그 격차의 감정을 '울음'으로 드러내는 시 ③의 의미 구조는 "수레바퀴로 끼는 살얼음/바닥에 지는 햇무리의/下棺/線

上에서 운다/첫 기러기떼."(「下棺」 전문)나, "지는 해가 二重으로 풀리
고 있었다/허드레, 허드레로 우는 뻐꾸기 소리"(「點描」)에도 그대로 드
러난다. 수평의 대지 위에 수직으로 서 있는 실존들이 겪어야 할 삶과
죽음, 만남과 이별 등은 일회적인 사태가 아니라 태양이나 수레바퀴
처럼 순환하면서 계속 반복되는 운명이라는 게 박용래의 인식이다.
그러한 윤회론적 인식[42]은 시집 『먼 바다』에 실린 시편들을 관통하는
중심 사유라 할 수 있다.

'그림 없는 액자'와 '액자 없는 그림'의 의미는 생명이 거주할 수
없는 공간-장소에 살고 있다는 현실의 조건과 유한한 존재로서 맞닥
뜨려야 할 죽음의 운명을 대립적으로 구도화한 것이라 할 수 있다.
이 대립은 '없음'이라는 상태에 의해 형성된 것이다. '장소 없는 삶'이
나 '삶이 없는 장소'는 실존의 부조리를 의미한다. 모든 유토피아는
실존의 부조리로부터 생겨난다. 푸코는 유토피아를 "장소 없는 지역"
으로서의 공상적 유토피아와 "살고 일하는 공간 안"에 구획된 현실의
유토피아로 구분하고 후자를 헤테로토피아로 지칭한다.[43] 박용래는
'장소 없는 삶'과 '삶이 없는 장소'로서의 부조리를 '있음'에 의해 극복
할 수 있다는 현실적 의지를 갖고 있었으며 실제로 전원생활을 통해

---

42) 윤회론적 인식을 직접적으로 드러낸 작품이 유고시 「五柳洞의 銅錢」이다. "한때
　나는 한 봉지 솜과자였다가/한때 나는 한 봉지 붕어빵였다가/한 때 나는 坐板에 던져
　진 햇살였다가/中國집 처마밑 鳥籠 속의 새였다가/먼 먼 輪回 끝/이제는 돌아와/五
　柳洞의 銅錢."이라는 내용에 나타난 것처럼 박용래는 '한 봉지 솜과자'와 '한 봉지
　붕어빵'이라는 비유의 연쇄로 유년의 시절부터 그의 마지막 거주지인 오류동에 이르
　기까지의 여정을 '먼 먼 윤회 끝'으로 설명하고 그 모든 여정의 고단함을 '銅錢'으로
　집약해 비유한다. '동전'은 고향의 추억을 떠올리며 전원에 거주하고자 했던 자신의
　유토피아적 염원, 다시 말해 현실에서 자신만의 이상적 공간-장소를 만들고자 했던
　헤테로토피아적 염원을 좌절시킨 주된 원인으로서의 '생활의 남루와 고단함'을 비유
　한 것이라 할 수 있다.
43) 미셸 푸코, 앞의 책, 12~13쪽 인용 및 참조.

그러한 의지를 실천해 보기도 했다. 이문구는 박용래가 지향하는 삶의 궁극을 "전원생활에의 전향"이라는 말로 집약했는데, 이를 달리 표현하자면 '헤테로토피아적 의지'의 발현이라 할 수 있다.

① 무덤 위에 무덤 사네, 첩첩 산중/달 있는 밤이며/곰방대 물고/무덤 속 드나들며/곰방대나 털고/머슴들은 여름에도/장작을 패고/무덤 속 드나들며/장작이나 지피고//무덤 위에 첩첩 무덤만 사네.

「空山」 전문

② 미풍 사운대는 반달型 터널을 만들자. 찔레넝쿨 터널을. 모내기 다랑이에 비치던 얼굴, 찔레.//廢水가 흐르는 길, 하루 삼부교대의 女工들이 봇물 쏟아지듯 쏟아져 나오는 시멘트 담벼락.//밋밋한 담벼락이 아니라, 유리쪽 가시철망이 아니라, 삼삼한 찔레넝쿨 터널을 만들자, 오솔길인 양.//…(중략)…//슬픔도 꿈인 양 흐르는 너희들, 고향 하늘 보이도록. 목덜미, 발꿈치에도 찔레 향기 묻히도록.//연지빛 반달型 터널을 만들자.

「연지빛 반달型」 부분

③ 靑참외/속살과 속살의/아삼한 接分/그 가슴/동저고릿 바람으로/붉은 山/오내리며/돌밭에/피던 아지랭이/상투잡이/머슴들/오오, 이제는/배나무/빈 가지에/걸리는 기러기.

「接分」 전문

현실에서 유토피아를 체감한다는 것은 "절대적으로 다른"[44] 장소에 있다는 것을 뜻하며 동시에 "현실에 없는 시간(uchronie)"[45]을 경험한

44) 위의 책, 13쪽.

45) 유토피아는 '현실에 없는 장소'를 뜻한다. 푸코는 '현실에 없는 장소'와 대구를 이루는 시간 개념으로 '현실에 없는 시간'을 뜻하는 '유크로니아(uchronie)'라는 조어를 만들어 사용했으며, 이를 바탕으로 현실에 존재하는 유토피아로서의 '헤테로토피아'

다는 것을 의미한다. 푸코는 현실에 존재하는 헤테로토피아의 명백한
사례로 '묘지'를 꼽는다.[46] 시 ①의 '무덤'은 푸코의 그러한 설명에 부
합한다. 무덤은 과거의 시간, 즉 죽음을 현재화해 경험할 수 있는 신
성한 장소라는 점에서 이질적이다. 죽음의 장소로 분리되어 있지만
늘 삶의 장소에 편입되어 영향을 끼치는 무덤은 삶 속에서 죽음을 경
험할 수 있는 헤테로크로니아적 순간을 제공한다. 시 ①에 표현된 "무
덤 위에 무덤 사네"는 산들이 첩첩이 겹쳐 있는 '산중'의 풍경을 무덤
에 비유해 묘사한 것이다. 이러한 비유는 산봉우리와 무덤의 형태가
둥글다는 유사성에 근거한 것인데, 주목할 점은 무덤이 '드나들다',
'털다', '패다', '지피다', '살다' 등의 술어에 의해 '집'으로 맥락화된다
는 사실이다. 죽음의 장소인 무덤과 생활의 장소인 집의 의미가 등가
된다는 것은 산 자와 죽은 자의 장소가 중첩되어 경계가 없어짐을 의
미한다. 이러한 등가의 장소에는 '여름'에도 '장작'을 패는 이질적 행
위가 자연스럽게 일어난다. 삶과 죽음이 맞물려 교섭하는 무덤의 시
간은 선형성(線形性, linearity)이 사라지고 원형성(圓形性, circularity)이
작용하는 이질의 장소, 즉 헤테로크로니아적 순간을 경험할 수 있는
헤테로토피아적 장소라 할 수 있다.

　과거와 현재가 맞물리고 드나들며 누적된 무덤의 장소감은 "자기
은신처의 수호신(genius loci)"과 관계된 유년의 유토피아적 장소경험,
즉 안락과 아늑함을 주는 '둥긂'의 장소경험과 유사한 면모를 보인다.
또한 "먼 먼 輪回 끝"(「五柳洞의 銅錢」)이나 '수레바퀴'(「下棺」)로 표현된

윤회론적 사유와도 깊은 연관을 가진다. 둥긂의 장소경험은 "아, 산은/둘레마저 가득해 좋다"(「둘레」)라는 표현에서처럼 충만하고 좋은 감정을 준다. 시 ①에 나타난 산과 무덤과 집은 공통으로 둥긂, 정확히는 반원(半圓)의 형태를 취한다. 이는 둥긂의 유토피아적 장소경험이 반원과 반원의 '접합'(接合)으로 구성되었다는 측면으로 이해할 수 있다.

시 ②의 '廢水', '시멘트 담벼락', '가시철조망'은 더럽고, 삭막하고, 날카로운 도시 경관을 비유하며 '삼부교대'는 인위적으로 분절된 노동의 고단한 시간을 표현한다. 화자는 황폐하고 고단한 도시적 경관을 '반달型 터널'로, '찔레 향기' 가득한 '찔레넝쿨 터널'로, '연지빛 반달型 터널'로 만들자고 점층적으로 반복해 제안한다. 점층과 반복은 간절함의 정도를 보여주고, 후각과 시각의 이미지는 '반달型 터널'을 통해 도달(상상)하게 될 고향의 아름다움과 풍요를 감각적으로 고취한다. "목덜미, 발꿈치에도 찔레 향기"가 묻어나는 고향의 감각적 정취는 장소와 몸의 비밀스러운 관계에서 체감되는 '삼삼함'으로 표현되는데, 이는 삼부교대의 고된 시간 속에서 경험하는 헤테로크로니아적 순간을 몸으로 각인·회상하는 감각의 또렷함이라 할 수 있다. '찔레넝쿨 터널'은 공장이라는 장소와 삼부교대의 시간을 분할·단절해 고향의 풍요로운 경관으로 '접분(接分)'하는 헤테로토피아적 의지를 반영한 감각의 장소이자 몸의 장소라 할 수 있다.

시 ③에 나열된 '靑참외', '머슴', '아지랭이', '배나무', '기러기' 등은 일견 두서없이 배열된 소재처럼 보이지만 '아삼한 接分'이라는 표현으로 인해 서로 내밀한 관계를 형성한다. '靑참외'의 '속살과 속살'의 '아삼한 接分'에서 시작된 내밀성의 발현은 '돌밭'의 '아지랭이'와 '상투잡이 머슴'들을 거쳐 '빈 가지'에 걸리는 '기러기'로 끝을 맺는데, 이는 생성과 소멸의 법칙이 작용하는 자연의 신비로움과 허무를 보여준다. '속살'은 생명력이 가득 찬 신비의 시간을 의미하고 '빈 가지'는 생명력이 소진된 허무의 시간을 의미한다. 신비와 허무는 실존의 시간을 구성하는 두 계기이며 장소경험을 규정하는 조건이라 할 수 있다. 시 ③의 '아삼한 接分'과 시 ②의 '찔레넝쿨 터널'의 '삼삼함'은 대조를 이룬다. 아삼함은 보일 듯 말 듯 '희미한 상태'를, 삼삼함은 눈앞에 보이는 듯 '또렷한 상태' 뜻한다. 아삼함이 자연과 고향의 경관과 연관된 신비적 장소감과 연관된다면, 삼삼함은 도시에서 체험한 소진과 피로의 장소감과 연관된다고 할 수 있다.

박용래의 시들은 삶과 죽음, 과거와 현재 등 양립 불가능한 시간을 접분해 둥긂의 장소를 만들어낸다는 점이 특징이다. 둥긂의 장소는 "문득 바람도 없는데 시나브로 풀려 풀려내리는 짚단, 짚오라기의 설레임을 듣습니다"(「月暈」)에 진술된 것처럼 둥근 달무리(月暈)와 같은 설레임과 신비함이 깃든 장소들로 나타난다. 설레임의 소리를 듣는 것은 장소에 내재한 '혼', 즉 장소의 게니우스를 체험하는 것이라 할 수 있다. "땅에 귀 대이고 있었으리"(「黃土길」)라는 표현도 같은 맥락이다. 게니우스는 '월훈(月暈)', 즉 달무리처럼 모든 장소에 작용하는 파동(波動)의 힘이라 할 수 있다. 그 힘의 소리를 듣고 우러러 보았던 유년의 장소경험이 '자기 은신처'의 유토피아였다면, 도시의 장소경험은 그러한 유토피아의 상실로 인한 고됨의 디스토피아로 요약된다.

시 ①의 '무덤'이 삶과 죽음의 경계를 해체해 헤테로크로니아적 순간을 경험할 수 있게 해주는 시간의 헤테로토피아라면 시 ② '찔레넝쿨 터널'은 산업화로 야기된 도시적 삶의 고됨을 고향의 풍요로움으로 이어주는 몸의 헤테로토피아라 할 수 있다. 시 ③의 '아삼한 接分'은 반원의 무덤과 터널을 결합해 둥긂의 장소를 회복하려는 헤테로토피아적 의지를 담은 것으로서 박용래의 세계관을 함축한 것이라 할 수 있다.

5. 맺음말

이 글은 박용래 시에 나타난 자연 서정의 근원이 장소경험과 밀접한 관련이 있다는 점을 조르조 아감벤의 '게니우스'와 미셸 푸코의 '헤테로토피아'라는 개념에 근거해 고찰했다. 게니우스와 헤테로토피아는 '자기 은신처'와 '반공간'으로서의 유토피아적 장소경험과 밀접한 관련이 있으며 장소애착과 장소혐오를 분기하는 요인이다. 이 글은 '경관의 게니우스와 '둥긂'의 자기 은신처, 실존인식과 '접분'의 헤테로토피아라는 주제를 바탕으로 박용래의 시에 나타난 장소경험의 특질을 규명했으며, 그 내용을 요약하면 다음과 같다.

박용래 시에 나타난 자연과 고향의 경관은 '둥긂'의 형태를 보인다. 둥긂은 '포근함'과 '안김', '내밀함'과 '신비함'의 장소감을 표현한 것이며, 주로 '할머니'와 '어머니'와 연루된 고향의 감각적 정취로 드러난다. 신비함의 장소경험은 "땅에 귀"를 대고 "먼 火山 터지는 소리"(「黃土길」)를 듣는 행위로 표현되는데, 이는 대지의 정령과 맺는 내밀함의 관계를 드러낸 것이다. 신비함의 장소감은 시 「댓진」에 "할머니의 댓진 냄새/온통 취한 듯"이라는 표현에서처럼 고향의 경관 전체를 취하게 만드는 신비적 체험으로 묘사된다. 할머니로부터 비롯된 신비 체험은 환상적이고 비현실적이기도 하지만 그보다는 대지의 모신(母神)이자 보호 정령으로서의 '할머니'라는 존재가 풍기는 '포근함'과 '안김'의 체험에 더 가깝다.

할머니의 포근함은 '어머니'와 맞물려 변주되는데, 그 변주의 매개 이미지가 '달'과 '손거울'이다. 달과 손거울은 어머니를 회상하는 소재이며 '둥긂'과 '환함'의 의미를 지닌다. 둥긂과 환함은 밝고 호젓한 장소감으로 확장된다. 이러한 둥긂의 경관은 '과일'의 이미지로 변용되어 박용래의 시 곳곳에 드러난다. 둥긂으로 회상되는 포근함과 안김의 장소감은 '애초'의 고향에 깃든 "자기 은신처의 수호신"과 맺는 유년의 유토피아적 장소경험을 감각적으로 드러낸 것이다.

신비함과 내밀함, 포근함과 안김의 장소감은 시간의 흐름에 의해 퇴색할 수밖에 없다. 이는 게니우스와 맺는 관계의 변화, 즉 산업화로 인해 대지와 고향에 깃든 '혼'이 상실되었음을 의미한다. 이로 인해 실존의 갈등이 고조되고 고향의 경관과 장소는 '둥긂'에서 각이 진 '네모'의 형태로 제시된다. 박용래는 실존의 갈등을 '그림 없는 액자'와 '액자 없는 그림'으로 비유한다. '그림 없는 액자'는 생명이 거주하지 않는 불모의 공간을 의미하며, 불모의 장소감은 시 「뻐꾸기 소리」와 「갈새」에 '창 모서리', '갇힌 방', '조각보 하늘' 등의 각진 이미지를 통해 표현되는데, 이는 유폐(幽閉)와 부적응의 장소감을 표현한다. 시 「액자 없는 그림」은 삶과 죽음이라는 실존의 운명이 '물매미 돌 듯' 돌고 도는 것이라는 점을 부각한다. '그림 없는 액자'와 '액자 없는 그림'은 '장소 없는 삶'과 '삶이 없는 장소'를 의미화한 것으로서 생명이 부재한 불모의 공간에 사는 실존의 부조리를 지시한다.

박용래는 '장소 없는 삶'과 '삶이 없는 장소'로서의 부조리를 장소 '있음'으로 극복하려는 헤테로토피아적 의지를 보인다. 현실에서 유토피아를 체감하려는 헤테로토피아적 열망은 "절대적으로 다른" 장소에서 "현실에 없는 시간(uchronie)"을 경험한다는 것을 의미한다. 시 「空山」에 나타난 무덤은 산 자와 죽은 자가 드나들고, 여름에도 장작을 패는 이질적 행위가 자연스럽게 일어나는 장소로 나타난다. 이는 시간의 선형성(線形性, linearity)이 사라짐으로써 헤테로크로니아적 순간을 경험할 수 있는 헤테로토피아적 장소로 기능한다. 시 「연지빛 반달型」에 나타난 찔레넝쿨 터널도 헤테로토피아적 장소로 기능한다. '찔레넝쿨 터널'은 공장이라는 장소와 '삼부교대'로 표현된 고됨의

시간을 단절해 고향의 풍요로운 경관으로 '접분(接分)'하는 헤테로토
피아적 의지를 반영한 감각의 장소다. 시 「接分」은 그러한 헤테로토
피아적 장소의 장소감을 '아삼함'으로 드러낸다. 아삼함은 고향의 경
관과 연관된 신비적 장소감의 표현이다.

박용래의 시의 특징은 삶과 죽음, 과거와 현재 등 양립 불가능한
시간과 장소를 접분해 둥긂의 장소를 만들어낸다는 점이다. 둥긂의
장소는 "문득 바람도 없는데 시나브로 풀려 풀려내리는 짚단, 짚오라
기의 설레임을 듣습니다"(「月暈」)에 표현된 것처럼 '설레임'이 깃든 장
소들로 나타난다. 설레임의 소리를 듣는 것이나, "땅에 귀 대이고 있
었으리"(「黃土길」)라는 표현은 장소의 게니우스를 체험하는 것이다.

박용래의 시에 나타난 장소경험은 자기 은신처의 게니우스와 반공간
의 헤테로토피아에 기반한 것이며 그러한 장소경험이 '둥긂'의 장소와
시간을 지향하는 '접분'의 헤테로토피아로 나타난다는 것이 이 글의
요지다. 본문에 언급한 게니우스와 헤테로토피아의 장소경험은 다나
카 준(田中 純)이 『도시의 시학』에 "장소는 공간적인 것으로만 머무르지
않고, 의미를 산출하여 분절화하는 수사학적인 성격을 가진다."[47]라고
언급한 것처럼 장소 수사학의 활성화에 기여할 것으로 기대된다.

---

47) 다나카 준, 앞의 책, 121쪽.

장소점유와 헤테로토피아

— 신경림 시의 경우

1. 서론

18세기 중엽 영국에서 발흥한 산업혁명은 20세기 후반에 이르러 유럽과 세계의 사회구조를 농업중심의 봉건주의에서 공업중심의 자본주의로 변화시킨 동력이었다. 생산력의 비약과 산업기술의 급속한 발달은 농촌공동체를 해체시켜 도시의 변방으로 귀속시키고, 농민들을 도시노동자와 산업예비군으로 배치시킴으로써 삶의 환경에 질적 변화를 초래했다. 근대화란 이러한 사회·경제적 변화의 총체적 양상을 반영한 개념이라 할 수 있으며, 생활과 문화의 차원에서 규정한다면 '경관(景觀)의 변화'로 압축·설명할 수 있다. 산업화에 따른 경관의 변화는 장소의 해체와 공동체를 지탱하는 정체성의 붕괴라는 두 측면의 변화를 동시에 포괄하는 사회적 현상을 의미하며, 이는 산업화 시대의 장소들이 갖는 지리적·실존적 의미를 규명하는 주요한 근거가 된다.

신경림의 시집 『農舞』는 1970년대 산업화로 인한 농촌의 붕괴[1]와

---

1) '자립 경제'와 '조국 근대화'를 목표로 박정희 군사정권이 1962년부터 1981년까지 5년 단위로 4차에 걸쳐 시행한 '경제개발 5개년계획'은 농촌 경제의 급속한 붕괴를 초래했다. 특히 1970년부터 시작된 '새마을운동'은 농촌공동체의 장소와 경관이 지닌 정감의 세계를 해체하고 경관을 실용적으로 재배치하고 획일화함으로써 농경문화에

그로 인한 농민들의 애환을 민중적 화법(話法)으로 그려냄으로써 관념에 치우진 당대의 시적 경향에 새로운 활로를 제시하고 민중시의 전범(典範)을 개척했다는 평가[2]를 받고 있다. 이와 같은 외재적 연구 성과를 바탕으로 시집『農舞』에 나타난 어조, 화자, 담화체계 등의 내재적 연구[3]가 병행되면서 신경림의『農舞』가 갖는 시사적(詩史的) 위치와 미학적 특질을 종합적으로 조망할 수 있는 계기가 어느 정도 마련된 것이 사실이다. 특히 장소와 공간에 관련된 연구들은 내용과 형식, 즉 민중적 서사와 미학적 장치가 어떻게 텍스트에 구현되고 있는지를 공간, 장소성, 장소상실, 무장소성, 로컬리티[4] 등의 개념을 적용해

내재한 고유한 커뮤니티와 토속적 문화의 근간을 훼손하는 결과를 낳았다.

2) 염무웅은 「무엇이 민중성의 시적 구현을 가능하게 하는가─『농무』를 중심으로」라는 글에 신경림의 시집『農舞』에 대한 외재적 연구들이 내린 공통적 평가의 내용을 "공허한 관념의 유희로 인해 독자들의 외면을 받던 시적 빈곤의 시대에 민중들의 삶의 실상을 민중적 언어로 노래하는 새로운 시세계를 개척함으로써 우리 시에 활로를 열었다."(420쪽)는 내용으로 압축해 정리했다. 염무웅은 이러한 외재적 평가만으로는 신경림 시의 미학적 특질을 규명할 수 없다는 견해를 제시하면서 내재적 평가의 필요성을 강조한다. 신경림의 초기시와 시집『農舞』에 나타난 민중적 정서와 서사성에 대한 외재적 연구의 주요한 성과들은『신경림 문학의 세계』(창작과비평사, 1995)에 실려 있다.

3) 손미영, 「『농무』의 담화체계와 시적 어조의 특성 연구」, 『한민족문화연구』 35권 0호, 한민족문화학회, 2010; 조효주, 「말할 수 없는 목소리의 '말하기'와 자기재현─신경림의『農舞』를 중심으로」, 『한민족어문학』 83권 0호, 한민족어문학회, 2019.3; 박혜숙, 「신경림 시의 구조와 담론 연구」, 『문학한글』 13집, 한글학회, 1999.12; 김석환, 「신경림의 시집『농무』의 기호학적 연구─공간기호체계와 그 해체 양상을 중심으로」, 『한국문예비평연구』 6권 0호, 한국현대문예비평학회, 2000.6.

4) 유병관, 「신경림 시집『농무(農舞)』의 공간 연구─장터를 중심으로」, 『반교어문연구』 31권 0호, 반교어문학회, 2011.8; 고재봉, 「신경림의『농무』계열 시에 나타난 장소성과 축제의 의미」, 『문학치료연구』 제49집, 한국문학치료학회, 2018.10; 조효주, 「신경림의『가난한 사랑노래』에 나타나는 장소와 장소상실 연구」, 『현대문학이론연구』 제76집, 현대문학이론학회, 2019.3; 송지선, 「신경림의『농무』에 나타난 장소 연구」, 『국어문학』 51집, 국어문학회, 2011.8; 강정구·김종회, 「문학지리학으로 읽어본 신경림 문학 속의 농촌:1950~70년대 작품을 중심으로」, 『한국문학이론과 비평』 56집 16권 3호, 한국문학이론과 비평학회, 2012.9; 강정구, 「申庚林의 시집

밝힘으로써 신경림의 시가 지향하는 민중적 리얼리즘의 세계가 이데
올로기적 도식성을 넘어서고 있다는 것을 입증하는 데 기여한 것은
분명하다. 그러나 내재적 분석의 결과가 '농촌붕괴'와 '소외'라는 사회
적 현상의 반영이라는 기존의 외재적 평가에 대한 부연(敷衍)의 차원
을 벗어나지 못하고 있다는 점에서 일정한 보강이 필요하다고 본다.

이 글은 신경림의 시집 『農舞』에 실린 시편들이 보이는 농촌붕괴
현상을 산업화로 인한 '경관(景觀)' 훼손이라는 관점에 입각해 설명하
고, 그러한 농촌붕괴 현상이 어떻게 고향의 장소들을 무장소화(無場所
化)하는지를 분석한 후 고향의 장소성에 내재된 헤테로토피아적 전망
을 아이들의 장소점유 방식을 통해 살펴보자 한다. 논의 범위를 시집
『農舞』에 한정한 까닭은 아이들의 장소점유 방식이 시집 『農舞』에
집중적으로 나타나기 때문이다. 어른들과 아이들이 갖는 장소감과 장
소점유 방식의 차이는 농촌붕괴의 현실이 단순히 산업화로 인한 소외
의 문제만이 아니라 장소와 관련된 공동체적 질서와 실존적 문제까지
포함하고 있다는 것을 시사한다.

시집 『農舞』에 나타난 아이들의 장소점유는 분노와 좌절로 얼룩진
어른들의 장소점유 방식과 달리 놀이를 통해 기존의 장소를 새롭게
점유하고 있다는 점에 상당히 중요한 의미가 있음에도 불구하고 그
의미가 제대로 조명되지 않고 있다. 이러한 문제는 시집 『農舞』의 공
간과 장소성에 대한 기존 연구들이 지닌 일종의 공백이라 할 수 있다.

農舞에 나타난 脫植民主義 연구」, 『어문연구』 32권 1호, 한국어문교육연구회,
2004.3; 박순희·민병욱, 「신경림 시의 장소 연구-시집 『농무』를 중심으로」, 『배달
말』 54권 0호, 배달말학회, 2014.6; 류순태, 「신경림 시의 공동체적 삶 추구에서
드러난 도시적 삶의 역할」, 『우리말글』 제51집, 우리말글학회, 2011. 4; 송지선,
「신경림 시에 나타난 로컬의 혼종성과 탈중심성 연구」, 『한국문학이론과 비평』 제72
집 20권 3호, 한국문학이론과 비평학회, 2016.9.

그러한 공백을 메우기 위한 것이 이 글의 주요 과제이며, 그 과제를
경관 훼손과 무장소성, 아이들의 장소점유에 나타난 헤테로토피아적
기능이라는 두 측면의 고찰을 통해 해결하고자 한다.

경관은 일상이 영위되는 삶의 장소와 지리적 환경을 모두 포괄한
개념이다.[5] 사람들은 생활이 영위되는 일상의 장소가 그곳을 둘러싼
지리적 환경으로부터 보호를 받고 있다는 믿음을 가짐으로써 장소의
아우라(Aura)[6]를 경험한다. 장소의 사회적 맥락과 그 장소에 내재된
아우라를 포함하는 경관은 장소의 속성을 드러내는 문화적 개념이며,

---

5) 일반적으로 경관은 '산이나 들, 강, 바다 따위의 자연이나 지역의 풍경'을 의미한다.
이 글에 서술된 경관 개념은 지리적 환경이라는 일반적 의미와 에드워드 렐프
(Edward Relph)가 『장소와 장소상실』(김덕현·김현주·심승희 역, 논형, 2005)에
설명한 "장소가 경험이나 생활세계의 의식 속에서 표출되는 다양한 방식"(35쪽)으로
서의 경관, 즉 "개인적이고 문화적인 태도와 의도"(250쪽)가 반영된 장소경험으로서
의 경관 개념을 포괄한 것이다. 에드워드 렐프는 경관을 장소 분석의 주요 관심사로
삼은 이유를 경관 속에 "장소와 무장소의 독특하고 본질적인 구성 요소"(35쪽)가
포함되어 있기 때문이라고 설명한다. 본고는 에드워드 렐프의 주장을 수용해 신경림
시에 나타난 장소와 무장소성을 분석했다.

6) 장소의 아우라는 장소에 대한 외경(畏敬)과 그 장소를 보호하는 수호신에 대한 믿음
을 바탕으로 형성된다. 다나카 준(田中 純)은 그러한 수호신을 "지령(地靈)"이라 칭한
다. 지령은 "장소에 독특한 향기나 흔적이 깃들게 하는 그 무엇"으로, 서양에서는
고장의 수호신이나 분위기를 뜻하는 "지니어스 로사이"(genius loci)로 불린다. (『도
시의 시학』, 나승회·박수경 옮김, 심산, 2019, 117쪽) 조르조 아감벤(Giorgio
Agamben)은 "어떤 사람이 태어나는 순간 그의 수호자가 되는 신"을 지칭하는 '게니
우스'(genius)의 의미를 "인격의 신격화이며, 그의 실존 전체를 지배하고 표현하는
원리"로 확장해 설명하면서 "좋은 게니우스와 나쁜 게니우스"가 인간과 맺는 관계를
통해 실존과 윤리의 문제를 탐구한다. 나아가 이러한 게니우스의 원리가 사람뿐만
아니라 장소와 사물에도 적용되는 것이라고 밝힌다. (조르조 아감벤, 『세속화 예찬』,
김상운 옮김, 난장, 2010, 11쪽, 20~21쪽 인용 및 참조) 이 글에 표현된 장소의
'아우라' 또는 장소의 '혼'은 다나카 준의 '지령'과 조르조 아감벤의 '게니우스'와 동일
한 의미로서 해당 문맥에 맞게 선택해 사용했음을 밝힌다. 장소의 비인격적 힘의
발현인 지령과 게니우스는 장소의 특질을 규정하는 중요한 요소임에도 불구하고 본
격적인 연구가 개진되고 있지 않다. 이 문제는 본고에서 다루기보다는 차후에 독립된
영역으로 따로 다루고자 한다.

장소에 대한 공동체 구성원들의 태도(장소애착과 장소혐오)를 규정하는
심리적 지표의 역할을 한다. 경관의 개념을 장소 분석에 적용하는 것
은 개인들의 생활공간에만 한정될 수 있는 장소 분석의 협애성을 지
역과 지리 나가서 자연과 대지라는 차원까지 확장함으로써 장소와 장
소성 연구의 폭을 공동체와 실존의 영역으로 심화·확대할 수 있다는
장점을 지닌다.

일반적으로 고향에 대한 정서는 경관경험으로 표현된다. 사람들이
고향에 대해 갖는 애착은 장소에 대한 애착만이 아니라 그 장소에 깃
든 아우라에 대한 믿음을 통해 형성된 공동체의 독특한 정서까지 포
함한다. 그러한 애착과 믿음이 장소의 분위기를 만들어냄으로써 고향
이라는 공간은 경관으로 확대되어 체험된다. 산업화는 고향의 장소들
에 깃든 아우라를 붕괴시키고 대지에 결속된 인간의 근원적 운명, 즉
'지리적 실재(實在)'로서 누리는 풍요의 경관을 박탈함으로써 고향의
'무(無)장소성'[7]을 야기한다. 무장소성은 고향이 있어도 고향의 정감
을 느낄 수 없게 만듦으로써 사람들로 하여금 실존적 공허와 사회적
소외를 동시에 느끼게 만든다. 산업화로 인해 무장소화된 고향은 역
으로 고향의 근원에 대한 갈망과 향수를 자극하는 새로운 기제(機制),
즉 '반(反)공간'(contre-espaces)으로 재편되어 무장소화된 고향의 장소

---

7) 에릭 다델(Eric Dardel)은 "지리란 무엇보다도 의미로 가득 찬 세계를 심오하고
   직접적으로 경험하는 것이며 인간 실존의 기초 그 자체와 같은 것"이라는 정의를
   바탕으로 인간의 실존적 운명을 '지리성'으로 설명한다. 그는 "지리적 실재란 무엇보
   다도 누군가 존재하는 장소이고 사람들이 기억하는 장소나 경관으로 인식되어야 한
   다."고 주장한다. 다델의 주장에 따른다면 장소와 경관의 붕괴는 곧 실존의 와해와
   정체성의 붕괴를 의미한다고 할 수 있다. 에드워드 렐프는 다델이 주장한 장소와
   경관의 붕괴를 "뿌리내린 삶으로부터 뿌리 뽑힌 삶"으로의 변화로 설명하고 그것의
   사회적 징후를 '무장소성'으로 정의한다. 에드워드 렐프, 앞의 책, 32~35쪽 인용
   및 참조.

들이 갖는 부정성들을 "지우고, 중화시키고 혹은 정화"[8]시키는 헤테
로토피아의 장소가 된다. 고향에 대한 그리움을 의미하는 노스탤지어
(Nostalgia)는 상실된 고향의 근원에 대한 동경의 정서를 드러내는 것
이며 회고와 성찰을 통해 현실의 고향이 갖는 부정성을 회복하고 재
건하려는 의지의 발현이라는 점에서 현실의 장소를 지우고 중화해 장
소의 본래적 의미를 회복하려는 헤테로토피아적 기능과 유사한 면을
지닌다고 할 수 있다.[9]

이 글은 시집『農舞』에 나타난 고향의 경관 훼손과 고향의 무장소
성에 대한 분석을 통해 고향의 위기가 어떻게 헤테로토피아적 기능을
담당하는지를 아이들의 장소점유 방식을 중심으로 살펴보고자 한다.
아이들의 장소점유는 어른들의 장소를 공유(公有)하여 놀이와 유희의
장소로 변용시킨다는 특징을 지닌다. 이러한 장소점유 방식은 앞서
설명한 것처럼 위기에 처한 현실의 공간을 '반(反)공간'으로 만들어 현
실의 부정성을 지워내는 헤테로토피아적 기능과 상통하며, 회복해야
할 고향의 경관을 상기시키는 주요한 시적 모티브로 작용한다.

시집『農舞』에 나타난 공간과 장소에 대한 분석을 경관과 무장소
성, 장소점유의 방식과 특징이라는 측면에서 접근한 본 논의의 목적
은 시집『農舞』가 민중적 애환이라는 이데올로기적 서사만이 아니라

---

8) 미셸 푸코,『헤테로토피아』, 이상길 옮김, 문학과지성사, 2014, 13쪽 인용 및 참조.

9) 필자는 현실에 존재하는 유토피아로서의 헤테로토피아적 장소들은 '근원'(根源)으
로서의 '고향'에 대한 '노스탤지어'의 정서와 일정한 연관을 갖는다는 것을 논문「백석
·이용악 시에 나타난 노스탤지어의 양상(樣相)과 '고향(故鄕)'의 헤테로토피아」(『한
국문학과 예술』제32집, 한국문학과 예술연구소, 2019.12)에 밝혔다. 헤테로토피아
와 장소성에 대한 시학적 가능성에 대한 원론적 탐구는 필자의 논문「헤테로토피아
(heterotopia)의 장소성에 대한 시학적(詩學的) 탐구」(『국어국문학』제186호, 국어
국문학회, 2019.3)에 미셸 푸코가 밝힌 헤테로토피아의 개념과 헤테로토피아를 구현
하는 원리로 제시된 '헤테로토폴로지'(hétérotopologies)의 여섯 가지 원리를 통해
구체적으로 설명했다.

고향의 헤테로토피아적 의미를 통해 실존의 회복에 대한 서사도 함께
제시했다는 것을 밝힘으로써 신경림의 시세계가 지닌 민중적 정서의
폭을 다층화하려는 것에 있다. 이러한 의도는 신경림의 시세계 전반
에 드러난 '떠돎'과 '정착'의 변주가 지닌 실존적 의미를 밝히는 데도
일조할 것으로 기대된다.

2. 경관의 훼손과 고향의 무장소성

자연이나 지역의 풍경을 의미하는 경관은 그 경관을 체험하는 구성원
들에 의해 심리적으로 재구성된다. 객관적으로 주어진 자연 환경과
그 안에 거주하는 경관의 공유는 공동체 구성원들 간의 커뮤니티
(community)[10]를 유지·강화시킨다. 장소 정체성은 공동체의 연대를
통해 강화되고, 공동체의 연대는 장소 정체성을 통해 더욱 공고해짐으
로써 자신이 거주하는 지역과 장소에 대한 애착과 소속감을 한층 강화시
킨다. 따라서 경관체험이란 자연의 일부라는 지리·실존적 인식과 "개인
으로서 그리고 공동체의 일원으로서 나의 장소에 속해있다는 느낌"[11]의
표현이라 할 수 있다. 즉 경관체험이란 자신이 거주하는 지역과 장소
그리고 그곳을 둘러싼 자연의 힘에 대한 구성원들의 암묵적 합의로
얻어진 "공통된 믿음과 가치의 표출"[12]이라 할 수 있으며, 이는 장소감

---

10) 커뮤니티는 공동체 구성원들의 삶을 조율하는 생활양식으로서 '지리적 영역의 공
   유, 사회적 상호작용, 공동유대감'이라는 세 요소를 바탕으로 형성되는데, 이 중에서
   가장 근원적인 것은 '지리적 영역의 공유'라 할 수 있다. (김인성·안광호·최용석,
   「가상 커뮤니티와 현대도시의 장소성에 관한 연구」, 『大韓建築學會論文集/計劃系』
   30권 10호, 대한건축학회, 2014, 142쪽 참조 및 인용)
11) 에드워드 렐프, 앞의 책, 150쪽.
12) 위의 책, 85쪽.

(sense of place)을 형성하는 심리적 기준의 역할을 한다.

고향에 대한 애착은 지리적 환경과 거주 장소에 대한 심리적 반응 양태로서의 장소감에 의해 형성된다. 자연의 일부로서, 장소의 주인으로서, 공동체의 일원으로서 갖는 장소적 소속감은 고향이라는 공간을 일상의 공간과 구분되는 특별한 공간으로 재구성한다. 지리적 실재이자 그 실재를 넘어서는 모종의 '혼'(=아우라)이 깃든 장소로 재인식된 고향은 공동체를 유지·보호하는 '게니우스(genius)'의 장소가 된다. 산업화는 장소의 아우라와 구성원 간에 맺어진 커뮤니티를 해체함으로써 고향이 지닌 게니우스적 위상(位相)을 약화시킨다. 게니우스적 역할의 약화는 공동체가 지닌 정체성의 붕괴로 드러나며, 이러한 현상은 경관 훼손을 통해 심화된다. 경관 훼손은 시집 『農舞』에 실린 시편 전체를 관통하면서 농촌붕괴의 양상을 드러내는 역할을 한다.

> 허물어진 외양간에/그의 탄식이 스며 있다/힘없는 뉘우침이//부서진 장독대에/그의 아내의 눈물이/고여 있다 가난과/저주의 넋두리가//부러진 고욤나무 썩어/문드러진 마루에/그의 아이들의/목소리가 배어있다/절망과 분노의 맹세가//꽃바람이 불면 늙은/수유나무가 운다/우리의 피가 얼룩진/서울로 가는 길을/굽어보며
>
> 「서울로 가는 길」 전문

시 「서울로 가는 길」에 나타난 경관 훼손은 '허물어진 외양간', '부서진 장독대', '썩어/문드러진 마루'로 묘사된 집의 훼손을 통해 구체화되고 있다. 여기에 '부러진 고욤나무', '늙은/수유나무'로 표현된 주변 환경의 쇠락이 더해지면서 집이 거주 장소로서의 기능을 상실했음을 시각적으로 보여준다. 장소가 경관으로 인식되는 주된 이유는 '외관(外觀)'과 장소에 내재한 '혼'[13]때문이다. 훼손되지 않은 외관과 그

곳에서 영위되는 삶의 모습이 온전할 때 집은 영속적인 거주의 장소
가 된다. 집 안팎의 장소들이 시간의 흐름에 의해 외관의 변화를 갖더
라도 그 고유의 기능을 온전히 유지한다면 집은 하나의 경관이 된다.
그런데 시 「서울로 가는 길」에 나타난 집은 외관은 물론 기능 자체가
완전히 상실되어 무장소화되었음을 보여준다. 집의 상실은 그 어느
장소의 상실보다 심각한 것이다. 이는 경관의 중심이라 할 수 있는
생활의 터전이 해체됨으로써 실존의 뿌리가 뽑혀나갔다는 것을 의미
한다.[14]

　외양간, 장독대, 마루는 집을 제유(提喩)한다. 이러한 장소들이 제
기능을 발휘하지 못한다는 것은 생활의 근본이 붕괴되었음을 뜻한다.
여기에 고욤나무와 수유나무로 제유된 자연의 쇠락과 장소적 아우라
의 상실까지 더해짐으로써 시 「서울로 가는 길」의 경관과 집의 장소
감은 '탄식'과 '울음'으로 표현된다. 집과 고향의 보편적 속성은 안락
과 평온이다. 그런 면에서 집의 속성은 곧 고향의 속성으로 환유(換喩)
될 수 있다. 따라서 탄식과 울음[15]으로 표현된 집의 장소감은 고향

---

13) 에드워드 렐프는 '장소의 영속성'이 장소의 외관과 혼 가운데 있다는 것을 강조한다.
　　사람들이 어린 시절부터 노년까지 자신의 정체성을 간직하는 것처럼 특정 장소도
　　정체성을 유지하는 내적인 힘이 있다는 것이 에드워드 렐프의 주장이다. 그러한 내적
　　인 힘을 그는 장소에 "내재하는 신(神)"으로 설명한다.(에드워드 렐프, 위의 책, 81쪽
　　인용 및 참조) '내재하는 신'이나 '혼'의 의미는 앞서 설명한 장소의 아우라, 장소의
　　게니우스와 동일한 것이며, 이는 개인과 공동체의 삶을 유지시켜주는 장소적 믿음의
　　형태라 할 수 있다. 이러한 믿음의 붕괴는 농촌공동체를 탈신성화해 도시의 위성지역
　　으로 재배치하려는 산업화의 논리에 기인한다. 박정희 정권이 주도한 '새마을 운동'
　　은 농촌공동체의 장소에 깃든 '혼'을 제거하려는 정책으로 신경림의 시집 『農舞』에
　　드러난 무장소성의 생성 배경이라 할 수 있다.
14) 에드워드 렐프는 '집'이라는 거주 장소의 소외가 만연해져 회복 불가능한 상태에
　　이른 상태를 무장소성의 가장 극단적 수준이라고 설명한다. (위의 책, 291쪽.)
15) 조효주는 '울음'의 의미를 "절망적 상황 속에서 약자들이 선택할 수 있는 하나의
　　말하기 방식"이라고 설명한다. 절망이 극에 달해 말로 표현할 수 없는 상황에 이르렀

전체의 장소감을 드러낸다고 할 수 있으며 그것은 허물어지고, 부서지고, 썩어 문드러진 경관으로 체험된다. 이러한 경관 훼손은 '그'와 '그의 아내'와 '그의 아이들'이 삶의 토대를 잃고 이향(離鄕)을 하게 되는 절박한 심정을 한층 강화시킨다. 시의 내용에 이향의 사연이 세세히 진술되지는 않았지만 장소와 경관의 묘사에 투영된 분위기를 통해 그들의 사연이 산업화로 인한 농촌붕괴와 연관된다는 것을 충분히 유추할 수 있다. 장소와 경관의 묘사[16]는 '힘없는 뉘우침', '가난과/저주의 넋두리', '절망과 분노의 맹세', '피가 얼룩진' 등과 같은 자책과 분노의 감정을 과도하거나 공허하게 느껴지지 않도록 만드는 역할을 한다. 이러한 특징은 시 「서울로 가는 길」을 비롯해 시집 『農舞』의 시편 전반에 나타난 특징이라 할 수 있다. 그러한 묘사의 의도는 독자들에게 경관과 장소 훼손의 실태를 시각적으로 떠올리게 함으로써 생활의 붕괴라는 사태를 감각적으로 공감하게 만드는 것이며, 이는 신경림만의 고유한 어조와 문채(文彩)를 만들어내는 토포스(Topos)[17]의

을 때 말을 대신하는 것으로서의 울음이라는 조효주의 설명은 외재적 관점에서는 타당함을 지닌다. 그러나 생활의 터전을 버리고 가야하는 실존의 차원에서 본다면 장소를 상실한 데서 오는 '박탈감'의 표현으로 울음을 이해하는 것이 시의 내적 맥락과 더 부합한다고 본다. (조효주, 「말할 수 없는 목소리의 '말하기'와 자기재현—신경림의 『農舞』를 중심으로」, 『한민족어문학』 83권 0호, 한민족어문학회, 2019.3, 285쪽 참조.)

16) 염무웅은 신경림의 시는 감정적 울분을 최대한 억제하면서 "순차적으로 카메라 앵글을 돌리는 장면화(場面化)의 기법"을 사용하여 시의 형식에 "어떤 수준의 완벽성"을 이루어 냄으로써 독자들이 쉽게 작품에 접근할 수 있게 한다고 설명한다. (염무웅, 앞의 글, 424쪽) 염무웅의 평가에 덧붙여 신경림 시의 형식적 특징을 보충하면, 신경림은 인물들의 심리나 사건에 대한 직접적 진술보다 경관과 장소의 묘사를 통해 독자들에게 내러티브를 전달한다는 것이 특징이다.

17) 다나카 준은 장소의 성격이 공간적인 것에만 머물지 않고 의미를 산출하여 분절화하는 수사학적인 성격을 가진다는 설명과 함께 토포스(Topos)의 수사학을 인접관계에서 발생하는 환유(換喩 metonymy), 포함관계에서 발생하는 제유(提喩 synecdoche), 유사(類似)관계에서 발생하는 은유(隱喩 metaphor), 대의(對義)관계에서 발생하는

수사학이라 할 수 있을 것이다.

시집 『農舞』에 드러난 경관체험은 장소들의 '외관'과 '혼'이 상실됨으로써 얻어지는 감정들, 즉 장소가 무장소화됨으로써 느끼는 심리적 박탈감으로 표출된다. 무장소화의 박탈감은 장소를 대하는 비진정성의 태도로 나타난다. 이러한 현상의 직접적인 원인은 "쌀값 비료값 얘기"(「겨울밤」), "남의 땅이 돼버린 논둑"(「시골 큰집」), "비료값도 안나오는 농사"(「農舞」), "농지세 1프로 감세"(「꽃 그늘」), "양곡증산 13, 4프로에/칠십리 밖엔 고속도로"(「오늘」) 등의 표현에서 보듯 산업화로 인한 농촌붕괴에 있다. 농촌이 붕괴되는 과정은 주로 장소감의 변화로 빈번하게 드러난다.

① 샛길로 해서 장터로 들어서면/빈 교실에서는 오르간 소리도 그치고/양조장 옆골목은 두엄냄새로/온통 세상이 썩는 것처럼 지겨웠다.

「어느 8월」 부분

② 장날인데도 무싯날보다 한산하다./가뭄으로 논에서는 더운 먼지가 일고/지붕도 돌담도 농사꾼들처럼 지쳤다.

「山邑紀行」 부분

③ 학교 마당을 벗어나면/전깃불도 나가고 없는 신작로,/씨름에 져 늘어진 장정을 앞세우고/마을로 돌아가는 행렬은/참외 수박 냄새에도 이제 질리고/면장집 조상꾼들처럼 풀이 죽었다.

「씨름」 부분

반어(反語 irony)의 4가지 문채로 분류한다. 신경림의 시에 나타난 토포스의 수사학적 문채는 주로 환유와 제유의 형태로 나타나는데, 이는 그가 지향하는 민중적 리얼리즘의 세계와 연관이 있는 것이라 판단된다. 장소와 관련된 토포스의 수사학적 특질은 본 연구에서 다루기보다 별도의 연구를 통해 규명할 필요가 있다고 본다.

　시 ①에 나타난 '장터', '교실', '양조장'은 산업화 이전부터 존재하던 장소들로서 마을의 커뮤니티가 형성되는 공동체의 장소들이라 할 수 있다. 공동체의 정체성을 형성해 가는 각각의 장소적 기능이 "썩는 것처럼" 인식된다는 것은 장소성이 변질되었다는 것을 뜻한다. 썩는다는 것은 각각의 장소에 깃든 고유의 장소감이 사라지고 그로 인해 흥과 활기를 잃음으로써 '지겨움'의 장소가 되었다는 것을 감각적으로 표현한 것이다. 이는 장소에 대한 비진정성의 태도를 보이는 것으로 시 ②에 '지침'의 태도로 나타난다. '무싯날'보다 한산한 장터와 '농사꾼들처럼' 지친 모습으로 묘사된 '지붕'과 '돌담'은 흥이 넘치고 생기가 가득해야 할 장터와 집이 각각의 정체성을 상실하고 무장소화되어 가는 모습을 보여준다. '지붕'과 '돌담'은 집을 제유하는 이미지들로서 그것들이 사람보다 더 지쳐 보인다는 표현에 의해 장소의 피로감이 광범위화되고 극대화되었음을 알 수 있다. 이러한 '지침'의 장소감은 시 ③에서처럼 마을 전체가 '풀'이 죽은 모습으로 확장된다. 풀이 죽은 이유는 씨름에 져서라기보다 집과 장터와 학교 등의 장소가 예전과 같지 않음에서 오는 공동체 구성원들의 기분 변화와 관계된 것이라 할 수 있다. 인용한 시들에 나타난 '지겨움', '지침', '풀 죽음' 등의 분위기는 장소에 대한 애착이 사라진 결과의 표현이며 이는 마을 전체의 장소들이 무장소화되어가는 일련의 모습을 보여주는 것이라 할 수 있다.

　무장소성은 산업화 시대만의 산물은 아니다. 어떤 장소든 시간이 지나면서 그 장소에 대한 사람들의 태도 변화가 나타나기 마련이다. 그러한 변화는 장소의 혼과 정체성이 유지되는 수준에서 이뤄지는 것이지만 산업화로 인한 변화는 장소와 실존 자체의 뿌리를 훼손한다는 점에서 심각성을 드러낸다. '탄식', '지겨움', '지침', '풀 죽음'은 장소의 변질에 대한 태도이며, 그러한 태도가 지배적인 장소감이 된다는 것은 삶의 기반이 흔들리고 있다는 것을 시사한다. 신경림은 이러한 삶의 붕괴를 경관의 훼손을 통해 보여준다. "장소의 맥락이자 장소의 속성"[18]인 경관이 훼손된다는 것은 인간의 삶을 유지·보호해주는 장소의 혼이 상실됨을 뜻한다. 인간은 "우리 자신이 견딜 수 있다고 믿는 것보다 무한히 거대한 그 무엇인가가 우리를 엄습해올 때의 공황 상태"[19]를 극복하기 위해 자신들을 지켜주는 장소 내적인 힘으로서의 장소적 아우라를 상정한다. 따라서 경관의 핵심은 장소에 깃든 혼과 아우라에 대한 믿음이며, 그러한 믿음이 전경화된 것이 바로 장소감이다.

시집 『農舞』에 나타난 경관 훼손의 의미는 고향이라는 장소를 실존의 근원으로 인식하게 만드는 비인격적 힘으로서의 장소적 아우라가 어떻게 '새마을운동'과 같은 산업화 정책에 의해 붕괴되고 있는지를 보여주는 체험적 소산이라 할 수 있다. 경관 훼손의 과정에서 발생한 '이향'은 고향의 장소들이 무장소화됨으로써 삶의 근원을 잃게 된 구성원들의 일부가 생존을 위해 피치 못해 취한 부분적이고 선택적인 사건이라 할 수 있다. 대다수의 사람은 "서울로 식모살이 간 분이는/아기를 뺐다더라. 어떡헐거나."(「겨울밤」), "이발 최씨는 그래도 서울이 좋단다."(「골목」)에 나타난 것처럼 고향에 남아 서울로 간 사람들의 풍문을 듣거나 "서울로 새로 트이는 길을 닦으러 나가고/멀건 풀죽으로 요기를 한 나는/버스 정거장 앞 만화가게에서 해를 보내고"(「冬眠」)에 표현된 것처럼 '서울로 새로 트이는 길'을 닦으며 고향에 남아 서울의 공간을 막연하게 짐작할 뿐이다. 시집 『農舞』에 실린 시편들 중

---

18) 에드워드 렐프, 앞의 책, 251쪽.
19) 조르조 아감벤, 앞의 책, 17쪽.

이향의 사건을 구체적으로 다룬 시는 앞서 분석한 「서울로 가는 길」
뿐이며 대개의 시편은 산업화로 무장소화되어가는 고향에 남아 자신
들의 정체성을 되찾으려는 움직임들을 묘사한다는 것이 그 특징이라
할 수 있다. 고향에 남은 사람들이 갖는 장소회복의 의지를 밝히지
않은 채 이향과 소외만을 설명하는 것은 술집, 장터, 주막집, 방앗간,
정미소, 협동조합, 구판장, 공사장, 정미소 등의 장소에서 벌어지는
사건들의 의미를 단순화하는 결과를 초래할 수 있다.[20] 즉 농민들의
울분, 탄식, 절망, 좌절 등의 감정을 산업화로 인한 패배의식의 표출
이라는 식으로 단순화할 여지를 남기게 된다. 신경림은 무장소화된
고향의 현실을 직시하면서 다시 회복해야 할 고향의 이상적 모습을
아이들의 장소점유와 놀이의 방식을 통해 암시적으로 제시한다.

3. 아이들의 장소점유와 헤테로토피아

산업화는 현실의 장소를 자본의 요구에 따라 재배치하여 위계화한
다. 도시는 삶의 거주지라는 의미보다는 상품의 유통과 소비에 맞게
최적화된 장소, 즉 자본의 의도에 의해 구획된 인공(人工) 장소에 가깝
다. 그렇기 때문에 도시는 장소의 아우라가 상실된 무장소성의 집합
체이자 제도화되고 규격화된 장소들의 인위적 네트워크라 할 수 있
다. 미셸 푸코는 이러한 근대의 장소에 대항하고 맞서는 이의제기의

---

20) '서울'과 '농촌'이라는 대립적 구조로 두 공간의 위계를 파악하여 이향의 의미를
밝히는 외재적 분석도 필요하지만 경관의 훼손으로 인한 무장소성이 어떻게 공동체
의 삶을 와해시키는지를 살펴봄으로써 '고향'이 갖는 내적 의미를 재조명하는 분석이
우선되어야 이향의 의미가 더 분명해진다고 본다. 고향의 장소성에 대한 내적 분석은
'고향'이라는 공간에 포진된 장소들이 함의한 유토피아적 의미를 현실화하는 작업이
될 것이며, 이는 고향의 헤테로토피아적 의미를 밝히는 것이라 할 수 있다.

장소로 헤테로토피아를 제시한다. 헤테로토피아는 근대가 기획한 자본의 장소들에 맞서 장소의 본래성을 회복하려는 현실적 의지를 반영한 '반(反)공간'이자 '위치를 가지는 유토피아'이다.[21] 근대의 장소에 대항하는 헤테로토피아의 장소는 새롭게 만들어지는 것이 아니라 재전유(再專有)[22]를 통해 구축된다. 그러한 재전유의 대표적인 예로 푸코는 아이들이 점유한 다락방을 제시한다. 다락방은 물건을 넣어두는 외진 장소가 아니라 아이들의 놀이에 의해 비밀의 공간으로 재전유되면서 특별한 장소가 된다. 이렇듯 장소의 재전유는 기존의 장소에 새로운 성격을 부여한다.

장소는 시간의 누적에 의해 고유한 분위기, 즉 장소감을 만들어낸다. 장소감은 장소와 관련된 기억을 품는다. 아이들은 어른들보다 기억의 시간이 상대적으로 짧기 때문에 장소감에 얽매이지 않는다. 그렇기 때문에 같은 장소라 하더라도 장소감이 다르게 나타난다. 어른들은 '반성적 중지'(reflective pause)와 '되돌아봄'(backward glance)[23]이라는 인식 작용을 통해 장소마다 특별한 의미와 정서를 부여한다. 장소에 대한 '반성적 중지'와 '되돌아 봄'의 인식은 장소가 갖는 실존적 측면보다 장소 외적인 요소, 즉 사회경제적 맥락과 사건에 기반해 작동되기 때문에 대체로 역사적 상흔(傷痕)을 남긴다. 반면 아이들은 상상력과 놀이를 통해 장소의 본질에 직접 접근하기 때문에 상대적으

---

21) 미셸 푸코, 앞의 책, 13쪽. 인용 및 참조

22) '혼자 독차지하여 가짐'을 뜻하는 '전유'는 '공유'와 대조되는 개념이다. 본 논문은 아이들의 장소점유 방식을 어른들의 장소를 공유하는 것으로 설명했는데, 이는 사적 공간이 아닌 공공장소에서의 공유 방식을 뜻하는 것이다. 이와 달리 미셸 푸코가 설명한 아이들의 '다락방'은 사적이고 내밀한 아이들만의 독점적 장소, 즉 어른들이 부재한 상태에서의 장소점유를 뜻하는 것이기에 '재전유'로 구별해 표현했다.

23) 이-푸 투안, 『공간과 장소』, 구동회·심승희 옮김, 대윤, 2011. 60~61쪽 참조 및 인용.

로 장소에 깃든 기억의 슬픔 같은 것들을 만들어내지 않는다. 이러한 장소감의 차이가 시집 『農舞』의 시편들에 상당 부분 나타난다는 것은 매우 중요한 의미를 갖는다.

① 무명 두루마기가 풍기는 역한 탁주냄새/돗자리 위에 웅크리고 앉은 아저씨들은/꺼칠한 얼굴로 시국 얘기를 한다/그 겁먹은 야윈 얼굴들//아이들은 그래도 즐거웠다/바람막이 바위 아래 피운 모닥불에/마른 떡과 북어를 구우며/뺑뺑이를 돌고 곤두박질을 쳤다

「시제」 부분

② 건조실 앞에서는 개가/짖어댄다 고추 널린 마당가에서/동네 아이들이 제기를 찬다. 수건으로/볕을 가린 처녀애들은 킬킬대느라/삼태기 속의 돌이 무겁지 않고/십장은 고함을 질러대고. 이 멀고/외딴 공사장에서는 가을해도 길다.

「遠隔地」 부분

③ 우리는 분이 얼룩진 얼굴로/학교 앞 소줏집에 몰려 술을 마신다/답답하고 고달프게 사는 것이 원통하다/꽹과리를 앞장 세워 장거리로 나서면/따라붙어 악을 쓰는 건 조무래기들뿐/처녀애들은 기름집 담벽에 붙어서서/철없이 킬킬대는구나/(중략)/우리는 점점 신명이 난다/한 다리를 들고 날라리를 불거나/고갯짓을 하고 어깨를 흔들거나

「農舞」 부분

④ 두루마기 자락에 풀 비린내를 묻힌/먼 마을에서 아저씨들이 오면/우리는 칸델라를 들고 나가/지붕을 뒤져 참새를 잡는다./이 답답한 가슴에 구죽죽이/겨울비가 내리는 당숙의 제삿날 밤./울분 속에서 짧은 젊음을 보낸/그 당숙의 이름은 나는 모르고

「제삿날 밤」 부분

⑤ 나는 그들이 주먹을 떠는 까닭을 몰랐다./밤이면 숱한 빈 움막에서
도깨비가 나온대서/칸델라 불이 흐린 뒷방에 박혀/늙은 덕대가 접어준
딱지를 세었다.

「廢鑛」 부분

　시 ①은 조상들의 무덤에 모여 '시제'를 지내는 풍경을 묘사한다.
조상들의 무덤은 과거의 시간을 누적해 현재화한 장소로서 조상에 대
한 숭배가 행해지는 장소다. 그런데 이곳에서 어른들은 '시국 얘기'를
하며 '역한 탁주'를 마신다. 감사와 숭배로 평온함을 가져야할 장소에
서 "겁먹은 야윈 얼굴들"을 하고 있다는 것은 시국의 어수선함에 대한
우려와 불안을 표하는 것이다. 이는 장소에 대한 비진정성의 태도를
보이는 것이며 무덤의 장소성을 시국과 연결해 불안의 장소로 만드는
'반성적 중지'의 인식을 보이는 것이다. 반면 아이들은 "뺑뺑이를 돌
고 곤두박질"을 치며 즐겁게 논다. 아이들의 이러한 행동은 어른들의
불안과 대조되면서 무덤가의 분위기에 활기를 부여한다. 아이들과 어
른들의 대조적 행위는 시 ②에 고함을 지르는 '십장'에 대항해 '제기'
를 차는 아이들과 '킬킬'대는 처녀애들의 관계로 나타난다. 공사장을
감독하는 십장에 맞서 놀이와 웃음으로 그의 권위를 무력화하는 아이
들과 처녀애들의 행동은 "삼태기 속의 돌"조차 무겁지 않게 만듦으로
써 노동의 힘겨움을 상쇄시키는 기능을 한다. 어른들에게 원격지의
공사장은 고되고 무거운 노동의 장소이지만 아이들과 처녀애들에게
는 가볍고 즐거운 놀이의 장소로 공유된다.
　어른들이 사건의 맥락에 따라 장소감을 보인다면 아이들은 '자극'[24]
에 반응해 장소감을 드러낸다. 자극에 반응한다는 것은 특정 장소에

---

24) 위의 책, 51쪽.

내재된 장소 정체성을 직접적으로 경험하고 향유한다는 것을 의미한
다. 시 ③은 '장거리'에서 농무를 추는 어른들과 그들을 쫓아다니는
아이들의 모습을 묘사한다. 축제의 현장이라 할 수 있는 장거리에서
어른들은 답답함과 고달픔과 원통함을 느낀다. 축제의 분위기는 "자
유와 환희"에 있으며, 그러한 분위기는 "실존을 실존의 쳇바퀴에서
벗어나게"[25] 하여 해방감을 느끼게 한다. 그러나 어른들의 태도는 그
런 축제의 분위기와 다른 면모를 보인다. 술에 취해 춤을 추는 어른들
의 행동이 "우리는 점점 신명이 난다"는 절정의 모습으로 표현되고
있지만 그 신명은 '원통함'이 제거되지 않은 '의사(擬似)' 신명[26]에 가
깝다 할 수 있다. 겉으로는 신명이 난 것처럼 보이지만 속으로는 원통
함을 갖는 신명의 의사성은 일탈과 전복을 통해 자유와 해방감을 경
험하는 축제의 본래적 기능에 부합하는 것이 아니다. 그러한 측면에
서 본다면 의사 신명은 축제의 형식과 내용에 걸맞지 않는 비진정성
의 태도, 즉 장소에 완전히 몰입하지 못하고 형식적으로만 장소를 점
유하는 무장소성의 장소감을 내포한 것이라 할 수 있다. 이는 에드워
드 렐프가 무장소성을 "의미 있는 장소를 가지지 못한 환경과 장소가
가진 의미를 인정하지 않는 잠재적인 태도"[27]라 규정한 것과 상당한

---

25) 츠베탕 토도로프, 『바흐찐: 문학사회학과 대화이론』, 최현무 옮김, 까치글방, 1987,
212쪽.
26) 조태일은 '신명'의 의미를 "축제 속의 유희가 아니라 허탈한 거짓 몸짓"이자 "역설과
반어의 극치"로 설명한다. (「열린 공간, 움직이는 서정, 친화력」, 『신경림 문학의
세계』, 구중서·백낙청·염무웅 엮음, 창작과비평사, 1995, 150쪽.) 고재봉은 '신명'
을 "분노나 슬픔, 혹은 위안과 놀이에서 오는 기쁨이 한데 섞인 복합적인 감정"으로
설명한다.(고재봉, 앞의 글, 270쪽.) 두 사람의 설명은 나름의 타당성을 가지고 있지
만 '거짓 몸짓'이나 '놀이에서 오는 기쁨'이라는 수사의 외연이 지나치게 확대되어
시 「農舞」의 시적 문맥을 흐릴 수 있는 여지가 있기에 필자는 두 사람의 평가를
부분적으로 수용·완화한 '의사 신명'이라는 용어를 사용하고자 한다.
27) 에드워드 렐프, 앞의 책, 290쪽.

연관을 보인다. 반면, 어른들을 쫓아다니며 악을 쓰는 '쪼무래기들'과 담벽에 붙어 킬킬대는 '처녀애들'은 장거리의 시청각적인 자극에 반응함으로써 축제의 장소를 열정적으로 점유한다. 아이들의 그러한 행동은 현실에 대한 '반성적 중지'나 '되돌아봄'의 매개적 인식이 없는 모방행위이기 때문에 가능한 것이다. 즉 아이들은 한 장소에서 벌어지는 사건의 사회·경제적 맥락보다 그 장소 안에 있는 사람들의 행동에 대한 호기심이 앞서기 때문에 '장소에 대한 열정'을 가질 수 있는 것이다.[28] 아이들의 웃음과 모방행동은 어른들의 의사 신명과 달리 장소적 열정을 살려내는 '자유와 환희'의 원천이라 할 수 있다. 웃음과 모방행동은 어른들의 장소를 공유해 자신들의 장소로 점유하는 것이라 할 수 있으며, 그렇게 공유된 아이들의 장소는 어른들의 장소에 깃든 고달픔과 원통함의 장소감을 "지우고 중화시키고 혹은 정화"[29]시키는 역할을 함으로써 헤테로토피아적 기능을 수행한다.

시 ③에 표현된 아이들의 '철없음'이란 사리분별의 지각이 없음을 뜻하기보다 어른들의 장소에 깃든 '원통함'을 지우고 중화시키고 정화하는 헤테로토피아적 기능과 관련된 것이라 할 수 있다. 그러한 것이 시 ④와 ⑤에 "나는 모르고"와 "까닭을 몰랐다"는 어린 화자의 심정으로 드러난다. 두 시에 나타난 '모름'의 맥락은 '무지'(無知)를 의미한다기보다는 놀이에 몰입함으로써 사건의 전후 배경을 유예(猶豫)하는 태도라 할 수 있다. 시 ④는 '당숙의 제사'가 치러지는 집안의 분위기를 묘사한다. 제삿날에 모인 어른들은 당숙의 원통한 죽음을 상기하며 침울함에 빠진다. 이러한 분위기는 당숙의 죽음이 모종의 사건에 연루된 비극적 결과임을 암시한다. 그러한 사건의 전말은 물론 당숙의 이름

---

28) 이-푸 투안, 앞의 책, 57쪽 인용 및 참조.
29) 미셸 푸코, 앞의 책, 13쪽.

조차 알지 못하는 어린 화자의 무지는 어른들의 사건에 포섭되지 않고
참새를 잡는 놀이에 몰입하게 함으로써 '구죽죽이' 내리는 '겨울비'로
환기된 제삿날 밤의 침침한 집안 분위기를 중화시키는 역할을 한다.
시 ⑤의 "까닭을 몰랐다"도 같은 맥락에서 이해할 수 있다. 어른들이
'주먹'을 떠는 것은 울분과 분노의 표현이다. 그러한 내막을 모르기에
어린 화자는 집의 장소감을 '도깨비'가 출몰하는 두려움의 상상적 장소
에 편입시키고 그로부터 벗어나기 위해 '딱지'를 세는 자신만의 놀이에
몰입할 수 있게 된다. 아이들의 그러한 행위는 어른들의 입장에서 보면
순진하고 철없는 것으로 비쳐지지만 한편으로는 자신들의 유년을 떠
올리게 하여 분노를 잠시 가라앉혀 주는 역할을 한다. 푸코가 아이들은
"반(反) 공간, 위치를 가지는 유토피아들"을 "완벽하게"[30] 알고 있다고
말한 것은 아이들이 상상력과 놀이를 통해 장소를 점유하는 방식을
선천적으로 체득하고 있음을 강조한 것이라 할 수 있다.

　인용한 시들에 나타난 어른들의 불안, 분노, 답답함, 고달픔, 원통
함 등의 감정은 산업화로 인한 농촌공동체의 붕괴와 연관된 현실대응
의 태도를 드러낸 것이다. 현실대응의 감정은 표면적으로 장소와 직
접적인 관련이 없어 보이지만 그러한 감정이 기존의 장소에 일정한
특성[31]을 부여해 장소감을 왜곡한다는 점에서 상당한 관련을 갖는다
할 수 있다. 장소감의 왜곡은 장소의 고역감(苦役感)으로 나타난다. 장
소의 고역감은 무장소성의 발현이다. 시집 『農舞』에 등장한 어른들이
집을 비롯해 술집, 장터, 주막집, 방앗간, 정미소, 협동조합, 구판장,
공사장 등에서 느끼는 불안, 분노, 답답함, 고달픔, 원통함의 정서는

---

30) 위의 책, 13쪽.
31) 장소는 인간 행위의 바탕을 이루며, 인간의 행위는 다시 장소에 특정한 의미를 부여
　　한다. 행위와 장소의 상호작용의 결과는 장소애착과 장소혐오로 드러난다.

장소 고역감을 드러낸 것이다. 이러한 고역감은 장소에 대한 비진정성의 태도로 드러나 고향 전체를 위기의 공간으로 만든다. 신경림은 위기의 장소가 된 고향의 현실을 경관 훼손과 무장소성을 통해 묘사하고, 그러한 현실에서 고역의 장소감을 통해 산업화로 인한 농촌의 위기를 전경화한다. 이런 전경화 속에 삽입된 아이들은 산업화의 여파와 상관없이 놀이와 웃음을 통해 어른들의 장소를 공유하여 장소에 활기를 제공한다는 것이 시집 『農舞』 중요한 특징 중 하나다.

신경림이 시집 『農舞』의 상당 수 시편에 아이들의 장소점유 방식을 묘사한 의도는 위기의 고향을 위기 이전의 상태로 회복하려는 의지와 관련된다. 고향의 위기란 엄밀히 말해 어른들이 느끼는 위기라 할 수 있다. 그러한 위기의 공간에 대항하는 반(反)공간으로서의 헤테로토피아적 장소를 아이들의 장소점유 방식을 통해 제시함으로써 훼손된 고향의 장소와 경관을 회복하려는 것이 시집 『農舞』의 숨겨진 의도라 할 수 있다. 그러한 측면에서 볼 때 '아이들'은 존재 그 자체가 고향의 정체성을 대변하는 장소적 실체라 할 수 있다. 아이들은 어른들에게 유년이라는 시간을 회상하게 만드는 현실의 장소이며 그들의 순진무구한 행동은 회복해야할 고향의 장소감을 지시한다.

> 1
> 창 밖에 눈이 쌓이는 것을 내어다보며 그는
> 귀엽고 신비롭다는 눈짓을 한다. 손을 흔든다.
> 어린 나무가 나무 이파리들을 흔들던 몸짓이 이러했다.
>
> 그는 모든 비밀을 알고 있는 것이다.
> 눈이 내리는 까닭을, 또 거기서 아름다운 속삭임이 들리는 것을
> 그는 아는 것이다-충만해 있는 한 개의 정물이다.

2
얼마가 지나면 엄마라는 말을 배운다. 그것은 그가
엄마라는 말이 가지고 있는 비밀을 잃어버리는 것이다.
그러나 그는 모르고 있다.

꽃, 나무, 별,
이렇게 즐겁고 반가운 마음으로 말을 배워가면서 그는
그들이 가지고 있는 비밀을 하나하나 잃어버린다.

비밀을 전부 잃어버리는 날 그는 완전한 한 사람이 된다.

3
그리하여 이렇게 눈이 쌓이는 날이면 그는
어느 소녀의 생각에 괴로워도 하리라.

냇가를 거닐면서
스스로를 향한 향수에 울고 있으리라.

「幼年」 전문

시 「幼年」은 시집 『農舞』에 실린 시편들과는 사뭇 다른 분위기를
보인다. 화자는 '그'로 표현된 인물의 성장을 지켜보고 관찰한다. 화
자가 묘사하는 '그'는 객관화된 '나', 즉 시인 자신의 모습을 묘사한
것이며 동시에 모든 이들의 모습을 묘사한 것이라 할 수 있다. 화자는
어린아이에서 어른이 되기까지의 과정을 크게 3단계로 나눠 묘사한
다. 1단계는 사물과 풍경을 "귀엽고 신비롭다는 눈짓"으로 바라보는
단계로서 말을 배우기 전까지의 유아기에 해당한다. '눈짓'과 '몸짓'으
로 세계와 교감하는 이 시기는 세계의 충만과 비밀을 몸의 감각이라
는 신체적 특권[32]으로 체득하는 합일(合一)의 세계라 할 수 있다. 사물
과 장소와 이름이 분화되지 않은 이 시기는 '아름다운 속삭임'의 세계

로 존재하며 모든 경관이 감각의 '충만'으로 체험된다.

2단계는 '엄마'라는 말을 배우는 시기다. 엄마라는 '말'을 배움으로써 엄마라는 말이 지닌 '비밀'을 잃어버리는 이 단계는 분별의 시기라 할 수 있다. 즉 말을 배움으로써 사물의 이름을 체득하고 분별을 통해 장소를 만들어냄으로써 자연에 내재한 '충만'의 비밀을 잃어가는 역설의 과정이라 할 수 있다. "비밀을 전부 잃어버리는 날"은 '완전한 사람', 즉 어른이 되는 날이다. 어른이 된다는 것은 장소의 비밀을 상실하는 것이며 말로 표현되기 이전의 세계인 고향을 잃어버렸다는 것을 의미한다. 즉 모든 사물과 장소의 근원인 엄마(大地)의 충만성을 상실하는 것이다. 대지의 충만성으로부터 분리된다는 것은 실존적 소외를 겪게 된다는 것을 뜻한다. 3단계는 잃어버린 장소들에 대한 '향수'를 갖는 어른의 세계를 묘사한다. '어느 소녀'의 생각에 괴로워하고 "스스로를 향한 향수"에 울기도 하는 모습은 1, 2단계의 과정을 거친 현재의 '그'의 심리 상태를 보여주는 것이며 상실된 고향으로 인해 겪게 되는 실존적 소외를 드러내는 것이라 할 수 있다.

시 「幼年」은 모든 인간이 경험하는 성장의 보편 서사를 압축적으로 보여준다. 이러한 서사는 시집 『農舞』는 물론 신경림의 시세계 전반을 관통하는 서사의 기본 축이라 할 수 있다. 신경림의 시가 민중적 애환의 서사를 드러낸 것이라는 외재적 평가가 입체성을 갖기 위해서는 신경림이 실존의 보편사를 어떻게 이해하는 가에 대한 내재적 평가가 병행되어야만 한다. 신경림은 실존의 근원을 어머니로서의 고향

---

32) 유년 시절의 장소감은 몸이라는 신체적 특권을 통해 획득된다. 집의 장소와 자연의 풍경은 그 자체가 "하나의 거대한 신체"로 경험된다. "창은 눈으로, 현관은 입으로" 체험된다. 따라서 유년의 장소는 몸의 감각으로 인식된다. (에드워드 S. 케이시, 『장소의 운명』, 박성관 역, 에코리브르, 2016, 576쪽)

이 갖는 충만성으로 인식한다. 시「幼年」은 고향의 근원성이 훼손되는 과정을 언어의 습득과 인간의 성장 과정을 통해 보여준다는 점에서 시집 『農舞』에 실린 시편들 중 가장 독특한 면모를 보인다.

아이에서 어른이 되는 것은 불가역적인 시간의 흐름이기에 잃어버린 유년의 장소에 대한 동경은 필연적이다. 고향에 대한 향수는 유년의 유토피아에 대한 동경이며, 그러한 동경은 '없는 곳'에 대한 동경이 될 수밖에 없다는 것이 실존의 피치 못할 운명이다. 그러나 '없는 시간'과 '없는 장소'[33]로서의 유년의 고향을 현실에 존재하게 하려는 몸부림이 인간의 역사이고 실존의 진정성이다. 그러한 몸부림과 진정성으로 현실에서 유토피아의 장소를 구획해내려는 것이 바로 푸코가 말하는 헤테로토피아적인 의지라 할 수 있다. '괴로워도'하고 '향수'에 울기도 하는 '그'의 심정은 몸부림과 진정성으로 유년의 고향을 회복하려는 헤테로토피아적인 의지와 시간의 흐름 앞에서 불가항력적일 수밖에 없는 실존의 운명을 대변하는 양가적 감정[34]의 표현이라 할 수 있다.

'반성적 중지'와 '되돌아봄'이라는 인식 작용으로 장소에 현실적 의미와 정서를 부여하는 어른들의 장소감은 '근대'라는 패러다임 속에서 필히 불쾌와 고역의 장소감을 가질 수밖에 없다. 상상력과 놀이의 방식으로 장소를 공유하는 아이들의 장소점유 방식은 그러한 어른들의 인식 방법을 유예시키고 불쾌와 고역의 장소감에 균열을 내서 장소의

---

33) 유년의 시간은 현실에 없는 '유크로니아'(uchroniques)의 시간이며, 유년의 장소는 현실에 없는 '유토피아'의 장소라 할 수 있다. 현실에 없는 유년의 시간과 장소를 현실에 구현하려는 것이 '헤테로크로니아'(hetrochronique)와 '헤테로토피아'다. (미셸 푸코, 앞의 책, 12쪽 각주 참조) 시「유년」의 화자가 회상하는 유년의 시간은 유크로니아의 시간에 대한 회상이라 할 수 있으며, '엄마'라는 말에 담긴 '비밀'을 잃어버렸다는 것은 엄마로 육체화된 장소의 상실을 의미하는 것이라 할 수 있다.
34) 이러한 양가적 감정은 신경림의 시에 리얼리즘의 '진정성'과 실존의 '떨림'이라는 두 경향으로 외화된다. 시「유년」과「갈대」는 후자의 경향을 반영한 대표적인 작품이다.

본래적 정체성을 드러낸다는 점에서 헤테로토피아적인 것이라 할 수 있다. 신경림이 시집『農舞』에 아이들의 장소점유 방식을 비중 있게 묘사한 이유는 어른들의 장소를 공유해 장소의 활력을 불어넣는 아이들이 놀이와 상상력에서 고향의 장소성을 회복할 수 있다는 현실적 가능성, 즉 헤테로토피아적 전망을 발견했기 때문이라 판단된다.

4. 맺음말

이 글은 신경림의 시집『農舞』에 나타난 '경관'의 훼손과 '무장소성'의 의미를 '아이들'의 장소점유 방식에 나타난 헤테로토피아적 의미와 연관해 고찰했다. 경관의 범주는 한 지역의 장소 내지는 개인들의 생활 공간에만 한정될 수 있는 장소의 협애성을 지역과 지리 나가서 자연과 대지라는 차원에서 조망할 수 있는 계기를 제공함으로써 장소성 연구의 폭을 확대시킬 수 있다는 장점을 지닌다. 이 글은 신경림의 『農舞』에 실린 시편들이 보이는 농촌붕괴 현상을 산업화로 인한 '경관의 훼손'이라는 관점에서 설명하고, 그러한 농촌붕괴 현상이 어떻게 고향의 장소들을 무장소화하는지를 분석한 후 고향의 장소성에 내재된 헤테로토피아적 전망을 아이들의 장소점유 방식을 통해 살펴봤다. 그 결과를 요약하면 다음과 같다.

경관은 장소의 맥락이자 장소의 속성이며, 공동체의 정체성과 커뮤니티를 형성·유지하는 토대라 할 수 있다. 경관체험은 공동체적 장소감을 형성하는 심리적 기준의 역할을 한다. 산업화는 장소의 아우라와 구성원 간에 맺어진 커뮤니티를 해체함으로써 경관의 훼손과 고향의 무장소성을 유발한다. 시「서울로 가는 길」은 경관 훼손의 양상을 집약적으로 보여주는 대표적인 작품으로 '허물어진 외양간', '부서진

장독대', '썩어/문드러진 마루' 등 집 안팎의 장소들을 통해 고향의
장소들이 무장소화되고 있음을 드러낸다. 집의 장소들은 시간의 흐름
에 의해 외적 변화를 갖더라도 그 고유의 기능을 온전히 유지함으로써
하나의 경관이 되는 것인데, 「서울로 가는 길」에 나타난 집은 외관은
물론 기능 자체가 완전히 상실되었음을 보여준다. 이러한 경관 훼손으
로 인해 집의 장소감은 '탄식'으로 표현된다. 경관 훼손으로 인한 장소
감의 변질은 「어느 8월」, 「산읍기행」, 「씨름」 등의 시에 '지겨움', '지
침', '풀 죽음' 등의 분위기로 표현되고 있으며, 이는 마을 전체의 장소
들이 무장소화되어가는 일련의 모습을 보여주는 것이라 할 수 있다.

경관 훼손과 그로 인한 고향의 무장소성은 어른들에게만 인식되는
장소감이다. 어른들은 현실의 사건을 맥락화해 얻어진 감정을 자신이
위치한 장소에 투영함으로써 장소의 본래적 정체성을 변질시키는 비진
정성의 태도를 보인다. 반면 아이들은 한 장소에서 벌어지는 사건의
사회·경제적 맥락보다 그 장소 안에 있는 사람들의 행동에 대한 호기심
이 앞서기 때문에 '장소에 대한 열정'을 가질 수 있게 된다. 「시제」,
「遠隔地」, 「農舞」, 「제삿날 밤」, 「廢鑛」 등의 시에 나타난 어른들의
불안, 분노, 답답함, 고달픔, 원통함 등의 감정은 산업화로 인한 농촌공
동체의 붕괴와 연관된 현실대응의 태도를 드러낸 것이며, 그러한 태도
는 장소감을 왜곡한다는 점에서 무장소성과 상당한 관련을 갖는다.
장소감의 왜곡은 장소의 고역감으로 나타난다. 장소의 고역감은 무장
소성의 발현이다. 「시제」, 「遠隔地」, 「農舞」, 「제삿날 밤」, 「廢鑛」에
묘사된 아이들은 산업화의 여파와 상관없이 자신들만의 놀이와 웃음을
통해 어른들의 장소를 공유하여 장소에 활기를 제공한다.

신경림의 시집 『農舞』에 묘사된 '아이들'은 존재 그 자체가 고향의
정체성을 대변한다. 시 「幼年」은 시집 『農舞』에 실린 시편들과는 사

뭇 다른 분위기를 보이는 작품으로 고향의 근원성이 훼손되는 과정을 인간의 성장 과정을 통해 보여준다. 아이에서 어른이 되는 것은 불가역적인 시간의 흐름이기에 잃어버린 유년의 장소에 대한 동경은 필연적이다. 따라서 고향에 대한 향수는 유토피아에 대한 동경이며, 그러한 동경은 '없는 곳'에 대한 동경이 될 수밖에 없다는 것이 실존의 피치 못할 운명이다. 시「幼年」은 실존의 불가역적 운명을 보여주면서 한편으로는 '없는 시간'과 '없는 장소'로서의 유년의 고향을 현실에 존재하게 하려는 헤테로토피아적 의지를 제시한다는 점에서 각별한 의미를 지니는 작품이라 평가할 수 있다.

신경림은 고향의 헤테로토피아적 가능성을 아이들의 장소점유 방식을 통해 암시한다. '반성적 중지'와 '되돌아봄'이라는 인식 작용으로 장소에 현실적 의미와 정서를 부여하는 어른들의 장소감은 '근대'라는 패러다임 속에서 필히 불쾌와 고역의 장소감을 가질 수밖에 없다. 상상력과 놀이의 방식으로 장소를 공유하는 아이들의 장소점유 방식은 그러한 어른들의 인식 방법을 유예시키고 불쾌와 고역의 장소감에 활력을 제공해 장소의 본래적 정체성을 회상시킨다는 점에서 헤테로토피아적인 것이라 할 수 있다.

이 글은 시집『農舞』에 나타난 고향의 위기가 산업화의 여파로 어른들이 느끼는 장소감의 변질과 관련이 있다는 것을 경관 훼손과 무장소성의 관계를 통해 설명하고, 그러한 위기의 공간에 맞서는 반(反)공간으로서 고향의 헤테로토피아적 가능성을 아이들의 장소점유 방식을 통해 살펴봄으로써 시집『農舞』의 근본 서사가 고향의 본래적 의미와 실존의 근원을 회복하려는 헤테로토피아적 의지에 있다는 것을 밝혔다. 이러한 결과는 장소와 장소성 연구의 영역을 확대하는 데 일정한 기여를 할 것으로 기대된다.

헤테로토피아와 알레고리적 장소의
시학적 연관성

— 김명인 시의 경우

1. 서론

산업자본주의 하에서 공간의 변천과 탄생 과정은 생산과 분배, 이
윤과 소비라는 자본의 순환 논리에 따라 진행된다. 자본주의는 생산
물의 유통과 이윤 추구를 담보해 주는 소비공간으로서의 시장 확보를
전제로 가동되기 때문에 근대 산업국가들의 제반 정책은 생산력의 비
약적 발전으로 인한 잉여 상품을 소비하기 위해 국내시장의 개편과
국외시장의 확보라는 과제에 집중할 수밖에 없다. 이러한 시장(공간)
확보의 과정이 제국주의 전쟁과 식민지 쟁탈이라는 폭력 형태로 드러
난 것이 근대 역사의 특징이라 할 수 있다. 전(前)자본주의적 공간을
자본주의적 생산양식에 적합한 공간으로 재배치하는 한편 이윤 확보
를 위해 새로운 형태의 공간을 지속적으로 생산해내는 근대의 공간
기획은 자본권력을 지탱하기 위한 거시적 전략과 개인들의 일상을 통
제하기 위한 미시적 전술을 동시에 포괄해 공간-장소[1]의 영역을 실

---

1) 생산양식의 변화는 거시사(巨視史)의 영역으로, 생활상의 변화는 미시사(巨視史)
의 영역으로 취급되어 연구되는 것이 역사 연구의 일반적 경향인데, 이는 대립되는
것이라기보다는 서로 보완되는 것으로 이해되어야 할 것이다. 이러한 보완관계는

존의 거주지라는 범주에서 자본주의의 통치술이라는 범주로 확장·변
용하는 것을 목표로 한다. 따라서 근대의 공간-장소는 "개인의 신체
에 대한 권력과 권력/지식이 이중적으로 접합되는 장소"[2], 즉 권력에
의한 감시와 통제라는 측면이 강조될 수밖에 없다.

　서구의 근대화는 물론 한국의 근대화 과정에 나타난 공간-장소의
문제는 자본의 논리와 그에 입각한 통치술과 긴밀한 관련을 갖는다.
한국의 근대화는 자본가와 노동자의 계급적 대립, 제국주의와 식민지
의 민족적 대립이라는 두 모순의 집중과 교차로 형성된 분단의 특수
성과 겹치면서 공간-장소의 문제가 노동해방과 민족해방이라는 정치
적 과제와 연동되는 양상을 보인다. 경제개발 5개년 계획을 필두로
시작된 산업화 정책은 전통 공간(고향)의 와해, 산업 지역을 중심으로
형성된 공장의 밀집화, 도시개발로 인한 빈민가 형성, 소비만을 위해
기획된 상업화 장소 등 거주지로서의 장소와 그 주변 공간이 맺어왔
던 공동체적 결속에 급속한 변화를 초래했다. 여기에 분단이라는 특
수한 상황과 맞물린 미군 주둔 지역의 위락시설이 사회 문제로 부상
하면서 공간-장소의 문제가 권력자와 제국주의 세력이 기획한 공간
통치술에 대항하는 피지배자의 정치 담론으로 응집되는 양상을 보인
다는 것이 한국 근대화 과정의 특징이다.

　문학 작품에 드러난 공간과 장소에 대한 분석에도 유의미한 틀을 제시할 수 있을
것으로 판단된다. 이 글은 추상적·거시적 영역으로서의 공간과 구체적·미시적 영역
으로서의 장소라는 두 개념의 겹침과 차이를 동시적으로 드러내기 위한 방안으로
'공간-장소'라는 표현을 사용하고자 한다. 이는 이데올로기와 삶, 생산양식과 생활이
라는 두 범주의 상호관계성을 동시적으로 포착해 문학 작품에 나타난 공간과 장소의
관계를 입체화하기 위한 것이다. 특히 '장소감'에 내포된 실존 정념의 다양성을 구체
화하기 위한 것이다.
　2) 다니엘 드페르, 「헤테로토피아-베니스, 베를린, 로스앤젤레스 사이, 어떤 개념의
　　행로」, 『헤테로토피아』, 이상길 옮김, 문학과지성사, 2014, 114쪽.

1970년대 이후 한국 민중문학의 경향은 근대화 과정에 나타난 공간
-장소의 굴절을 1) 농촌붕괴와 고향상실, 2) 노동자와 도시빈민의 소
외, 3) 민족 분단과 신식민지적 예속이라는 측면으로 수용하고, 그에
대한 해결과 전망을 '정치적 해방'이라는 거대 담론으로 집약해 제시
하는 방향으로 전개되었다고 요약할 수 있다. 민중문학의 문학사적
의의는 문학의 사회적 기능을 강조함으로써 리얼리즘 문학의 효용성
을 강화했다는 점에 있을 것이다. 그러나 정치적 이슈라는 거대 담론
과 생활이 영위되는 미시 담론의 간격을 연계하는 문학적 사유와 미
학적 장치(裝置)에 대한 고찰의 미흡으로 대중적 수용의 협소화를 보
였다는 점이 한계로 거론되기도 한다. 이는 장소의 맥락이 갖는 복합
성을 '정치적 공간', '경제적 공간' 등으로 일축해 장소가 갖는 실존성
을 일반화하는 것과 관련한다. 장소는 실존의 양태를 표현하는 힘의
영역이다. 장소의 구체적 맥락은 정치적 측면보다 실존의 '자기보존
욕구(conatus)'[3]가 투영된 생활의 측면에 의해 형성된다. 실존의 자기
보존욕구가 강할수록 장소에 대한 집착이 커지게 되는데, 이러한 경
향은 장소 '안(內)'에 안착하려는 태도와 연동되어 있다. 안착의 욕구

---

3) 스피노자(Baruch de Spinoza)는 유기체들이 주변으로부터 위협을 받거나 상처를
  입었을 때 스스로를 회복하고 보호하려는 고유의 본능을 자기보존욕구(conatus)라
  정의한다. 자기보존욕구란 곧 정신의 능동적 노력이며, 그러한 노력이 커질수록 유기
  체가 신과 유사해진다는 것이 스피노자의 주장이다.(로저 스크러튼, 『스피노자』,
  조현진 옮김, 궁리, 2002, 51~53쪽 참조.) 신과 유사해진다는 것은 유기체가 자연
  안에서 자신의 고유성을 지속시켜나가는 힘의 발현을 통해 실현되는 것이라 이해할
  수 있다. 스피노자가 말하는 정신의 노력이란 자연, 즉 유기체가 속한 장소의 보존과
  확장을 통해 자신의 고유성을 쟁취하는 것이라 할 수 있다. 따라서 자기보존욕구의
  맥락은 장소적 욕구라는 것과 결합됨으로써 그 의미가 보다 명료해질 수 있다고 본다.
  장소에 정령(精靈)이 존재한다는 신성한 믿음을 통해 삶의 불확실성과 미래의 불안으
  로부터 자신을 보호하려는 인류의 노력은 자기보존욕구가 장소욕구와 맺는 친밀성을
  잘 보여주는 예라 할 수 있다.

는 근원적인 것이다. 자기보존욕구가 발동된다는 것은 위협 상황이 발생했다는 것을 뜻한다. 위협 상황은 정치·경제적인 문제로 야기되는 것처럼 보이지만 그것을 규정하는 본질적 요인은 장소의 위기에 있다. 장소가 안정되면 정치·경제적인 이슈에 상대적으로 무관심한 태도를 보인다. 그러나 거주지 박탈과 같은 위기에 처하면 민감한 태도를 보인다. 이러한 현상은 장소와 실존이 맺는 관계가 상황적이고 복합적이라는 사실을 보여준다. 장소에 대한 실존적 태도, 즉 장소애착과 보존의 심리를 고려하지 않을 경우 민중문학이 제시하는 정치적 담론과 전망은 공허한 외침으로 들릴 수 있다.

1970년대 이후 한국문학에 부단히 묘사되는 공장, 변두리의 무허가 판자촌, 사창가, 기지촌 등을 배경으로 한 민중들의 고단한 삶과 희망의 서사는 사회의 구조적 문제라는 관점으로만 조명될 사안은 아니다. 노동자와 도시빈민들은 자신들이 처한 곤궁의 삶을 자본주의적 착취라는 구조적 관계로 이해하기 전에 거주지의 상실이라는 심리적 박탈감을 통해 우선적으로 체감한다. 그러한 박탈감으로부터 벗어나 장소에 안착하려는 것이 민중들이 갖는 희망의 요체라 할 수 있다. 그렇기 때문에 1970년대 이후 산업화 시대의 공간-장소에 대한 분석은 '장소박탈'과 '장소애착'이라는 심리적 요인, 즉 자기보존욕구의 감정이 어떻게 장소화되는 지를 살피는 것에 초점을 둬야 한다. 이러한 문제의식을 바탕으로 장소박탈과 장소애착의 관계가 현실 속에서 어떻게 헤테로토피아와 알레고리의 장소를 만들어내는지를 김명인의 시집 『東豆川』에 나타난 공간-장소적 특징을 통해 설명하는 것이 이 글의 주 내용이다.

근대의 공간-장소의 특징을 헤테로토피아와 알레고리의 장소라는 개념으로 설명하려는 이유는 실존의 근원이 정치·경제적 측면보다 장소적 측면에 더 깊게 뿌리를 두고 있기 때문이다. 어머니의 '자궁'이라는 신체적 장소로부터 태어나 '집'이라는 대지의 장소에 뿌리를 내려 삶을 영위해가는 것이 실존의 보편 서사라 할 때, 그 서사의 핵심은 '장소적'이라는 것으로 표현된다. 근대 역사는 실존의 뿌리를 이루는 '자궁'과 '집'과 '고향'의 유토피아적 장소감을 자본의 논리로 가공하고 통제함으로써 장소박탈의 정념을 경험케 하는 소외의 과정이기도 하다. 헤테로토피아는 자본권력의 장소 통제와 기획에 맞서 장소의 유토피아를 현실에 실현하려는 대항담론이라는 점에서 근대의 공간-장소 분석에 특별한 의미를 제공한다. 헤테로토피아가 현실, 특히 문학 작품에 작동하는 고유의 방식은 알레고리적 사유를 통해서 드러날 수밖에 없는데 그 이유는 '대항담론'이라는 성격 때문이다. 이 글은 헤테로토피아가 역사에 대한 알레고리적 사유를 동반할 수밖에 없다는 근거를 미셸 푸코(Michel Foucault)와 앙리 르페브르(Henri Lefebvre)가 언급한 헤테로토피아의 특징과 발터 벤야민(Walter Benjamin)의 알레고리론을 통해 제시하고, 그러한 논의 결과를 김명인의 시집 『東豆川』에 나타난 동두천의 공간-장소적 특징을 분석하는 논거로 삼고자 한다. 이러한 분석은 1970년대 이후 한국 현대시에 나타난 리얼리즘의 양상을 정치·경제적 측면에 의거해 설명하는 경향에서 벗어나 리얼리즘 문학이 갖는 의의와 미학적 성과를 '알레고리적 리얼리즘'이라는 범주로 보충하고자 하는 의도의 일환이기도 하다.

　김명인에 대한 연구는 크게 시집 『東豆川』을 중심으로 역사적 현실과 작가의 내면의식의 상관관계를 고찰하는 방향[4] 그리고 김명인의

---

4) 구혜숙, 「억압의 현실을 전복시킨 희망의 언어-이시영의 『만월(滿月)』과 김명인의 『동두천(東豆川)』을 중심으로」, 『한국문화기술』 17권 0호, 단국대학교 한국문화기술연구소, 2014; 손현숙, 「김명인 시집 『동두천』에 대한 탈식민주의적 고찰의 가능성」,

시세계 전반의 특징과 미학적 성과를 조명하는 작가작품론[5]의 두 방향
으로 진행되어 왔다. 이러한 연구들이 공통 기반으로 삼는 것이 송천동
고아원과 동두천 학교에서의 체험인데, 그 의미를 손쉽게 역사와 관련
지음으로 인해 장소경험이 갖는 실존적 의미가 상대적으로 과소평가되
는 경향을 보인다. 송천동과 동두천의 역사적 특수성은 실존과 장소의
결절이라는 문제와 결부됨으로써만 그 의미가 확연해질 수 있다. 최근
헤테로토피아를 시[6]와 소설[7]에 나타난 공간과 장소 분석의 이론적

『우리어문연구』 57권 0호, 우리어문학회, 2017; 손화영, 「명인 시의 서사성에 대한
연구」, 『한국문학이론과 비평』 87권 0호, 한국문학이론과 비평학회, 2020.

5) 김치수, 「認識과 探究의 詩學」, 『東豆川』, 문학과지성사, 1979; 김현, 「더러운 그
리움의 세계」, 『젊은 시인들의 상상세계』, 문학과지성사, 1988; 문혜원, 「여행의
상상력과 내면성의 미학-김명인론」, 『열린시학』 10권 3호, 2005.9; 이혜원, 「적막
의 모험, 깊이의 시학-김명인론」, 『문학과사회』 19권 4호, 2006.11; 엄경희, 「우울
한 자기 확인의 書-김명인의 시세계」, 작가세계 19권 1호, 2007.2; 장석주, 「헐벗은
아이, 트라우마, 구멍의 기억」, 『작가세계』 72호, 2007; 권혁재, 「김명인 시의 공간
인식 연구」, 단국대 박사논문, 2011; 류경동, 「김명인 시에 나타난 시선의 문제」,
『열린정신 인문학연구』 12권 1호, 2011.

6) 엄경희, 「헤테로토피아(heterotopia)로서의 몸과 농경문화의 유기성-서정주 시를
중심으로」, 『이화어문논집』 제51집, 이화어문학회, 2020; 서철원, 「조지훈 시의 헤
테로토피아 양상 연구」, 『비평문학』 제76호, 한국비평문학회, 2020; 엄경희, 「신경
림의 시집 『農舞』에 나타난 헤테로토피아적 세계」, 『한국시학연구』 61호, 한국시학
회, 2020; 엄경희, 「백석·이용악 시에 나타난 노스탤지어의 양상과 '고향'의 헤테로
토피아」, 『한국문학과 예술』 32집, 한국문학과 예술연구소, 2019; 엄경희, 「헤테로
토피아(heterotopia)의 장소성에 대한 시학적(詩學的) 탐구」, 『국어국문학』 제186
호, 국어국문학회, 2019; 윤수하, 「이상 시의 거울과 헤테로토피아」, 『현대문학이론
연구』 75권 0호, 현대문학이론학회, 2018.

7) 양진영, 「한강 『채식주의자』에 구현된 헤테로토피아 공간 연구」, 『한국문학이론과
비평』 86권 0호, 한국문학이론과 비평학회, 2020; 강숙영, 「이상, '날개'에 구현된
헤테로토피아와 '은화'의 의미 연구」, 『현대문학이론연구』, 76권 0호, 현대문학이론
학회, 2019; 도수영, 「오정희의 '저녁의 게임'에 나타난 헤테로토피아 양상 연구」,
『현대문학이론연구』, 74권 0호, 현대문학이론학회, 2018; 이경재, 「이효석과 만주
헤테로토피아로서의 하얼빈」, 『한국 현대문학의 공간과 장소』, 소명출판, 2017; 백
승숙, 「만주, 담론의 불안, 혹은 헤테로토피아-1940년대 만주 소재 희곡, 유치진의
'흑룡강'을 중심으로」, 『인문연구』 74권 0호, 영남대학교 인문과학연구소, 2015; 한

틀로 삼는 연구들이 활발하게 진행되고 있는데, 이러한 현상은 장소 문제가 역사와 실존의 관계를 규정하는 중요한 요건이라는 인식 때문 이라 할 수 있다. 역사적 사건으로 지목되는 제반의 상황들은 실존과 장소라는 두 층위가 나선형적인 관계로 흘러가다 어느 지점에서 '결절 (結節)'되는 일탈적이고 특별한 상황을 지시한다. 장소의 결절은 장소의 비정상성을 의미하는데, 이는 장소와 실존이 맺는 '장소감'의 이상(異 常)을 동반한다. 따라서 장소의 결절은 곧 장소의 이질성(異質性)을 지칭 하는 것이라 할 수 있다. 김명인 시에 나타난 '고아원', '학교', '포주집' 등은 개인과 역사의 아픔이 결절된 이질과 수난의 장소들이라 할 수 있다. 그러한 장소들의 배치로 형성된 동두천은 유년의 장소적 체험과 전쟁의 상흔이 알레고리화된 장소이면서 일상의 장소가 아닌 '다 른'(heteros) 장소, 즉 실존 회복의 염원이 내포된 헤테로토피아적 장소 로 드러난다는 점에서 각별한 의미를 지닌다.

동두천의 장소적 의미를 근대의 공간-장소에 내포된 헤테로토피아 적 의미와 알레고리적 특징을 통해 조명하고, 그 결과를 '알레고리적 리얼리즘'이라는 개념으로 정리하려는 이 글의 방향은 김명인의 시적 지향과 미학적 성과는 물론 리얼리즘 문학의 미학적 영역을 제고하는 데 일조할 수 있을 것이다.

2. 근대적 공간-장소의 특징으로서 헤테로토피아와 알 레고리의 장소

인류 역사는 자연을 인위적으로 확장·재편해 온 공간 확대 과정으

순미, 「질문으로서의 금기와 헤테로토피아—이청준의 소설론에 대하여」, 『현대문학 이론연구』 61권 0호, 현대문학이론학회, 2015.

로 요약할 수 있다. 르페브르는 "공간의 생산과 그 생산 과정이 존재한다면, 거기엔 반드시 역사도 존재한다."[8]는 말로 공간과 역사의 필연적 관계를 설명한다. 그가 말하는 '공간의 생산'은 생산양식의 이행(移行), 즉 원시공동체로부터 자본주의에 이르기까지 각 역사 단계를 공간 확장과 연동해 규명하는 거시적 개념이라 할 수 있다. 공간에 대한 거시적 관점은 역사 이행의 단계를 구분·설명하는 데 유용한 기준을 제시하지만 인간의 일상 활동, 즉 밥을 먹고 잠을 자고 친구를 만나는 등의 미시적 활동이 갖는 장소-실존적 의미를 살피는 데 일정한 한계를 노정한다. 공간 확장의 거시적 측면은 정치·경제적인 구조와 권력의 형태에 의해 배치되고 구획된, 즉 그 시대의 통치 이데올로기가 반영된 공간의 재생산 과정으로 이해할 수 있다. 생활양식의 미시적 측면은 거주 장소의 변천과 그에 따른 일상의 변화 등을 의미한다. 권력의 통치 전략과 긴밀한 관련을 갖는 이데올로기적 공간은 피지배층의 생활이 영위되는 미시적 장소를 포섭하고 침해하면서 자기 확장을 꾀한다. 자본주의에서 공간 확장은 '이윤'과 '소비'라는 자본의 논리에 의해 노동의 공간과 생활의 장소를 재편·구획하는 과정과 맞물려 진행된다.

서구의 근대화는 물론 한국의 근대화 과정에 나타난 공간-장소의 문제는 자본가와 노동자의 계급적 대립, 제국주의와 식민지의 대립이라는 모순을 반영할 수밖에 없다. 푸코가 "공간은 모든 권력 행사에서 근본적"[9]인 것임을 강조하면서 헤테로토피아라는 공간, 즉 한 사회 내에 존재하는 보편적 공간들과는 전혀 다른 기능을 수행하는 이질의

8) 앙리 르페브르, 『공간의 생산』, 양영란 역, 에코리브르, 2011, 98쪽.
9) 미셸 푸코, 「공간, 지식, 권력―폴 래비나우와의 인터뷰」, 『헤테로토피아』, 이상길 옮김, 문학과지성사, 2014, 87쪽 인용 및 참조.

장소에 주목한 목적은 근대의 억압에 맞서 해방과 자유라는 인류의 보편적 이상을 실현하고자 하는 데 있다. 르페브르도 자본의 축척과 확장이라는 관점에 의거해 근대 공간의 특징을 설명하면서 헤테로토피아를 언급한다. 그가 말하는 헤테로토피아는 "마법과 광기, 악마적 권력의 장소, 매혹적이지만 추방된 장소"[10]를 의미하며 미래에 예술가들에 의해 '도발'의 장소로 재발견될 수는 있겠지만 현재에 실현될 수 없는 장소로 설명된다. 푸코와 르페브르는 공간의 점령과 생산이 권력 형성의 핵심 요건이라는 관점으로 근대 공간의 특징을 설명한다는 공통점을 보이지만 어떻게 근대의 모순과 억압에서 벗어날 것인가에 대한 실천 담론과 헤테로토피아에 대한 인식에는 각기 차이를 보인다. 르페브르의 헤테로토피아가 예술가들에 의해 재발견될 미래의 유토피아라면, 푸코의 헤테로토피아는 현실에 존재하는 유토피아로서 대항의 장소이자 이의제기의 장소라는 점에서 각기 차이를 보인다.[11] 그러나 헤테로토피아의 기능이 예술적·문학적 재현(再現)의 측면과 긴밀한 연관성이 있다는 점에 공통적인 면을 보인다.

① 헤테로토피아는 불안을 야기하는데, 이는 아마 헤테로토피아가 언어를 은밀히 전복하고, 이것과 저것에 이름 붙이기를 방해하고, 보통 명사들을 무효가 되게 하거나 뒤얽히게 하고, '통사법'을, 그것도 문장을 구성하는 통사법뿐만 아니라 말과 사물을 (서로 나란히 마주보는 상태로) '함께 붙어 있게' 하는 덜 명백한 통사법까지 사전에 무너뜨리기 때문일

---

10) 앙리 르페브르, 앞의 책, 386쪽 인용 및 참조.
11) 장세룡은 앙리 르페브르의 헤테로토피아가 "도시주의 현실 비판에도 불구하고 유토피아 공간의 성격"을 지닌다면 미셸 푸코의 헤테로토피아는 "어떤 중심에도 특권을 부여하지 않고 불연속성·전위·변환·파열·절단되고 흩어진 탈중심의 공간"이라는 설명을 통해 두 사람의 차이를 조명한다. 장세룡, 「헤테로토피아: (탈)근대 공간 이해를 위한 시론」, 『大丘史學』 제95집, 대구사학회, 2009.5, 31쪽.

것이다. 그래서 유토피아는 이야기와 담론을 가능하게 하는 반면에, 즉
유토피아는 언어와 직결되고 기본적으로 파불라fabula의 차원에 속하는
반면에, 헤테로토피아는 (보르헤스에게서 그토록 빈번하게 발견되듯이)
화제(話題)를 메마르게 하고 말문을 막고 문법의 가능성을 그 뿌리에서
부터 와해하고 신화를 해체하고 문장의 서정성을 아예 없애 버린다.[12]

② 어두운 '세계'는 점차 희미해지고 이 세계가 야기하는 두려움과 공포
도 약화되었다. 그렇다고 완전히 사라진 것은 아니었다. 이 세계는 헤테
로토피아(Heterotopia), 즉 마법과 광기, 악마적 권력의 장소, 매혹적이
지만 추방된 장소로 변한다. 훗날 아주 오랜 시간이 지난 후에 예술가들
은 이 성스럽고 저주 같은 도발을 재발견할 것이다. 이 도발이 성행할
때 이를 제대로 재현할 수 있는 사람은 아무도 없었다. 이전의 그 '세계'
는 여전히 존재하는 데도 재현할 수 없었던 것이다. 공간은 숨어 있는
세력들, 선하기보다는 악의적인 세력들로 와글거린다. 각각의 장소는 나
름대로의 이름을 지니고 있으며, 각각의 이름은 이 음울한 세력들 중의
하나를 지칭한다. 즉 누멘 노멘(Numen-nomen, 라틴어에서 numen은
장소를 관장하는 정령, nomen은 이름을 의미한다-옮긴이)이다. 농업-
목축업 시대에서 유래한 이름들은 로마 문명에서도 사라지지 않았다.[13]

인용문 ①은 『말과 사물』의 서문 중 일부인데 푸코가 헤테로토피아
라는 용어를 처음 언급한 부분이라 주목된다. 인용문의 핵심을 요약
하면, 헤테로토피아가 언어와 문장의 질서를 무너뜨려 불안을 야기한
다는 것이다. 말과 사물의 지시 관계를 와해하고, 신화를 해체하고,
문장의 서정성을 없애버리는 헤테로토피아의 기능은 통사적 질서의
완고함, 즉 절대이념의 획일성을 거부하고 다양성과 자율성을 강조하

---

12) 미셸 푸코, 『말과 사물』, 이규현 옮김, 민음사, 2012, 11쪽.
13) 앙리 르페브르, 앞의 책, 386~387쪽.

는 포스트모더니즘 사상과 유사함을 보인다. 이는 헤테로토피아가 '전복', '방해', '무효', '와해', '해체' 등의 가치와 결부된 장소이며, 불안 심리를 표출한 근대의 문학적 상상력과 일정한 관련을 갖는 것으로 이해할 수 있다.[14) 푸코가 『말과 사물』에 언급한 헤테로토피아의 문학적 기능은 이후 사회학적 맥락으로 확장되어 전복과 이의제기 장소라는 의미로 구체화된다.[15)

푸코와 달리 르페브르는 헤테로토피아를 현실에 완전히 재현될 수 없는 장소로 설정한다. 인용문 ②의 "마법과 광기, 악마적 권력의 장소, 매혹적이지만 추방된 장소"는 근대 이전의 세계, 즉 근대의 출현과 함께 그 힘이 약화된 '어두운 세계'를 의미한다. 그 세계를 르페브르는 "비(非)축적적이며 비(非)역사적인 총체, 다시 말해서 잉여물을 사치스럽게 탕진하는(축제, 기념물, 전쟁 기념 행진, 과시성 행진 등) 사회"[16)로 설명한다. 비축적적이고 비역사적인 세계는 이성과 법을 앞세워 축적의 공간을 구축하는 근대와 대조된다. 축제와 과시성 행진 등으로 잉여물을 탕진하는 비축적의 세계는 근대의 이성주의에 의해 '어두운 세계'로 낙인찍혀 추방되었지만 "성스럽고 저주 같은 도발"의 형태로 근대에 잔존한다는 것이 르페브르의 주장이다. 비이성적 장소

---

14) 엄경희, 「헤테로토피아(heterotopia)의 장소성에 대한 시학적(詩學的) 탐구」, 『국어국문학』 186호, 국어국문학회, 2019. 3, 399~440쪽 참조.

15) 『말과 사물』 이후 미셸 푸코는 헤테로토피아의 개념을 「다른 공간」이라는 논문에 체계화해 밝히는데 그 요지를 정리하면 다음과 같다. 헤테로토피아란 "모든 장소의 바깥에 있는 장소"이며, 유토피아와는 절대적으로 다른 배치를 갖는 장소이며, 헤테로토피아들 사이에는 "어떤 혼합된, 중간의 경험"이 있다는 것이 미셸 푸코의 설명이다. 그러한 헤테로토피아들이 한 사회 내에서 '거울'처럼 작동하여 실제와 비실제, 가상과 현실의 경계를 끊임없이 오가며 권력에 의해 배치·재현된 근대의 공간에 이의제기를 한다는 것이 미셸 푸코의 핵심 주장이다. 미셸 푸코, 「다른 공간」, 『헤테로토피아』, 이상길 옮김, 문학과지성사, 2014, 47~48쪽 인용 및 참조.

16) 앙리 르페브르, 앞의 책, 385쪽.

들, 즉 인간의 내면에 존재하는 광기적이고 악마적인 충동들이 남김 없이 발현되고 소진되는 헤테로토피아는 사회적 생산관계가 변하더라도 결코 소멸지지 않는다는 것이다. 그것을 르페브르는 추방된 장소로서의 헤테로토피아로 총칭하고, 그것들이 발현하는 힘과 영향력을 '누멘 노멘(Numen-nomen)'[17)]이라는 장소 정령(精靈)을 통해 제시한다. 추방의 장소들은 예술가들의 도발에 의해 먼 미래에 재발견될 수는 있겠지만 그것을 완전히 재현할 수는 없을 것이라는 르페브르의 주장은 특정 장소와 그 장소에 깃든 정념(장소애착과 장소반발)이 갖는 고유한 작용력과 장소성의 실존적 가치를 이해하는 데 중요한 논거를 제공한다.

　르페브르가 말하는 매혹적이지만 추방된 장소로서의 헤테로토피아나 푸코가 말하는 통사적 질서의 해체와 신화의 전복을 가능케 하는 장소로서의 헤테로토피아가 갖는 공분모는 사회적 실천과 예술적 행위가 중첩되어 작용하는 장소적 의지라는 점이다. 두 사람의 논지를 종합해서 헤테로토피아라는 개념을 문학비평의 측면에서 재설정해 보면, 문학 작품에 드러난 헤테로토피아의 장소는 자본축적 과정에서 빚어진 역사의 비극과 그에 대한 대항의지를 장소적으로 '다르게' 표현하는 방식, 즉 '알레고리적 장소'의 성격을 지니는 것으로 포괄할 수 있다. 즉 유토피아의 상징적 권위에 의존하는 장소가 아니라 파편화된 현실을 지시하는 알레고리로서의 장소가 곧 헤테로토피아의 문

---

17) 장소의 정령(精靈)과 장소명(場所名)의 두 의미가 결합된 라틴어 누멘 노멘(Numen-nomen)은 모든 장소에 내재된 장소의 고유한 힘, 즉 그 장소를 유지시키려는 장소적 반발력을 뜻한다. 앙리 르페브르는 중세의 권위를 상징하는 '성당'이 근대에 의해 신성성을 박탈당하고 세속의 영역으로 추방되어도 그 안에 내재된 신성의 권력은 완전히 사라지지 않고 자기의 고유한 이름과 함께 근대의 질서 속에서 지속적으로 작용한다는 예시를 통해 누멘 노멘의 역사적 맥락을 설명한다.

학적 측면이라 할 수 있다.

유토피아는 인류의 보편적 염원이자 한 사회의 내적 모순이 어느 정도인지를 가늠할 수 있는 인식의 척도라 할 수 있다. 사회의 불평등 구조가 심화될수록 유토피아에 대한 염원이 커진다는 것은 동서양의 사상사와 문학사를 통해 확인되는 보편적 주제라 할 수 있다. 인류 보편의 염원이 유토피아라는 장소로 제시된다는 사실은 역사의 흐름 이 시간-의식의 측면보다 공간-장소의 측면과 더 긴밀한 관련을 갖 는다는 것을 의미한다. 따라서 공간-장소의 문제, 특히 문학 작품에 드러난 추방과 대항의 장소로 기능하는 헤테로토피아는 장소점유의 불평등과 그에 연원한 장소감(場所感)의 '알레고리(allegory)'와 깊은 연 관을 갖는다고 할 수 있다. 알레고리의 어원이 '다른'을 뜻하는 그리스 어 'allos'와 '공공장소에서 말하다'를 뜻하는 'agoreuein'의 합성어[18] 라는 사실은 알레고리가 단순한 문학적 기교가 아니라 공공의 장소에 서 다르게 말하는 방식, 즉 알레고리 사용자의 세계관을 표현하는 것 이라 할 수 있다. 벤야민이 "알레고리는 유희적인 기법이 아니라 표현 이다."[19]라 말한 것은 알레고리가 역사적 풍경과 그 풍경에 대한 정념 을 표출하는 세계관이라는 것으로 이해할 수 있다.

　　상징에서는 몰락이 이상화되는 가운데 자연의 변용된 얼굴이 구원의 빛 속에서 순간적으로 계시되는 반면, 알레고리 속에는 역사의 죽어가는 얼굴표정(facies hippocratica)이 굳어진 원초적 풍경으로서 관찰자 앞 에 모습을 드러낸다. 역사란 그것이 처음부터 지녔던 시대에 맞지 않는 것, 고통스러운 것, 실패한 것 모두를 두고 볼 때 하나의 얼굴에서, 아니

---

18) 고지현, 「푸코와 벤야민-바로크에 대하여」, 『독일문학』 제138집, 한국독어독문학 회, 2016, 174쪽.
19) 발터 벤야민, 『독일 비애극의 원천』, 최성만·김유동 옮김, 한길사, 2009, 242쪽.

사자(死者)의 얼굴에서 특징적으로 드러나는 법이다. 그리고 표현의 모든 '상징적' 자유, 형상의 모든 고전적 조화, 모든 인간적인 것이 그러한 사자의 얼굴에 들어 있지 않은 것이 진실인 것처럼, 이렇듯 자연적으로 몰락한 형상 속에는 인간존재의 자연뿐만 아니라 개개인의 전기적 역사성이 의미심장하게 수수께끼적인 물음으로 표현되고 있다. 이것이 역사의 세속적 전개를 세상의 수난사(Leidensgeschichte)로 보는 바로크적, 알레고리적 관찰의 핵심이다. 역사는 그것이 몰락하는 단계들에서만 의미를 띤다.[20]

위 인용문은 벤야민의 알레고리가 어떤 문제의식에서 출발하는지를 보여준다. 상징과 알레고리의 비교는 바로크의 근대적 특성을 설명하기 위한 일환이며, 이는 역사 전개와 예술비평의 관계를 조명하는 것에 초점을 둔 것이다. 역사의 몰락을 이상화해 구원으로 계시하는 의(擬)고전주의의 상징적 신격화가 "삶을 거스르는 낭비현상으로서 근대에 예술비평이 황폐화된 현상의 전(前) 단계"[21]를 지시하는 사변적 개념이라면, 몰락하는 역사의 표정을 원초적 풍경으로 제시하는 바로크의 알레고리적 신격화는 "극단들의 전복"[22]에서 발생하는 변증법적 운동의 개념이라는 것이 상징과 알레고리의 신격화 기능[23]에 대한 벤야민의 논지다. 특히 위 인용문에서 벤야민이 상징과 알레고리의 특징과 차이를 '변용된 얼굴', '죽어가는 얼굴표정', '사자(死者)의 얼굴' 등의 비유를 통해 설명한 것은 근대의 역사가 몰락의 과정임을 강조하기

---

20) 위의 책, 247~248쪽.
21) 위의 책, 238쪽.
22) 위의 책, 239쪽.
23) 발터 벤야민이 상징과 알레고리를 설명하면서 차용하고 있는 '신격화'란 용어는 자연과 역사의 관계를 형상화하는 표현 방식을 의미하는 것이지 종교적 이데올로기의 직접적 노출을 뜻하는 것이 아니다.

위한 것이라 할 수 있다. 즉 자연과 역사의 관계를 표정화함으로써 '세속'이라는 장소에 깃든 고통과 실패의 '수난사'를 극적으로 보여주려는 의도가 반영된 것이라 할 수 있다.[24] 푸코와 르페브르가 공간을 통해 역사를 사유한 것처럼 벤야민도 공간, 즉 세속의 장소와 그곳에 깃든 이미지를 통해 역사를 사유한다.[25] 그러한 사유는 "사물의 세계에서 폐허가 의미하는 것을 알레고리는 사상의 세계에서 의미한다. 그렇기 때문에 바로크는 폐허를 숭배했다."[26]는 진술로 연결된다. 이는 바로크에서 시작된 근대를 '폐허'의 장소로 인식함과 동시에 폐허를 표명하는 고유의 방식이 알레고리임을 강조한 것이라 할 수 있다.

알레고리가 폐허화된 근대의 장소를 드러내는 사유 방식이라는 벤야민의 견해는 '추방'과 '이질'의 장소로 헤테로토피아를 정의한 르페브르와 푸코의 입장과 연계성을 갖는다. 알레고리가 극단의 전복에서 발생하는 사유라는 벤야민의 주장은 언어를 전복하고 통사적 질서를

---

24) 정의진은 "상징이 초월적이고 비역사적인 현상과 본질의 일치를 가정한다면, 알레고리는 역사적 현실과 초월적인 통합의 미적 이데올로기 사이의 균열을 직시한다. 알레고리는 상징의 초월적인 보편성과는 달리 현실의 균열 지점들을 몽타주하면서, 이를 통해 역사와 현실의 총체성을 현재적으로 재구성하는 사유의 방법론이다."라는 설명을 통해 발터 벤야민이 언급한 상징과 알레고리의 차이와 알레고리의 기능을 설명한다. 정의진, 「발터 벤야민의 알레고리론의 역사 시학적 함의」, 『비평문학』 제41호, 한국비평문학회, 2011, 9, 387쪽.

25) 고지현은 "벤야민은 '궁정의 이미지를 역사적 이해를 돕는 열쇠'로 규정하고 있다. 이러한 인식의 배경에는 바로크의 역사를 자연사로 파악한 철학적 안목이 자리하고 있다. 벤야민은 역사적인 것이 세속화의 길을 걸으며 자연의 역사로 전환되는 근대의 기점을 바로크 시대에서 포착하는데, 이러한 역사철학적 통찰이 궁정의 이미지를 중심으로 전개되고 있는 것이다. '정밀과학에서 형이상학적 경향으로서 미분학적 방법'이 유용하게 쓰이듯이, 궁정의 이미지에 구현되어있는 세밀화, 파노라마적 공간 이미지들은 일종의 미분학적 축소판으로 포착되어 그것을 단위로 분석된다. 바로 이 미시 공간의 '무대' 속에서 바로크의 '역사가 세속화'된다는 것이 벤야민의 주장이기도 하다."라는 내용을 통해 공간을 통해 근대 역사를 고찰하는 벤야민 사유의 특징을 설명한다. 고지현, 앞의 글, 181쪽.

26) 발터 벤야민, 앞의 책, 271쪽.

근본에서부터 와해시키는 푸코의 헤테로토피아와 상통하는 면을 보인다. 또한 그가 강조한 근대의 몰락과 폐허는 르페브르가 근대로부터 추방된 장소이자 도발을 내포한 장소로 규정한 헤테로토피아의 예술적 매혹성과 교섭하는 면을 보인다. 따라서 근대의 중심에서 벗어나거나 추방된 장소들, 특히 권력에 의해 배치된 주변부의 장소들은 그 자체로 근대의 '폐허성'에 대한 알레고리적 특징을 반영할 수밖에 없다. 이러한 이유로 헤테로토피아의 장소성에 대한 분석은 알레고리 분석과 연계될 수밖에 없다.

장소의 알레고리는 장소를 통해 실존과 세계의 관계를 드러내려는 의도적 표현 방식이라 할 수 있다. 에드워드 렐프(Edward Relph)는 장소와 인간이 맺는 근원적 관계를 "인간의 존재와 숙명의 본연적 자세로서의 인간의 지리성이 존재한다."[27]는 에릭 다델(Eric Dardel)의 주장을 인용해 설명한다. '인간의 지리성'은 인간이 곧 장소라는 의미로 요약할 수 있으며, 이는 장소체험이 곧 역사라는 것으로 확대해 볼 수 있다. 장소적 숙명으로서의 '인간의 지리성'은 문학 작품에 드러난 장소의 알레고리적 의미를 이해하는 요체라 할 수 있다. 장소의 알레고리는 장소의 원(原)체험, 즉 "비이원적 세계에서 사는 것이 어떤 느낌"[28]인지를 신체를 통해 경험한 유년의 장소체험이 어떻게 추방되고 변질되고 해체되는가를 드러내는 역사 인식의 한 방법이라 할 수 있다. 김명인의 시집 『東豆川』에 나타난 장소들은 원(原)체험의 상처(모태적 장소로부터의 추방)와 그에 중첩된 역사의 상흔이 알레고리화된 수난(受難)의 장소라는 특징을 보인다.

---

27) 위의 책, 32쪽.
28) 이-푸 투안, 『공간과 장소』, 구동회·심승희 옮김, 대윤, 1995, 41쪽.

3. 일탈의 헤테로토피아와 장소-패닉

김명인의 시집 『東豆川』은 모두 5부로 구성되었는데, 각 부 제목이 '켄터키의 집', '東豆川', '高山行', '嶺東行脚' 등 장소와 지역이 중심이 되고 있음을 알 수 있다. 장소와 지역은 지리적 위치라는 지정학적 차원을 넘어 경험이 형성되고 확장되는 사회·문화적 시스템으로 작용한다. 김치수는 김명인의 시집 『東豆川』이 "어느 한 곳"을 문제 삼고 있음을 지적하면서, 그 '어느 한 곳'의 의미가 위치라는 단순한 개념으로 쓰인 것이 아니고 시인과 맺고 있는 '관계'의 문제라는 것을 강조한다.[29] 시집 『동두천』에 나타난 장소와 지역, 특히 '동두천'이라는 지역은 렐프가 『장소와 장소상실』에서 언급한 '사적(私的) 지리학[30], 즉 "직접 경험, 기억, 환상, 현재 상황, 미래목표로 구성된 개인적인 지리에 기초한 지리학적 인식론"[31]이 반영된 지역으로 이해해 볼 수 있다.

시집 『東豆川』 2부에 실린 9편의 「동두천」 연작시는 한국전쟁 후

---

29) 김치수, 「認識과 探究의 詩學」, 『東豆川』, 문학과지성사, 1979, 111~112쪽 인용 및 참조.

30) 사적 지리학을 구성하는 개인의 경험, 기억, 환상 등의 문학적 맥락은 알레고리적 수사와 밀접한 연관을 보인다. 발터 벤야민은 알레고리의 수사적 기능을 "모든 인물, 모든 사물, 모든 관계는 임의의 다른 것을 말할 수 있다. 이러한 가능성은 속세에 혹독하면서도 정당한 판결을 내린다."(발터 벤야민, 앞의 책, 260쪽)는 것으로 설명한다. 그의 주장에 근거한다면, 장소의 알레고리는 속세(장소)를 통해 '임의의 다른 것'을 말하는, 즉 '속세'에 '정당한 판결'을 내리는 역사 인식의 한 형태로 파악해 볼 수 있다. '정당한 판결'이란 자신의 사적 경험과 기억을 통해 현실의 모순을 직시하고 미래의 비전을 제시하려는 유토피아적이고 비판적인 의지와 연관된다 할 수 있다. 그러한 의지는 미셸 푸코가 "어떤 집단이든 그것이 점유하고 실제로 살고 일하는 공간 안에서 유토피아적인 장소들을 구획"(미셸 푸코, 앞의 책, 12쪽)하려는 사회적 실천과 맞닿아 있으며, 이는 권력의 위계 공간에 맞서 대항의 장소를 구획하려는 헤테로토피아적 의지로 해석할 수 있다.

31) 에드워드 렐프, 『장소와 장소상실』, 김덕현·김현주·심승희 옮김, 논형, 2005, 31쪽 인용 및 참조.

미군이 주둔하면서 농업을 기반으로 했던 동두천의 고유 경관이 사라
지고 기지촌(基地村)으로 변모된 상황[32]을 배경으로 한 작품들이다.
따라서 동두천을 자본과 임노동의 모순보다 한국전쟁과 분단이라는
민족모순이 우선적으로 반영된 공간으로 이해하는 것은 당연해 보인
다. 그러한 상황 때문에 동두천의 의미를 미국의 신식민지적 침탈과
그에 부합한 군사정권의 예속성이 동시에 결합된 상징적 공간으로 분
석하는 관점이 유의미한 것으로 받아들여진다. 그러나 장소가 갖는
고유의 힘, 즉 르페브르가 말한 장소적 힘으로서의 누멘노멘이나 푸
코가 강조한 권력의 장소에 맞서 이의제기를 하는 헤테로토피아의 기
능에 내포된 장소-실존적 의미와 연계되지 않는다면「동두천」연작
시가 갖는 장소적 의미는 반감될 수밖에 없다. 동두천에 포진된 장소
들과 그곳에 거주하는 인물들이 맺는 장소-실존적 의미를 밝히기 위
해서는 유년의 장소에 대한 기억과 사적(私的) 지리로서의 장소체험에
대한 분석이 우선되어야 한다.

우리들은 헛간 같은 데다 여자를 그렸다 낮 붉힌/여자애들이 총무에
게 달려가고/함께 벌 서도 꿈쩍 않던 아이 너는/두꺼비같이 불거진 눈두
덩에 긁힌 상처 속에서/숨긴 손칼을 꺼내 기둥에다 던지기도 하면서//그
여름 위에 흠집을 만들었다 불볕/쏟아지던 속을 걸어 가을이 가서/바라
보면 배고픔조차 견딜 수 없던 긴 날들 지나자/너는 방죽을 따라 힘없이

---

32) 김재수는 동두천의 경관 변화는 "동두천 등 주요 미군 주둔지에는 수복과 더불어
기지촌이 발생하기 시작했으며 미군의 외출과 외박이 허용된 1957년부터 급격히
번창하시 시작했다. 기지촌은 대부분 미군 주둔지 부근에 형성되어 소비적인 서어비
스 센타의 역할을 강력히 하는 한편 타 지역에서 이주해온 군 노무자 위안부 등을
중심으로 아직까지 볼 수 없었던 전혀 새로운 취락 경관을 낳게 하였다."라고 설명한
다. 김재수,「기지촌에 관한 사회지리학적 연구-동두천을 사례로」,『국토지리학회
지』 5권 0호, 1980, 274쪽.

맴돌기도 하였다 추위 다가와/날마다 더 먼 곳 싸돌던 다리 아래/거지들
은 천막을 걷고 떠나가 버렸고//(중략)//되살아나는 무서움 살아나는 적
막 사이로/먼 듯 가까운 곳 어디 다시 개짖는 소리 쫓아와/움켜쥐면 손
바닥엔 날카로운/얼음 조각이 잡혔다 일어서서 힘껏 내달리면 나보다/
항상 한 걸음 앞서도/너 또한 쉽사리 빠져나가지 못한 송천/그 어둠을
휘감고 흐르던 안개//우리는 떠났다 들기러기 방죽 따라 낮게 흐르는/여
울을 건너면 저무는 들길/모두 밤인데 어느 눈발에/젖어 얼룩지는 마음
만큼이나 어리석게/그 세상 속에도 좋은 일들이/기다리고 있으리라 믿
으면서/믿음이 만드는 부질없는 내일 속으로 우리들은/힘들게 빠져 나
가면서

「안개-송천동 그 해 그 모든 것들 속에서」 부분

시집 『東豆川』의 1부에 첫 번째로 실린 시 「안개-송천동 그 해 그
모든 것들 속에서」(이하 「안개」)는 김명인의 시세계를 이해하는 데 중
요한 지점에 위치한다. 시 「안개」는 유년 시절 송천동의 고아원에 맡
겨졌던 시인의 자전적 경험을 바탕으로 쓴 작품이다. '그해 그 모든
것들 속에서'라는 부제가 암시하듯 시 「안개」에 내포된 '그 모든 것'의
의미는 시집 『東豆川』에 실린 시편들은 물론 그의 시 전반을 관류하
는 시적 유전자와 같은 역할을 한다. 시인이 회상하는 '그 해 그 모든
것들'의 의미는 송천동 고아원에서 겪은 유년의 상처와 근대 역사의
비극에 대한 경험의 총체를 지시한다. 이는 근대의 몰락은 물론 개인
의 전기적 역사까지도 "의미심장하게 수수께끼적인 물음으로 표현"하
는 알레고리적 수사(修辭)로서의 근대적 '수난사(Leidensgeschichte)'에
대한 경험의 진폭을 회상[33]한 것이라 할 수 있다. 유년의 상처와 전쟁

---

33) 이러한 회상의 성격에 대해 안상원은 "喪失한 故鄕과 家族, 民族 그리고 人間性을
   회고함으로써 '復古'的인 情緖를 불러 오는 것을 넘어, 역사적 기억을 불러오는 회상"
   이라 설명하는데, 이는 김명인의 시의 알레고리적 특성을 이해하는데 중요한 논거를

의 참화로 끝 모르게 확산되는 두려움과 좌절은 '안개'라는 이미지[34)]
를 통해 표출되는데, 이는 고아원의 장소감을 이미지화한 것이라 할
수 있다. 빠져나가려고 애를 써도 결코 빠져나갈 수 없을 것 같은 두
려움과 무력감의 확산을 표현한 안개 이미지는 모성과 집으로부터 추
방된 고아들의 불확실한 삶과 심리를 표상한다.

시 「안개」에 나타난 두려움의 원천은 장소로부터의 '분리'(分離)[35)]
에 있다. 고아원은 보호의 목적보다 격리를 통해 고아들의 삶을 관리
하려는 것에 중점을 둔 '배치'의 산물이라 할 수 있다. 즉 정상성에서
벗어난 비정상성의 삶을 통제하기 위해 배치된 이질의 장소라 할 수
있다. 이는 푸코가 "사회적인 규범의 요구나 평균에서 벗어나는 행동
을 하는 개인들"[36)]을 격리하기 위한 장소로 지목한 일탈의 헤테로토
피아에 해당한다.[37)] 일탈의 헤테로토피아는 위기의 장소다. 푸코는

제공한다. 안상원, 「金明仁 詩의 記憶 回想 樣相 硏究」, 『語文硏究』 제44권 제3호,
語文硏究學會, 2016, 278쪽.

34) 시 「안개」에 대한 대개의 분석은 가난과 전쟁이라는 시대 상황, 특히 '안개'라는
시어에 함의된 시인의 현실 인식에 초점을 두는데, 대표적인 사례로 정과리는 "현실
을 벗어나고자 하는 충동을 촉발하지만 그러나 동시에 개개의 충동들을 휘감아 하나
의 좌절을 만들어내는 풍경"의 상징으로, 안상원은 "實體가 없는 물로 變容되며 視覺
과 觸覺을 지배함으로써 주체를 무력화"하는 회상의 알레고리로 안개의 의미를 분석
한다. 두 분석의 접점은 좌절과 무력이라는 감정에 맞춰지는데, 이는 그러한 감정이
연원하는 장소에 대한 분석이 뒷받침되지 않는다면 인상주의적인 편린으로 보일 수
도 있다. 정과리, 「통으로 움직이는 풍경」, 『'한국적 서정'이라는 환(幻)을 좇아서』,
문학과지성사, 2020, 361~362쪽; 안상원, 앞의 글, 282쪽.

35) 어머니의 자궁으로부터 분리라는 사태가 실존이 겪는 최초의 두려움이자 무의식의
상흔이라는 정신분석학의 논지는 자궁을 '장소'로 인식한 결과이기도 하다. '자궁'이
보호와 안락에 직결된 모성의 원초적 장소라면, '집'은 자궁과 연결되었던 무의식적
평안이 현실화된 실존의 장소라 할 수 있다. 따라서 모성과 집으로부터의 분리 혹은
추방이라는 유년의 경험은 실존이 겪는 최초의 두려움이라 할 수 있다.

36) 미셸 푸코, 앞의 책, 50쪽.

37) 미셸 푸코는 요양소, 정신병원, 감옥을 대표적인 일탈의 헤테로토피아로 제시하고,
이에 덧붙여 양로원을 일탈의 헤테로토피아에 포함시키는데, 그 이유를 근대 사회에

"자기가 살고 있는 인간적 환경에 대해 과도기의 상태에 있는 개인
들", 즉 "청소년, 달거리 중인 여성, 임신 중인 여성, 노인 등등"에게
만 허용되었던 고대의 금지된 장소들의 신성성이 점차 박탈되어 격리
의 흔적만 남은 근대적 형태의 장소가 일탈의 헤테로토피아라고 설명
한다.[38] 그러한 설명에 근거한다면 시 「안개」의 고아들은 '과도기 상
태'의 인물들이며, 고아원이라는 장소는 보호보다는 격리를 목적으로
한 경계(境界)의 장소로 이해할 수 있다.

　과도기적이고 경계적인 것은 정체성의 혼란과 위기를 초래한다. 모
성과 집이라는 장소박탈로 인한 고아들의 심리적 혼란과 위기감, 두
려움과 공포는 '고아원'이라는 장소명(場所名)[39]에 담긴 사회적 편견에
의해 더욱 배가된다. 시 「안개」에 묘사된 '헛간'에 여자를 그리고, '손
칼'을 꺼내 기둥에 던지는 등의 행동은 보호와 안락의 장소로부터 분
리·추방된 아이들의 두려움에서 나온 일탈 행위인 동시에 '고아원'이
라는 이름에 함의된 장소적 편견에 대한 반항이라 할 수 있다. 그러한
행위가 일어나는 고아원의 장소성은 '상처'와 '흠집'이라는 시어로 표
현되고 그곳에 거주하는 아이들의 장소감은 '되살아나는 무서움', 즉
고아원으로부터 결코 벗어날 수 없을 것이라는 운명적 예감으로 표출
된다. 여기에 '여름', '불볕', '추위', '얼음 조각' 등의 계절적이고 촉각
적인 이미지와 '개짖는 소리' 등의 청각적 이미지가 고아원으로부터

서 무위와 노화는 일종의 일탈로 취급되기 때문이라고 설명한다. 그러한 견해에 근거
한다면 생산 단위의 기본인 가족 관계에 포함되지 못하는 아이들의 비정상성도 무위
의 일종으로 이해될 수 있다.

38) 미셸 푸코, 앞의 책, 49쪽 인용 및 참조.

39) "각각의 장소는 나름대로의 이름을 지니고 있으며, 각각의 이름은 이 음울한 세력들
중의 하나를 지칭한다."는 앙리 르페브르의 언급은 장소성의 의미가 사회적 인식,
즉 장소명에 의해 증폭 내지는 왜곡될 수 있음을 시사한다. 앙리 르페브르, 앞의
책, 387쪽 인용 및 참조.

탈출하려는 의지와 그곳에서 벗어날 수 없을 것 같다는 좌절을 연쇄적으로 대위(對位)하면서 아이들의 심리적 공황(恐惶)을 극대화하는 역할을 한다. 그러한 심리를 휘감고 흐르는 '밤'과 '안개'의 이미지는 "쉽사리 빠져나가지 못한 송천"의 장소감으로 표현되면서 이 세계의 모든 것이 "믿음이 만드는 부질없는 내일"이라는 허무 인식을 낳게 한다. '부질없음'의 인식은 '모태로서의 장소'가 제공하는 충만감[40]의 결핍에서 나온 박탈감의 표현이며 이러한 박탈감은 김명인 시에 '무력감'의 형태로 지속되어 나타난다.

김명인이 겪은 유년의 장소적 체험은 어른이 되어서도 결코 지워지지 않는 심리적 상흔으로 남아 자신은 물론 송천동 고아원에 함께 있던 고아들의 미래를 속박하는 운명적 요인으로 작용한다. 모태의 장소로부터 추방되었다는 고아의식(孤兒意識)은 시집 『동두천』의 시편들, 특히 1부 '켄터키의 집'과 2부 '東豆川'에 실린 작품들의 바탕이 된다. 사회에 편입될 수 없다는 괴리감은 장소에 정착할 수 없다는 이질감과 함께 사회 부적응의 양상으로 드러난다. 시인의 이러한 현실인식은 고아원과 고아들의 삶을 통해 근대의 역사 굴곡을 보다 입체적으로 해부한다. 그러한 인식은 개인의 수난사를 통해 근대의 몰락과 파편화된 삶 전체를 드러내는 알레고리적 수사로 구체화되면서 시적 울림을 증폭하는 역할을 한다.

---

40) 에드워드 S. 케이시는 "장소로서 나타나는 것은 모태라는 형태로, 더 적확하게 말하자면 '모태로서 장소'라는 형태로 나타난다."라는 설명을 통해 장소의 출현과 질서가 모태에 있음을 강조하고 모태로서의 장소는 '충만'을 그 본질로 한다는 입장을 견지한다. 그러한 논지에서 본다면 '고아원'은 모태로부터 격리된 공허의 장소이자 혼돈의 장소라 할 수 있다. 에드워드 S. 케이시, 『장소의 운명』, 박성관 옮김, 에코리브르, 20016, 78~79쪽 인용 및 참조.

　　공장과 폐수와 진창 바다 움켜쥔 채 너는, 변두리 길목 흙먼지 **뿌연**
그 속에 앉아 있었다. 시계를 고치면서, 기다리지 않겠다고 흘러가 버릴
시간을 되살려 놓으면서, 비추고 또 비추고 또 비추어도 외눈박이 확대
경 속은 고장난 세상//성남으로 자리를 떠나야겠다고. 단속이 심해져서
(중략)//등 뒤에선, 더 오래 치고 때릴 겨울바람이 남겠지만, 계집이 내
빼 버린 중랑천 그 물소리에도 따라 흘러야 할 젊음 두고 맡는 네 몸에선,
역겹고 퀴퀴한 냄새가 났다. 너는, 희망이 있느냐? 그래도 건너가야 할
어둠 속에 무엇이 오래 박혀 우는지, 헤어져선 끝까지 너 또한, 아무도
되돌아보아서도 안 되었다.

「逆流-喜根이에게」 부분

　　시 「逆流-喜根이에게」(이하 「逆流」)는 송천동 고아원에서 함께 지냈
던 '희근'이라는 인물을 통해 과연 우리들의 삶에 희망이란 있는가를
묻는다. 시인의 물음은 '공장'과 '폐수'와 '진창'으로 집약된 근대 도시
의 음울한 풍경과 그 몰락의 장소조차에도 편입될 수 없는 고아의 운
명에 대한 물음이자 근대를 살아가는 모든 이들의 실존적 행방에 대
한 물음이라 할 수 있다. 희근을 비롯한 근대인들의 소외는 장소를
박탈당한 실존들이 겪는 '장소-패닉'(place-panic)과 밀접한 연관을
갖는다. 에드워드 S. 케이시(Edward S. Casey)는 장소-패닉을 "장소를
박탈당한 개인의 실존적 곤경"[41]으로 설명한다. 개인의 실존적 곤경
은 한 장소에 정착하지 못함에서 오는 불안과 두려움의 정서로 표출
된다. 이러한 정서가 시 「逆流」에 변두리라는 장소와 '겨울바람', '어
둠'의 이미지로 암시된다. '겨울바람'과 '어둠'의 이미지는 앞서 분석
한 시 「안개」에도 나타나는데, 이는 고아원을 떠나도 고통의 삶이 개
선되지 않을 것이라는 예감을 드러낸다.

---

41) 에드워드 S. 케이시, 위의 책, 32쪽.

송천동 고아원을 떠나 변두리 중랑천에서 시계를 고치며 사는 희근의 삶은 '계집'도 내빼 버리고 '단속'에 몰려 또 다른 변두리인 성남으로 떠나야 할 처지에 놓여있는데, 이러한 삶을 화자는 '역겹고 퀴퀴한' 냄새로 집약한다. 희근의 몸에서 나는 역겹고 퀴퀴한 냄새는 곧 장소의 냄새라 할 수 있다. 화자는 장소의 특징을 후각화함으로써 삶의 불쾌와 불안을 극대화한다. "비추고 또 비추고 또 비추어도 외눈박이 확대경 속은 고장난 세상"은 아무리 노력해도 개선되지 않을 것 같은 현실의 불안과 정착의 여지가 없는 현실의 암담함을 지시한다. 고장난 시계는 고칠 수 있지만 고장난 삶은 고칠 수 없다는 희근의 인식은 지극히 절망적이지만 화자는 "그래도 건너가야 할 어둠"이라는 표현을 통해 희망의 계기를 마련한다. 이러한 희망에의 의지가 있기에 송천동의 '고아원'과 중랑천의 '변두리'는 헤테로토피아적 의미를 지닌다 할 수 있다. 그러나 이러한 희망에의 의지는 "믿음이 만드는 부질없는 내일"(「안개」)과 "끝까지 내가 나를 헐어내야 할 이 고단한 외로움도 罪"(「켄터키의 집 Ⅱ」)라는 표현에서처럼 부질없음과 고단함이라는 의미를 동반함으로써 극복 의지보다는 망설임을 내포한 양가감정(兩價感情)으로 표출된다. 그러한 감정이 시집 『東豆川』 1부에 '서성거리다', '뒤돌아보다'(「켄터키의 집 Ⅰ」), '엎어지다'(「베트남 Ⅰ」), '끌려가다'(「베트남 Ⅱ」), '갈앉다', '돌아오다'(「아우시비쯔」), '스러지다', '떨어지다'(「李씨의 눈」), '헤매다', '절뚝이다'(「그대는 어디서 무슨 病 깊이 들어」) 등의 동사로 구체화되어 곳곳에 드러난다. '켄터키의 집'으로 표상된 고아원에서의 경험은 모태로서의 장소를 박탈당한 유년의 막막함과 고단함에 대한 회상이자 장소-패닉의 심리를 보여주는 것이라 할 수 있다. 장소-패닉은 안전하고 풍요로운 장소에 거주하지 못함으로 인해 발생하는 유년의 혼란과 정체성의 상실을 초래하는 근원적 사건이

라 할 수 있다. 일시적이지만 김명인이 겪은 고아원 체험과 고아의식
은 "과도기에 있는 개인들"[42]에게 주어진 장소적 체험, 즉 일탈의 헤
테로토피아에서 겪는 실존적 '무위'(無爲)와 연관을 갖는다 할 수 있으
며 그러한 쓸모없음의 인식이 '부질없음'과 '무력감'으로 드러난다는
것이 한 특징이다. 그러나 그러한 무력감이 세계와 실존에 대한 허무
적 인식으로 드러나지 않고 어떻게 해서든 유년의 장소적 결핍을 메
우려는 의지로 나타나는데, 그 의지가 '모성'과 '고향'의 원초적 장소
를 회복하려는 '그리움'의 정념으로 표출된다.

　시「안개」의 고아원과 시「逆流」의 변두리는 권력에 의한 강제적
'격리'와 그곳에 거주하는 이들의 반항적 '일탈'이라는 두 의미가 결절
되는 위기의 장소라 할 수 있다. 헤테로토피아의 장소가 권력자의 통
제와 격리에 맞서 일탈과 대항의 원심력(遠心力)을 발휘하는 것은 분명
하지만 그 이면에는 거주자들이 체감하는 장소적 숙명(=운명)이라는
구심력(求心力)도 함께 작용한다. 헤테로토피아는 이 두 힘의 대립과
긴장에 의해 작동하는 이질적 형태의 모든 장소를 포괄하는데, 그러한
장소들의 기능은 탈주와 정착, 자유와 숙명, 해방과 억압, 개방과 폐
쇄, 능동과 수동 등과 같은 대립적 힘들의 길항(拮抗)에 의해 작용한다.
그런 의미에서 헤테로토피아의 장소들은 대항으로서의 '반(反)공간
(contre-espaces)'이라는 일면적 기능보다는 앞서 말한 두 힘들이 공존
하는 복합적 기능, 즉 '이율배반의 장소'로 규정하는 것이 보다 적절한
접근법이라 할 수 있다.[43] 김명인은 송천동 고아원을 "그리운 그 언저

---

42) 미셸 푸코, 앞의 책, 49쪽.
43) 미셸 푸코가 헤테로토피아를 일종의 '반(反)공간(contre-espaces)'으로 정의한 것
　은 거주자의 일탈과 대항이라는 일면에만 초점을 둔 것이라 판단된다. 그러한 일면성
　은 장소를 배치하는 권력의 의도와 장소 자체에 내재한 고유의 힘, 이를테면 앙리
　르페브르가 장소적 정령(精靈)으로 언급한 '누멘 노멘(Numen-nomen)'과 같은 비

리도 우리는 잊지 못한다"(「켄터키의 집 Ⅰ」)라는 그리움과 "바라보면 배고픔조차 견딜 수 없던 긴 날들"(「안개」)의 고통이 공존하는 이율배반의 장소로 회상한다. 고통스러워 떠났지만 그곳이 다시 그리워지는 감정의 이율배반은 모태로서의 장소를 박탈당한 고아들이 갖는 장소적 애증(愛憎)을 표현한 것이라 할 수 있다. 나아가 장소 애증은 어머니의 부재와 결부된 장소들에 대한 '더러운 그리움'(「동두천 Ⅰ」)이라는 역설적 연민으로 표현된다.

4. 거울의 헤테로토피아와 혼혈의 알레고리

푸코는 "거울이 실제로 존재하는 한, 그리고 내가 차지하는 자리에 대해 그것이 일종의 재귀 효과를 지니는 한 그것은 헤테로토피아이다."[44]라는 언급을 통해 헤테로토피아의 재귀성을 설명한다. 송천동과 동두천에 재현된 장소와 인물들은 서로가 서로를 비추는 거울 역할을 한다. 김명인이 유년 시절에 겪은 송천동 고아원의 장소적 체험은 어른이 된 후 동두천 교실에서 겪는 장소적 체험을 결정하는 거울상(像)으로 작용한다. 또한 동두천에서의 체험은 유년의 체험을 반추(反芻)하는 거울상으로 기능한다는 점에서 송천동의 고아원과 동두천의 교실은 공히 재귀적(再歸的)이다. 이러한 재귀적 관계가 장소박탈

합리적 반발력의 영향을 과소평가함으로서 장소의 복합적 맥락을 단순화할 여지를 남긴다. 그러한 여지로 인해 에드워드 S. 케이시로부터 "(푸코의)헤테로토피아론은 대체 공간과 장소 중 어느 것을 연구하는 것인가?"(에드워드 S. 케이시, 앞의 책, 594쪽)라는 의문을 유발함과 동시에 헤테로토피아의 개념 자체가 '미완의 토르소(torso)'(위의 책, 596쪽)에 지나지 않는다는 평가를 받게 된다. 이러한 문제의식과 평가는 미셸 푸코의 헤테로토피아론이 대항을 위한 대항의 장소라는 순환론에 빠질 수 있다는 점을 지적한 것이라 할 수 있다.

44) 미셸 푸코, 앞의 책, 48쪽.

과 장소회복이라는 양가적 의지로 표현되는데, 이는 장소에 깃든 역사적 수난을 지시하는 알레고리적 의미로 확장된다.

① 운동장을 질러가는 아이들을 바라보면/너희 나라가 생각난다, 탐아./한 나라가 무엇으로 황폐해지는지 나는 모르지만/한 어둠에서 다음 어둠으로 끌려가며/차례차례 능욕당한 네 땅의 신음 소리를 다시 듣는다.//내 손에 정글刀만 쥐어진다면/자르고 싶은 것은 敵이 아니라 나의 연민이다./불란서 튀기 너는 우리 부대의 마스코트였지만/가난한 나라의 한 병사가 바라본 너는/슬픔이 아니라 미움이었다.//(중략)//너는 流民도 못 되어서/우리가 어느 전쟁 어느 난장 속을 다시 떠돌지라도/나는 너를 통해서 한 나라를 만나겠구나./너는 어느 땅에 소개되었는지, 집단/중노동에 있는지./나는 지금도 저 아이들에게 무엇 하나 줄 것조차 없고.

「베트남 Ⅱ」 부분

② 막막함은 더 깊은 곳에도 있었다. 매일처럼/교무실로 전갈이 오고/담임인 내가 뛰어가면/교실은 어느 새 난장판이 되어 있었다./태어나서 죄가 된 고아들과/우리들이 악쓰며 매질했던 보산리 포주집 아들들이/의자를 던지며 패싸움을 벌이고/화가 나 나는 반장의 면상을 주먹으로 치니/이빨이 부러졌고//함께 울음이 되어 넘기는 책장이여 꿈꾸던/아메리카여/무엇을 배울 것도 없고 가르칠 것도 없어서/캄캄한 교실에서 끝까지 남아 바라보던 별 하나와/무서워 아무도 깨뜨리지 않으려던 저 깊은 침묵//(중략)//창 밖에 서서 전송해 주던 동료들도 거기서는/더 오래 머무르진 않았으리라 내릴 뿌리도 없어/세상은 조금씩 사라져 갔는지/날마다 눈 덮이고/그 속으로 떠나고 있는 우리들을 향해/내가 가르쳐 주지 못해도 아이들은/오래 손 흔들어 주었다/남아 있어도 곧 지워졌을 그 어둠 속의 손 흔듦/나는 어느새 또다시 선생이 되어 바라보았고

「동두천 Ⅱ」 부분

시 「베트남 Ⅱ」와 「동두천 Ⅱ」은 어른과 아이라는 인물 구도, 운동장과 교실이라는 장소 배치 그리고 미국이 주도한 전쟁의 참상과 흔적을 직·간접적인 배경으로 한다는 점에서 상동적(相同的) 관계를 보인다. 베트남과 동두천의 상동성은 어른인 화자가 아이들의 모습을 바라보는 '관찰적 시선'에 의해 매개된다. 시 ①의 "운동장을 질러가는 아이들을 바라보면"과 "가난한 나라의 한 병사가 바라본 너" 그리고 시 ②의 "캄캄한 교실에서 끝까지 남아 바라보던 별 하나"와 "나는 어느새 또다시 선생이 되어 바라보았고"라는 표현에 나타난 것처럼 두 시의 화자는 시종 '바라봄'의 태도를 취한다. '바라봄'은 화자의 무력감을 거리화한 것이라 할 수 있다.

화자의 무력감은 시 ①의 "무엇 하나 줄 것조차 없고"와 시 ②의 "무엇을 배울 것도 없고 가르칠 것도 없어서"라는 고백적 진술로 표현되는데, 그 안에는 아이들에 대한 연민이 함께 담겨있다. 무력과 연민은 '탐'이 살고 있는 베트남의 '황폐'와 보산리 포주집 아이들이 싸움을 벌이는 교실의 '난장판'으로 묘사된 장소적 혼란과 연동된 것이다. 교실의 혼란은 화자와 아이들 사이에서 발생한 일상의 문제가 아니라 전쟁이라는 역사적 상황의 결과라는 것을 알고 있기에 화자는 "자르고 싶은 것은 敵이 아니라 나의 연민"이라는 자기 성찰과 "무서워 아무도 깨뜨리지 않으려던 저 깊은 침묵"으로 표현된 자기 무력 사이에서 갈등한다. 이러한 내적 갈등을 통해 아이들이 겪는 수난을 연민의 시선으로 관찰하면서 어른으로서의 무력감을 성찰을 하는 것이 인용 시 ①과 ②의 핵심 서사라 할 수 있다.

화자의 관찰적 시선은 벤야민이 말한 알레고리적 관찰, 즉 역사의 세속적 전개를 세상의 수난사로 바라보는 것과 상통한다.[45] 그러한 수난사를 시 ①과 ②에 아이들의 슬픈 얼굴과 울음의 표정으로 표현

한다. 이는 "역사의 죽어가는 얼굴"(facies hippocratica)[46]을 고스란히
드러낸 것이라 할 수 있다. 아이들의 표정은 자신들이 속한 고아원과
포주집 그리고 학교라는 장소의 현재적 속성, 즉 황폐와 난장의 장소
적 정서를 반영한 것이라 할 수 있다. 시 ①의 '탐'은 군대 내에서 행운
을 가져다주는 '마스코트'로 불리지만 기실 그의 삶은 불행의 연속일
뿐이다. 겉으로 드러난 탐의 행동과 내면의 정서는 불일치를 이루는
데 '황폐'가 그것을 지시한다. 불일치로 인한 황폐는 장소와 장소감의
괴리에서 나온 것이다. 어느 땅에 소개되어 중노동에 시달리고 있는
지 모를 탐의 불확실한 운명과 "태어나서 죄가 된" 보산리 포주집 아
들들의 불안한 미래는 거울처럼 서로를 비추며 어른들이 일으킨 전쟁
의 참상을 방황과 일탈이라는 행동으로 고발하고 규탄한다.

아이들의 일탈과 반항은 안락한 모성의 장소로 기능하는 '집'의 상
실에 기인한다. 즉 집이라는 모성의 장소로부터 추방된 실존적 두려
움이 외화된 것이라 할 수 있다. '교실'이라는 장소가 난장판이 되고
폭력이 난무하는 곳으로 변질된 상황을 '비축적'의 원초적 장소로부터
추방된 자가 느끼는 불안과 공포의 정서는 끝내 사라지지 않고 현실
에 깃들어 잔존한다는 르페브르의 주장[47]에 근거해 설명하자면, 모성
적 장소로부터 박탈된 두려움이 교실이라는 현실의 장소에 잔존해 폭
력적으로 드러난 것이라 이해할 수 있다. 따라서 그들의 행동은 "태어
나서 죄가 된 고아"의 운명과 장소박탈에 대한 대항이자 이의제기라
할 수 있다. 그들의 행동이 일어난 교실은 교육이 실시되는 일반적
장소가 아닌 특별한 '다른' 장소, 즉 자신들의 꿈을 좌절시킨 어른들의

---

45) 발터 벤야민, 앞의 책, 247쪽 참조.
46) 위의 책, 247쪽.
47) 앙리 르페브르, 앞의 책, 386쪽 인용 및 참조.

행적에 대한 고발과 도발의 장소로 기능한다. 이는 추방된 장소로서의 어둡고 음울한 헤테로토피아[48]와 긴밀한 관계를 갖는 것이라 할 수 있으며, 그것을 알레고리적으로 재현한 것이 시 ①의 운동장과 시 ②의 교실이 갖는 장소적 의미라 정리할 수 있다.

시 ①과 ②에 나타난 화자의 관찰적 시선은 유년의 고아 체험이 투영된 몰입의 시선에 가깝다. 아이들을 통해 자신의 유년을 떠올림으로써 아이들과의 심리적 거리를 제거하는 몰입의 태도는 그들의 슬픔을 깊이 이해할 수 있게 하면서 한편으로는 자신의 현재 모습을 성찰하게 한다. 김명인의 시편들이 즉발적인 고발의 형태보다는 우회적 공감의 형태를 취하는 이유는 대상에 대한 몰입의 시선 때문이다. 이러한 특징이 자기 성찰의 요체를 이룸과 동시에 역사에 대한 알레고리적 시선을 견지하게 만드는 근거로 작용한다. 아이들에 대한 연민과 그들의 슬픔을 해결해 줄 수 없다는 무력감의 표출이 시 ①의 "너는/슬픔이 아니라 미움"이라는 표현과 시 ②의 "함께 울음이 되어 넘기는 책장"이라는 표현처럼 감정의 과잉으로 드러나는 경향이 많은데 이러한 과잉이 부담스럽지 않은 이유는 공감에 기초한 몰입의 시선 때문이다. 베트남의 탐과 보산리 포주집 아들들의 상처는 화자가 겪은 유년의 상처와 상동성을 갖는 것이기에 화자는 아이들과 함께 울면서 빈 교실에 남아 '별'을 바라보며 아무것도 가르쳐 주지 못하고 떠나는 자신의 미안함을 반추한다. 이러한 반추의 장소, 즉 바라봄으로써 비춰지고 비춰짐으로써 바라보게 되는 장소로서의 교실은 서로의 아픔을 발견하고 공감하게 만드는 재귀적 기능을 한다. 이러한 재귀적 기능 때문에 시 ①의 "나는 지금도 저 아이들에게 무엇 하나 줄

---

48) 위의 책, 386쪽 인용 및 참조.

것조차 없고"나 시 ②의 "나는 어느새 또다시 선생이 되어 바라보았고"라는 표현에 담긴 무력감이 무책임하게 느껴지지 않고 희망의 여운을 주는 것으로 읽혀진다.

송천동과 동두천 그리고 베트남과 관련된 장소들(고아원, 포주집, 학교, 교실)은 장소박탈의 좌절과 장소회복의 희망이 거울처럼 반영된 헤테로토피아적인 장소들이자, 그곳에 포진된 인물들의 장소적 운명을 알레고리화한 것이라 할 수 있다. "내릴 뿌리"도 없는 인물들의 장소적 운명은 날마다 '눈'이 내리는 차가운 상황으로 묘사되고 있는데 이는 앞서 분석한 시 「안개」에 "어둠을 휘감고 흐르던 안개" 이미지가 보여주는 암담함과 같은 맥락을 보인다. '안개'와 '눈'과 '어둠'의 이미지를 동반한 김명인 시의 장소들은 모성적 장소로서의 집의 상실에서 오는 '차가움'의 정서를 대변한다. 그러나 그 차가움 속에서 화자는 따뜻한 온기를 발견함으로써 자신의 무력을 성찰하는 계기를 마련한다. 시 ①의 "나는 너를 통해서 한 나라를 만나겠구나."라는 다짐이나 시 ②의 "남아 있어도 곧 지워졌을 그 어둠 속의 손 흔듦"에 표현된 아이들의 '손 흔듦'은 차갑고 어두운 장소의 분위기를 쇄신하려는 희망의 의지를 드러낸다.

이-푸 투안(Yi-Fu Tuan)은 어린 아이들의 장소 인식을 어머니와 관련해 설명하는데, 그 핵심은 "장소를 가치, 양육, 후원(support)의 초점으로 넓게 정의하면, 어머니는 어린이의 기본적 장소"[49]라는 것으로 요약된다. 양육의 과정에서 어머니는 늘 움직이지만 아이들은 어머니를 '지속성'과 '항구성'의 장소로 인식하기 때문에 자신을 후원해주는 부모가 곁에 없을 경우 불안과 공포를 갖게 된다는 이-푸 투안

---

49) 이-푸 투안, 앞의 책, 38쪽.

의 설명[50]은 김명인 시에 나타난 장소박탈과 장소회복의 관계를 이해
하는 데 주요한 논거를 제시한다.

① 어머니, 나는 평화 오는 길목에 드러누워/배고픔도 잊고 흐려 안 보이
는/어린 날도 모두 잊어버리고/모르는 것들은 아직도 몰라서 사무칠 적
에 더욱 괴로운/흐르는 물소리를 짚어 보다가/한 해를 보내고 또 한 해
가 지나가니/영영 만나야 할 당신, 당신은 어느 아우시비쯔에서 죽으셨
나요?

「아우시비쯔」 부분

② 내가 국어를 가르쳤던 그 아이 혼혈아인/엄마를 닮아 얼굴만 희었던/
그 아이는 지금 대전 어디서/다방 레지를 하고 있는지 몰라 연애를 하고/
퇴학을 맞아 고아원을 뛰쳐 나가더니/지금도 기억할까 그 때 교내 웅변
대회에서/우리 모두를 함께 울게 하던 그 한 마디 말/하늘 아래 나를
버린 엄마보다는/나는 돈 많은 나라 아메리카로 가야 된대요//일곱 살
때 원장의 姓을 받아 비로소 李가든가 金가든가/朴가면 어떻고 브라운이
면 또 어떻고 그 말이/아직도 늦은 밤 내 귀가 길을 때린다/기교도 없이
새소리도 없이 가라고/내 詩를 때린다 우리 모두 태어나 욕된 세상을

「동두천 IV」 부분

③ 여뀌풀은 억센 풀 길바닥에도 돋는 잡풀/꿈속에서도 제 나라 말 더듬
는 아이를 보면 눈물나지만/어둡기야 캄캄한 밤 하늘에 더욱 멀리 던져
진/헬로 너의 고향은 머나먼 별/한밤중에는 나도 내 고향으로 웅크리고
길 떠나지//…중략…//울지 말아라 어차피 태어나서는 우리 모두 미운
오리새끼였다//허나 사랑은 아름다움 속에 있는가 더러움 속에 있는가/
용서 속에 있는가 칼 속에 있는가/그리움으로 거머쥐는 이 주먹의 의미
조차/모르면서 너는 나를 부끄럽게 한다/더 이상 벌받지 않아야 하리라

---

50) 위의 책, 38쪽 참조 및 인용.

너는/방과 후엔 사랑하는 것들이 주리지 않게 토끼풀을 뜯고/잠자리에
들면/어머니에 대해서도 오래 기도하면서

「동두천VIII-내가 만난 혼혈아 중여에게」 부분

아이들이 집과 집 주변의 친숙한 장소로부터 벗어나 최초의 사회적
경험을 하게 되는 낯선 곳이 학교다. 학교의 낯섦은 아이들에게 불안
을 주지만 부모의 양육과 보호로 표상되는 집의 안정성이 바탕이 되
면서 점차 상쇄된다. 그러나 집의 보호, 특히 모성의 돌봄이 결핍되었
을 경우 학교는 표류의 장소가 된다. 지속성과 항구성으로 인지되는
어머니와 집이 부재하거나 정상적인 상태가 아닐 경우 아이들이 마주
치게 되는 사회적 장소들은 표류의 장소가 되고 그로 인해 정체성의
혼란을 겪게 된다. 위에 인용한 시 ①, ②, ③에 나타난 아이들은 어머
니의 부재로 인한 원망과 그리움의 정서를 동시적으로 갖고 있는데,
이러한 정서들로 인해 그들이 속한 교실과 학교는 안정된 교육의 수
행이라는 본래적 기능을 잃고 불안의 장소로 변질된다.

시 ①은 어머니의 부재로 인한 심적 고통과 그리움의 감정이 주조
를 이루는데, "영영 만나야 할 당신, 당신은 어느 아우시비쯔에서 죽
으셨나요?"라는 물음에 나타난 것처럼 생사가 불분명한 어머니에 대
한 그리움과 불안의 심정이 '아우시비쯔'라는 장소로 집약된다. 아우
시비쯔는 어머니의 죽음을 환기하는 동시에 화자의 심적 고통이 전쟁
과 관련된 것임을 시사한다. 또한 '어느'라는 관형사를 통해 아우시비
쯔가 한 곳이 아니라 도처에 산재한다는 것을 암시함으로써 현실의
제반 장소가 죽음의 수용소와 같다는 것을 알레고리화한다. 아우시비
쯔가 환기하는 죽음과 고통의 의미는 "평화 오는 길목"과 대조되면서
그 의미가 극대화된다. "평화 오는 길목"은 어머니가 돌아오는 장소이

자 그리움의 정념이 투영된 곳이다. 그러나 돌아오지 못할 것 같은 예감이 주조를 이루는데, 그 예감은 "흐려 안 보이는/어린 날"의 기억처럼 불투명한 형태를 취하면서 불안으로 확산된다. 시적 화자가 회상하는 어린 날의 불안은 어머니의 부재로 인한 장소박탈과 관련된 것이라 할 수 있으며 그 원인이 전쟁에 있다는 인식이 시 ①은 물론 시 ②와 ③에도 드러난다.

전쟁이 가져온 수난은 시 ②의 "혼혈아인/엄마를 닮아 얼굴만 희었던/그 아이"의 내력을 통해 불행의 가족사로 외화된다. 고아원을 뛰쳐나가 '다방 레지'를 하고 있는 '그 아이'의 삶은 보호와 양육을 받지 못해 표류하는 고아들의 불안정한 삶을 전형적으로 보여준다. 표류의 삶에 내포된 '그 아이'의 울분과 공허는 '혼혈아'라는 사회적 편견에 의해 더 심화되고 결국엔 자신의 정체성에 대한 부정으로 이어진다. "李가든가 金가든가/朴가면 어떻고 브라운이면 또 어떻고"라는 자조(自嘲)와 체념의 언사는 어머니로 상징되는 '집'의 보호를 받지 못해 겪는 정체성의 혼란을 보여준다. 성씨의 부정(否定)은 부모에 대한 부정을 의미하며 태어남 자체를 '욕된' 것으로 인식하게 만드는 원인이 된다. 자신의 탄생을 욕된 것으로 생각하는 것은 집과 부모로부터 버려져 고아원에 방치된 고아들이 겪는 장소적 트라우마(trauma)와 관계된 것이라 할 수 있다. 장소적 트라우마는 싸움, 퇴학 등과 같은 일탈 행동을 동반하는 장소-패닉의 현상으로 외화된다. 이러한 현상은 시 ②, ③을 비롯해 고아들을 소재로 한 대부분의 시편들에 공통적으로 나타나는 특징이라 할 수 있다.

고아원은 아이들의 보호를 명목으로 하지만 기실은 격리를 위한 시설이라는 점에서 섞임의 장소라 할 수 있다. 장소의 섞임은 이곳도 아니고 저곳도 아닌, 즉 경계에 위치한 혼란의 장소를 지시한다. 그러한 고아원의 장소성은 교실에도 적용된다. 시 ③에 "꿈속에서도 제 나라 말 더듬는 아이"로 표현된 혼혈아 '중여'는 어느 장소에도 편입되지 못한 주변인의 모습을 보여준다. 모국어와 외국어의 섞임, 즉 어느 것이 자신의 모국어인지 모르는 언어 혼란으로서의 '말 더듬' 현상은 정체성의 혼란을 지시한다. 말더듬증과 혼혈로 인한 정체성의 혼란은 '잡풀'과 '미운 오리새끼'라는 비유를 통해 고아와 혼혈아들의 위치가 '예외적 존재'라는 것을 지시한다. 시 ②, ③의 화자는 그들에게 아무 것도 해 줄 수 없다는 무력감을 드러내는데 그 심정을 시 ②의 "기교도 없이 새소리도 없이 가라고/내 詩를 때린다"와 시 ③의 "너는 나를 부끄럽게 한다"는 성찰과 고백으로 표현한다.

화자의 고백적 성찰은 '욕된 세상'에 태어난 아이들의 운명에 대한 연민의 표현이자 자신의 무력에 대한 윤리적 성찰의 결과라 할 수 있다. 화자가 할 수 있는 것은 "더 이상 벌받지 않아야 하리라"는 시 ③의 진술처럼 간곡한 염원과 기대의 형태로 제시되는데 중요한 것은 일견 소극적으로 읽혀질 수 있는 이러한 염원이 김명인 시에 대한 공감력을 한층 강화한다는 것이다. 부끄러움과 무력에 대한 성찰이 자기 연민의 측면으로만 귀결되어 사유화(私有化)되면 공허함을 보이기 마련이다. 그러나 김명인의 경우는 다른 양상을 보인다. 시 ③의 "사랑은 아름다움 속에 있는가 더러움 속에 있는가/용서 속에 있는가 칼 속에 있는가"라는 자문(自問)은 자신이 가르치는 고아와 혼혈아들이 처한 실존의 특수성만이 아니라 '아우시비쯔'나 '아메리카'로 환유된 현실의 문제까지 아우르며 역사의 부조리를 직시하려는 성찰을 보여준다. 자기 무력의 반추를 통해 그 누구도 '벌'을 받지 않고 또한 태어남이 '죄'가 되지 않는 유토피아적 세계를 '사랑'이라는 주제와 연관해 성찰한다는 점에서 김명인의 '동두천' 시편은 자기 연민의 틀에서 벗어나 있다.

'아름다움'과 '더러움', '용서'와 '칼'이라는 대립적 관계는 실존과 역사의 문제를 바라보는 현실 인식의 구도를 반영한 것이라 할 수 있다. 어머니의 부재와 집의 상실이라는 장소박탈의 정념이 '더러움'과 '칼'이라는 의미소와 연동된다면, "영영 만나야 할 당신"으로 표상된 장소회복의 정념은 '아름다움'과 '용서'라는 의미소와 연동된다. 실존과 역사의 관계는 장소를 통해 연계된다. 따라서 장소는 실존이 처한 현실이라 할 수 있다. 김명인은 자신이 처한 현실의 상황을 '더러운 그리움'(「東豆川 I」)이라는 모순형용의 정념으로 인식한다. '더러운 그리움'은 자신이 가르치는 고아와 혼혈아들이 세상을 인식하는 정념이기도 하다. 또한 자신들을 버린 어머니에 대한 양가감정의 표현이자 모성적 장소로부터의 박탈감에서 오는 정념이기도 하다. '아름다움'과 '더러움', '용서'와 '칼'이라는 대립 감정의 공존 속에서 사랑이 어디에 있는지를 묻는 것은 장소회복의 의지를 표명하는 것으로 해석할 수 있다. 그러한 회복의 의지를 담은 것이 시 ③의 "어머니에 대해서도 오래 기도하면서"라는 표현의 함축적 맥락이라 할 수 있다. 아름답지만 더러운 존재로서 인식되는 어머니의 이율배반성이 고아와 혼혈아들이 갖는 고통의 근간이지만 그 어머니는 결코 미워하거나 부정될수 없음을 화자는 '오래 기도하면서'라는 행위를 통해 강조한다. 어머니는 부정되는 것이 아니라 용서되고 회복되어야 하는 사랑의 존재라는 인식은 부정을 통한 긍정의 사유라 할 수 있다.

김명인의 연작시 「東豆川」에 나타난 일련의 장소들은 앞서 분석한 것처럼 모성적 장소로부터 추방된 위기와 일탈의 장소로 드러난다. 이러한 일탈의 장소는 더러움과 그리움의 양가감정이 투영된 섞임의 장소이자 혼혈의 장소라는 점에서 정체성과 실존의 혼란을 야기하지

만 사랑과 용서를 통해 모성의 장소로 회귀해야 한다는 긍정의 사유
를 통해 헤테로토피아적 장소로 지양(止揚)된다. 모성적 장소는 사회
적 편견과 권력자의 의도에 의해 제도화된 일체의 장소가 갖는 억압
을 중화하고 정화하는 '반(反)공간(contre-espaces)'[51]으로 작용한다는
점에서 헤테로토피아적이다. 모성적 장소의 훼손은 근대 역사의 비극
을 표현한다는 점에서 알레고리적이다. 김명인은 시 「베트남Ⅰ」에
'로이'라는 여성을 통해 어머니의 수난을 구체적으로 묘사한다. "남편
은 출정 중이고 전쟁은/죽은 전남편이 선생이었던 국민학교에까지 밀
어닥쳐/그 마당에 천막을 치고 레이션 박스/속에서도 가랭이 벌여 놓
으면/주신 몸은 팔고 팔아도 하나님 차지는 남는다고 웃던"에 나타난
것처럼 '로이'로 표상된 어머니들의 수난은 전쟁 때문에 생긴 것이다.
이는 비단 베트남만이 아니라 미국에 의해 신식민지화된 제3세계의
모든 나라들의 역사적 비극을 상징한다. 어머니의 수난은 장소(고향)
의 훼손이자 나아가 주권상실을 의미한다. 그로 인해 겪게 되는 개인
의 아픔과 역사의 비극을 장소박탈과 장소회복의 관계로 입체화한 것
이 시집 『東豆川』에 표방된 알레고리적 리얼리즘의 면모라 할 수 있
다. "주신 몸은 팔고 팔아도 하나님 차지는 남는다고 웃던"이라는 표
현은 알레고리적 리얼리즘의 시적 수사가 지향하는 바가 무엇인지를
단적으로 보여준다. 세속적이면서 숭고하고, 더러우면서 아름답게 느
껴지는 로이의 표정은 역사의 참화 속에서도 삶을 영위해야 하는 실
존의 이율배반성을 여실히 보여준다. 공존할 수 없는 것을 공존시킴
으로써 실존을 회복하려는 것이 알레고리적 리얼리즘의 진가(眞價)라
할 수 있으며 그 핵심을 집약한 표현이 바로 '더러운 그리움'이라 할

---

51) 미셸 푸코, 앞의 책, 13쪽 인용 및 참조.

수 있다.

벤야민이 "속세는 알레고리적으로 바라볼 때 그 위계가 상승하면서 폄하된다."[52]고 말한 것처럼 김명인 시에 나타난 알레고리적 리얼리즘은 현실로부터 발원한 더러움과 그리움, 복수와 사랑, 무력과 의지 등의 감정적 위계를 장소박탈과 장소회복의 관계를 통해 배치함으로써 정치적 수사로 담을 수 없는 장소 정념의 문제는 물론 실존의 이율배반성까지 동시적으로 포착해 낸다. 김명인의 시에 드러난 고아원, 학교, 포주집 등은 권력의 통치술에 의해 배치된 이질의 장소들로서 감시와 통제와 처벌의 영역에 위치해 있는 곳이다. 이러한 배치에 균열을 가하는 것이 '로이'의 '웃음'이다. 로이의 표정은 근대의 폐허를 직시하는 알레고리적 표정이자 장소-패닉으로부터 얻어진 불안과 공포를 지우고 중화하는 헤테로토피아적인 표정이라 할 수 있다.

5. 맺음말

헤테로토피아는 자본 권력이 행사하는 공간-장소의 통제와 이데올로기적 기획에 맞서 공간-장소의 유토피아를 현실에 실현하려는 대항담론이라는 점에서 특별한 의미를 갖는다. 헤테로토피아가 문학작품에 구현되는 방식은 알레고리적 사유를 통해서 드러날 수밖에 없는데, 그 이유는 대항담론이라는 자체 성격 때문이다. 이 글은 대항담론으로서의 헤테로토피아가 역사에 대한 알레고리적 사유를 동반할 수밖에 없는 이론적 근거를 푸코와 르페브르가 언급한 헤테로토피아의 특징과 벤야민의 알레고리론의 연계를 통해 제시하고, 그 결과를 바

---

52) 위의 책, 260쪽.

탕으로 김명인의 시집『동두천』에 나타난 '동두천'의 헤테로토피아적 특징을 장소박탈과 장소회복이라는 관계를 통해 규명하였다. 그러한 규명을 통해 김명인의 시적 세계가 더러움과 그리움, 복수와 사랑, 무력과 의지 등의 감정적 위계를 장소박탈과 장소회복의 구도를 통해 배치함으로써 정치적 수사로 담을 수 없는 장소 정념의 문제는 물론 실존의 근원성까지 동시적으로 포착해내는 '알레고리적 리얼리즘'에 입각해 있다는 것을 밝혔다.

푸코는『말과 사물』에 처음으로 헤테로토피아를 언급하는데, 그 핵심은 헤테로토피아가 '전복', '방해', '무효', '와해', '해체' 등의 가치와 결부된 장소이며, 화제(話題)와 서정성의 수사가 소멸된 근대의 불안 심리를 함의한 문학적 상상력과 밀접한 관련을 갖는다는 것이다. 르페브르는 헤테로토피아를 "마법과 광기, 악마적 권력의 장소, 매혹적이지만 추방된 장소"로 정의한다. 그가 말하는 매혹적이지만 추방된 장소로서의 헤테로토피아나 푸코가 말하는 통사적 질서의 해체와 신화의 전복을 가능케 하는 장소로서의 헤테로토피아가 갖는 공분모는 사회적 실천과 예술적 행위가 중첩되어 작용하는 장소적 의지이자 이질의 장소를 통칭한다는 점에 있다.

벤야민은 근대를 '폐허'의 장소로 인식하고, 알레고리를 폐허를 표명하는 고유의 방식으로 제시한다. 알레고리가 폐허화된 근대의 장소를 드러내는 사유의 방식이라는 벤야민의 견해는 '추방'과 '이질'의 장소로 헤테로토피아를 정의한 르페브르와 푸코의 입장과 일정한 연계성을 지닌다 할 수 있다. 알레고리가 극단의 전복에서 발생하는 사유의 양식이라는 벤야민의 주장은 언어를 전복하고 통사적 질서를 근본에서부터 와해시키는 푸코의 헤테로토피아와 상통하는 면을 보인다. 아울러 이는 르페브르가 근대로부터 추방된 장소이자 도발을 내포한 장소로 규정한 헤테로토피아의 예술적 매혹성과 교섭하는 면을 보인다. 따라서 근대의 중심에서 벗어나거나 추방된 장소들, 특히 권력에 의해 배치된 주변부의 장소들은 그 자체로 근대의 '폐허성'에 대한 알레고리적 특징을 반영할 수밖에 없다. 이러한 이유로 헤테로토피아의 장소성에 대한 분석은 필히 알레고리 분석과 연계되어 진행될 수밖에 없다는 것을 본고의 이론적 토대로 삼아 김명인의 시집 『동두천』에 나타난 장소적 특징을 1) 일탈의 헤테로토피아와 장소-패닉(panic), 2) 거울의 헤테로토피아와 혼혈(混血)의 알레고리라는 측면에서 살펴보았다. 그 결과를 발췌·요약하면 다음과 같다.

푸코는 "사회적인 규범의 요구나 평균에서 벗어나는 행동을 하는 개인들"이 들어가는 장소를 '일탈의 헤테로토피아'로 설명한다. 푸코는 요양소, 정신병원, 감옥을 대표적인 일탈의 헤테로토피아로 제시하고 이에 덧붙여 양로원을 일탈의 헤테로토피아에 포함시키는데, 그 이유를 근대 사회에서 무위와 노화는 일종의 일탈로 취급되기 때문이라고 설명한다. 그러한 견해에 근거한다면 정상적인 가족 관계에 포함되지 못한 고아들의 비정상성도 무위의 일종으로 이해될 수 있으며, 따라서 고아원도 일탈의 헤테로토피아에 속하는 것으로 볼 수 있다. 시 「안개」는 모성과 집이라는 장소로부터 박탈된 고아들의 심리적 혼란과 위기감을 '안개'와 '밤'이라는 이미지를 통해 표현하는데, 이는 르페브르가 언급한 추방된 장소로서의 헤테로토피아가 야기하는 두려움과 공포와 관련한다. '밤'과 '안개'의 이미지는 "쉽사리 빠져나가지 못한 송천"의 장소감으로 표현됨으로써 이 세계의 모든 것이 "믿음이 만드는 부질없는 내일"이라는 인식을 낳게 한다. '부질없음'의 인식은 유년의 장소적 체험, 즉 '모태로서의 장소'가 제공하는 장소적 충만감의 결핍에서 나온 것이며 이러한 결핍감은 김명인의 시에

장소박탈로 인한 '무력감'의 형태로 지속되어 나타난다. 장소박탈로
인한 무력감은 시 「逆流」에 장소 패닉의 형태로 드러난다. 케이시는
장소-패닉을 "장소를 박탈당한 개인의 실존적 곤경"으로 설명한다.
개인의 실존적 곤경은 한 장소에 정착하지 못함에서 오는 불안과 두
려움의 정서로 표출되는데 이러한 상황이 시 「逆流」에 '겨울바람'과
'어둠'의 이미지로 암시된다.

　푸코는 "거울이 실제로 존재하는 한, 그리고 내가 차지하는 자리에
대해 그것이 일종의 재귀 효과를 지니는 한 그것은 헤테로토피아이
다."라고 언급한다. 김명인이 유년 시절에 겪은 송천동 고아원의 장소
체험은 어른이 된 후 동두천 교실에서 겪는 장소체험을 결정하는 거
울상(像)으로 작용한다. 또한 동두천에서의 체험은 유년의 체험을 반
추(反芻)하는 거울상으로 기능한다는 점에서 두 장소는 공히 재귀적(再
歸的)이다. 이러한 재귀적 관계는 동두천과 베트남의 상동성으로 확장
되어 고아들의 개인적 수난이 역사적 수난의 결과라는 것을 알레고리
화하는데 대표적 작품이 시 「베트남 Ⅱ」과 시 「동두천 Ⅱ」이다. 두
작품의 시적 화자는 "운동장을 질러가는 아이들을 바라보면"과 "가난
한 나라의 한 병사가 바라본 너"(「베트남 Ⅱ」)와 "캄캄한 교실에서 끝까
지 남아 바라보던 별 하나"와 "나는 어느새 또다시 선생이 되어 바라
보았고"(「동두천 Ⅱ」)라는 표현들에 나타난 것처럼 시종 '바라봄'의 태
도를 취하는데 이는 화자가 갖는 무력감이 거리화된 것이라 할 수 있
다. 화자의 관찰적 시선은 벤야민이 말한 알레고리적 관찰, 즉 역사의
전개를 세상의 수난사로 바라보는 것과 상통한다.

　'교실'이라는 장소가 난장판이 되고 폭력이 난무하는 곳으로 변질
된 것은 모성의 장소로부터 추방된 자가 느끼는 불안과 공포의 정서
때문이다. 그들의 행동은 "태어나서 죄가 된 고아"의 운명과 장소박탈

에 대한 대항이자 이의제기라 할 수 있으며 그러한 행동이 일어나는 '교실'은 교육이 실시되는 일반적 장소가 아닌 특별한 '다른' 장소, 즉 자신들의 '꿈'을 좌절시킨 역사에 대한 고발과 도발의 장소로 기능한다. 모성의 장소로부터 추방된 고아들의 겪는 장소적 트라우마와 장소-패닉은 '혼혈'(混血)이라는 사회적 시선이 가중됨으로써 아이들의 고통과 정체성의 혼란을 심화시킨다. 언어적 섞임으로 인한 말더듬증과 혼혈로 인한 정체성의 혼란은 '잡풀'과 '미운 오리새끼'라는 비유를 통해 표현되며 이는 고아들이 정상으로부터 배제된 '예외적 존재'라는 것을 지시한다.

김명인의 시에 나타난 일련의 장소들은 모성적 장소로부터 추방된 장소, 즉 위기와 일탈의 장소로 드러난다. 이러한 일탈의 장소는 더러움과 그리움의 양가감정이 투영된 섞임의 장소이자 혼혈의 장소라는 점에서 정체성과 실존의 혼란을 야기하지만 사랑과 용서를 통해 모성의 장소로 회귀해야 한다는 것이 강조됨으로써 헤테로토피아적 장소로 지양(止揚)된다. 모성적 장소는 사회적 편견과 권력자의 의도에 의해 제도화된 일체의 장소가 갖는 현실의 억압을 중화하고 정화하는 '반(反)공간'으로 작용한다는 점에서 '동두천'의 공간-장소적 의미는 실존은 물론 역사 문제까지 포함하는 알레고리적 장소로 확장된다. 부모로부터 버림받은 고아들이 모여 있는 동두천은 자주권을 상실하고 미국에 의존해 있는 한국인들과 한국의 역사 전체를 알레고리화한 것이라 해석할 수 있다. 어머니의 수난으로 인한 장소박탈의 문제는 제국주의에 의해 신식민지화된 제3세계의 역사적 비극을 상징한다. "주신 몸은 팔고 팔아도 하나님 차지는 남는다고 웃던"이라는 표현은 알레고리적 리얼리즘의 시적 수사가 지향하는 바가 무엇인지를 대표적으로 보여준다. 세속적이면서 숭고하고, 더러우면서 아름답게 느껴지는 '로이'의 표정은 역사의 참화 속에서도 삶을 영위해야 하는 실존의 이율배반성을 여실히 보여준다. 공존할 수 없는 것을 공존시킴으로써 실존을 회복하려는 것이 알레고리적 리얼리즘의 진가라 할 수 있으며 그 핵심을 집약한 표현이 '더러운 그리움'이라 할 수 있다.

김명인 시에 나타난 알레고리적 리얼리즘은 현실로부터 발원한 더러움과 그리움, 복수와 사랑, 무력과 의지 등의 감정적 위계를 장소박탈과 장소회복의 관계를 통해 배치함으로써 정치적 수사로 담을 수 없는 장소와 정념의 문제는 물론 실존의 이율배반성까지 동시적으로 포착해 낸다는 것이 특징이다. 고아원, 학교, 포주집 등은 권력의 통치술에 의해 배치된 이질의 장소들로서 감시와 통제와 처벌의 영역에 위치해 있는 곳이다. 이러한 배치에 균열을 가하는 것이 '로이'의 '웃음'이다. '로이'의 표정은 근대의 폐허를 직시하는 알레고리적 표정이자 장소-패닉으로부터 얻어진 불안과 공포를 지우고 중화하는 헤테로토피아적인 표정이라 할 수 있다.

이상의 내용을 통해 이 글은 김명인의 시적 세계가 역사적 수난과 실존의 근원성을 동시적으로 포착해내는 '알레고리적 리얼리즘'에 입각해 있다는 것을 '헤테로토피아와 알레고리적 장소의 시학적 연관성'이라는 주제를 통해 밝혔다.

실존적 병소(病巢)로서 헤테로토피아

— 김신용 시의 경우

1. 서론

생명의 탄생은 곧 장소의 출현을 의미한다. 생명이 개시되기 전부터 모든 실존들에게 선험적으로 부여된 '자연-공간'(Natural-Space)은 미분화된 장소들, 즉 '장소화'의 잠재성을 내포한 균질의 공간으로 존재한다. 자연-공간의 잠재성과 균질성은 실존의 '개입'이라는 사태를 통해 위치와 방향을 갖는 인위적 장소로 개별화되고 특화된다. 이로써 실존은 한 장소의 '중심'이 되고, 그러한 존재 거점의 확보를 기반으로 방위(方位)를 지정하고 신체 활동의 영역을 구축한다. 중심과 방위의 설정은 자연-공간을 지리화함으로써 거주와 생명 활동의 합리성을 강화하고 나아가 타자와의 관계를 설정하는 커뮤니티의 맥락을 형성함으로써 사회성의 준거를 제공한다. 이러한 장소화의 과정은 세계-내(內)에 존재하는 실존들이 공통적으로 경험하는 장소-지리적 운명이라 할 수 있다.

장소는 실존의 상태를 표현한다. 실존의 개입이 없는 장소는 '무위(無爲)'의 추상 공간, 즉 인간 활동이 배제된 자연 상태의 원초적 고요를 지시할 뿐이다. 생명 활동은 실존의 약동이며 장소의 생기(生氣)라 할 수 있다. 따라서 실존의 사회적 상태는 장소의 활력(活力, energy)과 연동된 정동(情動, affection)의 장소감(場所感, sense of place)으로 표현된다. 한 생명체가 자연-공간으로부터 인위적(=사회적) 영역으로 편입되는 장소화 과정은 보편적이지만 장소 거주에 따른 장소감의 표출은 개별적이다.

　의지와 무관하게 이 세계에 '개입'될 수밖에 없는 실존의 필연과 그로써 조우하게 되는 최초의 장소가 '고역(苦役)'의 정념과 결부될 때 장소는 불평등의 가치와 접목된다. 최초의 장소, 즉 '집'의 근원적 가치는 안전과 안락에 있지만 그러한 상태가 모든 실존에게 공통적으로 부여되는 평등의 요소는 아니다. 지리적 환경과 부모의 사회적 위치라는 운명적 요인의 결합 양태에 따라 실존이 조우하는 최초의 장소는 '충만'과 '결핍'의 장소로 분화된다. 이러한 장소분화는 실존의 개별적 의지와 무관한 것이며 인류 문명 전체를 관통하는 '불평등'의 근원으로 작용한다. 이러한 맥락에 근거한다면 장소의 출현은 그 자체가 운명적인 것이며 또한 불평등한 것이라 할 수 있다.

　마르틴 하이데거(Martin Heidegger)가 현존재의 존재 성격을 "존재자가 그의 '거기에'로 **내던져져 있음**"[1]의 상태로 규정한 것처럼 실존의 개시(開始)는 '거기'라는 장소로 내던져지는 사태를 지시한다. 따라서 장소론의 핵심 논지는 '거기'라는 장소에 '개입'된 실존의 '기분(mood)'에 천착할 수밖에 없다. '거기'와 '개입'과 '기분'을 장소론의 핵심 키워드로 규정할 때 그 키워드가 현실태로 응집되어 나타난 것이 '몸'이다. 미셸 푸코(Michel Foucault)가 "내 몸, 그것은 나에게 강요된, 어찌할 수 없는 장소다. 결국 나는 우리가 이 장소에 맞서고, 이 장소를 잊게 만들기 위해 그 모든 유토피아를 탄생시켰다고 생각한다."[2] 라고 언급한 것처럼 장소는 몸의 사유와 실천(=경험)으로 누벼진 실존

---

1) 마르틴 하이데거, 『존재와 시간』, 이기상 옮김, 까치, 1998, 188쪽.
2) 미셸 푸코, 『헤테로토피아』, 이상길 옮김, 문학과지성사, 2014, 29쪽.

의 직조물(織造物)에 비유할 수 있다.

이 글은 장소란 곧 실존의 상태, 즉 몸으로 발화된 현실의 '징후적 감각'이라는 것을 김신용의 초기시집 『버려진 사람들』과 『개같은 날들의 기록』을 중심으로 밝히고자 한다. 김신용은 14세 때부터 부랑 생활을 시작해 막노동꾼, 지게꾼, 공사장 인부 등 소위 '밑바닥 인생'으로 일컫는 직업을 두루 전전한 것은 물론 몇 차례의 감옥살이까지 경험한 특별한 이력의 소유자다. 그러한 신산의 체험은 보통 사람이 겪는 고통의 정도를 훨씬 상회하는 것이어서 그의 시를 처음 접하게 될 때 낯섦과 당혹감을 느끼게 된다. 그러한 반응은 버려짐이라는 '실존의 사태'가 극한의 양상을 보임으로써 나타난 것이라 할 수 있다.

김신용의 초기시에 나타난 '버려짐'의 사태는 시적 상상력으로 매개된 관념의 소산이 아닌 '장소경험'의 참혹과 '몸'의 혹사를 감각화한 '징후적 인식'이라는 점에 특별함을 보인다. 다나카 준(田中 純)은 장소 경험에는 "장소에 축적된 기억과 장소가 환기하는 예감이 모두 함께 침투되어 있다."[3]는 것을 강조하면서 장소의 메커니즘을 밝히는 인식 형태로 '징후적 지식'을 제시한다. 그가 말하는 징후적 지식의 요체는 "오감(五感)이나 정동(情動, emotion)을 총동원한 파토스(pathos)적인 지식"[4]으로 정리된다.

김신용의 시편들은 장소에 축적된 기억과 장소가 환기하는 예감을 몸의 감각으로 구체화함으로써 자본주의의 병적 징후를 생생하게 전시한다. '징후적 인식'의 이러한 특징은 로고스(logos)적인 것이라기보다는 파토스적인 것에 기초한 것이라 할 수 있다. 그런 면에서 김신용

---

3) 다나카 준, 『도시의 시학-장소의 기억과 징후』, 나승희·박수경 옮김, 심산, 2019, 5쪽.
4) 위의 책, 6쪽.

의 시는 계급의식의 층위로 이해되기보다는 실존의 층위로 이해되어야 온전할 것이라 여겨진다. 김신용의 초기시에 대한 논의는 시집 해설과 서평을 중심으로 진행되었는데 주로 노동시, 빈민시의 관점으로 분석·평가되고 있다.[5] 이러한 경향은 장소와 실존의 특수성을 계급의 문제로 일반화함으로써 김신용 시가 갖는 '정동'의 문제, 즉 '장소(감)'의 생동과 정념의 진폭을 계급 대립의 이분법적 구도로 평면화할 소지가 있다고 판단된다.

이러한 문제의식을 토대로 이 글은 1) 실존의 '버려짐'으로 조우하게 되는 '집'과 생명의 근원인 '자궁'의 훼손, 2) 육체와 장소의 도구적 관계로부터 파생된 신체적 징후가 어떻게 자본주의의 '병소'(病巢)를 만들어내는지를 하이데거의 장소론, 푸코의 헤테로토피아, 다나카 준의 징후적 지식이라는 개념을 활용해 밝히고자 한다. 이 논의를 선명하게 진행하기 위해 작품 분석의 대상과 방향을 김신용 초기시에 지속적으로 반복·변용되어 나타나고 있는 '집', '자궁', '신체', '도구'와 관련된 비유와 이미지들이 장소와 교섭하는 양상에 국한하고자 한다. 이는 본 논의의 목적이 김신용 시의 전개 양상을 조망하는 작품론의 측면보다는 실존과 장소의 불가분성을 규명하는 장소론에 있기 때문이라는 것을 미리 밝힌다.

---

5) 정효구, 「허기의 밥풀로 그린 사실화」, 『개같은 날들의 기록』, 세계사, 1990; 신경림, 「나의 노래, 우리들의 노래」, 『창작과비평』 통권 70호(겨울호), 1990.12; 고진하, 「온몸 던져 더러움 속에 눕는 사랑」, 『새가정』, 새가정사, 1990.11; 이숭원, 「어둠을 밝히는 사랑의 詩法」, 『버려진 사람들』, 천년의 시작, 2003, 이경호, 「'물구나무서서 보'는 풍경」, 『계간 시작』 2권 1호, 2003; 고봉준, 「바다로 가는 빈집」, 『계간 시작』 4권 3호, 천년의 시작, 2005.08; 한상철, 「2000년대 노동시의 분화 양상에 대한 고찰-유홍준, 최종천, 김신용을 중심으로」, 『인문학연구』, 102권 0호, 충남대학교 인문과학연구소, 2016. 3.

2. 집과 자궁의 장소성

하이데거는 실존의 존재 양식을 "공간 안에 있음"으로 귀속시킬 경우 있음의 의미 지향은 어떤 곳에 '위치'해 있다는 것을 뜻하는 것이 아니라 "세계내부적으로 만나게 되는 존재자와 배려하며 친숙하게 왕래"하는 것에 있다고 밝힌다. 아울러 "이러한 '안에-있음'의 공간성은 **거리없앰**과 **방향잡음**의 성격"을 지닌다고 부연한다.[6] 하이데거가 표현한 공간의 실체는 추상적 공간을 의미하는 것이 아니라 존재자들의 관계가 형성되는 거리(距離)로서의 장소를 의미하는 것으로 정리된다. 그의 주장에 근거한다면, 장소는 실존의 존재 양식을 규정하는 필연적 조건이라 할 수 있으며 장소의 실존적 의미는 실존 간의 거리를 없애면서 한 곳으로 방향을 잡아가는 '배려'와 '친숙'의 관계를 뜻하는 것이라 할 수 있다.

2.1. 집의 부유와 허기

실존이 접하는 최초의 장소로서 집은 거리없앰과 방향잡음으로서의 친숙과 배려가 최적화된 안정의 장소다. 혈연관계는 거리없앰의 최적이며, 가족애는 방향잡음의 최적 상태다. 그렇기 때문에 집의 장소성은 배려와 친숙의 거리가 안정화된 '충만'의 실존 정념으로 표현되며 나아가 대지(=세계)의 중심과 뿌리라는 상징적 의미로까지 확장된다. '집-안'에 존재하는 것은 곧 '세계-안'에 존재하는 것을 의미하며 이러한 관계를 가능케 하는 장소의 원천은 어머니의 '몸-자궁'이다. 태어나지 않으면 장소란 존재하지 않기 때문에 어머니의 몸-자궁은 모든 장소의 근원이자 "장소의 장소"[7]가 된다. 김신용의 경우, 집

---

6) 하이데거, 앞의 책, 147~148쪽 인용 및 참조.

7) 에드워드 S. 케이시는 장소와 신체의 선후에 대해 "무엇보다 우선 신체가 있고,

과 어머니의 몸-자궁은 장소의 근원이 되지 못함으로써 실존의 결핍을 가중시켜 결국엔 부랑(浮浪)의 삶에 이르게 한다. 시집『버려진 사람들』과『개같은 날들의 기록』에 실린 시편들이 보이는 가난과 허기와 고통과 부랑의 면면은 어머니의 '몸-자궁'의 피폐와 집의 부유(浮游)에서 비롯된 장소적 '허기(虛氣)'와 관계된 것이다.

> 말미잘을 폭 찔렀다. 배고픔 속에서 건져낸 환상의 송곳으로/바닷가의 바위 틈에 부끄러운 듯 숨은 성기들은 소스라쳐 몸부림치며/물을 뿜었다. 예쁜 오르가슴의 비명을 켜고/내 幼年의 정수리를 꿰뚫고 흐르던 한여름의 햇살 같은 쾌감들/아버지는 노가다였다./(중략)//부두 축조 공사장, 쭈그러진 어머니의 자궁 속에/빛의 기둥을 세우기 위해 땀 흘리던 아버지의 꿈//(중략)//내 두 눈의 등대가 바라보는/內港의 앙상한 파도의 늑골 사이로 배들이 구더기처럼 꼬물거리며/자갈치로 기어들고, 폐유와 생선 찌꺼기에 싸여 어머니는 이미 폐경기가 지나 있었다.//(중략)//민들레 씨앗을 품은 송곳은 자꾸만 파르라니 날을 세우고……
>
> 「풍경·幼年의 꿈」 부분

시「풍경·유년의 꿈」(이하「풍경」)은 유년의 기억을 회상한 작품이다. 김신용의 초기 시편들에는 유년의 경험을 다룬 작품이 거의 없다는 점이 한 특징이다. 이는 어린 시절의 상황을 떠올리고 싶지 않다는 심리와 관계된 것이라 추측된다. 그 원인은 친밀한 장소로서의 집에 대한 경험이 부재하기 때문일 것이다. 그런 면에서「풍경」은 김신용

장소가 있다. 혹은 차라리 장소-로서-신체가 있다고 해야겠다."라는 주장을 내세우면서 출산을 위한 어머니의 신체를 '장소-로서-신체'로 설명한다. 이는 어머니의 몸, 특히 자궁은 "그 자체가 수용체를 포함하는 하나의 '싸개'(envelope)"이자 모든 장소를 품는 '장소의 장소'라는 견해로 요약된다. 에드워드 S. 케이시,『장소의 운명』, 박성관 역, 에코리브르, 2016, 640~643쪽 인용 및 참조.

시 전반의 흐름을 이해하는 데 있어 중요한 의미를 갖는다. 유년은
그 자체가 집에 대한 기억이라 할 수 있다. 집에 대한 유년의 기억은
부모와 접촉하는 몸의 감촉과 부모가 어디 있는지에 대한 시계(視界)
가 중심이 된 감각의 복합체로 보존된다. 그러한 원초적 감각이 부재
할 경우 어린 시절의 경험은 방향과 거리를 상실함으로써 기억하고
싶지 않은 혼란의 양상을 보이게 된다.[8]

　시「풍경」의 화자가 회상하는 유년의 기억은 '배고픔' 그 자체로 표
출된다. 유년의 가난과 배고픔은 누구에게나 닥칠 수 있는 일반적 상
황이며 대개는 가족에 대한 애정으로 가난의 고통을 감내하는 모습을
보인다. 그런데 김신용의 경우는 자학과 가학이 중첩된 분노의 정념
으로 분출된다는 점에서 일반적 상황과는 다른 양상을 보인다. '배고
픔'에서 건져낸 '환상의 송곳'으로 '말미잘'을 찔러 "예쁜 오르가슴의
비명"을 켜내는 어린아이의 행위는 일반적인 것은 아니다. 이는 화자
가 겪은 유년의 배고픔이 날카로운 '송곳'에 비유될 만큼 치명적이었
다는 것을 시사한다. '송곳', '성기', '정수리' 등과 같은 극단의 비유와
'찌르다', '소스라치다', '꿰뚫다' 등의 서술어는 '노가다'인 아버지와
이미 '폐경기'가 지난 "쭈그러진 어머니의 자궁"이 환기하는 가난, 즉
집의 허약에 대한 반발의 수사(修辭)라 할 수 있다.

　집의 허약은 실존의 위기로 드러난다. 그러나 모든 경우가 그런 것은
아니다. 가난하더라도 가족 간의 친밀감을 통해 위기를 제어할 수도
있다. 그러나 시「풍경」의 분위기는 그와는 사뭇 다른 양상을 보인다.

---

8) 이-푸 투안은 "유아는 성인이 어디에 있는지를 판단함으로써 거리와 방향 감각을
　획득하기 시작한다."는 언급을 통해 부모와 자식 사이의 유대가 장소적 거리에 의해
　형성되는 방향 감각의 표현임을 밝힌다. 이-푸 투안,『공간과 장소』, 구동회·심승희
　옮김, 대윤, 2011, 44쪽.

송곳의 비유에서 보듯 이 시는 날카롭고 공격적인 분노가 주조를 이룬다. 그러한 분노의 실체는 배고픔에 대한 즉발적 감정이기도 하지만 보다 근본적으로는 부모와의 감각적 접촉이 결여됨으로써 빚어진 거리감의 감정이라 할 수 있다. "내 두 눈의 등대가 바라보는"이라는 표현은 화자가 유년에 늘 부모와 떨어져 지냈다는 사실을 암시한다. 이 거리는 허기의 거리이자, 결핍의 거리라 할 수 있다. '집(house)'은 가족과 일체를 이룰 때, 즉 '거리없앰'과 '방향잡음'을 통해 비로소 '우리 집(home)'이라는 장소가 된다.[9] 시 「풍경」에 나타난 부모와 화자는 '거리없앰'과 '방향잡음'이 이뤄지지 않음으로 인해 '우리 집'이라는 장소를 공유하지 못하고 서로가 부유한다.

부유의 직접적 원인은 가난이다. 그래서 아버지는 가난을 극복하기 위해 "쭈그러진 어머니의 자궁"에 "빛의 기둥"을 세우기 위해 땀을 흘리지만 화자는 그런 아버지의 꿈에 쉽게 동조하지 않고 "민들레 씨앗을 품은 송곳은 자꾸만 파르라니 날을 세우고……"라는 반발의 여운을 보인다. '민들레 씨앗'은 '집의 허약', 즉 '폐경기'의 어머니처럼 더 이상 생명을 품을 수 없는 메마름의 장소와 대별되는 이미지다. 또한 '구더기', '폐유', '생선 찌꺼기'로 환유된 생활의 곤궁과도 대별된다. 민들레 씨앗은 집의 '재생(再生)'과 실존의 새로운 '발아(發芽)'를 담은 유년의 꿈을 의미한다. 따라서 "민들레 씨앗을 품은 송곳"은 희망과 분노를 동시에 함의한 양가감정(兩價感情)의 표현이라 할 수 있다. 그러한 양가감정이 분노에 치중되는 것이 김신용의 초기시의 양상인데,

---

9) 에드워드 S. 케이시는 집과 독립적으로 존재하는 우주가 있다고 상정하는 철학자들 비판하면서 '우리 집(home)'으로서의 '집(house)'이 우리의 첫 번째 '우주(universe)'라고 주장한다. 이러한 견해는 '집'의 장소적 의미가 '우리 집'이라는 것과 연계될 때만 의미가 있다는 것을 시사하는 것이라 할 수 있다. 에드워드 S 케이시, 『장소의 운명』, 박성관 옮김, 에코리브르, 2016, 574쪽.

이는 그의 시 전반을 꿰뚫는 '정동(情動)'의 동력으로 작용한다.

'송곳'으로 비유된 화자의 감정이 지속적으로 '날'을 세운다는 것은 무분별한 분노의 표출이 아니다. 그것은 장소적 운명을 극복하려는 실존적 '개입'[10]이라 할 수 있다. 집의 부유와 실존의 허기를 메우려는 '거리없앰'과 '방향잡음'의 노력이자, 가난을 뚫고 일어서려는 발아의 의지라 할 수 있다. 그러나 "날을 세우고……"라는 표현의 말줄임표가 환기하는 것처럼 발아의 꿈은 미완의 여지를 보인다. 이는 14세 때부터 시작된 부랑, 즉 방향 상실의 혼란이 유년의 경험과 연관되었음을 시사한다. 시 「풍경」은 김신용 초기시의 전편을 관통하는 부랑의 삶이 '실존의 내던져짐'과 '장소의 장소'인 어머니 자궁의 쇠퇴, 즉 집의 허약에 연원한 유년의 허기진 꿈과 연동된 것임을 보여주는 중요한 작품이라 할 수 있다.

> 비온 뒤/달팽이가 기어간다. 제 뼈로 지은/리어카를 끌고, 그 꿈의/옆구리에 제 몸 바퀴해 달고,//그의 두 다리가 촉각처럼 날름일 때/아득히 길이 보였다./시멘트 바닥에도 닳지 않을 가죽구두를/낙타처럼 타고 가는 아이도 보였다./집이며 무덤이 될 리어카 위에서 자라나/지금은 제화공 시다가 된 아이.
>
> 「달팽이 꿈」 부분

시 「풍경」이 유년의 꿈을 회상한 것이라면 시 「달팽이 꿈」은 양동

---

10) 에드워드 렐프는 장소에 대한 "모든 개입은 또한 장소가 부과하는 제약과 그로 인한 고통을 수용할 수밖에 없다. 우리의 장소경험, 특히 집에 대한 경험은 변증법적인 것이다. 즉, 벗어나고 싶은 욕망과 정착하고 싶은 욕구가 균형을 이룬다."는 언급을 통해 장소에의 개입이 실존의 필연적 행위이자 장소고역의 상태를 극복하는 변증법적 의지임을 강조한다. 에드워드 렐프, 『장소와 장소상실』, 김덕현·김현주·심승희 옮김, 논형, 2005, 102쪽.

과 동대문 등 도시의 빈민가에서 부랑의 삶을 살아가는 사람들의 꿈을 '달팽이'라는 이미지를 통해 보여준다. 달팽이는 장소적 운명을 짊어진 실존의 모습을 표상한다. 이는 집이 곧 존재임을 의미하는 것인데, 그것을 '뼈', '옆구리', '두 다리'라는 신체 이미지와 '리어카', '바퀴'라는 도구 이미지의 결합을 통해 드러낸다. 화자는 '시멘트 바닥'으로 표상된 도시의 차가운 길 위를 기어가는 달팽이와 리어카를 끌고 가는 '그(제화공)'와 리어카 위에 타고 있는 '아이(제화공의 아들)'의 모습을 동질(同質)의 시선으로 바라본다. 그들은 '집'을 짊어지고 가는 고달픈 실존들이다.

실존의 고달픔은 집의 유동(流動)으로 표현된다. 집이란 실존의 뿌리이며 집의 견고성과 안전은 한 곳에 뿌리내림으로써 얻어진다. 움직이는 집은 '가건물(假建物)'이며 장소 아닌 장소를 지시한다. 장소 아닌 장소로서의 집은 어머니의 돌봄이 결핍된 미완의 장소라 할 수 있다. 모성이 존재하지 않는 집은 가건물이며 무덤이다. 아버지가 끄는 리어카 위에서, 즉 장소 아닌 장소에서 모성의 결핍을 겪으며 자라난 아이가 '제화공 시다'가 되었다는 화자의 진술은 장소적 운명이 실존의 존재 방식에 지대한 영향을 끼친다는 인식을 보여준다. 이것이 시 「달팽이 꿈」에 투영된 김신용의 실존적 인식이자, 그의 초기시에 작용하는 장소-운명론적 예감이며, 징후적 인식의 근간이다. "장소에 축적된 기억과 장소가 환기하는 예감이 모두 함께 침투"[11]되어 있는 장소-징후적 인식은 아버지의 삶을 극복하지 못하고 아버지의 삶을 대물림해 반복할 수밖에 없는 '제화공 시다'의 운명으로 드러난다. 제화공 시다의 모습은 곧 화자 자신의 모습이기도 하다.

---

11) 다나카 준, 앞의 책, 5쪽.

2.2. 자궁 훼손과 무장소

자궁은 김신용 초기시들에 지속적으로 반복되는 핵심 시어인데, 그 출발은 시 「풍경」의 "쭈그러진 어머니의 자궁"에서부터 시작된다. 이때의 자궁이 '장소(집)의 허약'과 연계된 폐경의 자궁이었다면 두 번째 시집 『개같은 날들의 기록』에 나오는 자궁은 훼손-절단된 자궁이라는 불구(不具)의 장소로 드러난다. 폐경의 자궁이 노화의 자연 현상이라면 불구의 자궁은 훼손에 의한 인위적 현상이다. 가난이라는 환경 속에서 힘든 노동으로 일찍 폐경을 맞은 어머니의 자궁은 장소 불평등의 불가피성을 함축한다. 그러한 장소 불평등에 대한 반발의 의지를 담은 것이 '탈향(脫鄕)'의 서사라 할 수 있다. 탈향의 서사는 장소반발과 장소회복 의지로 전개된다. 김신용의 부랑은 개인의 특수한 경험이라기보다 장소회복을 실현하려는 탈향의 서사에 속한다 할 수 있다. '개같은 날들의 기록'이라는 시집의 표제는 장소회복의 의지가 '도시'의 냉혹에 의해 좌절되었음을 표현한 것이다. '개같은'의 수식은 도시적 장소에 대한 '기분(mood)', 즉 실존의 고역을 직설적으로 표현한 것이다. 시집 『개같은 날들의 기록』에 실린 시편에 반복되고 있는 훼손-절단된 자궁 이미지는 장소-실존의 극단적 소외와 꿈의 상실을 암시한다.

> 어느 날 갑자기 그녀의 몸은 암의 집이 되었다./그녀의 자궁은 지하생활자의 소굴이 되어버렸다./도대체 마음의 어떤 상처가, 몸의 어떤 조직이/그녀의 세계에 대해 반란을 일으켰단 말인가?/(중략)/아기집을 도려내고, 유방을 지워버려야 하다니!/공장은 한 인간의 생애를 조립하여 완제품을 생산하는/곳이라고 믿었다. 땀은 그 완제품의 꽃의 세계/활짝 열리게 하는 거름이라고 믿었다./땀은 그 완제품의 꽃의 세계/활짝 열리게 하는 거름이라고 믿었다. 그러나 햇살이/(중략)/무지가 바로 암의 진

원지였다니, 맙소사!/(중략)/암이 아니라고, 외치는 그 의식이 바로 암
덩어리라고/관리들의 손가락질이 메스처럼 파고드는 병동, 해의/백열등
이 차가운 조소를 흘리고 있다. 義眼의/빗발이 감시의 창문을 두들기며
지나가고 흰 까운의/바람이 執刀의 자세로 거리를 서성이는 이 땅/(중
략)/아이들의 샘과 집을 파헤치느니, 차라리 자신이/이 땅의 암의 세포
가 되겠다고, 그녀는 몸부림치고 있다./온몸, 말라 비틀어진 거부의 포
도나무가 되어……, 오늘도.

「암의 집」 부분

　시 「암의 집」은 탈향 이후 도시의 생활이 어떠했는지를 '몸'과 '장소'
의 관계로 집약해 보여준다. 화자는 도시적 삶의 황폐를 '암의 집'으로
비유하는데 이는 '여성의 몸=집'이라는 장소적 인식에 기반한 것이다.
여성의 몸, 특히 자궁이 집에 비유되는 근거는 생명을 잉태·출산하고,
양육·보호하는 '감싸 안음'의 기능에 있다. 집에 거주하는 것은 여성
의 몸에 깃드는 것이며 더 내밀하게는 '자궁-안'에 감싸 안기는 것이
라 할 수 있다. 하이데거는 '안에-있음'으로서의 실존이란 '~에 거주
하다', '~과 친숙하다'는 의미와 동일하며 '안에-있음'은 '곁에-있음'
에 기초한 것이라고 설명한다.[12] 그의 견해를 따르자면, '암의 집'으
로 비유된 여성의 몸은 안길 수 없고, 친숙할 수 없고, 곁에 가까이
할 수 없는 거주 불가의 상태를 의미한다. 거주 불가의 장소는 근대
도시의 황폐와 실존의 병적 징후에 대한 장소-실존의 알레고리와 연
동된 것이다. '아기 집'과 '유방'을 도려내야 하는 '그녀'의 몸은 '공장'
과 '관리들'로 환유된 근대 산업권력의 감시와 통제와 수탈에 의해 훼
손·절단된 장소로서, 이는 "장소들을 부주의하게 없애버리는 장소 훼
손의 무장소화(placelessness)"[13]를 뜻한다.

12) 하이데거, 앞의 책, 82쪽 인용 및 참조.

화자는 공장을 "한 인간의 생애를 조립하여 완제품을 생산하는 곳"
으로, 노동을 "완제품의 꽃의 세계"를 "활짝 열리게 하는 거름"으로
인식하였지만 그것이 환상이었음을 '갑자기' 자각하게 되는데 그 계기
가 된 것은 사회에 대한 구조적 인식이 아니라 '암의 집'이 된 그녀의
훼손된 몸이다. 화자는 '어떤 상처'와 '어떤 조직'이 그녀의 몸에 '반란'
을 일으켰는지 반문하는 과정에서 이 세계가 지식권력의 감시와 통제
에 의해 지배되고 있음을 징후적으로 파악한다. '암'이 아닐 거라고
외치는 환자의 간절한 기대와 염원이 파토스적인 희망이라면, 그 '무
지'의 염원 자체가 암의 진원지라고 냉정히 잘라 말하는 관리와 의사
의 발언은 로고스적인 폭력이다. '손가락질', '조소', '감시', '執刀의
자세'라는 일련의 시어는 '무지'의 '지하생활자'로 표현된 도시빈민과
부랑아들에 대한 지식권력자들의 신체 통치술을 계열화한 로고스적
수사라 할 수 있다.

'암의 집'은 "개인의 신체에 대한 권력과 권력/지식이 이중적으로
접합되는 장소"[14)]라 할 수 있다. 김신용은 권력과 지식의 접합에 따른
신체-장소의 통치술을 '執刀의 자세'로 비유하는데 그러한 비유가 계
급적 자각 또는 자본주의적 모순에 대한 인식보다는 훼손·절단된 신
체-장소의 징후적 인식에 근거한 비유라는 점에서 정치의식을 슬로
건화하는 노동시나 참여시의 수사적 맥락과 대별된다. 김신용 시를
계급적 전망을 상실한 '빈민시'[15)]로 규정하거나, "노동시의 혁명성을

---

13) 에드워드 렐프, 『장소와 장소상실』, 김덕현·김현주·심승희 옮김, 논형, 2005, 13쪽.
14) 다니엘 드페르, 「헤테로토피아―베니스, 베를린, 로스앤젤레스 사이, 어떤 개념의
    행로」, 『헤테로토피아』, 이상길 옮김, 문학과지성사, 2014, 114쪽.
15) 신경림은 김신용을 노동자 시인으로 말하기는 어렵다는 의견과 함께 그의 시에
    나오는 도시빈민들의 모습에 대해 "이들이 비록 변혁의 주체가 되지 못한다 해서,
    또 변혁운동에 아무런 도움을 주지 못한다 해서 문학조차 이들을 외면해서는 안 될

탈각한 대가로 독창적인 서정시의 영역을 확보한 사례"[16]로 설명하는
것은 김신용의 시의 중심을 이루는 장소-실존의 문제를 간과한 일면
적 관점이라 할 수 있다. 김신용의 초기시가 자본가와 노동자의 첨예
한 계급적 대립을 기반으로 노동해방의 전망을 제시한 것은 아니지만
산업권력이 개인의 신체에 가하는 근대의 통치술을 장소 훼손과 무장
소에 대한 징후적 인식으로 감지해 내고 있다는 점에 각별히 주목할
필요가 있다.

  '암의 집'으로 비유된 무장소성은 "결코 다른 곳이 아니라, 돌이킬
수 없는 여기에 존재" 하는 "내 몸"의 회복, 즉 장소와 실존이 일체가
되는 현실의 유토피아로서의 '몸의 헤테로토피아'에 대한 전망을 함의
한 징후적 인식이라 할 수 있다.[17] 차라리 "이 땅의 암의 세포"가 되겠
다는 '그녀'의 '몸부림'은 산업권력의 장소 통치술에 대한 명백한 거부,
즉 공장과 병동으로 환유된 산업권력의 장소 통치를 해체하려는 실존
회복의 단호한 몸짓이라 할 수 있다. 그 몸짓의 지향은 "밥 한 그릇,
하룻밤 따뜻한 잠자리의 난자를 만나/꿈의 羊水 속에 포옥 파묻혔다
가/다시 태어나고 싶었어."(「풍경·1965」), "그 포근한 어둠의 羊水에
묻혀 또/다시 태어나고 싶었다."(「밤길」)는 표현에 드러난 것처럼 자궁
회귀의 염원으로 수렴된다. 양수에 묻히고자 하는 자궁회귀의 염원은
도구화된 신체-장소의 고역감과 '병소(病巢)'로 일컬어지는 '양동'의
'더러운' 삶에 대한 반항과 좌절의 두 의미로 분기되며, 이 두 요소가
결합해 장소와 실존 회복의 헤테로토피아적 전망을 만들어 낸다는 것

  것이다."라고 첨언하는데 이러한 평가는 김신용의 시가 계급적 전망을 상실한 빈민시
  라는 규정의 대표적 예라 할 수 있다. 신경림, 앞의 글, 265쪽.
16) 한상철, 앞의 글, 250쪽.
17) 미셸 푸코, 앞의 책, 28쪽 인용 및 참조.

이 김신용 시의 특징이다.

3. 장소고역과 '불결함'의 헤테로토피아

장소는 모든 실존에게 선천적으로 주어지는 선택 불가의 조건인 동시에 후천적으로 개선·창조될 수 있는 개방의 조건이기도 하다. 이는 우연과 필연, 자유와 억압, 평등과 불평등 등의 의미로 얽혀진 실존의 이중성과 맥락을 같이 한다. 실존의 기분이 '좋음'과 '나쁨'의 계열로 분화되듯 장소에 대한 기분도 마찬가지다. 이러한 장소–실존의 정념을 표현한 것이 '장소감'이다. 장소감은 '장소애착'과 '장소고역'으로 분기된다. 장소애착과 장소고역은 분리·대립된 별개의 감정이 아니라 변증법적 관계를 형성하는 실존의 통합 감정이다. 좋은 장소에서 거주한다고 해서 애착의 기분을 느끼는 것은 아니며 나쁜 장소에 있다고 해서 고역을 느끼는 것도 아니다. 일상 생활이 영위되는 장소가 "끔찍함"으로 작용할 때 장소는 좋고 나쁨의 기분을 떠나 '고역'의 장소가 된다.[18]

김신용의 시에 나타난 장소고역의 감정은 '집의 허약'으로 인한 고향의 위기와 '암의 집'으로 비유된 도시적 황폐가 순차적으로 누적되면서 형성한 '피로감'과 산업권력의 감시·통제로 인한 일상 생활의 '끔찍함'이 결합된 것이다. 장소고역은 어떤 방향으로도 나갈 수 없는 '장소갇힘'의 다른 표현으로서 실존의 질식과 체념을 낳는다. "대낮에도 등을 켜야 하는 양동 뒷골목에서//실 끊어져 떠오르는 내 목은 오늘도 허공을 집 짓고……"(「오늘도 꿈은 허공을 집 짓고」)에 드러난 것처럼

---

18) 에드워드 렐프, 앞의 책, 101쪽 인용 및 참조.

'양동 뒷골목'에 갇혀 어떤 꿈도 꿀 수 없는 실존의 질식과 체념을 김신용은 '잘린 목'의 이미지로 보여준다. 이처럼 신체 훼손·절단이 장소와 결합해 피로와 끔찍함의 정념을 드러내는 사례는 김신용의 초기시에 빈번하게 나타난다. 이는 '몸-자유'로서의 장소-실존의 의지가 '몸-도구'로서의 장소-소외라는 속박의 정념에 강제 귀속됨으로써 파생된 것이라 할 수 있다.

3.1. 몸-도구의 소외와 장소고역

신체와 도구의 결합을 통해 장소-실존의 의미를 밝히는 방식은 김신용 시의 주요 특징으로 실존이 겪는 고통을 구체화함으로써 장소와 장소감의 관계에 핍진성(逼眞性)을 부여한다. 곡괭이, 삽, 지게, 질통 등의 도구를 신체 부분과 연결해 실존의 고역을 비유하는 수사, 예를 들어 "내 빈 지게의 앙상한 사지 속에/체념의 뼈"(「어떤 공친 날」)처럼 '지게'와 '사지'와 '뼈'의 결합을 통해 실존의 육체적 '앙상함'과 정신적 '체념'을 동시적으로 표현하는 방식은 노동의 통각(痛覺)을 장소화하는 실존적 리얼리즘의 경향을 드러낸 것이라 할 수 있다.

> ① 스스로 허리 꺾어 의자가 된다/제 뼈를 엮어 흔들의자가 된다/흔들릴 때마다 그 신음, 삐걱이는 소리/(중략)/꼽추처럼/등의 질통,/그 혹 속에 담긴 사막, 무너뜨려/건설한다. 햇빛 포근한 마을을/이슬처럼, 온몸 등짐으로 떠올린 이 작은 세계를/더욱 튼튼히 기둥 내리기 위해/기하학적으로 엮어지는 저 땀들의 構圖,/하찮은 먼지의 의미라도 온생애로 껴안고/이름없는 풀꽃 한송이 피워내는 저 노동./의자에서 엉덩이를 털며 일어나는 사람/어? 풀물들었네! 한다/그것이 핏물인지도 모르고-.
>
> 「풀밭에서」 부분

② 짐, 척추를 휘이게 하는 꿈의/이 짐, 무거우면 무거울수록 더욱 깊이 허리 굽히며/달팽이처럼, 내 등에 지워진 세상/온몸으로 꽃 피워 올렸는데/꿈틀대는 근육은 왜 부끄러워 무릎 사이에 얼굴을 묻을까/지게여/저 붉은 벽돌담 무너뜨릴 망치일 수 없다면/풀잎이여/허망의 쇠창살 뜯어낼 지렛대일 수 없다면//차라리 감옥이었으면 좋겠다/세 끼 밥, 누울 잠자리가 있는 푸른 囚衣였으면 좋겠다

「지게에 대한 명상」 부분

시 ①은 건설 현장에서 막노동을 하다 풀밭에 앉아 잠시 쉬면서 느낀 삶의 소회를 '의자'와 '질통'이라는 도구를 통해 드러낸다. 시에 표현된 의자는 실제가 아니라 자신의 '허리'를 꺾고, '뼈'를 엮어 만든 '앉은 자세'로서의 몸-도구, 즉 '허리-의자'인 셈이다. 허리-의자로서의 몸은 일시적인 휴식 장소로 기능하지만 이곳은 안락이 아니라 움직일 때마다 '신음'을 내는 고통의 자리다. 이처럼 몸이 도구가 되고, 도구화된 몸이 다시 장소가 되는 관계는 화자의 시선에 포착된 인부들 모습에도 동일하게 나타난다. '꼽추'로 비유된 인부들의 몸은 '등—질통'의 도구적 접속에 의한 신체 변용의 모습이다. 질통을 '혹'에 비유한 신체 변용도 같은 맥락인데, 여기서 혹의 이미지는 떼어낼 수 없는 실존의 짐으로 의미가 확장된다. 이는 혹을 짊어진 사막의 낙타처럼 인부들이 평생 짊어져야 할 실존의 고역과 운명을 환기한다.

질통의 무게로 인한 꼽추의 구부정한 자세는 노동의 장소가 고역의 장소이며 실존을 기형화하는 소외의 장소라는 것을 암시한다. "기하학적으로 엮어지는 저 땀들의 構圖"로 건설된 건물은 인부들이 거주할 수 없는 곳이기 때문에 소외의 장소가 된다.[19] 소외될 장소를 건설

---

19) 김신용 시에 나타난 소외는 장소를 소유하지 못하는 것과 관련한다. 도시 건축물들은 꺾이고, 엮이고, 굽고, 휜 인부들의 몸의 구도로 표현된 노동의 산물이지만 그곳에

하기 위해 휴식을 끝내고 '풀밭'에서 일어나는 인부들의 옷에 물든 '풀
물'의 이미지는 소외를 소외로 인식하지 못하는 인부들의 무지와 환
상을 대변한다.[20] '풀물'을 '핏물'로 생각하는 화자의 인식은 인부들과
자신이 앉고 서있는 모든 장소들, 즉 몸이 접속하는 도시의 모든 장소
가 무지의 환상으로 인해 소외와 고통의 장소가 되고 있다는 것을 드
러낸 것이다.

등-질통의 장소고역은 시 ②에 '등-지게'의 관계로 재현된다. '휘
다', '굽다'로 표현된 자세, '껍질'을 짊어진 '달팽이' 그리고 '풀잎' 이
미지까지 시 ①과 ②는 동일한 구도와 소재를 취한다. 이러한 구도는
비단 위에 인용한 두 시만이 아니라 도구와 관련된 이미지들이 나오
는 다른 작품에도 적용된다. 동일한 구도를 형성하면서도 시 ②가 시
①과 대별되는 요인은 '망치'와 '지렛대' 그리고 '감옥'의 이미지가 의
식의 전환을 환기한다는 점이다. 망치는 시 ②에 연속적으로 열거되
고 있는 척추, 허리, 등, 근육, 관절을 하나의 힘으로 수렴한 '몸-의
지'를 비유한 것이라 할 수 있으며, '지렛대'는 그 힘을 적절히 사용하
는 몸-의지의 연장(延長)이라 이해할 수 있다. 몸-의지로서의 망치와
지렛대가 '붉은 벽돌담'을 무너뜨리는 도구가 되지 못한다면, 즉 자신
의 삶을 개선하기 위한 도구로 쓰이지 못한다면 '등-지게'로서의 삶

거주할 수 없음으로 인해 '바라봄'의 대상, 즉 환상의 장소가 된다.

20) 이는 시 「암의 집」에 암의 진원이 '무지'라고 말한 관리들의 관점과 견주어 유추해
볼 수 있다. 도시빈민들은 조직화된 노동자들보다 사회의 구조적 모순에 대한 인식이
상대적으로 부족하다. 시 「개같은 날 1」에 묘사된 도시빈민들의 모습을 보면, 자신들
이 살고 있는 판자촌이 강제철거당하는 현장에서 데모를 하다가도 술값을 얻기 위해
전기선이나 떨어진 물건을 훔치는 등의 돌발 행동을 보인다. 김신용은 이러한 도시빈
민, 부랑아, 일용직 노동자 등의 이중성을 '넋'이 철거되어도 "일당에 몸을 팔러"
가는 사람들로 표현하는데, 이러한 이중성은 그의 초기시편에 나오는 인물들의 행동
과 성격의 전형성(典型性)을 이룬다.

은 부끄러울 수밖에 없다는 화자의 생각은 '풀물'을 '핏물'로 인식하지
못하는 무지의 인식과 대별된다.

'붉은 벽돌담'과 '허망의 쇠창살'은 자신이 거주하는 곳과 분리된
'너머의 장소'이자 감시와 통제를 행사하는 산업권력의 실체를 환유하
는 장소다. 그것들을 무너뜨리고 뜯어내려는 몸-망치로서의 의지는
복수에 근거한 파괴 욕망만은 아니다. 또한 사회변혁을 위한 조직화
된 의지도 아니다. 그것은 자신의 장소, 즉 "세 끼 밥, 누울 잠자리"가
보장되는 집을 마련하고자 하는 실존적 욕망의 표현이다. 그 욕망이
실현될 수 없다면 차라리 의식주가 보장되는 '감옥'에 갇혀 죄수로 사
는 것이 더 좋겠다는 화자의 역설적 표현은 '등-지게'로서의 실존적
삶에 대한 피로와 부끄러움, 나아가 그런 삶이 반복되는 장소고역의
끔찍함에 대한 반발과 각성의 의미를 함의한 것이라 할 수 있다.

김신용 시편에 나오는 감옥은 '집'과 '자궁'의 의미와 등가되는 경향
을 보이는데 이는 감옥에서의 삶이 현실의 삶보다 더 안락했었다는
자신의 특수한 경험과 관계된 것이라 할 수 있다. 시 ②의 "세 끼 밥,
누울 잠자리가 있는 푸른 囚衣"라든지 "또 하나의 자궁/(중략)/감옥의
그 포근한 어둠의 羊水"(「밤길」)라는 표현에 드러난 것처럼 감옥은 포
근하고 따뜻한 집과 자궁의 의미와 연동된다. 이러한 점을 고려한다
면, 김신용 초기시의 궁극적 지향은 지상의 중심에 따뜻하고 견고한
'우리 집'을 세우는 것에 있다고 할 수 있다. 달팽이의 '껍질'처럼 한
곳에 뿌리내리지 못하고 이리저리 옮겨 다니는 집은 온전한 집이 아
니라 '가건물'이라는 점은 앞서 분석한 시 「달팽이 꿈」에 자세히 설명
되었다. 자기 집이 아닌 모든 거주지는 가건물이다. 또한 그곳에 사는
이들의 삶도 가건물처럼 불안할 수밖에 없다. 그러한 실존의 불안을
집약해 표현한 대표적인 수식어와 이미지가 '개같은', '썩다', '더러

움', '악취', '땀내', '고린내', '고름', '매독균' 등인데 이러한 시어들은
가건물이 모여 있는 '양동'의 장소감을 이룬다.

3.2. 병소(病巢)의 징후와 헤테로토피아

푸코는 헤테로토피아를 "절대적으로 다른 공간"[21]으로 정의한다.
다른 공간이란 유토피아와 같은 관념의 공간이 아니라 현실에 위치한
'이종(異種)'의 장소들을 의미한다. 헤테로토피아가 의학용어로 '이소
성(異所性)', 즉 "신체 부위나 기관이 비정상적인 자리에 있는 위치 이
상"[22]을 의미한다는 것을 고려한다면 현실에 존재하는 헤테로토피아
는 '비정상적인 자리'에 있는 장소로 정리할 수 있다.

'비정상적 자리'에 위치한 헤테로토피아의 장소는 "서로 양립 불가
능한, 양립 불가능할 수밖에 없는 여러 공간을 실제의 한 장소에 겹
쳐"[23] 놓은 모순과 역설의 장소로 이해할 수 있는데 김신용의 초기시
에 나타난 '양동', '함바', '공중변소'가 그러한 맥락을 지닌다 할 수
있다. 그곳들은 희망과 좌절이 공존하는 불결의 장소들이며 악취와
향기가 뒤섞여 있는 '병소(病巢)'로 상징된다. 병원균이 모여 있어 조
직에 병적 변화를 일으키는 자리(터)를 뜻하는 병소는 김신용 초기시
에 나타난 장소와 실존의 상태를 집약해 표현한 징후적 인식의 소산
이라 할 수 있다. 다나카 준에 의하면, 징후적 인식은 몸의 감각과
감촉으로 습득된 '어림짐작(abduction)'의 인식이며 "신체와 도시의 관
계를 정동으로 가득 채운 관능적인 것"으로 바꾸는 몸의 '센서(sensor)'
로 설명된다.[24]

---

21) 미셸 푸코, 앞의 책. 14쪽.
22) 위의 책, 15쪽 각주4 인용 및 참조.
23) 미셸 푸코, 앞의 책, 18~19쪽.

그들이 病巢라고 부르던 곳,/새살처럼, 지금은 검은 아스팔트가 덮여 있다./깨진 유리의 햇살로 제 배를 그으면 겨우/아침이 흘러내리던 陽洞,/(중략)/가파른 비탈길엔 힐튼 호텔의/계단식으로 잘 구획지어진 주차장이 들어서고/(중략)/희망/그 전지가위에 사지 다 자르고, 겨울 가로수처럼/시멘트 벌판에 온몸 던지던/五體投地들, 이 무허가 건물들/힐책의 기중기 쇠뭉치에 산산이 부서져/바람에 실려, 민들레 씨앗처럼/이 땅, 어디서 또 둥지를 짓고 있을까/그들이 病巢라고부르는 햇볕 동네를 이루고 있을까

「철거 이후」 부분

시 「철거 이후」는 '병소'라 불리던 양동(陽洞)의 철거 전후를 회상하는데 그 회상 방식이 몸과 장소에 대한 징후적 인식을 바탕으로 전개된다. 병소로서의 양동은 도심이라는 공간에 위치한 이상(異常) 조직이자 병적 장소라는 '그들'의 시선이 반영된 장소로서 이는 그곳에 사는 사람들이 병원균으로 취급되어 배척당하고 있다는 인식을 함의한다. 즉 '그들'로 지칭된 자본 권력에 의해 철저히 타자화된 배제(排除)의 장소가 병소로서의 양동이라는 것이 화자의 인식이다. 그들의 배제는 '힐책의 기중기'라는 비유에 함의된 것처럼 비난과 폭력을 동반한 '철거'로 가시화된다. 화자는 철거 전후의 사태를 '새살', '배', '사지' 등의 신체 이미지와 '힐튼 호텔', '주차장', '무허가 건물', '둥지' 등의 장소 그리고 '긋다', '자르다', '부서지다' 등의 술어의 배치를 통해 회고하는데 이 과정은 '구획'이라는 시어로 수렴된다. 구획은 곧 배제이고, 배제는 또 다른 곳으로 쫓겨남을 의미한다. 화자는 병소와 병균을 제거하려는 자본 권력의 위생학적 구획 의도를 장소와 신체의 관계로 묘파한다. 차가운 시멘트 바닥에 던져진 철거민들의 모습을

---

24) 다나카 준, 앞의 책, 6쪽 인용 및 참조.

'오체투지들'로 형상화함으로써 그들의 고통을 촉각화하는 동시에 '오체투지들'의 엎드린 자세를 무너진 '무허가 건물들'로 동격화해 비유하는데 이는 몸과 장소를 감각과 자세로 포착하는 징후적 인식에서 나온 것이라 할 수 있다.

장소에 대한 징후적 인식은 "과거의 기억과 미래의 예감"을 함께 포함하는 장소경험의 표출이다.[25] 화자는 양동의 징후를 '그들'의 시선에 의한 '병소'와 그곳에 거주하는 사람들이 희망하는 '둥지'의 두 의미로 대조한다. 둥지는 안정되고 포근한 거주지로서의 집을 의미한다. 양동의 집은 비록 병소로 취급되지만 그곳에 사는 이들에게는 둥지의 측면으로 인지된다. 그러나 '무허가 건축물들'로 비유된 철거민들의 불안한 거주지는 '그들'의 시선에 의해 언제든 병소로 취급돼 헐릴 가능성을 안고 있기 때문에 한시적 장소가 될 수밖에 없다. 그러한 장소적 운명의 반복을 김신용은 시 「순환회로」에 "移監의/끝모를 순환회로"에 비유한다. 한시적이지만 둥지로 기능하는 양동의 집은 비록 병소처럼 불결한 환경의 장소일지라도 거주자들에게는 행복감을 주는 장소로 기능할 수 있다. 화자는 그 가능성을 "그들이 病巢라고부르는 햇볕 동네를 이루고 있을까"라는 물음으로 탐색한다.

병소와 둥지라는 양립 불가능성을 동시에 지닌 집의 장소성은 김신용 초기시에 나타난 자궁, 감옥, 공중변소, 함바에도 적용되고 있으며 이는 푸코가 언급한 '영원성의 헤테로토피아'와 '한시적 헤테로토피아'와 연계해 볼 수 있다. 푸코는 "고정된 어떤 장소에 시간을 영원하고 무한하게 직접"하려는 근대의 장소적 기획을 영원성의 헤테로토피아로 설명하고 그 대표적 예로 박물관과 도서관을 제시한다.[26] 장소

---

25) 다나카 준, 앞의 책, 5쪽 인용 및 참조

26) 미셸 푸코, 앞의 책, 54쪽 인용 및 참조.

의 시간, 즉 장소의 기억을 영원히 직접하려는 기획은 근대만의 기획이라기보다는 인류 역사를 관통하는 실존의 근원적 욕망이라 할 수 있다. 그런 면에서 영원성의 헤테로토피아가 지향하는 장소적 근원은 자궁과 집에 있다고 할 수 있다. 김신용 초기시에 나타난 자궁과 집은 앞서 분석한 것처럼 훼손되고 철거되는 불완전한 장소로 기능함으로써 영원성의 헤테로토피아가 되지 못하고 "일시적이며 불안정하게" 도시의 '경계'에 "텅 비어 있는 배치"[27]로서 나타났다 사라지는 한시적 헤테로토피아로 표현된다. 장소의 한시적 특징을 인상적으로 보여주는 것이 '공중변소'와 '함바'라 할 수 있다.

① 내 몸에서 풍기던, 그녀의 몸에서 피어나던 악취는/그 밀폐의 공간 속에 고인 악취는 얼마나 포근했던지/지금도 지워지지 않고 있네. 마약처럼/하얀 백색가루로 녹아서 내 핏줄 속으로 사라져간/그녀,/독한 시멘트 바람에 중독된 그녀.//지금도 내 돌아가야 할 고향, 그 악취 꽃핀 곳/그녀의 품 속 밖에 없네.

「공중변소 속에서」 부분

② 길은 보이지 않는다. 철문이 열렸는데도/없는 길, 그러나 기어코 가야 할. 지금, 우리 어디로 가지?/공사판을 향해 가잖아, 시멘트 바닥에 스티로폴을 깔고 추위의 가시를 막아주는 곳/창자가 터져 나온 누비이불 속, 땀내와 고린내로 절여진 육신들, 모닥불 타오를 수 있는 곳/그래, 모닥불 타오를 수 있는 곳//함바를 찾아서……

「길」 부분

시 ①은 마약중독자가 된 여자와 '공중변소'에서 만나 사랑을 나눈 특별한 경험을 쓴 것이다. 일반적으로 공중변소는 불특정 다수가 이

27) 위의 책, 54쪽.

용하는 배설의 장소인데, 이 시에는 화자와 그녀가 만나 몸을 섞는 '일시적'인 사랑의 장소가 된다. 화자와 그녀의 몸에서 풍기는 실존의 악취와 밀폐된 변소에 고인 장소의 악취가 시 전반의 주조를 이루고 있음에도 불구하고 이 시가 불쾌와 불결의 정서로 기억되지 않고 '포 근함'으로 각인되는 것은 화자가 그녀의 몸에서 "돌아가야 할 고향"을 느꼈기 때문이다. 병들고 더러워진 몸이지만 그녀의 몸은 고향과 등 치되는 위안의 장소, 즉 영원성의 헤테로토피아로 기능하기에 화자는 그녀의 품에 안겨 포근함을 느낀다. 또한 육체적 사랑이 이뤄지는 공 중변소는 순간적 위안의 장소, 즉 '마약'처럼 작용하는 일시적 헤테로 토피이기도 하다. 따라서 공중변소는 영원성의 헤테로토피아와 일시 적 헤테로토피아가 합쳐지는 위안과 사랑의 원초적 장소[28], 즉 '악취 꽃핀 곳'이 의미하는 바처럼 공중변소는 악취와 꽃이라는 양립불가능 성을 내포한 몸–장소의 헤테로토피아라 할 수 있다.

'함바'는 인부들의 숙식과 휴식을 위해 공사장 내에 지어진 가건물 이다. 인부들에게 함바는 "추위의 가시를 막아주는 곳"이자 "모닥불 타오를 수 있는 곳"으로서 집과 같은 역할을 한다. '모닥불'의 따뜻한 온기와 "땀내와 고린내로 절여진 육신"의 체취가 공존하는 함바는 인 부들에게 노동의 고됨을 달랠 수 있는 둥지로서의 집이지만 곧 헐리 게 될 가건물이라는 점에서 집의 온전한 기능이 유지되지 못하는 불 완전하고 한시적인 집이라 할 수 있다. 그렇기 때문에 함바는 집이면 서 집이 아닌 곳, 있지만 없는 모순과 역설의 장소라 할 수 있다. 함바

---

28) 미셸 푸코는 "짧은 기간 동안 원초적이고도 영원한 벌거숭이로 지낼 수 있는 기회"를 제공하는 휴양촌을 영원성의 헤테로토피아와 한시적 헤테로토피아가 결합된 대표적 장소로 제시한다. 공중변소는 휴양촌의 장소적 분위기와는 사뭇 다르지만 화자에게 일시적 황홀과 포근함을 느끼게 한다는 점에서 휴양촌의 헤테로토피아적 기능과 같 은 맥락을 지닌다 할 수 있다. 미셸 푸코, 위의 책, 55쪽 인용 및 참조.

의 그러한 장소성은 "길은 보이지 않는다. 철문이 열렸는데도 없는 길"로 표현된 길의 실종과 관련을 갖는다. 모든 길은 집과 고향, 즉 실존의 근원으로 가는 길이라 할 수 있다. '보이지 않는 길'과 '없는 길'은 집과 고향을 상실한 부랑의 삶을 표상한다. "기어코 가야 할" 고향과 집이지만 그곳에 갈 수 있는 통로가 없을 때 인부들은 집이면서 집이 아닌 함바로 향한다. 곧 헐릴 가건물로서의 함바는 집의 온기를 느낄 수 있는 일시적 헤테로토피아이자 기필코 가야할 집과 고향을 표상하는 영원성의 헤테로토피아가 결합된 모순과 역설의 장소라 할 수 있다.

김신용 시에 나타난 공중변소와 함바는 자궁, 집, 고향으로 표상된 실존의 근원적 장소를 상실한 부랑자들이 현실에서 일시적 위안과 휴식을 얻을 수 있는 장소, 즉 한시적 헤테로토피아의 장소로 기능한다. 그 장소는 더럽고, 비위생적이고, 악취가 진동하는 불결의 장소들이며 '병소'로 취급되는 이질의 장소들이다. 또한 "버리고 떠나야 홀가분한" (「그 빈집털이 누군지 모릅니까?」) 장소들이지만 그곳에 남아 사랑을 나누고 서로의 온기를 나누는 순결의 장소이기도 하다. 이러한 장소-실존의 모순과 역설이 빚어낸 삶의 서사를 김신용은 시 「걸레꿈」에

> 어둠에 묻혀, 생의/그 아픈 상처 속에 맺혀 있는 탯줄, 그 젖의/고름을 빨며, 나환의 살을 껴안고/오래 오래 황홀하게 썩는다/썩어, 더 썩을 것이 없을 때까지/썩어 비로소 완성되는 사랑,/(중략)/제 피가 되어 끝내 쓰레기통에 처박혀도/돌을 던지지 않는다/차라리 온몸을 던져 더러움 속에 눕는다

로 집약해 드러낸다. 존재하지만 존재하지 않는 것처럼 여겨지는 장소들, 희망과 좌절이 공존하는 장소들, 악취와 향기가 뒤섞여 있는

장소들에 기거하는 실존들의 삶을 김신용은 '나환'이라는 신체의 병적
징후로 압축한다. 불결한 장소에 깃든 불결한 실존들의 삶은 '썩다'라
는 술어로 표현되지만 그 썩음의 고통을 김신용은 "썩어 비로소 완성
되는 사랑"으로 승화한다. 화자는 자신의 실존을 피폐하게 만든 세계
를 향해 분노의 '돌'을 던지지 않고 차라리 더 이상 썩을 것이 없을
때까지 썩어 '더러움' 속에 눕겠다는 의지를 보인다. 이는 현실의 장소
에서 실존의 회복을 이루겠다는 대항 의지로 설명할 수 있다. '나환'의
살을 껴안고 황홀하게 썩어서 사랑을 완성하겠다는 다짐은 불결한 몸
의 위상(位相), 즉 '병소'로서의 몸을 불결로 지우고 중화하겠다는 실
존의 도발을 함의한 헤테로토피아적 전망이라 할 수 있다. 그러한 전
망을 집약한 시어가 '걸레꿈'이며, 이는 몸과 실존의 회복을 꿈꾸는
방식으로서의 '불결한 헤테로토피아'로 정의할 수 있다.

4. 맺음말

이 글은 김신용 초기시에 나타난 실존적 병소(病巢)로서 헤테로토피
아적 전망을 실존과 장소의 불가분성이라는 관점에 근거해 살펴보았
다. 장소는 실존의 개입이자 실존의 표현이라 할 수 있다. 이러한 장
소–실존의 관계는 김신용 초기시에 집중적으로 반복되고 있는 '집',
'자궁', '신체', '도구'의 이미지를 통해 구체화되고 있다. 이 글은 그러
한 장소–실존의 관계를 하이데거 장소론의 주요 개념인 '거리없앰'과
'방향잡음', 다나카 준이 장소 기억과 징후를 포착하는 개념으로 제시
한 '징후적 인식' 그리고 푸코의 장소철학을 대표하는 '헤테로토피아'
개념을 통해 분석했다. 그 결과 김신용 초기시의 뿌리가 장소와 실존
의 회복을 염원하는 역설적 전망으로서의 '불결함의 헤테로토피아'에

있다는 것을 밝혔다. 그 과정과 결과를 요약하면 다음과 같다.

김신용 초기시는 실존의 '버려짐'으로 조우하게 되는 '집'과 생명의 근원인 '자궁'의 허약에서 출발한다. 집과 자궁은 실존의 근원과 연계된 장소로서 유년의 심리적 상태를 규정하는 척도가 된다. 김신용의 초기시에 나타난 집과 자궁은 '폐경기'가 지난 "쭈그러진 어머니의 자궁"이라는 이미지가 환기하는 '집의 허약', 즉 '폐경기'의 어머니처럼 더 이상 생명을 품을 수 없는 메마름의 장소로 드러난다. 집의 허약은 실존의 위기로 드러난다. 이러한 유년의 위기는 김신용 초기시의 전편을 관통하는 부랑의 삶이 '장소의 장소'인 어머니 자궁의 쇠퇴, 즉 '집의 허약'과 가난에 연원한다는 것을 시사한다.

유년의 기억과 관련한 자궁이 '장소(집)의 허약'과 연계된 폐경의 자궁이었다면 서울에서의 부랑생활과 관련한 자궁은 훼손-절단된 자궁, 즉 불구(不具)의 장소로 드러난다. 훼손-절단된 자궁은 거주 불가의 장소를 의미하며 이는 근대 도시의 황폐와 실존의 병적 상태를 감지하는 징후적 인식과 연동된 것이라 할 수 있다. 훼손-절단된 자궁은 근대 산업권력의 감시와 수탈에 의해 훼손·절단된 장소를 상징하는데 이는 "장소들을 부주의하게 없애버리는 장소 훼손의 무장소화(placelessness)"를 의미한다.

'집의 허약'으로 인한 고향의 장소적 위기, '암의 집'으로 비유된 도시적 황폐는 '장소고역'이라는 장소감으로 드러난다. 장소고역은 어떤 방향으로도 나갈 수 없는 '장소감힘'의 다른 표현으로서 실존의 질식과 체념을 낳게 되는데 주로 '몸-도구'로서의 장소-소외라는 속박의 정념으로 드러난다. 그러한 실존의 소외와 속박을 신체와 도구의 결합을 통해 구체화하는 방식은 김신용 시의 주요 특징이다. 이는 실존이 겪는 고통을 구체화함으로써 장소와 장소감의 관계에 핍진성(逼

眞性)을 부여한다. 곡괭이, 삽, 지게, 질통 등의 도구를 신체 부분과 연결해 실존의 고역을 드러내는 비유와 수사는 노동의 통각(痛覺)을 장소화하는 실존적 리얼리즘의 경향을 드러낸 것이라 할 수 있다.

김신용은 노동의 장소가 고역의 장소이자 실존을 기형화하는 소외의 장소라는 것을 '병소'라는 이질의 장소로 함축해 나타낸다. 병소로서의 '양동'은 도심이라는 공간에 위치한 이상(異常) 조직이자 병적 장소로 비유된다. 이는 그곳에 사는 사람들이 병원균으로 취급되고 있다는 배척의 의미와 자본 권력에 의해 철저히 타자화된 배제(排除)의 장소라는 것을 동시적으로 드러낸다. 양동의 집은 비록 병소로 취급되지만 그곳에 사는 이들에게는 둥지의 한 측면으로 인지된다. 그러나 '무허가 건축물들'로 비유된 철거민들의 불안한 삶은 언제든 병소로 취급돼 헐릴 가능성을 안고 있는 한시적(限時的) 장소가 될 수밖에 없다.

푸코는 "고정된 어떤 장소에 시간을 영원하고 무한하게 직접"하려는 근대의 장소적 기획을 '영원성의 헤테로토피아'로 설명한다. 장소의 시간, 즉 장소의 기억을 영원히 간직하려는 것은 실존의 근원적 욕망이라 할 수 있다. 그런 면에서 영원성의 헤테로토피아의 근원은 '자궁'과 '집'에 있다고 할 수 있다. 김신용 초기시에 나타난 자궁과 집은 훼손되고 철거되는 불완전한 장소로 기능함으로써 영원성의 헤테로토피아가 되지 못하고 일시적이고 한시적인 헤테로토피아가 되는데 그러한 특징을 인상적으로 보여주는 장소가 '공중변소'와 '함바'다.

시 「공중변소 속에서」에 나타난 공중변소는 영원성의 헤테로토피아와 일시적 헤테로토피아가 합쳐지는 위안과 사랑의 원초적 장소라 할 수 있다. 시 「길」에 나타난 곧 헐린 가건물로서의 함바는 집의 온기를 느낄 수 있는 휴식처로서의 일시적 헤테로토피아이자 기필코 가야 할 집과 고향을 표상하는 영원성의 헤테로토피아가 결합된 장소라 할 수 있다. 공중변소와 함바는 자궁, 집, 고향으로 표상된 실존의 근원적 장소를 상실한 부랑자들이 현실에서 일시적 위안과 휴식을 얻을 수 있는 장소라는 점에서 헤테로토피아의 장소로 기능한다.

김신용 시에 나타난 헤테로토피아의 전망은 "썩어 비로소 완성되는 사랑"으로 제시된다. 자신의 실존을 피폐하게 만든 세계를 향해 분노의 '돌'을 던지지 않고 차라리 더 이상 썩을 것이 없을 때까지 썩어 '더러움' 속에 눕겠다는 의지는 현실의 장소에서 실존의 회복을 이루겠다는 대항 의지로 설명할 수 있다. 이는 불결한 몸의 위상(位相), 즉 '병소'로서의 몸을 불결로 지우고 중화하겠다는 실존의 도발을 내포한 헤테로토피아적 전망이라 할 수 있다. 그러한 전망을 김신용은 '걸레꿈'으로 비유하는데 이는 몸과 실존의 회복을 꿈꾸는 방식으로서의 '불결한 헤테로토피아'로 정의할 수 있다.

위의 내용에 근거한다면 김신용 시에 나타난 사실주적 경향은 정치의식의 발현이 아니라 '장소–실존'의 문제를 '몸–도구'로 결합하는 실존의식의 발현이라 할 수 있다. 김신용 시의 시사적 의의는 우리 시사에서 보기 드문 실존주의적 리얼리즘의 영역을 심화했다는 점에 있다. 이런 점에서 김신용의 시는 민중시 혹은 리얼리즘 시의 계열로 분류되기보다는 장소와 실존의 불가분성을 탐구한 실존주의 시로 분류되는 것이 적합하다고 본다.

건축위상학적 상상력과 헤테로토피아

― 함성호 시의 경우

1. 서론

공간은 분할을 통해 범주화되고 계열화된다. 신성 공간, 세속 공간, 사적 공간, 공적 공간, 도시 공간, 농촌 공간 등의 공간 분할은 각 공간의 속성을 영역화해 그 안에서 일어날 수 있는 사건의 양태(樣態)를 규정한다. 분할된 한 공간의 잠재적 속성은 그 공간에 결부된 인간의 의식과 행동과 경험을 통해 매개됨으로써 삶의 구체적 장소들로 표면화된다. 일례로, 신성 공간은 그 안에 지어진 건축물과 장식 그리고 의례적 행위로 인해 신성한 장소들로 맥락화된다. 이렇듯 분할된 한 공간 내에서의 공간적 속성과 장소들의 맥락은 유기적 관계를 이룬다. 공간의 잠재성과 장소의 현실태가 균열되지 않고 온전한 커뮤니티를 형성·유지하는 관계에서는 공간과 장소를 구분하는 것이 큰 의미가 없다. 인간의 의식과 행동과 경험이 공간-장소의 맥락과 일체화되기 때문이다. 이러한 일체성의 공간-장소적 체험이 유토피아의 근간이라 할 수 있으며 또한 디스토피아(Dystopia)의 현실을 가늠하는 척도이기도 하다.

디스토피아는 장소의 위기다. 디스토피아는 장소 거주자들이 느끼는 불안과 소외감이 극단에 이른 상태로 정의할 수 있다. 장소의 불안과 소외는 분할된 공간들 사이에 형성된 '위계(位階)'로부터 발원한다. 신성 공간과 세속 공간, 도시 공간과 농촌 공간 등의 공간 분할이 수 평적 대등관계가 아닌 수직적 종속관계로 연결될 때 각 공간에 배치 된 장소들은 중심과 주변이라는 차이로 분기된다. 이럴 때 장소 거주 자들의 삶 또한 위계화된다. 공간-장소의 위계화는 자연발생적 분화 가 아닌 인위적 배치의 결과로서 주로 권력자에 의해 추진된 계층 분 리 전략의 일환이라 할 수 있다. 문명의 발달사는 공간-장소의 배치 에 따른 사회·문화적 위계를 지속시키고자 하는 계층과 해체하려는 계층 간의 역학관계로 설명될 수 있다. 그러한 역학관계를 포괄적으 로 표현한 개념이 디스토피아와 유토피아라 할 수 있다.

디스토피아와 유토피아는 장소의 위계와 직결된다. 어디에도 존재 하지 않는 이상적 장소로서의 유토피아는 현실에 존재하는 부정적 장 소로서의 디스토피아와 추상적 '역(逆)'의 관계, 즉 관념으로 매개되는 대립관계를 이룸으로써 비(非)역사적 성격을 드러낸다. 그러한 유토 피아의 비역사성을 미셸 푸코(Michel Foucault)는 "감미로운 유토피아" 로 지칭하고 그에 맞서 "지도 위에 위치 지을 수 있는 장소를 가지는 유토피아들"[1]로서의 헤테로토피아를 대항담론으로 제시한다. 대항 담론으로서의 헤테로토피아의 위치와 기능은 엄격히 말해 유토피아 에 대한 대항이 아니라 디스토피아에 대한 대항에 있다. '없는 장소'에 대한 맞섬이 아니라 '있는 장소'에 대한 맞섬, 즉 위계화된 장소에 드 리운 디스토피아적 전망을 제거 내지 대체하는 전복적 사유와 실천이 현실화하여 드러난 장소가 헤테로토피아라 할 수 있다.

그렇다면 헤테로토피아는 어떻게 구성되는가? 이 질문을 토대로

---

1) 미셸 푸코, 이상길 옮김, 『헤테로토피아』, 문학과지성사, 2014, 12쪽.

장소와 실존의 위상학(位相學, topology)적 관계를 규명하고, 그러한 장
소 위상학이 어떻게 시적 상상력에 투영되어 근대 도시의 디스토피아
적 현실과 헤테로토피아적 전망을 제시하는지를 함성호 시에 나타난
'건축위상학'이라는 의미와 연관해 고찰하려는 것이 이 글의 목적이
다. 그러한 논지 전개를 위한 이론적 기초 작업으로 푸코가 제시한
헤테로토피아의 개념과 헤테로토폴로지의 원리가 지닌 내적 한계를
먼저 살펴보고, 그에 대한 보완으로 조르조 아감벤(Giorgio Agarnben)
의 '세속화'라는 개념을 도입해 공간-장소의 위상학과 시적 상상력의
관계, 특히 포스트모더니즘의 미학적 토대가 공간-장소의 위상학과
연관된 세속화 전략에 있다는 것을 규명한 후 함성호 시에 나타난 세
속화와 헤테로토피아의 특징을 건축위상학적 상상력과 연동해 밝히
고자 한다.

　1980년대 리얼리즘 문학이 반독재·반제국주의의 이념을 토대로 노
동자와 농민의 해방이라는 역사적 과제를 문학의 진정성으로 삼았다
면, 1990년대 문학은 계급해방이라는 거대 이념에 가려진 개인의 욕망
과 좌절을 '해체'라는 형식을 통해 전시함으로써 리얼리즘 시와 서정시
라는 두 경향으로부터 스스로를 분리해 냈다. 해체의 조짐은 1980년대
황지우, 박남철 등으로부터 촉발되었는데 이들의 해체가 억압적 상황
과 맞물린 지식인의 무력을 성찰하는 역사적 산물이었다면 장정일,
유하, 함민복, 함성호 등 '60년산(産)' 시인들이 추구한 해체는 소비자
본주의와 도시적 욕망이 빚어낸 소외와 디스토피아적 현실을 전복하려
는 전위적 의도의 산물[2]이라는 점에서 이전 세대의 해체와 구분된다.

---

2) 이윤택은 '60년산' 시인들이라는 개념을 언급하면서 그들의 문학적 지향을 "민중문
　학권이건 비민중문학권이건 서슴지 않는 독단과 공격성을 보여주고 있다."라고 정리
　한다. 이윤택, 「60년産 세대의 외설, 혹은 불경스러운 詩的 징후」, 『햄버거에 대한

이들은 철저히 도시적이다. 한반도라는 '공간'에 깃든 역사적 암울보다는 세속 도시의 '장소'들에 드리운 병적 징후에 주목한다. 기성세대의 권위와 윤리에 담긴 허위의식을 외설과 포르노로 고발하는 이들의 시적 특징은 역사적 합리주의와 도덕적 엄격성에 내재된 억압의 논리를 해체하려는 포스트모더니즘의 경향과 깊은 연관성을 보인다.

60년산 시인들의 시를 '도시시(urban poetry)'라는 범주에 포함해 그 특징을 논하는 연구들의 공통적 입론은 '산업화·도시화'라는 현상이 공간-장소의 위계적 구조를 만들어냄으로써 일상의 삶 또한 파편화되고 나아가 세계 자체가 양극화되었다는 것이다.[3] 포스트모더니즘은 "모더니즘의 보편주의적, 유토피아적 주장을 비판"하면서도 "모더니즘의 형식적-양식적 유산을 거부"[4]하지 않는 이중적 태도를 견지한다. 이는 형식의 '파괴'와 내용의 '창조'라는 '이중의 과업'[5]을 예술 창작의 기반으로 삼은 아방가르드의 유산과 관련이 있다. 60년산 시인들의 시를 '도시시'와 '해체'라는 키워드로 규명한 견해들의 공통적 흐름은 그들의 시가 독자적인 개성을 확보하지 못하고 포스트모더니즘과 아방가르드의 특징을 부분적으로 수용했다는 완충적 결론으로 그들의 한계와 의의를 설명한다는 점이다.[6]

명상』, 민음사, 1987, 161쪽.

3) 구모룡, 「비판사학의 열린 체계: 해석에서 해체로-金埈五 敎授의 '도시시와 해체시'」, 『오늘의 문예비평』 통권 제5호, 1992.4.; 유성호, 「'경이와 불안'에서 '우울과 공포'로: '도시시'의 시사적 맥락과 현재형」, 『계간 서정시학』 12호, 2002.06.; 김청우, 「1980~90년대 한국 도시시의 미적 비판 방법론 연구」, 『국어문학』 제67집, 국어문학회, 2018.3.

4) M. 칼리니스쿠, 이영욱·백한울·오무석·백지숙 옮김, 『모더니티의 다섯 얼굴』, 시각과언어, 1993, 347쪽.

5) 위의 책, 339쪽.

6) 이윤택이 "60년産 세대의 시가 서구 대중문화권의 영향을 받고 있다는 혐의 또한 지울 수 없는데, 이러한 경쾌한 보행법으로 전세대의 틀을 부수고 나름의 독자적

이 글에서 함성호 시인의 시적 경향과 특징[7]을 공간-장소의 '위상
학'과 '세속화'라는 개념을 통해 분석하고자 하는 목적은 두 가지다.
첫째는 산업화와 도시화라는 사회적 현상에 근거해 도시시의 한계와
의의를 살피는 완충적 시각을 지양해 건축학적(장소적) 상상력과 문학
적 상상력의 관계를 밝혀보고자 함이며, 둘째는 함성호의 시적 지향
과 현실 인식이 디스토피아적 공간-장소를 해체하려는 헤테로토피아
적 전망과 일정 부분 연계된다는 것을 밝힘으로써 60년산 시인들의
시에 내재된 '해체'의 의미가 공간-장소의 위계를 세속화해 새로운
질서를 구축하려는 실존적 실험이자 분투였다는 점을 귀납화하고자
함에 있다.

함성호의 시에 특별히 주목하는 이유는 그가 건축학을 전공했다는
이력도 있지만 '건축사회학'이라는 연작시를 통해 건축물과 실존 그리
고 역사 문제를 구체적으로 사유하고 있다는 점 때문이다. 함성호의
시적 수사는 포스트모더니즘이 추구하는 다층적 약호화, 즉 기존의
질서를 새롭게 '재구성'하려는 의도로 "인유, 암시적 주석, 인용, 장난
스럽게 곡해되거나 창안된 참조, 개작, 전위, 고의적인 시대착오, 둘
이나 그 이상의 역사적 혹은 양식적 유형의 혼합"[8]이라는 시적 수단

양식을 구축하기는 힘들 것이다."라고 언급한 것이 완충적 언급의 한 예라 할 수
있다. 이윤택, 앞의 글, 173쪽.
7) 함성호 시에 관한 연구는 90년대 시의 경향과 관련해 부분적으로 다뤄지거나, 평론을
통해 언급되고 있다. 김청우, 「피부의 눈: 만지는 시선을 통한 도시의 윤리-1990년대
한국의 '도시시'를 중심으로」, 『서강인문논총』 제58집, 서강대학교 인문과학연구소,
2020.8.; 최창현, 「한국 현대시 존재탐구의 변모양상-김춘수, 박남수, 김종삼, 기형
도, 최승호, 황지우, 유하, 함성호, 김언희 시의 탐구 대상과 유형분석을 중심으로」,
『語文論集』 제31집, 중앙어문학회, 2003.12.; 엄경희, 「제국주의 문화에 맞서는 반담
론: 함성호·장정일·유하의 경우」, 『오늘의 문예비평』 통권 50호, 2003.8.; 박수연,
「병과 함께 살기-함성호론」, 『문학과 사회』 통권 제56호, 2001.11.
8) M. 칼리니스쿠, 앞의 책, 348~349쪽 인용 및 참조.

을 전격적으로 구사하면서 신성과 세속, 과거와 현재, 역사와 실존의
위계를 진단하고 있어 위상학과 문학적 상상력의 관계를 밝히려는 본
논의의 목적에 적절한 근거를 제시한다. 이러한 문제의식과 의도를
구체화하기 위해 이 글은 세속화와 헤테로토피아의 관계에 대한 이론
적 고찰을 선행하고 그에 근거해 함성호 시에 나타난 성(聖)과 속(俗)
의 장소적 '교직(交織)', 실존과 역사의 장소적 '교차(交叉)'라는 위상학
적 구도가 어떻게 세속화를 통해 전복적 상상력으로 구축되는지를 분
석하는 것에 집중하고자 한다.

2. 세속화와 헤테로토피아

헤테로토피아는 어떻게 구성되는가? 라는 물음은 헤테로토피아를
장소론 분석의 토대로 삼기 위해 선결적으로 제기할 수밖에 없다. 완벽
한 이론은 불가하지만 그 불가함의 한계가 모호함과 합치할 때 분석
근거로 적절치 않음은 분명하다. 그러나 모호함이 있음에도 해당 이론
이 지닌 함의가 시의(時宜)에 적절하고 확대 재생산될 수 있는 계기가
내포되어 있다면 보완·보충하는 것이 당연하다. 푸코는 헤테로토피아
가 현실에 구현되는 위상학적 원리를 '헤테로토폴로지(heterotopology)'
로 명명하고 그 원리를 여섯 가지 항목으로 풀어 설명한다.[9] 그는 헤테
로토폴로지가 헤테로토피아를 구성하는 과학적 원리라고 강조지만 실
제 내용은 이질적 장소들의 배치(emplacement)와 유형에 대한 원론적
설명 내지는 나열에 머물고 있어 한계를 보인다. 헤테로토피아는 유토

---

9) 필자는 「헤테로토피아(heterotopia)의 장소성에 대한 시학적(詩學的) 탐구」(『국어
   국문학』 186호, 국어국문학회, 2019.3., 399~440쪽)에 헤테로토폴로지의 여섯 가
   지 원리와 한국 현대시의 장소 유형에 관한 내용을 자세히 소개했다.

피아와 절대적으로 다른 배치들이고 그러한 배치의 원리를 규명한 것이 헤테로토폴로지의 핵심 내용이지만, 앞의 물음처럼 그것이 현실에서 어떻게 구현되는가에 대한 실천 방식은 모호하다.[10)]

이질적 장소의 배치를 통해 유토피아적 신화를 전복하고 나아가 디스토피아적 전망을 해체해 현실에 유토피아를 구축하려는 헤테로토피아의 전략은 공간-장소의 위계를 통치 전략으로 삼는 근대 권력에 대한 대항담론이라는 점에서 진보적 의미를 지닌다. 그러나 장소 거주의 보수성(保守性)[11)], 즉 장소가 물리적 지형이 아닌 삶의 터전이라는 의미로 확장될 때 그곳을 지켜내야 한다는 공동체의 보수적 완고함과 마주치게 된다. 장소에 정착하려는 보수적 욕망 안에는 장소의 위계를 용인하는 심리적 기제(機制)가 담겨있다. 그러한 심리의 특성을 고려하지 않을 때 이질적 장소의 배치라는 전략은 지연(遲延)되거나 폐기된다. 이 점이 푸코의 헤테로토피아론이 갖는 한계라 할 수 있다. 이러한 문제는 장소의 위계가 작동하는 '위상학'에 대한 일면적 이해와 관계된다.

공간 분할이 권력에 의한 인위적 배치의 결과라는 것은 분명하지만 배치 그 자체가 공간-장소의 위상을 형성하는 원리는 아니다. 비토리아 보르소(Vittoria Borsò)는 위상학을 "공간 생산의 조건, 공간 역동성 내지 공간 창발의 조건을 비판적으로 성찰하는 이론"이라 정의하고,

---

10) 에드워드 S. 케이시가 미셸 푸코의 헤테로토피아에 대해 "대체 공간과 장소 중 어느 것을 연구하는 것인가?"라는 의문을 던진 것도 이러한 모호성과 관련된다. 에드워드 S. 케이시, 박성관 옮김, 『장소의 운명』, 에코리브르, 2001.6, 594쪽.

11) 김열규는 "자리가 비유적이 되면 위계며 사회 계층, 어느 공동체 내의 상하의 신분 조직 등을 의미하게도 된다."라는 설명을 통해 '터'와 '터전'에 깃든 신앙 또는 보수적 신념이 정착의 동력이자 '터살이'의 역사를 이룬다고 밝힌다. 김열규, 「Topophilia: 토포스를 위한 새로운 토폴로지와 시학을 위해서」, 『한국문학과 이론비평』 제20집, 2003.9, 10쪽 인용 및 참조.

그러한 정의는 "위상학적 사고에 기초를 둔 문학적 지형학 혹은 문화학적 지형학이 견지하는 기본 생각"[12]이기도 하다는 부연을 통해 위상학이 공간 배치의 기술이라는 차원을 넘어서서 공간 생산의 조건과 동력을 탐구하는 비판적 사유라는 점을 강조한다. 아감벤은 공간 생산의 조건과 동력을 '세속화(profanazione)'라는 개념을 통해 접근한다. 그가 말하는 세속화는 공간 분할의 배치를 재배치하여 공간을 재사용 또는 재점유(再占有)하는 것을 의미하는데, 그 내용의 핵심은 다음과 같다.

> 환속화(secolarizzazione)와 세속화(profanazione)를 구별해야 한다. 환속화는 억압의 형식이다. 환속화는 자신이 다루는 힘을 그저 한 곳에서 다른 곳으로 옮기기만 함으로써 이 힘을 고스란히 내버려 둔다. 따라서 신학적 개념의 정치적 환속화(주권권력의 패러다임으로서의 신의 초월)는 천상의 군주제를 지상의 군주제로 대체할 뿐 그 권력은 그냥 놔둔다. 이와 반대로 세속화는 자신이 세속화하는 것을 무력화한다. 일단 세속화되고 나면, 사용할 수 없고 분리되어 있었던 것이 그 아우라를 상실한 채 [공통의] 사용으로 돌려진다. 이 둘 모두 정치적 작업이다. 환속화가 권력의 실행을 성스러운 모델로 데려감으로써 권력의 실행을 보증한다면, 세속화는 권력의 장치들을 비활성화하며, 권력이 장악했던 공간을 공통의 사용으로 되돌린다.[13]

위 인용문의 핵심은 '환속화'가 권력의 실행을 보증하는 대체 작업이라면 '세속화'는 권력을 비활성화하는 무력화 작업이라 것으로 요약된다. 천상의 군주제를 지상의 군주제로 대체하는 작업은 기존의 위계적

---

12) 비토리아 보르소, 「문학적 위상학: 공간의 저술과 저술의 공간」, 슈테판 귄첼 엮음, 이기흥 옮김, 『토폴로지』, 에코리브르, 2010, 365쪽.
13) 조르조 아감벤, 김상운 옮김, 『세속화 예찬』, 난장, 2010, 113쪽.

구도를 그대로 유지한 채로 이동한 형식적 배치를 의미하는 것으로
이해할 수 있는데, 이는 푸코가 제시한 배치의 문제와 비교해 볼 수
있다. 푸코는 제한된 공동체 내에서의 장소들, 즉 국지화되고 분할된
공간 내의 장소들이 갖는 특징을 "위계질서, 대립, 장소들의 교차"로
적시하고, 중세의 공간을 위계화된 장소들의 대표적 예로 제시하면서
중세의 국지화 전략을 대체한 것이 근대의 배치 전략이라고 기술한다.[14]

　근대의 배치가 중세의 국지화를 대체했다는 푸코의 주장은 자본의
축적과 권력의 통치술로 장소의 위계가 확대·재배치되었다는 단순
기술(記述)을 넘어서지 못한다는 인상을 준다. 즉 푸코의 배치 개념은
그것이 권력에 의한 배치를 의미하든 또한 권력에 대항하는 이질적
장소의 배치를 의미하든 간에 권력의 대체를 보증하는 환속화의 경계
를 넘어서지 못하는 것으로 이해될 수 있는 공백의 지점을 내포하고
있어 모호한 측면을 드러낸다. 에드워드 S. 케이시(Edward S. Casey)가
푸코의 헤테로토피아를 '미완의 토르소'라 비판[15]했던 이유는 구체적
전술의 공백, 즉 권력의 장소 배치에 맞서 장소를 재배치하는 방식에
대한 명확한 연계성이 제시되지 않았기 때문이다. 이럴 경우 현실에
유토피아를 구현하려는 헤테로토피아의 전복적 의도는 아감벤이 언급
한 환속화에 머물 수밖에 없다.

　분할된 공간-장소에 작동하는 권력의 의도를 비활성화해 공간-장
소를 공통의 사용으로 되돌리는 세속화는 권력의 배치를 '재배치'하는
기술이라는 점에서 주목된다. 세속화는 공간-장소에 깃든 고유의 아
우라와 기능을 상실시켜 공간-장소를 새롭게 재(再)점유하여 사용하
는 방식인데, 이는 일상과 분리되어 접근 불가능한 상태로 배치된 공

---

14) 미셸 푸코, 앞의 책, 42~43쪽 인용 및 참조.
15) 에드워드 S. 케이시, 앞의 책, 596쪽.

간-장소들의 신비성과 폐쇄성 나아가 위계 자체를 무력화시키는 전복 행위와 밀접한 관련이 있다. 아감벤은 "성스러운 것을 완전히 부적절하게 사용(아니 오히려 재사용)함으로써"[16] 발생하는 세속화의 대표적 사례로 '놀이'를 제시한다. 이는 그의 세속화가 문화적 전복 행위와 밀접한 관련이 있음을 시사하는 것이라 할 수 있다.

아감벤의 세속화와 푸코의 헤테로토피아론은 권력에 의해 위계화된 공간-장소를 비활성화하여 전복한다는 차원에서 상보적(相補性)이다. 그러나 그 지향의 과정과 방법에는 차이가 있다. 전자는 '개조'와 '재사용'의 놀이적 유연함을, 후자는 '방해'와 '무효'의 정치적 엄격함[17]을 전복의 의미로 파악한다. 이러한 차이는 전략적인 것이 아니라 전술적인 것이라 할 수 있다. 이에 대한 세부적 근거와 설명은 본고의 영역을 넘어서는 논쟁적 사안이기에 생략하고 이 글에서는 두 개념의 문학적 활용, 특히 근대 도시의 공간-장소를 문학의 주 소재로 삼는 모더니즘과 포스트모더니즘의 장소적 비전이 유토피아적 전망과 어떻게 접목될 수 있는지에 대한 핵심만 언급하고자 한다.

모더니즘의 장소적 비전은 기독교 역할의 쇠퇴를 이끈 이성주의(理性主義)가 추구한 '유토피아주의'와 밀접한 연관을 갖는다. 모더니즘의 유토피아는 실현 불가능성에 초점을 두는 몽상적 유토피아와 달리 이

---

16) 조르조 아감벤, 앞의 책, 108쪽.

17) 미셸 푸코는 '헤테로토피아'라는 용어를 『말과 사물』에 처음으로 언급하면서 유토피아는 위안을, 헤테로토피아는 불안을 야기한다는 특징을 대비·설명하고 헤테로토피아의 수사적(修辭的) 기능을 "언어를 은밀히 전복하고, 이것과 저것에 이름 붙이기를 방해하고, 보통 명사들을 무효가 되게 하거나 뒤얽히게"하는 것이라고 설명한다. (미셸 푸코, 이규현 옮김, 『말과 사물』, 민음사, 2012, 11쪽 인용 및 참조.) 미셸 푸코가 동원한 '전복', '방해', '무효', '혼란' 등의 표현은 헤테로토피아의 특징을 유토피아와 대치(對峙)시키고자 하는 의도가 담겨있다는 점에서 필자는 '엄격함'이라는 모더니즘의 수사를 차용했다.

성의 역할에 근거해 실현 가능성을 모색한다. 유토피아가 "아무리 획
득하기 어렵다 할지라도 사회적 존재인 인간에 의해 획득될 수 있는
것"이라는 판단이 모더니즘의 신념이다.[18] 모더니즘의 유토피아주의
는 장식을 거부하고 "기하학적이며 기능적인 순수성"을 강조한 모더
니즘 건축에 극명하게 드러나는데, 이를 M. 칼리니스쿠(M. Calinescu)
는 "해방된 비위계적 사회에 대한 한 상징"[19]으로 설명한다.

모더니즘이 과거의 전통을 "인위적"으로 통일함으로써 과거와의 단
절을 모색한다면, 포스트모더니즘은 "과거를 다양한 방식으로 재해
석"한다는 점에서 반대의 자세를 취한다.[20] 과거와의 단절을 통해 비
위계적 질서를 모색하려는 모더니즘의 이상은 본래 의도와 달리 중세
적 신분 질서를 근대적 계층(계급) 질서로 재편하는 결과를 낳았다.
이는 아감벤이 설명한 환속화의 맥락으로 설명될 수 있다. 과거의 전
통을 인위적으로 '통일'시키려는 모더니즘의 급진적 전략과 달리 과거
를 '재해석' 하려는 포스트모더니즘의 유연한 전략은 세속화의 맥락으
로 이해할 수 있다.

정치한 논의가 필요하겠지만 거시적 차원에서 볼 때 푸코의 헤테로
토피아는 모더니즘의 유토피아주의를 상속한 것으로, 아감벤의 세속
화는 포스트모더니즘의 '재해석'을 수용한 것으로 거칠게 정리해 볼
수 있다. 앞서 언급했듯이 헤테로토피아와 세속화는 상보적이며 둘의
차이가 전술적이라는 점을 상기한다면 푸코의 헤테로토피아는 세속화
의 방식으로 외연(外延)을 확장해 미완의 지점을 보완할 필요가 있다.
M. 칼리니스쿠는 포스트모더니스트 건축가들이 "모더니즘의 보편주

---

18) M. 칼리니스쿠, 앞의 책, 76쪽 인용 및 참조.
19) 위의 책, 345쪽 인용 및 참조.
20) 위의 책, 346쪽 인용 및 참조.

의적, 유토피아적 주장을 비판"하면서도 "결코 모더니즘의 형식적-양식적 유산을 거부"[21]하지 않았다고 설명한다. 이는 모더니즘의 외연확장이 포스트모더니즘이라는 생각을 반영한 것이라 할 수 있다.

이 글이 함성호의 시에 주목하는 이유는 헤테로토피아적 전망과 포스트모더니즘의 세속화 전략을 건축학적 구도와 위계적 장소들의 배치를 통해 동시적으로 드러낸다는 점 때문이다. 자연과 문명의 위계를 근간으로 성(聖)과 속(俗)의 장소를 교직(交織)하고, 고대의 '바벨탑'과 현대의 '마천루'라는 건축물을 통해 역사와 실존을 교차(交叉)시키는 공간-장소의 건축적 상상력은 장소 위상학의 시도라는 차원에서 새롭게 평가될 필요가 있다. 이러한 문제의식을 바탕으로 이 글은 함성호의 시집 『56억 7천만 년의 고독』과 『聖 타즈마할』에 실린 시편 중 건축위상학적 상상력에 근거한 작품들을 선별해 분석하고자 한다. 두 시집의 시편을 분석 대상으로 삼은 이유는 고대와 현대의 건축물과 장소에 대한 위상학적 구도가 시적 상상력의 토대로 집중·포진되어 있기 때문이다.

3. 성(聖)과 속(俗)의 교직(交織)

인간의 능력이 미치지 못하거나, 금지로 인해 사람이 거주할 수 없는 공간-장소로 인식·지정된 영역들은 신성화된다. 하늘과 땅의 분리라는 창세 신화는 공간-장소의 분할이라는 최초 형태를 보여준다. 하늘이 거주 불가의 장소로 인지됨으로써 그곳에는 인간의 능력을 넘어서는 신적 존재가 살고 있다는 믿음이 고착되는 일련의 과정은 인류

---

21) 위의 책, 347쪽.

문명의 보편적 현상이자, 종교적 세계관의 토대를 이룬다. 신성과 세속의 분할은 신과 인간의 수직적 위계를 형성하는 것은 물론 신에게 접근할 수 있는 특권을 부여받은 소수의 계층에 의해 인간과 인간 사이의 위계로 확장된다. 따라서 공간-장소의 분할로 인한 위계는 신과 인간, 인간과 인간의 관계[22]라는 이중의 구조로 '교직(交織)'된다.

신과 인간의 위계가 인간과 인간의 위계로 이동하고, 인간과 인간의 위계가 신과 인간의 위계로 이동하는 교직의 중첩(重疊)은 분리된 두 현상이 아니라 겹쳐진 하나의 현상이다. '나뉨'과 '겹침'의 중첩은 모든 위계가 생성되고 활성화되는 원리다. 이것을 공간-장소와 실존의 소통 원리로 파악해 기술하는 것이 사회·문화적 위상학이다. 과학적 위상학이 "물질의 존재 양식이나 속성"을 "추상화해 기술"[23]한다면, 사회·문화적 위상학은 인간 존재의 조건과 사회적 속성을 추상화해 자유의 조건과 억압의 구조를 기술한다.

위계는 나뉨의 단일성이 아니라 겹침의 중첩으로 다층화되어 복합적 구조를 만든다. 이러한 위계 형성의 복합성을 고려하지 않는다면 공간-장소에 대한 분석은 도식화된 결론을 도출할 수밖에 없다. 대표적으로, 상하(上下) 공간은 고귀와 비속, 존경과 멸시, 우월과 열등과 같은 사회적 위계를 생산한다는 평면적 구분이 그렇다. 위계는 '분리

---

22) 이-푸 투안(Yi-Fu Tuan)은 "신체의 자세와 구조", "인간들 사이의 관계"를 공간 형성과 분할의 근본 원리로 제시한다. 인간의 직립과 함께 상-하, 좌-우, 전-후의 기초 공간이 형성되고, 그러한 공간이 사회적으로 확장돼 '나'와 '너', 친밀함과 거리감, 우열과 열등이라는 관계와 감정을 만들어 낸다는 것이 이-푸 투안의 주장이며 그의 관점은 인간과 신이라는 수직적 관계보다는 인간과 인간이라는 수평적 관계에 초점을 두고 있다. 이-푸 투안, 구동회·심승희 옮김, 『공간과 장소』, 대윤, 1998, 65쪽, 71쪽, 83쪽, 87쪽 인용 및 참조.

23) 슈테판 귄첼, 「공간, 지형학, 위상학」, 슈테판 귄첼 엮음, 이기흥 옮김, 『토폴로지』, 에코리브르, 2010, 24쪽.

감정'이 아니라 '사이 감정'의 누적이다. 고귀와 비속의 위계감은 두 감정의 명료한 분리가 아니라 모호한 겹침에 의해 현실화된다. 완벽한 고귀라든지 완벽한 비속이라는 절대 감정은 체감될 수 없는 관념의 소산이다. 현실에서 느끼는 '사이'의 위계감은 대립의 중첩, 예를 들면 고귀하면서 비속하거나 비속하면서 고귀한 이중의 모호 감정으로 나타나기 때문에 명확하게 실체를 규명할 수 없다. 그러나 누적되면서 현실로 체감된다. 위계의 사이 감정은 함성호의 시 전반을 관통하는 위상학적 상상력의 토대를 이루면서 성과 속, 자연과 인공, 과거와 현재의 경계를 넘나들며 실존과 역사의 관계를 매개하는 역할을 한다.

> 무수히 무릎 꿇린 백색 절망의 분수 위로/비둘기는 왜 도시를 떠나지 못하고/그 설운 울음을 묻으며 폐허에 사는가/열렬한 도시의 건설자들도 패망을 선언하고 환시의 투시도 밖을 제 발로 걸어나간/(꾸꾸르 꾸꾸)이 거대한 타향에서/ …(중략)… /눈뜬 산열매와 바람 가득한 정령의 숲에서 살지 않고/변종의 새끼를 낳고 기름받음을 주곤 하던 번식의 한철을 지나/(꾸꾸르 꾸꾸) 가뭄음곡의 번제에서/비관의 설경을 정찰하는가/모든 문은 비상구다 그렇다, 모든 상황은 비상이냐?/매 순간마다 실낱 같은 목숨의 줄기를 매번 바꾸어가며/입석의 광고탑만 네온사인에 점멸하는 ON, OFF의 도시를 보여주는 조감도의 하늘을/비둘기는 쓸쓸히 날고 있다―빌딩의 숲속에선/약물 중독의 건물들이 사지를 뒤틀며 환각을 꿈꾸고/(꾸꾸르 꾸꾸) 그대 마음속 빈 사막/비둘기는 왜 도시를 떠나지 않는가
>
> 「비둘기는 왜 도시를 떠나지 않는가」 부분

시 「비둘기는 왜 도시를 떠나지 않는가」(이하 「비둘기는 왜」)는 신성한 공간―장소로서의 '정령의 숲'과 세속적인 공간―장소로서의 '도시'

사이의 수직적 위계를 기본 축으로 설정하고, 두 공간-장소를 매개하고 중첩하는 객관적 상관물로 '비둘기'를 배치해 실존이 겪게 되는 정신적·육체적 피폐를 '폐허'로 장소화하는 위상학적 구도를 취한다. 또한 '투시도'와 '조감도', '빌딩'과 '건물' 등의 건축학적 개념과 소재를 동원해 공간-장소의 위계와 실존의 관계를 교직한다. 이러한 방식은 시 「비둘기는 왜」만이 아니라 함성호의 시 전반에 내재된 구조적 특징으로 나타난다. 이는 그의 시적 상상력이 건축위상학과 긴밀한 관계가 있다는 것을 시사하며, 시 「비둘기는 왜」는 건축위상학과 시적 상상력이 결합하는 방식과 원리를 함축적으로 보여주는 대표적 작품이라 할 수 있다.

스티븐 페렐라(Stephen Perrella)는 "건축위상학이란 형식, 구조, 맥락 그리고 프로그램이 활발하게 움직여 조직화된 패턴으로 변이되는 것"[24]이라고 정의한다. 그의 주장에 근거해 시 「비둘기는 왜」의 위상학적 패턴을 살펴보면 1) '정령의 숲'과 '도시'로 구조화된 성(聖)과 속(俗)의 공간-장소적 배치, 2) '비둘기'로 맥락화된 사이-공간과 '변종의 새끼'에 함의된 성과 속의 겹침, 3) '약물 중독의 건물'로 장소화된 실존의 상태라는 세 가지로 맥락화되어 있음을 확인할 수 있다. 요약하자면, 공간-장소의 상하 구조적 배치, 사이-공간의 설정과 위계의 겹침 그리고 실존의식이라는 세 요소가 건축위상학의 골격이라 할 수 있다. 이와 같은 건축위상학적 패턴의 요소가 시 「비둘기는 왜」를 비롯해 여타의 시에 직·간접적으로 작용해 실존의 '사이 감정'을 구체화한다는 것이 함성호의 시 전반을 관통하는 상상력의 구조이자, 창작 원리라 할 수 있다. 예를 들면,

---

24) 요하임 후버, 「무형의 형식: 열 가지 테제로 읽는 건축위상학」, 슈테판 귄첼 엮음, 이기홍 옮김, 『토폴로지』, 에코리브르, 2010, 274쪽.

> 고딕 건물이 신과의 교접을 바라고 지어졌다면 현대의 마천루는 누구
> 와의 간통을 바라고 있을까요? 내 정치적 견해는 대중 잡지의 표절이에
> 요. 몇 층이죠? 나는 가끔 엘리베이터만 타면 떨어지고 있는 건지 내려
> 가고 있는 건지 헷갈릴 때가 있어요. 혹시 누군가 내 아침밥에 날마다
> 소량의 수면제를 섞고 있는 게 아닐까요?/자꾸 졸려요.
>
> 「엘리베이터-대화」 부분

에서처럼, 신(聖)과 인간(俗)의 상하 위계를 '고딕 건물'로 구조화하고
위계가 소통되는 방식을 '교접'으로 맥락화하면서 현대의 '마천루'는
'누구'와의 '간통'을 바라는 것인가, 라는 질문을 던지는 인용시의 창
작 패턴은 건축위상학에 근거한 것이라 할 수 있다. 시 「비둘기는 왜」
의 '비둘기'가 신성과 세속의 공간-장소를 매개하는 것처럼 시 「엘리
베이터-대화」의 '엘리베이터'도 같은 역할을 한다. 이러한 패턴을 통
해 표현된 실존 정념이 시 「비둘기는 왜」에는 약물중독의 환각에 빠
진 절망, 쓸쓸함, 뒤틀림으로 표현되고, 시 「엘리베이터-대화」에는
수면제에 취한 듯한 헷갈림과 몽롱함으로 표현된다는 점에서 두 시는
동일한 구조를 보인다.

비둘기와 엘리베이터의 이미지는 상하를 오르내리며 실존의 감정
을 매개하는 역할을 한다. 그런데 화자는 '오르내림'의 원활보다 '내
림'의 일방성에 진술의 초점을 둔다. '오름'의 자유의지가 보장되지
않는 '내림'의 상태는 신의 일방적 계시나 권력자들이 행하는 강압적
통치로 인한 실존의 전락을 의미한다. 시 「엘리베이터-대화」의 화자
가 '내림'을 '떨어짐', 즉 추락으로 혼동하는 것이나 시 「비둘기는 왜」
에 비둘기가 '비관의 설경'을 정찰하는 이유는 'ON, OFF'처럼 일방적
으로 작동하는 도시적 위계 시스템 때문이다. 이러한 위계의 일방성
을 해체·전복하려는 방식이 세속화인데, 위 두 인용시에 나타난 '교

접', '간통', '변종', '표절'이라는 시어가 그러한 기능을 한다. 이러한 시어들은 "자발적 복종을 이끌어내는 수단으로 언어활동을 사용하면서 의사소통을 통제"하려는 권력의 위계를 무력화하는 세속화의 의미, 즉 권력의 언어에 내포된 복종의 의미를 해방해 "새로운 사용을 위해 이용할 수 있는 것으로 만드는 언어활동"의 의미를 내포한 세속화의 언어들이라 할 수 있다.[25]

> 하여, 나는 숲을 배반했다 나는 자연을 부정하고 인공을 예찬하는 위대한 허무주의자이다 저 도시의 불빛을 보라 살인과 근친상간과 약물 중독의 나의 성 타즈마할 나는 죽을 때까지 신의 말씀과 싸울 것이다 오해하지 마시길 이곳은 생명의 장소가 아니라 죽음의 장소이자 모든 환각과 약물의 성전이다 거대한 벽이 하얗게 사라지고 몸이 말로 化하는 상상의 기둥 사이에서 빛을 보게 되리라 쿠르드 게릴라, 알코올 중독자와 동성 연애자, 타밀 반군과 라마와 수피가 꽃과 죽음과 향기에 대해 노래한다 이 계단은 금지된 지식으로 가는 입구이다
>
> 「聖 타즈마할」 부분

시 「聖 타즈마할」은 시 「비둘기는 왜」에 제기된 "비둘기는 왜 도시를 떠나지 않는가?"라는 물음에 대한 답이라 할 수 있다. 비둘기가 도시를 떠나지 않는 이유는 '폐허'의 도시를 재건하려는 의지, 즉 헤테로토피아적 전망과 관련되어 있다. 화자가 진술하는 "숲을 배반"하고, "자연을 부정"하고, "인공을 예찬"하는 '허무주의자'의 행동은 기성의 질서와 가치를 부정하고 "금지된 지식으로 가는 입구"를 마련하려는 현실적 응전이라 할 수 있다. 이는 "위계질서, 대립, 장소들의 교차"[26]

---

25) 조르조 아감벤, 앞의 책, 127쪽 인용 및 참조.
26) 미셸 푸코, 앞의 책, 43쪽.

로 국지화된 근대적 공간-장소에 대한 재배치이자, '숲'과 '자연'으로 표상된 허구적 유토피아에 대한 해체와 전복의 의도로 해석될 수 있다. 이러한 해석의 근거는 함성호가 이 시의 각주에 "도시는 재편성된 자연이다."[27]라고 밝힌 데서 찾을 수 있는데, 그가 말하는 '재편성'은 성스러운 것을 '부정'해 세속적인 것으로 만드는 세속화의 전략과 상통한다. 성스러운 것을 세속화하는 전략은 실존의 희생과 윤리적 일탈[28]이라는 과정을 통해 축조된다.

시 「聖 타즈마할」의 화자는 '성 타즈마할'이라는 과거의 공간-장소에 깃든 성스러움을 세속화해 "살인과 근친상간과 약물 중독의 나의 성 타즈마할"로 재편성한다.[29] '나의 성 타즈마할'은 '죽음의 장소'이자 '환각과 약물의 성전', 즉 "꽃과 죽음과 향기"가 공존하는 역설의 모호한 장소로 수렴된다. 환각과 약물의 의미는 윤리적 타락을 지시하기도 하지만 자연 상태의 원초적 순수성을 지시하기도 한다. 이러한 의미의 이중성은 함성호의 시가 지향하는 바가 무엇인지를 파악하는 데 있어 모호함의 요소로 작용한다. 이는 성스러운 것 안에 담긴 세속성과 세속적인 것 안에 담긴 성스러움의 사이 감정과 연루된 윤리적 '잔여물'이 중첩되어 남긴 심리적 흔적의 영향이라 할 수 있다.[30]

---

27) 함성호, 『聖 타즈마할』, 「주-바벨탑에서의 하룻밤」, 문학과지성사, 1998, 129쪽.

28) 조르조 아감벤은 세속화를 뜻하는 라틴어 동사 '프로파나레(profanare)'가 '세속적으로 만들다'라는 의미와 '희생시키다'라는 두 가지 의미를 지닌다고 설명한다. 이는 세속화의 대상과 세속화를 단행하는 주체 사이의 마찰이 윤리적 문제와 결부될 수밖에 없다는 것을 함의한 포괄적 설명이라 할 수 있다. 조르조 아감벤, 앞의 책, 114쪽 인용 및 참조.

29) 함성호의 시에 자주 나타나는 약물 중독, 환각, 근친상간 등과 관련된 시어는 자신의 성장 과정에서 겪은 윤리적 혼란과 연관된 것일 수도 있지만 보다 근본적으로는 "성스러운 것을 완전히 부적절하게 사용(아니 오히려 재사용)함"(조르조 아감벤, 앞의 책, 110쪽)으로써 신성한 것을 전복하는 세속화의 일환으로 보는 것이 합당하다.

30) 이 점에 대해 조르조 아감벤은 "세속적인 것에서 성스러운 것으로, 성스러운 것에서

"벽이 하얗게 사라지고 몸이 말로 化하는 상상의 기둥"에 표현된 '벽
의 사라짐'이나 '몸'이 곧 '말'이 되는 육화(肉化)의 과정은 소통의 가능
성을 시사하는 것이라 할 수 있는데 이러한 과정에 이르는 방식을 화
자는 '배반'과 '부정'이라는 시어에 담아낸다. 그러나 배반과 부정을
해도 소멸하지 않는 잔여의 감정들로 인해 세속화의 시어들은 모호성
을 보이게 된다.

시 「聖 타즈마할」에 나타난 세속화는 완벽하게 현실화되지 않고 '상
상의 기둥'으로 빛나거나 출구가 아닌 "금지된 지식으로 가는 입구"에
위치함으로써 잔여와 미완의 흔적을 남기면서 '허무주의'나 "내 정치
적 견해는 대중 잡지의 표절" 또는 "나는 이제 상업성이 없는 예술은
예술이 아니다라고 말하고 싶다."(「당신과의 교신을 바라고 있는 누군가가
있다」)라는 태도로 드러난다. 이는 절대적 권위나 이념에 대한 야유와
조롱[31]의 태도이며 M. 칼리니스쿠가 포스트모던의 특징으로 제시한
"유머러스한 불손, 삐뚤어진 경의, 경건한 회고. 기지 있는 인용과 역
설적인 논평과 같은 태도나 분위기"[32]로 설명될 수 있다. 이렇듯 함성

세속적인 것으로 나아가야만 하는 어떤 단일한 대상을 가리키는 한, 이런 작업은
봉헌된 모든 사물에 존재하는 세속성의 잔여물(residuo), 그리고 세속화된 모든 대상
에 존재하는 성스러움의 잔여(resto)와 매번 같은 것으로 여겨져야만 한다."라고 상
술한다.

31) 함성호는 시 「에드우드」에 "야유와 조롱, 교훈이 없는 문장처럼/나는 의미가 아닌
흔적을 본다 깊은 환각에 나를 맡기듯/나는 기술*description*을 통해 자취(흔적
scratch)를 보여주고 싶다 나는 '무엇'인가를 '한다.' 그 外는 하나도 중요하지 않다/
그것이 바로 B급의 진정성이다"라는 진술을 통해 본인의 시가 지향하는 바가 무엇인
지를 명확히 제시한다. 그가 지향하는 것은 'B급의 진정성'으로 집약된 세속화의
태도인데, 그러한 태도는 "나는 나의 배신에 치를 떤다 모르게, 내가 너의 복부에
단도를 넣었다 잘 가거라 오죽했으면 나의 눈물도 나를 배신했겠니?"(「시여, 트림을
하자」)처럼 기성의 권위를 조롱하는 태도로 일관해 나타난다는 것이 함성호 시의
경향이다.
32) M. 칼리니스쿠, 앞의 책, 347쪽.

호의 시에 나타난 세속적 표현은 현실에 대한 반항과 윤리적 갈등이 교직된 역설의 야유와 조롱의 수사로 해석할 수 있다. 앞서 언급한 인용시들에 나타난 '교접', '간통', '변종', '표절', '배반'이라는 시어나 "자기 환멸"(「비와 바람 속에서」), "변절의 수상스런 기포"(「봄내, 거기서 나는 죽어도 좋았다」), "죽어버리고 싶은 불결함"(「흐린 강의 물고기」), "세상이여, 화해하자/우리 野合하자"(「〈학술원 회원 여러분께 드리는 그 섬(島)에 관한 보고서〉」) 등의 표현에 나타난 '환멸', '변절', '불결', '야합'의 시어에 함의된 세속화의 맥락은 윤리적 갈등의 잔여물이 섞여 있어 자칫하면 윤리적 타락 또는 야합 그 자체로 오독(誤讀)될 소지가 다분한데, 일례로

> 영숙이와 나는 성당에 가서 무릎 꿇고 빌었다/마리아님, 임신 안 되게 도와주소서 수도원엔 나무 한 그루 서 있었다/하얀 석회 가루로 세례를 받은 떳떳한 모형 나무가/ …(중략)… /빛과 어둠이 개벽하던 모형의 세계에서/다시 나는 새로운 우주를 건축중이다/여관비 없어 어두운 골목 조립식 담 밑에서 영숙이와/짜장면 먹고 한 탕 더 뛰던/눈 덮인 裸木, 자비의 새벽 짜장면집
>
> 「새벽 짜장면집」 부분

이라는 내용이 그렇다. 시 「새벽 짜장면집」은 윤리비평의 기준에서 볼 때 논쟁을 야기할 소지가 있지만, 그에 대한 논의는 시의 '윤리성' 이라는 범주로 묶어 집중적으로 다뤄야 할 사안이기에 본고에서는 생략하고 세속화의 전략이라는 측면에서 시 「새벽 짜장면집」의 핵심 의미를 짚어보고자 한다. 이 시에 주목할 내용은 "새로운 우주를 건축중이다"라는 진술이다. '성당'에서 "임신 안 되게" 도와달라고 기도하는 화자의 모습, "어두운 골목 조립식 담 밑"이라는 장소, "짜장면 먹고

한 탕 더 뛰던"이라는 일련의 표현은 불경과 불결과 저속의 의미를 즉각적으로 환기한다. 이러한 문제가 윤리적 시비가 될 소지를 안고 있는 건 사실이지만 이를 세속화의 층위로 이동시키면 화자의 의도가 무엇인지 보다 분명해질 수 있다.

'세속화하다'라는 동사의 어원이 '희생시키다'와 연관되어 있다는 아감벤의 설명을 상기한다면, '영숙이'와의 성애(性愛)를 숨기거나 미화하지 않고 있는 그대로 진술 또는 전시(展示)하는 것 자체가 일종의 윤리적 희생일 수도 있다. 자신의 행동을 전시함으로써 그 행위를 응시하는 독자들에게 성과 속의 의미, 즉 '성당'으로 표상된 성스러움과 '짜장면집'으로 표상된 속스러움의 의미를 재고하게 하는 것이 시 「새벽 짜장면집」의 세속화 전략이라 해석할 수 있다. 아감벤이 "에로틱한 행동을 그 직접적인 목적으로부터 떼어내 헛돌게 만듦으로써 그 행동을 세속화"하는 것은 "쾌락보다는 섹슈얼리티의 집단적 사용"[33)과 관련된 것이라고 주장한 것에 근거한다면 성애를 전시하는 화자의 행동은 섹슈얼리티의 집단적 사용에 대한 문제 제기를 통해 섹슈얼리티의 새로운 재사용을 주장하는 것으로 볼 수 있으며, 그 점을 "새로운 우주를 건축중이다"라는 표현으로 제시한 것으로 이해할 수 있다.

이상에서 살펴본 것처럼 함성호 시에 나타난 건축위상학적 상상력은 공간-장소의 상하 위계적 배치, 사이-공간의 설정과 성/속의 교직, 실존의식의 중첩이라는 세 요소에 근거하고 있으며, 이는 절대적 권위와 권력의 통제로 '폐허'가 된 도시를 재편성하려는 시적 전략으로서의 세속화의 의지와 긴밀한 연관을 가진다는 것으로 정리할 수 있다. 앞서 분석한 시들에 나타난 세속화의 의지는 '교접', '간통', '변

---

33) 조르조 아감벤, 앞의 책, 134쪽.

종', '표절', '배반', '변절', '야합' 등의 시어에 함의된 것처럼 실존적 차원의 부정을 통해 드러나는데, 이와 달리 연작시 '건축사회학'에서는 세속화가 역사적 차원의 부정으로 드러나면서 헤테로토피아적 전망과 연계된다.

4. 역사와 실존의 교차(交叉)

함성호 시에 묘사·진술된 도시는 폐허의 이미지로 전경화(全景化)된다. '폐허'는 역사와 실존의 비극을 함축한 장소 상징이라 할 수 있으며, "모든 폐허의 도시에서 불어오는 바람이여/남김없이 병든 육신이여"(「송장메뚜기」), "만신창이의 몸으로 또 더러는 풍지박산난 폐허"(「비와 바람 속에서」)에 표현된 것처럼 '병든 육신'이나 '만신창이의 몸'이라는 신체 상태와 결합해 문명의 폭력성과 실존의 질곡을 드러낸다. 문명의 발전을 가시화한 도시의 전경(全景)과 몸의 쇠약이라는 병적 징후가 서로 엇갈려 교차(交叉)되는 비극적 상황의 반복을 지시·상징하는 '폐허'는 "원초적인 유토피아"[34]로서의 몸의 '상처', 즉 몸의 디스토피아라 할 수 있다.

"나에게 강요된, 어찌할 수 없는 장소"[35]로서의 몸에 각인된 상처는 "우울한 내 백골"(「나의 전체는 누군가를 기다린다」), "이상하게 나는 폐허가 자꾸 서럽더라"(「속초항에서의 하루」)와 같은 멜랑콜리의 정념을 생산하기도 하지만 그와 다르게 "기꺼이 폐허의 지층 속으로 묻혀갈 것이다"(「나의 전체는 누군가를 기다린다」), "폐허의 대지를 사른다"(「장미의 계절」)에 표명된 것처럼 자기희생과 응전(應戰)의 의지도 함께 보인다는

---

34) 미셸 푸코, 앞의 책, 29쪽.
35) 위의 책, 28쪽.

점에서 함성호 시에 나타난 '폐허'는 근대 도시의 위압적 아우라(Aura)
에 대한 반감 또는 전복의 정념을 내포한 역설의 층위로 이해할 수
있다. 그러한 맥락에 근거한다면, "보라, 이 아름다운 폐허!"(「신들은
주사위 놀이를 즐기는 중이다」)라든지 "세계가 병들어도 나는 너무 건강하
다"(「나의 전체는 누군가를 기다린다」), "나는 아름다운 살인자다"(「장미의
계절」)와 같은 역설적 표현이 지향하는 의미의 중심은 멜랑콜리로의
침전이 아니라 병든 세계와 실존으로 구도화된 근대 도시 '전체'를 재
건축하려는 의지, 즉 "나는 블랙홀 내의 다른 문명과의 교신을 꿈(「당신
과의 교신을 바라고 있는 누군가가 있다」)"꾸는 소통에 있다고 할 수 있다.

　재건축과 소통의 의지는 "권력의 장치들을 비활성화하며, 권력이
장악했던 공간을 공통의 사용"[36]으로 되돌리는 세속화로 이해할 수
있다. 함성호 시에 나타난 세속화는 "아름다운 폐허"나 "아름다운 살
인자"와 같은 역설의 의지를 바탕으로 이루어진다는 것이 특징이다.
역설의 이면에는 근대 도시-장소에 대한 강한 혐오와 긍정이 교차(交
叉)되는데[37], 그러한 교차 감정들이 근대 도시의 역사적 타락과 실존
의 회복이라는 과제와 연계·누적되면서 파괴를 통한 '재건축'의 역동
적 의지로 수렴된다는 것이 연작시 '건축사회학'에 나타난 공통의 지
향이라 할 수 있다. 역설의 세속화라는 특징을 함축해서 제시한 대표
적 작품이 시 「파괴 공학-건축사회학」이다.

---

36) 조르조 아감벤, 앞의 책, 113쪽.
37) 혐오함으로써 긍정하고, 긍정함으로써 혐오하는 감정의 중첩은 3장에서 언급한 위
　계로 인한 '사이 감정'의 중첩과 동일한 예로 설명될 수 있다. 3장에서 분석한 작품들
　에 나타난 '교접', '간통', '변종', '표절', '배반' 등의 시어에 함의된 세속화가 실존의
　측면과 관련해 "새로운 우주를 건축중이다"(「새벽 짜장면집」)라는 추상적 진술로 헤
　테로토피아의 전망을 제시했다면, 연작시 '건축사회학'에 나타난 헤테로토피아의 전
　망은 근대 도시의 역사와 장소들에 대한 혐오와 긍정의 역설적 감정을 통해 도시
　전체를 '재건축'하려는 현실적 의지로 구체화된다는 점에서 변별된다.

(네로는 더 이상 견딜 수가 없었다) 저 추잡한 거리, 비대한 공룡의
비늘 같은 마천루들, 거대 자본의 충실한 개들이 계획한, 재벌과 신의
사제들의 소유인, 불결해-섹스의 무자비한 충동과 네온으로 반짝이는
광고탑과 교회의 첨탑, 주거 양식이 생활 양식을 교정한 재난의 피난처
아파트-모호한 공간의 의도-탁월한 암산의 정치-바벨탑처럼 높아만
가는 금융회사의 사옥과 지하 생활로 입주한 철거민의 땅굴(네로는 더
이상 견딜 수가 없었다) 번창일로에 있는 교회 산업의 대리점들, 백화점
건물의 무반성과 체육관 건물의 비곗살, 1883년 9월 2일 샌프란시스코
팰리스 호텔에서 민영익은 젊은 아메리카의 야경을, 대한교육보험 건물
은 카피 문화의 3차원적 산물이다, 한국의 자동차는 일본 자동차 산업의
트로이 목마라고 하잖아요?(네로는 더 이상 견딜 수가 없었다) 세운상가
는 일제의 문신이다 전태일씨가 온몸에 신나를 뿌리고 청계천 고가도로
를 불덩어리로 질주한다 …(중략)… 네로는 야경에 신나를 뿌리고 불을
질렀다(다시 지을 것이다 순결한 도시를 위해)-삽시간에 네이팜탄 같은
불길이 로마의 하늘을/. …(중략)… /말씀의 기록으로 이룩한 또 다른 성
채/**中央日報社**,/ …(중략)… /자본과 정치적 이념으로 후천성 면역 결핍
된, 감염된 체제를 포장한다/ …(중략)… /중앙일보사 현관의 조각상은
마치/1937년 파리 만국박람회의 소비에트관이/세계 혁명의 확신에 고
조된 것처럼/자본의 증식을 위한 열정으로 역동적이다/ …(중략)… /이
거대한 공룡의 대뇌는/불어나는 욕망의 몸뚱이에 비례해서 커가는/이상
한 진화의 변종을 보인다

「파괴 공학-건축사회학」 부분

시 「파괴 공학-건축사회학」은 근대의 역사와 장소 운명을 '마천루'
와 '바벨탑'이라는 상징적 건축물을 통해 조망한다. 고대 로마부터 미
국에 이르기까지 진화를 거듭해온 도시의 역사는 끊임없이 수직으로
상승해온 마천루들의 진화 과정이라 할 수 있다. 그 과정을 화자는
"불어나는 욕망의 몸뚱이에 비례해서 커가는/이상한 진화의 변종"으
로 인식하는데, 이는 제국주의 팽창이 도시 진화와 밀접한 관련이 있

음을 시사한다. "거대한 공룡의 대뇌"로 비유된 마천루들이 "이상한 진화의 변종"을 보인다는 화자의 인식은 자본의 무반성적 욕망이 주변으로 팽창·가속화되면서 '추잡'과 '불결'을 '카피'하는 '이상한 진화의 변종'을 만들어낸다는 것을 보여준다. '카피'와 '변종'이라는 시어는 제국주의 침탈과 도시화의 본질이 자본주의의 확장과 이식에 있음을 시사한다. 민영익이 본 아메리카의 야경, 대한교육보험 건물, 한국의 자동차 산업 등의 시어로 표상된 한국 근대화의 실상은 자본-욕망의 '카피'일 뿐이며, 그것이 결국엔 '트로이의 목마'처럼 해당 지역의 역사와 문화를 '감염'(점령)[38]시킬 것이라는 화자의 디스토피아적 전망은 그리 새로울 게 없는 보편적 역사 인식이지만, 이러한 서사를 연결하고 구성하는 건축위상학적 상상력과 병치적(竝置的) 교차(交叉)를 통해 '순결한 도시'를 "다시 지으려는" 세속화의 시적 전략은 주목을 요한다.

시 「파괴 공학-건축사회학」은 재벌과 사제들의 '마천루', 지하 생활로 입주한 철거민의 '땅굴'이라는 상하(上下)의 장소적 위계와 그 사이를 매개해 감염된 체제를 포장하는 중앙일보의 '사옥'이라는 건축위상학적 구도를 바탕으로 폭군 '네로'와 노동운동가 '전태일'이라는 역사적 인물을 병치·교차시켜 불결의 도시를 순결의 도시로 재건축하려는 세속화의 의지를 보인다. 이 시는 함성호의 건축학적 상상력이 어떻게 헤테로토피아적 전망과 연계되는지의 전범(典範)을 함축해 보여주는 대표적 작품이라 할 수 있다. 네로와 전태일은 역사적 행위나

---

38) 시 「미션 스쿨-건축사회학」은 식민지를 '감염'시키고 '점령'하는 제국주의의 침탈 과정의 전모를 "인디아의 쥐는 악어가 입을 벌리고 잠든 틈에 입 속으로 들어가 넓은 목구멍을 통해 악어의 위로 미끄러져 잠입해 내장들을 다 갉아먹고는 마침내 죽은 악어의 창자를 통해 빠져나온다."라는 우화적 진술로 상술한다.

가치로 볼 때 양립 불가의 인물이라 할 수 있다. 그러나 함성호는 두 인물 사이의 간극과 차이를 "더 이상 견딜 수가 없었다"라는 감정의 고조와 불을 사르는 행위로 연결해 공통의 맥락을 부여한다. 두 인물은 도시를 재구축하려는 목적에서는 마주친다. 그러나 전태일은 자신의 '몸' 불을 지르는 희생적 방식으로, 네로는 '도시'에 불을 지르는 폭력적 방식으로 재구축을 시도한다는 점에서 엇갈린다.

이러한 마주침과 엇갈림의 병치적 교차로 두 인물을 한 텍스트에 나란히 배치한 의도는 "급진적인 혁신보다는 개조의 논리를 채택하여 낡은 것 및 과거의 것과 생생한 재구축적 대화"[39]를 시도하는 포스트모더니즘적 전략과 상통한다 할 수 있으며, 또한 공간-장소의 재구축을 강조하는 아감벤의 세속화 전략과 연계된 것이라 할 수 있다. 따라서 함성호가 말하는 '파괴'는 혁명적 단절이 아닌 개혁적 '개조'를 의미하는 것으로 파악된다. 그러한 맥락에서 '순결한 도시'라는 표현에 제시된 '순결'의 의미는 "자본의 충실한 개"들이 계획·건설한 광고탑, 교회의 첨탑, 아파트, 금융회사 사옥, 백화점, 체육관 등의 거대한 마천루들에 깃든 위계와 불결의 아우라[40]를 불로 정화(淨化)하는 희생적 '번제(燔祭)'와 연관된 의미로 해석할 수 있다.

희생적 '번제'는 함성호 시의 주요 모티브로서 실존과 역사의 오염

---

39) M. 칼리니스쿠, 앞의 책, 339쪽.

40) '마천루'의 아우라는 마천루의 '기능'과 '특성'에서 발현되는 것이 아니라 마천루가 위치한 '장소'와 그 장소의 '위계'에서 나온다. "인공품의 지위를 결정하는 것은 물질적 특성이 아니고, 그것이 위치한 장소"라는 슈테판 귄첼의 언급은 건축물의 아우라가 장소 위상학과 긴밀한 관련이 있다는 사실을 설명한 것이다. 함성호 시에 나타난 마천루들이 불결의 아우라를 보이는 것은 타락한 근대 도시에 있기 때문이다. 육삼빌딩을 "제5공화국의 송덕비"(「비와 바람 속에서」)로 비유하거나, 뉴욕의 마천루를 "움직이지 않은 채 서로 서로를 탐하며 성행위를 하기 위한 준비"(「정신착란증의 서울-건축사회학」)를 하는 것으로 묘사하는 수사적 의도는 슈테판 귄첼이 말한 '아우라의 위상학'과 관계된다.

을 정화하는 기능을 한다. 시 「파괴 공학-건축사회학」의 '번제'가 근대 도시의 장소적 위계와 불결의 아우라를 정화하는 기능과 관계된다면, "나는 변절의 수상스런 기포를 끊임없이 뿜어 올리는 눈먼 쏘가리 …(중략)… 얼른 잿더미로 화해버리지 못해 안달하곤 하던 번제의 부정한 제물"(「봄내, 거기서 나는 죽어도 좋았다」)에 나타난 '번제의 부정한 제물'은 실존의 오염을 지시하며, 그 이면에는 정화를 통한 구원에의 염원이 담겨있다. 실존의 오염과 구원이라는 맥락을 지닌 '번제'는 "하얀 석회 가루로 세례를 받은 떳떳한 모형 나무"(「새벽 짜장면집」), "더럽혀진 조정 사대부집 여인들이 모래내에서/세례받듯이 서로에게 물을 끼얹으며 오랑캐의 때를 벗기고 있다"(「이태원-건축사회학」)에 표현된 '세례'로 변주되면서 실존의 타락을 구원하는 역할을 한다.

과거와 현재, 양립 불가의 인물을 텍스트에 병치·교차시켜 불결과 추잡으로 상징화된 거대 도시의 장소적 아우라를 정화해 장소의 '순수'를 회복하려는 희생적 번제는 "모든 장소들에 맞서서" 그 장소들의 속성을 "지우고 중화시키고 혹은 정화시키기 위해 마련된 장소들"로서의 헤테로토피아의 기능과 동일한 기능을 한다. 또한 "서로 양립 불가능한 복수의 공간, 복수의 배치를 하나의 실제 장소에 나란히 구현"[41]하는 헤테로토폴로지의 원리와도 상응(相應)한다. 양립 불가의 장소나 인물을 복수적으로 배치하는 위상학적 구도와 세속화 방식은 텍스트 내에 과거와 현재, 신화와 현실, 자연과 인공, 희생과 폭력을 교직하고 교차시켜 의미의 논리성과 유기성을 고의로 훼손하는 듯한 인상을 준다. 이는 시 「피에 굶주린 20세기 말의 이성-건축사회학: 독립기념관」의 제목에 표현된 '20세기 말의 이성'의 광기와 폭력에

---

41) 미셸 푸코, 앞의 책, 13쪽.

대한 대항의 의미를 담은 의도로 볼 수 있다. 근대 이성주의에 대한
혐오와 반항은 함성호의 시에 신화, 전설, 민담 등에 나타난 영웅적
인물들을 현재에 소환해 그들로부터 현실의 구원을 모색하려는 서사
로 드러난다.

> 미륵님 이 흉악한 사바 세계에 당신의 빛나는 청동 몸만이 용화정토네
> 요 아름다워요 당신의 몸 허지만 나는 미륵님의 머리에 박힌 수십 냥의
> 금조각을 뜯어내 한국의 민주주의를 팬시화하고 싶진 않네요 고층 아파
> 트만큼 높이 솟아 미륵님은 무얼 보시나요 …(중략)… 프레스기에 짤려나
> 간 오른손 검지와 식지의 동떨어진 의지의 떨림을 미륵님은 56억 7천만
> 년 동안 그 견고한 청동 갑주 속에 묻어두실 작정이신가봐요 …(중략)…
> 어서 오세요 미륵님/나는 바룬다새랍니다
>
> 「행복한 미륵님-건축사회학」 부분

시 「행복한 미륵님-건축사회학」은 연작시 '건축사회학' 중 유일하
게 '행복한'이라는 형용사를 제목으로 사용하고 있어 주목된다. "행복
한 미륵님"으로 의인화된 미륵 청동불은 용화정토의 유토피아를 의미
하는데, '청동 몸'만이 아름답다는 강조의 표현에 주목해보면 화자가
미륵 청동불에서 발견한 유토피아는 '금조각'으로 표현된 장식적 또는
형식적 유토피아가 아니라 '몸'의 원초적 유토피아라 할 수 있다. 장식
적 유토피아는 푸코가 언급한 것처럼 현실의 고통을 잊게 하는 '감미
로운 유토피아'로서 지배자의 이데올로기로 활용되어 디스토피아의
현실을 강화하는 수단이 된다. 화자가 "금조각을 뜯어내 한국의 민주
주의를 팬시화"하고 싶지 않다고 진술한 의도는 '감미로운 유토피아'
로 민주주의를 장식화하는 권력의 통치 전략에 부합하지 않겠다는 거
부의 의사를 표명한 것이라 볼 수 있다.

　　푸코가 "내 몸, 그것은 유토피아의 정반대"라고 언급하면서 몸을 "내가 일체가 되는 공간의 작은 조각"[42]이라고 정의한 것은 '몸과 장소의 일체'가 현실에서 체감할 수 있는 유일한 유토피아, 즉 헤테로토피아라는 사실을 강조한 것이다. 따라서 "프레스기에 짤려나간 오른손 검지"로 표현된 몸의 훼손·절단은 공장이라는 장소와 몸으로서의 주체가 일체를 이루지 못한 상태, 즉 몸–장소의 훼손으로서의 디스토피아를 의미하는 것이며 "식지의 동떨어진 의지의 떨림"은 디스토피아적 현실이 야기한 충격을 가까이서 지켜보며 느낀 '공포'의 정념을 신체화한 것이라 할 수 있다. 화자가 자신을 머리가 둘 달린 '바룬다새'로 인유(引喩)한 것은 디스토피아로 인한 충격과 공포의 혼합감정을 죽음과 삶이라는 실존 정념으로 다층화한 것이라 할 수 있다.[43]

　　시 「행복한 미륵님–건축사회학」의 분석에서 제기될 수 있는 의문은 디스토피아적 현실이 주는 충격과 공포와 불안의 감정을 '56억 7천만 년' 후에 도래할 미륵의 '용화정토'라는 감미로운 유토피아에 의탁해 해결하려는 것이 화자의 의도일까? 라는 물음이다. 그렇다는 의견이 충분히 제시될 수 있겠지만 그것은 지극히 평면적인 결론이라 할 수 있다. 앞서 설명한 '청동의 몸'만이 아름답다는 진술의 의미를 고려한다면 화자가 추구하는 세계는 '몸의 유토피아', 즉 현실에서 체감할 수 있는 유토피아로서의 헤테로토피아에 있다는 것이 좀 더 합당한 견해라 할 수 있다. 그것은 "서울의 도시 전체를 재계획하는 꿈"(「밀봉열차」)과 직결된 현실적 방안으로서의 헤테로토피아라 할 수 있다. 따

---

42) 위의 책, 28쪽.

43) 바룬다새는 한 몸에 두 개의 머리를 가진 새인데, 맛있는 열매를 먹는 한쪽을 질투한 다른 한쪽이 독을 집어먹어 결국엔 둘 다 죽게 되었다는 인도 설화에 근거한 것이다. 화자가 자신을 바룬다새로 인유한 의도는 삶과 죽음의 고통을 동시화한 것이라 할 수 있다.

라서 "젊은 미륵좌주는 이 꽃을 밟고 오시라"(「해인사-건축사회학」)는 불교적 염원이나, 이성계에 의해 죽임을 당한 아기장수 우투리가 부활해 세상을 구원한다는 설화에 근거한 시 「우틀아, 우틀아-건축사회학」에 "바위를 열고 나오너라/그렇지 않으면 억새로 자르리"라고 표현한 협박의 수사에 내포된 유토피아적 전망은 미래적인 염원이 아니라 현실적인 맥락으로 해석하는 것이 합당하다고 본다. 그러나

> 내가 푸른빛의 정원에서/절대의 공간을 상상하던 한 날/침묵의 나무가 내 머리 위에 심어져/가뿐한 물의 알갱이처럼 상승하는/환상을 보았다/그 짧은, 그러나 말할 수 없이 고독했던 비행/을 기억하는 동안 나는 유일했다/ …(중략)… /시간이 사라지고 소리만 남아 있다/구름의 사유가 사물처럼 떠 있다/만약 그곳에 빛이 있었다면/모든 형태가 사라지는 새로운 구축을 볼 수 있었으리/직육면체-의 공간에서/푸른 사각형-의 천장이 흘러 간다/고요 속에서 쏘아올려져/이제야 도달한 나의 빛/이것은 무엇의 그림자인가
>
> -「푸른 직육면체」 부분

라는 내용에서처럼 "모든 형태가 사라지는 새로운 구축"으로서의 "직육면체-의 공간"을 "절대 공간"으로 설정해 실존의 '유일'을 경험하는 추상적 측면도 보인다는 점을 고려하면 함성호의 시 전반에 나타난 '새로운 구축'으로서의 세속화와 헤테로토피아적 전망이 현실에 토대를 둔 실천적 사유의 소산이라 단정하기에는 다소 어려움이 있어 보인다. 그러나 시 「푸른 직육면체」는 기하학적 사유로 공간, 시간, 실존의 형이상학적 양태를 탐구해 시의 효용(效用)이 사회적이고 역사적인 영역에만 있지 않다는 점을 보여줌으로써 헤테로토피아가 정신의 영역에도 적용될 수 있는 개념이라는 것을 보여주었다는 점에서 주목된다.

5. 맺음말

이 글은 미셸 푸코가 권력의 공간통치 전략에 대한 대항담론으로
제시한 헤테로토피아와 헤테로토폴로지의 원리가 지닌 위상학적 한
계를 검토하고, 그에 대한 보완으로 조르조 아감벤의 '세속화' 개념을
유기적으로 연계해 헤테로토피아의 실천 전략이 이질적 장소의 배치
보다 공간-장소의 '재구성'을 목적으로 하는 세속화 방식에 있다는
것을 함성호 시에 나타난 건축위상학적 상상력과 연관해 밝혔다.

근대 권력이 구축한 공간-장소의 위계를 해체하려는 헤테로토피아
의 전략은 장소에 정착하려는 보수성이 장소의 위계를 용인하는 심리
적 기제(機制)로 작동되기도 한다는 측면을 간과함으로써 현실적 적용
에 있어 한계를 지닌다. 아감벤은 권력의 위계를 비활성화해 권력이
장악했던 공간-장소를 공통의 사용으로 되돌리는 방식으로 '세속화'
개념을 제시한다. 세속화는 공간-장소에 깃든 고유의 아우라와 기능
을 상실시켜 공간-장소를 새롭게 재(再)점유하여 사용하는 방식이라
할 수 있으며, 공간-장소들의 신비성과 폐쇄성 나아가 위계 자체를
무력화시키는 전복 행위와 밀접한 관련이 있다.

푸코의 헤테로토피아론과 아감벤의 세속화는 권력에 의해 위계화된
공간-장소를 전복한다는 공통의 지향을 보이지만 전술의 차원에서는
차이를 보인다. 둘의 차이는 전략적인 것이 아니기 때문에 푸코의 헤테
로토피아론이 갖는 한계를 세속화의 방식으로 보충해 헤테로토피아의
외연(外延)을 확장할 필요가 있다는 것이 본 논의의 관점이며, 이를
바탕으로 함성호 시에 나타나 성(聖)과 속(俗)의 장소적 '교직(交織)',
실존과 역사의 장소적 '교차(交叉)'라는 위상학적 구도가 어떻게 세속화
를 통해 전복적 상상력으로 구축되어 헤테로토피아적 전망을 제시하는
지를 건축위상학적 상상력에 근거한 작품들을 분석해 밝혔다.

함성호 시에 나타난 위상학의 패턴은 공간-장소의 위계적 배치와 사이-공간의 설정 그리고 실존의 의식이라는 세 요소가 결합하여 나타난다는 것을 시 「비둘기는 왜 도시를 떠나지 않는가」를 중심으로 분석했다. 시 「비둘기는 왜 도시를 떠나지 않는가」는 신성한 공간-장소로 제시된 '정령의 숲'과 세속적인 공간-장소로 제시된 '도시' 사이의 수직적 위계를 기본 축으로 설정하고, 두 공간-장소의 사이를 매개·중첩하는 객관적 상관물로 '비둘기'를 배치해 실존이 겪게 되는 정신적·육체적 피폐를 '폐허'로 장소화하는 위상학적 구도를 취하고 있다. 이러한 구도는 시 「엘리베이터-대화」와 「聖 타즈마할」에도 동일하게 나타난다. 이들 시에 표현된 '교접', '간통', '변종', '표절'이라는 시어는 성스러운 것을 '부정'해 공간-장소의 위계를 무력화하려는 세속화의 의지를 드러낸 시어들로 현실에 대한 반발과 윤리적 갈등이 교직된 야유와 조롱의 역설적 수사로 해석할 수 있다.

'교접', '간통', '변종', '표절', '배반' 등의 시어에 함의된 세속화가 실존적 차원의 부정과 관계된 것이라면, 연작시 '건축사회학'에 나타난 세속화는 역사적 차원의 부정을 통해 도시의 오염을 정화하려는 의지로 드러난다. 시 「파괴 공학-건축사회학」은 '마천루'와 '땅굴'이라는 장소적 위계, 그 사이를 매개해 체제를 포장하는 중앙일보의 '사옥'이라는 위상학적 구도에 폭군 '네로'와 노동운동가 '전태일'이라는 역사적 인물을 병치·교차시켜 불결의 도시를 순결의 도시로 재건축하려는 세속화 의지를 드러낸 대표적 작품이다.

함성호가 네로와 전태일 같은 양립 불가의 인물을 텍스트에 함께 배치한 의도는 자신의 현실 인식이 급진적 혁신보다는 개조의 논리에 있다는 점을 보여준 것이라 할 수 있다. 이러한 의도는 과거와의 재구축을 시도하려는 포스트모더니즘적 전략과 공간-장소의 재구축을 강조하는 아감벤의 세속화 전략과 상통하는 것으로 볼 수 있다. 따라서 함성호가 말하는 '파괴'는 혁명적 단절이 아닌 개혁적 '개조'에 가깝다 할 수 있다. 그러한 맥락에 근거한다면 '순결한 도시'에 표현된 '순결'의 의미는 마천루들에 깃든 위계와 불결의 아우라를 불로 정화(淨化)하고 개조하는 희생적 '번제(燔祭)'와 연관된 것으로 해석할 수 있다. 희생적 번제는 함성호 시의 주요 모티브로서 때로 '세례'로 변주되며 근대의 오염과 실존의 타락을 구원하는 의미로 활용된다.

양립 불가의 인물이나 장소를 텍스트에 병치·교차해 불결과 추잡으로 상징화된 장소와 역사 그리고 실존의 순결을 회복하려는 희생적 번제의 세속화 방식은 위계화된 장소들의 속성을 "지우고 중화시키고 혹은 정화시키기 위해 마련된 장소들"로서의 헤테로토피아의 기능과 동일한 맥락을 지닌다. 또한 "서로 양립 불가능한 복수의 공간, 복수의 배치를 하나의 실제 장소에 나란히 구현"하는 헤테로토폴로지의 원리와도 상응(相應)한다.

양립 불가의 장소나 인물을 복수적으로 배치하는 위상학적 구도는 텍스트 내에 과거와 현재, 신화와 현실, 자연과 인공을 병치시켜 의미의 논리성과 유기성을 고의로 훼손하는데 이는 근대 이성주의에 대한 혐오와 반항을 담은 의도라 할 수 있다. 이러한 의도는 신화, 전설, 민담 등에 나타난 영웅적 인물들을 현대로 소환해 그들로부터 구원을 모색하려는 헤테로토피아의 서사로 변주된다. 시 「행복한 미륵님-건축사회학」에 나오는 미륵불과 시 「우툴아, 우툴아-건축사회학」에 나오는 아기장수 우투리 등을 통해 제시된 구원의 서사는 미래적인 유토피아가 아니라 현실적인 유토피아, 예를 들면 "서울의 도시 전체를 재계획하는 꿈"(「밀봉열차」)과 직결된 세속화로서의 헤테로토피아로 드러난다.

그러나 시 「푸른 직육면체」에 "모든 형태가 사라지는 새로운 구축"

으로서의 "직육면체-의 공간"을 "절대 공간"으로 설정해 실존의 '유일'을 경험하는 추상적 세속화의 측면도 보인다는 점을 고려하면 함성호 시에 나타난 세속화와 헤테로토피아적 전망이 현실에 토대를 둔 실천의 소산이라 단정하기는 어렵다. 그러나 시 「푸른 직육면체」는 기하학적 사유로 공간, 시간, 실존의 형이상학적 양태를 탐구해 시의 효용(效用)이 사회·정치적인 영역에만 있지 않다는 것을 보여줌으로써 헤테로토피아의 개념이 현실만이 아니라 형이상학에도 적용될 수 있는 '이질의 사유'라는 것을 보여주었다는 측면에서 주목된다.

헤테로토피아는 개념 그 자체가 현실로 귀결될 수밖에 없는 정치적 사유의 산물이다. 그래서 헤테로토피아의 서사는 리얼리즘과 중첩될 수밖에 없다. 1980~90년대의 민중시나 리얼리즘 시에 나타난 '해방'의 서사나 포스모더니즘에 영향을 받은 '60년산' 시인들이 보인 '해체'의 서사가 현실의 영역으로 귀속되어 시의 내재적 영역을 축소한 것은 역사와 현실이라는 중압 때문이다. 함성호의 시가 역사와 현실의 하중을 감내하면서도 그것에 눌리지 않은 이유는 건축학적 위상학과 상상력, 세속화와 헤테로토피아적 전망에 입각한 '해체'와 '전복' 그리고 포스트모더니즘적인 형식의 유연함을 유지함과 동시에 시 「푸른 직육면체」에 나타난 것처럼 실존을 중심으로 역사와 현실을 해체·전복하려는 형이상학적 실험성을 보였기 때문이다.

함성호의 시에 나타난 건축학적 상상력과 헤테로토피아적 전망의 특징과 의의를 세속화 개념을 통해 밝힌 이 글의 의의는 헤테로토피아가 현실의 공간-장소만이 아니라 형이상학적 공간-장소에도 '이질적 사유'로 기능할 수 있다는 가능성을 제시한 것에 있으며, 아울러 향후 정교화된 후속 논의를 통해 헤테로토피아의 개념을 장소 분석의 이론만이 아니라 창작원리의 근거로 확장·적용될 수 있다는 점에 있다.

참고문헌

1. 기본자료

김명인, 『東豆川』, 문학과지성사, 1979.

김신용, 『개같은 날들의 기록』, 세계사, 1990.

＿＿＿, 『버려진 사람들』, 천년의 시작, 2003.

박용래, 『먼 바다』, 창작과비평사, 1984.

＿＿＿, 『우리 물빛 사랑이 풀꽃으로 피어나면』, 문학세계사, 1985.

백석, 『정본 백석 시집』, 고형진 엮음, 문학동네, 2007.

서정주, 『未堂 徐廷柱 詩全集 1』, 민음사, 1991.

신경림, 『農舞』, 창비, 2000.

이용악, 『이용악 전집』, 곽효환·이경수·이현승 편, 소명출판, 2015.

함성호, 『56억 7천만 년의 고독』, 문학과지성사, 1992.

＿＿＿, 『聖 타즈마할』, 문학과지성사, 1998.

2. 국내 저서

공광규, 『신경림 시의 창작방법 연구』, 푸른사상, 2005.

구모룡, 『제유』, 모악, 2016.

구중서·백낙청·염무웅 엮음, 『신경림 문학의 세계』, 창작과비평사, 1995.

권태효, 『한국 거인설화의 지속과 변용』, 역락, 2015.

김부식, 『三國史記』, 허성도 역, 사단법인 올재, 2018.

김성환 외, 『장소 철학 I』, 서광사, 2020.

김수진, 『보르헤스 문학의 헤테로토피아: 고갈되지 않는 문학의 가능성』, 한국학술정
　　　　보, 2008.

김현, 『젊은 시인들의 상상세계』, 문학과지성사, 1988.

남진우, 『신성한 숲』, 민음사, 1997.

＿＿＿, 『폐허에서 꿈꾸다: 유토피아 디스토피아 헤테로토피아』, 문학동네, 2013년.

박찬국, 『들길의 사상가 하이데거』, 동녘, 2004.

박태일, 『한국 근대시의 공간과 장소』, 소명출판, 1999.

부산대학교 한국민족문화연구소 편, 『장소경험과 로컬 정체성』, 소명출판, 2013.

신범순, 『동아시아 문화 공간과 한국 문학의 모색』, 어문학사, 2014.

양혜경, 『한국 현대시의 공간화 전략』, 아세아문화사, 2008.

엄경희, 『숨은 꿈』, 실천문학사, 2008.

엄경희, 『전통시학의 근대적 변용과 미적 경향』, 인터북스, 2011.
_____, 『현대시와 정념』, 까만양, 2016.
이경자, 『시인 신경림』, 책만드는집, 2017.
이경재, 『한국 현대문학의 공간과 장소』, 소명출판, 2017.
이승하, 『한국 현대시 비판』, 월인, 2000.
이재복, 『몸과 그늘의 미학』, 도서출판 b, 2016.
이중환, 『택리지』, 이익성 옮김, 을유문화사, 1993.
이진경, 『근대적 시 공간의 탄생』, 그린비, 2010.
일연, 『삼국유사』, 김원중 역, 민음사, 2007.
전미정, 『한국 현대시와 에로티시즘』, 새미, 2002.
정과리, 『'한국적 서정'이라는 환(幻)을 좇아서』, 문학과지성사, 2020.
정재서, 『사라진 신들과의 교신을 위하여』, 문학동네, 2007.
황현산, 『미당 연구』, 민음사, 1994.

3. 국외 저서
가스통 바슐라르, 곽광수 옮김, 『空間의 詩學』, 1990, 민음사.
_____, 정영란 옮김, 『대지 그리고 휴식의 몽상』, 문학동네, 2002.
다나카 준, 『도시의 시학』, 나승회·박수경 옮김, 심산, 2019.
다이앤 애커먼, 『감각의 박물학』, 백영미 옮김, 작가정신, 2004.
로저 스크러튼, 『스피노자』, 조현진 옮김, 궁리, 2002.
마르틴 하이데거, 『존재와 시간』, 이기상 옮김, 까치, 1998.
미셸 푸코, 『말과 사물』, 이규현 옮김, 민음사, 2012.
_____, 『지식의 고고학』, 이정우 옮김, 민음사, 2000.
_____, 『헤테로토피아』, 이상길 옮김, 문학과지성사, 2014.
발터 벤야민, 『독일 비애극의 원천』, 최성만·김유동 옮김, 한길사, 2009.
슈테판 귄첼, 『토폴로지』, 이기흥 옮김, 에코리브르, 2010.
스피노자, 『에티카』, 황태연 역, 비홍, 2014년.
앙리 르페브르, 『공간의 생산』, 양영란 역, 에코리브르, 2011.
에드워드 S. 케이시, 『장소의 운명』, 박성관 역, 에코리브르, 2016.
에드워드 렐프, 『장소와 장소상실』, 김덕현, 김현주, 심승희 역, 논형, 2005.
이-푸 투안, 『공간과 장소』, 구동회·심승희 옮김, 대윤, 1995.
제프 말파스, 『장소와 경험』, 김지혜 역, 에코리브르, 2014.
조르조 아감벤, 『세속화 예찬』, 김상운 옮김, 난장, 2010.
질 들뢰즈·펠릭스 가타리, 『천개의 고원』, 김재인 역, 새물결, 2001.

츠베탕 토도로프, 『바흐찐: 문학사회학과 대화이론』, 최현무 옮김, 까치글방, 1987.

파스칼 키냐르, 『심연들』, 류재화 옮김, 문학과지성사, 2010.

엘렌 디사나야케, 『미학적 인간』, 김한영 역, 연암서가, 2016.

_____, 「예술은 무엇을 위해 존재하는가』, 김성동 역, 연암서가, 2016.

죠르주 바타유, 『에로티즘』, 조한경 역, 민음사, 1996.

M. 칼리니스쿠, 『모더니티의 다섯 얼굴』, 이영욱·백한울·오무석·백지숙 옮김, 시각
과언어, 1993.

4. 논문

간호배, 「박용래 시에 나타난 토포필리아」, 『한국근대문학연구』 제20권 제1호(통권
제39호), 한국근대문학회, 2019.4, 149~174쪽.

강숙영, 「이상, '날개'에 구현된 헤테로토피아와 '은화'의 의미 연구」, 『현대문학이론
연구』, 76권 0호, 현대문학이론학회, 2019, 5~26쪽.

강연호, 「백석·이용악 시의 귀향 모티프 연구-「北方에서」와 「고향아 꽃은 피지 못했
다」를 중심으로」, 『한국문학이론과 비평』 31호, 한국문학이론과 비평학회,
2006, 371~395쪽.

강정구, 「申庚林의 시집 農舞에 나타난 脫植民主義 연구」, 『어문연구』 32권 1호, 한
국어문교육연구회, 2004. 3, 305~324쪽.

강정구·김종회, 「문학지리학으로 읽어본 신경림 문학 속의 농촌: 1950~70년대 작품
을 중심으로」, 『한국문학이론과 비평』 56집 16권 3호, 한국문학이론과 비평
학회, 2012.9, 5~27쪽.

고봉준, 「고향의 발견-1930년대 후반시와 '고향'」, 『어문론집』 제43집, 중앙어문학
회, 2010, 313~336쪽.

_____, 「바다로 가는 빈집」, 『계간 시작』 4권 3호, 천년의 시작, 2005.8, 209~218쪽.

고재봉, 「신경림의 『농무』 계열 시에 나타난 장소성과 축제의 의미」, 『문학치료연구』
제49집, 한국문학치료학회, 2018.10, 267~297쪽.

고지현, 「푸코와 벤야민-바로크에 대하여」, 『독일문학』 제138집, 한국독어독문학회,
2016, 165~188쪽.

고진하, 「온몸 던져 더러움 속에 눕는 사랑」, 『새가정』, 새가정사, 1990.11, 84~89쪽.

고형진, 「박용래 시의 형식미학」, 『현대문학이론연구』, 13권 0호, 현대문학이론학회,
2000.6, 25~42쪽.

_____, 「백석의 시세계와 시사적 의의」, 『정본 백석 시집』, 문학동네, 2007,
291~309쪽.

구모룡, 「비판사학의 열린 체계: 해석에서 해체로-金埈五 敎授의 '도시시와 해체시'」,
『오늘의 문예비평』 통권 제5호, 오늘의 문예비평, 1992.4, 152~165쪽.

구혜숙, 「억압의 현실을 전복시킨 희망의 언어-이시영의 『만월(滿月)』과 김명인의 『동두천(東豆川)』을 중심으로」, 『한국문화기술』 17권 0호, 단국대학교 한국 문화기술연구소, 2014, 7~37쪽.

권혁재, 「김명인 시의 공간인식 연구」, 단국대 박사논문, 2011.

김경화, 「디아스포라의 삶의 공간과 정서-백석, 이용악, 윤동주의 경우」, 『비교한국 학』 17권 3호, 국제비교한국학회, 2009, 9~39쪽.

김광기, 「멜랑콜리, 노스탤지어, 그리고 고향」, 『사회와이론』 제23집, 한국이론사회 학회, 2013, 173~203쪽.

김낙현, 「박용래 시의 자연물과 시세계의 원천」, 『한국문학이론과 비평』 87권 0호, 한국문학이론과 비평학회, 2020.5, 31~54쪽.

김도희·이수정, 「식민지 자본과 시의 디아스포라적 양상 연구-백석, 오장환, 이용악 의 시를 중심으로」, 『한국시학회 학술대회 논문집』, 한국시학회, 2017, 19~28쪽.

김분선, 「자기 배려 주체의 공간, 헤테로토피아」, 『근대철학』 제10집, 서양근대철학 회, 2017, 105~134쪽.

김석환, 「신경림의 시집 『농무』의 기호학적 연구-공간기호체계와 그 해체 양상을 중심으 로」, 『한국문예비평연구』 6권 0호, 한국현대문예비평학회, 2000.6, 5~25쪽.

김열규, 「Topophilia: 토포스를 위한 새로운 토폴로지와 시학을 위해서」, 『한국문학 과 이론비평』 제20집, 한국문학과 이론비평학회, 2003.9, 9~20쪽.

김은자, 「한국현대시의 공간의식에 관한 연구-김소월·이상·서정주를 중심으로」, 서 울대학교 박사학위논문, 1986.

김인성·안광호·최용석, 「가상 커뮤니티와 현대도시의 장소성에 관한 연구」, 『大韓建 築學會論文集/計劃系』 30권 10호, 대한건축학회, 2014, 141~148쪽.

김재수, 「기지촌에 관한 사회지리학적 연구-동두천을 사례로」, 『국토지리학회지』 5 권 0호, 1980, 271~294쪽.

김재혁, 「문학 속의 유토피아 : 릴케와 백석과 윤동주-시적 주체와 공간의식의 관점 에서」, 『헤세연구』 26집, 한국헤세학회, 2011, 127~151쪽.

김청우, 「1980~90년대 한국 도시시의 미적 비판 방법론 연구」, 『국어문학』 제67집, 국어문학회, 2018.3, 141~173쪽.

_____, 「피부의 눈: 만지는 시선을 통한 도시의 윤리-1990년대 한국의 '도시시'를 중심으로」, 『서강인문논총』 제58집, 서강대학교 인문과학연구소, 2020.8, 39~70쪽.

김치수, 「認識과 探究의 詩學」, 『東豆川』, 문학과지성사, 1979, 111~121쪽.

김홍중, 「성찰적 노스탤지어: 생존주의적 근대성과 중민의 꿈」, 『사회와 이론』 제27 권, 한국이론사회학회, 2015, 33~76쪽.

다니엘 드페르, 「헤테로토피아-베니스, 베를린, 로스앤젤레스 사이, 어떤 개념의 행로」, 『헤테로토피아』, 이상길 옮김, 문학과지성사, 2014, 95~126쪽.

도수영, 「오정희의 '저녁의 게임'에 나타난 헤테로토피아 양상 연구」, 『현대문학이론연구』, 74권 0호, 현대문학이론학회, 2018, 107~127쪽.

류경동, 「김명인 시에 나타난 시선의 문제」, 『열린정신 인문학연구』 12권 1호, 원광대학교 인문연구소, 2011, 5~20쪽.

류순태, 「신경림 시의 공동체적 삶 추구에서 드러난 도시적 삶의 역할」, 『우리말글』 제51집, 우리말글학회, 2011.4, 221~247쪽.

문혜원, 「여행의 상상력과 내면성의 미학-김명인론」, 『열린시학』 10권 3호, 2005.9, 46~58쪽.

박기순, 「푸코의 헤테로토피아 개념-문학적 기원에 기초한 미학적 해석」, 『美學』 제83권 1호, 한국미학회, 2017, 105~141쪽.

박수연, 「병과 함께 살기-함성호론」, 『문학과 사회』 통권 제56호, 문학과지성사, 2001.11, 1,585~1,602쪽.

박순희·민병욱, 「신경림 시의 장소 연구-시집『농무』를 중심으로」, 『배달말』 54권 0호, 배달말학회, 2014.6, 251~279쪽.

박형준, 「박용래 시의 전원의 의미와 물의 상상력」, 『한국현대문학연구』 제40집, 2013.8, 67~98쪽.

박혜숙, 「신경림 시의 구조와 담론 연구」, 『문학한글』 13집, 한글학회, 1999.12, 147~170쪽.

방연정, 「1930년대 시적 공간의 현실적 의미-백석, 이용악, 이찬의 시를 중심으로」, 『현대문학이론연구』 7권 0호, 현대문학이론학회, 1997, 57~90쪽.

백승숙, 「만주, 담론의 불안, 혹은 헤테로토피아-1940년대 만주 소재 희곡, 유치진의 '흑룡강'을 중심으로」, 『인문연구』 74권 0호, 영남대학교 인문과학연구소, 2015, 141~176쪽.

서덕민, 「백석·이용악 시에 나타난 마술적 상상력」, 『열린정신 인문학연구』 11호, 원광대학교 인문학연구소, 2010, 189~208쪽.

서도식, 「존재의 토폴로지-M. 하이데거의 공간 이론」, 『시대와 철학』 제21권 4호, 한국철학사상연구회, 2010, 221~249쪽.

서철원, 「조지훈 시의 헤테로토피아 양상 연구」, 『비평문학』 제76호, 한국비평문학회, 2020.6, 125~155쪽.

소래섭, 「백석 시와 음식의 아우라」, 『한국근대문학연구』 제16호, 한국근대문학회, 2007, 275~300쪽.

소병철, 「유토피아적 사유의 현재성에 관한 고찰」, 『열린 정신 인문학연구』, 15권 2호, 원광대학교 인문학연구소, 2014, 121~144쪽.

소영현, 「근대의 노스탤지어, 사회의 자기조절-이농/탈향 시대의 빈곤과 하위자의 몸」, 『한국문학연구』 제47집, 2014, 355~398쪽.

손미영, 「백석시의 유토피아 의식 연구」, 『한민족문화연구』, 40권 0호, 한민족문화학회, 2012, 245~277쪽.

_____, 「『농무』의 담화체계와 시적 어조의 특성 연구」, 한민족문화연구 35권 0호, 한민족문화학회, 2010.11, 179~204쪽.

손종호, 「박용래 시세계 연구」, 『문예시학』 제1권 0호, 문예시학회, 1988, 127~154쪽.

손현숙, 「김명인 시집『동두천』에 대한 탈식민주의적 고찰의 가능성」, 『우리어문연구』 57권 0호, 우리어문학회, 2017, 113~142쪽.

손화영, 「김명인 시의 서사성에 대한 연구」, 『한국문학이론과 비평』 87권 0호, 한국문학이론과 비평학회, 2020, 81~106쪽.

송석랑, 「'귀향'의 시간, '유랑'의 시간-하이데거와 메를로 뽕띠의 '존재론적 주체論의 토대」, 『동서철학연구』 제46호, 동서철학회, 2007, 154~194쪽.

_____, 「토포스의 해석학; 현상학과 예술-하이데거의 '장소'론을 중심으로」, 『인문과학연구논총』 제38권 4호, 명지대학교 인문과학연구소, 2017, 117~157쪽.

송지선, 「신경림 시에 나타난 로컬의 혼종성과 탈중심성 연구」, 『한국문학이론과 비평』 제72집 20권 3호, 한국문학이론과 비평학회, 2016.9, 249~272쪽.

_____, 「신경림의 농무에 나타난 장소 연구」, 『국어문학』 51집, 국어문학회, 2011.8, 111~141쪽.

송현지, 「시행 분절과 이미지의 상관관계 연구-박용래의 시를 중심으로」, 『현대문학이론연구』, 제80권 0호, 현대문학이론학회, 2020.3, 109~135쪽.

신경림, 「나의 노래, 우리들의 노래」, 『창작과비평』 통권 70호(겨울호), 1990.12, 258~268쪽.

신익선, 「박용래 시에 나타난 울음의 변용 양상 고찰」, 『현대문학이론연구』 제84호, 현대문학이론학회, 2021, 69~92쪽.

신지영, 「들뢰즈에게 있어서 공간의 문제」, 『시대와 철학』 20권 4호, 한국철학사상연구회, 2009, 163~197쪽.

안상원, 「金明仁 詩의 記憶 回想 樣相 硏究」, 『語文硏究』 제44권 제3호, 語文硏究學會, 2016, 277~304쪽.

안성권, 「프리드리히 쉴러의 시에 묘사된 죽음의 형상과 관념」, 『독어교육』 제30집, 한국독어독문학교육학회, 2004.9, 335~357쪽.

양소정, 「서정주의『화사집』에 나타난 원시성 연구」, 한국시학회 학술대회 논문집, 2016, 45~56쪽.

양재혁, 「'기억의 장소' 또는 노스탤지어 서사」, 『사림』 제64호, 성균관대학교 인문학연구원, 2018, 441~472쪽.

양진영, 「한강『채식주의자』에 구현된 헤테로토피아 공간 연구」, 『한국문학이론과 비평』 86권 0호, 한국문학이론과 비평학회, 2020, 81~102쪽.

엄경희, 「서정주 시에 나타난 성애(性愛)의 희극적 형상화 방식과 시적 의도」, 『현대 시와 정념』, 까만양, 2016, 99~121쪽.

_____, 「우울한 자기 확인의 書-김명인의 시세계」, 작가세계 19권 1호, 2007.2, 71~87쪽.

_____, 「제국주의 문화에 맞서는 반담론: 함성호·장정일·유하의 경우」, 『오늘의 문 예비평』통권 50호, 오늘의 문예비평, 2003.8, 127~142쪽.

염무웅, 「무엇이 민중성의 시적 구현을 가능하게 하는가-『농무』를 중심으로」, 『신경 림 시전집1』, 창비, 2004, 417~430쪽.

_____, 「열린 공간, 움직이는 서정, 친화력」, 『신경림 문학의 세계』, 구중서·백낙청 ·염무웅 엮음, 창작과비평사, 1995, 127~151쪽.

오영협, 「서정주 초기시의 의식구조 연구-이원성과 그 융합의 의지를 중심으로」, 고 려대학교 석사학위논문, 1989.

오태환, 「혼과의 소통, 또는 무속적 요소의 문학적 층위-김소월·이상·백석 시의 무 속적 상상력」, 『국제어문』 42권 0호, 국제어문학회, 2008, 203~241쪽.

유병관, 「신경림 시집『농무(農舞)』의 공간 연구-장터를 중심으로」, 『반교어문연구』 31권 0호, 반교어문학회, 2011.8, 217~241쪽.

유성호, 「'경이와 불안'에서 '우울과 공포'로: '도시시'의 시사적 맥락과 현재형」, 『계 간 서정시학』 12호, 서정시학, 2002.6, 143~156쪽.

유지현, 「서정주 시의 공간 상상력 연구」, 고려대학교 박사학위논문, 1997.

유진월, 「나혜석의 탈주 욕망과 헤테로토피아」, 『인문과학연구』 제35집, 강원대학교 인문과학연구소, 2012: 25~51쪽.

윤선영, 「박용래 시의 청각 이미지 연구-은유와 환유를 중심으로」, 『국제어문』 제79 권 0호, 국제어문학회, 2018.12, 447~472쪽.

윤수하, 「이상 시의 거울과 헤테로토피아」, 『현대문학이론연구』 75권 0호, 현대문학 이론학회, 2018, 201~220쪽.

이경수, 「문학과 "돈"의 사회학 : 1930년대 후반기 시에 나타난 "가난"의 의미-백석과 이용악의 시를 중심으로」, 『현대문학의 연구』 32권 0호, 2007, 153~180쪽.

_____, 「백석의 기행시편에 나타난 장소의 심상지리」, 『민족문화연구』, 53권 0호, 고려대학교 민족문화연구원, 2010, 359~399쪽.

이경재, 「이효석과 만주 헤테로토피아로서의 하얼빈」, 『한국 현대문학의 공간과 장소』, 소명출판, 2017, 92~118쪽.

이경호, 「물구나무 서서 보는 풍경」, 『계간 시작』 2권 1호, 2003, 242~248쪽.

이경희, 「상실과 회복, 그 도정에서의 시적 언술-백석, 이용악의 작품을 중심으로」,

『한국학연구』 14호, 인하대학교 한국학연구소, 2005, 231~254쪽.

이광호, 「서정주 시에 나타난 자연에 대한 시선의 문제」, 『문학과 환경』 10(2), 문학과환경학회, 2011, 77~98쪽.

이근화, 「현대시에 나타난 "북방"과 조선적 서정성의 확립−백석과 이용악 시를 중심으로」, 『어문논집』 62권 0호, 민족어문학회, 2010, 279~303쪽.

이문구, 「朴龍來 略傳」, 『먼 바다』, 창작과비평사, 1984, 230~273쪽.

이병철, 「서정주 초기 시에 나타난 미각과 후각 이미지 연구−『花蛇集』을 중심으로」, 『비평문학』 67, 한국비평문학회, 2018, 203~222쪽.

이병훈, 「신경림 시에 나타난 술의 의미」, 『시학과 언어학』 제31호, 시학과언어학회, 2015.10, 111~137쪽.

이숭원, 「백석의 시와 거주 공간의 관련 양상」, 『한국시학연구』 9권 0호, 한국시학회, 2003, 243~275쪽.

_____, 「어둠을 밝히는 사랑의 詩法」, 『버려진 사람들』, 천년의 시작, 2003, 139~150쪽.

이윤택, 「60년産 세대의 외설, 혹은 불경스러운 詩的 징후」, 『햄버거에 대한 명상』, 민음사, 1987, 160~173쪽.

이종대, 「근대의 헤테로토피아, 극장」, 『상허학보』 제16권, 상허학회 2006, 85~211쪽.

이찬, 「서정주 『화사집』에 나타난 생명의 이미지 계열들−탈주, 에로스, 샤머니즘의 이미지를 중심으로」, 『한국근대문학연구』 17, 한국근대문학회, 2016, 265~307쪽.

이한구, 「유토피아에 대한 역사철학적 성찰과 유형화」, 『철학』 110호, 한국철학회, 2012, 27~48쪽.

이현승, 「이용악 시 연구의 제 문제와 극복 방안」, 『한국문학이론과 비평』, 제62집, 한국문학이론과 비평학회, 2014, 247~268쪽.

이혜원, 「적막의 모험, 깊이의 시학−김명인론」, 『문학과사회』 19권 4호, 2006.11, 426~439쪽.

임석회, 「농촌지역의 유형화와 특성 분석」, 『한국지역지리학회지』 11(2), 2005, 211~232쪽.

임성훈, 「근대적인 공간과 장소성의 문제에 대한 이론적 고찰−푸코와 르페브르의 공간 논의를 중심으로」, 『대한건축학회 논문집−계획계』 제30권 제6호, 대한건축학회, 2014, 85~192쪽.

장석주, 「헐벗은 아이, 트라우마, 구멍의 기억」, 『작가세계』 72호, 2007, 88~103쪽.

장세룡, 「헤테로토피아: (탈)근대 공간 이해를 위한 시론」, 『大丘史學』 제95집, 2009.5, 285~317쪽.

정과리, 「통으로 움직이는 풍경」, 『'한국적 서정'이라는 환(幻)을 좇아서』, 문학과지성사, 2020, 345~376쪽.

정유화, 「박용래 시의 공간적 이미지와 애호 공간」, 『문예운동』, 문예운동사, 2018.11, 96~121쪽.

정의진, 「발터 벤야민의 알레고리론의 역사 시학적 함의」, 『비평문학』 제41호, 한국비평문학회, 2011.9, 387~423쪽.

정익순, 「문학적 유토피아와 철학적 상상력」, 『비교문학』 제55집, 비교문학회, 2011, 165~185쪽.

정창영, 「서정주 시에 나타난 성 욕망과 정화 양상」, 『국어국문학』 133, 2003, 375~408쪽.

정효구, 「허기의 밥풀로 그린 사실화」, 『개같은 날들의 기록』, 세계사, 1990, 141~166쪽.

조창오, 「한국적 생존사회에 대한 하나의 철학적 반성-고향상실의 철학」, 『동서철학연구』 89권 0호, 한국동서철학회, 2018, 439~461쪽.

조효주, 「말할 수 없는 목소리의 '말하기'와 자기재현-신경림의 『農舞』를 중심으로」, 한민족어문학 83권 0호, 한민족어문학회, 2019.3, 261~292쪽.

_____, 「신경림의 『가난한 사랑노래』에 나타나는 장소와 장소상실 연구」, 『현대문학이론연구』 제76집, 현대문학이론학회, 2019.3, 241~270쪽.

차성환, 「박용철 시에 나타난 노스탤지어 연구」, 『한국언어문화』 제64집, 한국언어문화학회, 2017, 187~213쪽.

_____, 「한국 현대시에 나타난 유토피아 충동과 노스탤지어 연구-1930년대 후반기의 백석과 이용악 시를 중심으로」, 『민족문화연구』 제84호, 고려대 민족문화연구원, 2019, 599~638쪽.

최창현, 「한국 현대시 존재탐구의 변모양상-김춘수, 박남수, 김종삼, 기형도, 최승호, 황지우, 유하, 함성호, 김언희 시의 탐구 대상과 유형분석을 중심으로」, 『語文論集』 제31집, 중앙어문학회, 2003.12, 209~234쪽.

한상철, 「2000년대 노동시의 분화 양상에 대한 고찰-유홍준, 최종천, 김신용을 중심으로」, 『인문학연구』 102권 0호, 충남대학교 인문과학연구소, 2016.3, 249~270쪽.

_____, 「박용래 시의 장소 표상과 로컬리티-집, 고향, 마을 표상을 중심으로」, 『비평문학』 제58호, 한국비평문학회, 2015.12, 231~254쪽.

한순미, 「질문으로서의 금기와 헤테로토피아-이청준의 소설론에 대하여」, 『현대문학이론연구』 61권 0호, 현대문학이론학회, 2015, 459~480쪽.

한의정, 장은미, 「커뮤니케이션 연구의 헤테로토피아 적용에 대한 동향과 가능성-여성주의적 적용을 중심으로」, 『미디어, 젠더 & 문화』 32권 2호, 한국여성커뮤니케이션학회, 2017, 267~304쪽.

함성호, 「공간과 장소 그리고 시간-시적 사건에 대하여」, 『플랫폼』, 인천문화재단, 2014.5, 8~13쪽.

허경, 「서구 근대도시 형성의 계보학-미셸 푸코의 도시관」, 『도시인문학연구』 제5권 2호, 도시인문학연구소, 2013, 7~37쪽.

용어 색인

인명 색인

초출일람

- 헤테로토피아의 장소성에 대한 시학적 탐구
  「헤테로토피아(heterotopia)의 장소성에 대한 시학적(詩學的) 탐구」, 『국어국문학』 186호, 국어국문학회. 2019.3, 399~440쪽.

- 헤테로토피아로서 몸과 농경문화의 유기성 ―서정주 시의 경우
  「헤테로토피아(heterotopia)로서의 몸과 농경문화의 유기성 -서정주 시를 중심으로 -」, 『이화어문논집』 통권 제51집, 이화어문학회, 2020.8, 310~340쪽.

- 노스탤지어와 '고향'의 헤테로토피아 ―백석·이용악 시의 경우
  「백석·이용악 시에 나타난 노스탤지어의 양상과 '고향'의 헤테로토피아」, 『한국문학과 예술』 32호, 사단법인 한국문학과예술연구소, 2019.12, 329~370쪽.

- 게니우스와 헤테로토피아의 장소경험 ―박용래 시의 경우
  「박용래 시에 나타난 게니우스와 헤테로토피아의 장소 경험」, 『국어국문학』 198호, 국어국문학회, 2022.3, 169~200쪽.

- 장소점유와 헤테로토피아 ―신경림 시의 경우
  「신경림의 시집 『農舞』에 나타난 헤테로토피아적 세계」, 『한국시학연구』 61호, 한국시학회, 2020.2, 219~250쪽.

- 헤테로토피아와 알레고리적 장소의 시학적 연관성 ―김명인 시의 경우
  「헤테로토피아와 알레고리적 장소의시학적 연관성에 대한 소론 -김명인의 시집 『東豆川』의 경우」, 『국어국문학』 193호, 국어국문학회, 2020.12, 419~463쪽.

- 실존적 병소(病巢)로서 헤테로토피아 ―김신용 시의 경우
  「김신용 초기시에 나타난 실존적 병소(病巢)로서 헤테로토피아」, 『현대문학의 연구』 73호, 한국문학연구학회, 2021.2, 83~116쪽.

- 건축위상학적 상상력과 헤테로토피아 ―함성호 시의 경우
  「함성호 시에 나타난 건축위상학적 상상력과 헤테로토피아」, 『한민족문화연구』 74호, 한민족문화학회, 2021.6, 7~46쪽.

엄경희

1963년 서울에서 태어났다. 1985년 숭실대학교를 졸업한 후 이화여대에서 석사와 박사학위를 받았다. 2000년 조선일보 신춘문예 평론 부문 「매저키스트의 치욕과 환상-최승자론」으로 등단하였고 현재 숭실대학교 국어국문학과 교수로 재직 중이다. 저서로는 『빙벽의 언어』, 『未堂과 木月의 시적 상상력』, 『질주와 산책』, 『현대시의 발견과 성찰』, 『저녁과 아침 사이 詩가 있었다』, 『숨은 꿈』, 『시-대학생들이 던진 33가지 질문에 답하기』, 『전통시학의 근대적 변용과 미적 경향』, 『해석의 권리』, 『현대시와 정념』, 『은유』, 『현대시와 추(醜)의 미학』, 『2000년대 시학의 천칭』 등이 있다. 2014년에는 제3회 〈인산시조평론상〉을 2019년에는 제9회 〈김준오시학상〉을 수상하였다.

현대시와 헤테로토피아

2022년 6월 30일 초판 1쇄 펴냄

지은이 엄경희
펴낸이 김흥국
펴낸곳 도서출판 보고사

책임편집 이경민
표지디자인 김규범

등록 1990년 12월 13일 제6-0429호
주소 경기도 파주시 회동길 337-15 2층
전화 031-955-9797(대표)
    02-922-5120~1(편집), 02-922-2246(영업)
팩스 02-922-6990
메일 kanapub3@naver.com / bogosabooks@naver.com
http://www.bogosabooks.co.kr

ISBN 979-11-6587-335-6 93810
ⓒ 엄경희, 2022

정가 20,000원